Jules Verne

Die großen Seefahrer des 18. Jahrhunderts

Salzwasser

Jules Verne

Die großen Seefahrer des 18. Jahrhunderts

1. Auflage | ISBN: 978-3-84608-067-2

Erscheinungsort: Paderborn, Deutschland

Erscheinungsjahr: 2015

Salzwasser Verlag GmbH, Paderborn.

Jules Verne

Die großen Seefahrer des 18. Jahrhunderts

Salzwasser

Erster Band

Erstes Kapitel.

Astronomen und Kartografen.

I.

Cassini, Picard und La Hire. - Das Mittelmeer und die Karte von Frankreich. - G. Delisle und D'Anville. - Die Gestalt der Erde. - Maupertuis in Lappland. - La Condamine am Äquator.

Vor der Schilderung der großen, erfolgreichen Reisen im Laufe des 18. Jahrhunderts müssen wir erst der ungeheueren Fortschritte der Wissenschaften gedenken, welche diese in derselben und der kurz vorausgegangenen Periode machten. Sie berichtigten eine Menge tief eingewurzelter Irrtümer und gaben den astronomischen und geografischen Arbeiten überhaupt erst eine sichere Grundlage. Ohne den uns hier beschäftigenden Gegenstand besonders hervorzuheben, veränderten sie die Kartografie von Grund aus und gewährten der Schifffahrt eine bis dahin ungekannte Sicherheit.

Wohl hatte Galilei schon 1620 die Verfinsterungen der Jupitermonde beobachtet, doch blieb diese wichtige Entdeckung in Folge der Gleichgültigkeit der Regierungen, des Mangels an hinreichend mächtigen Instrumenten und der durch die Schüler des großen italienischen Astronomen begangenen Irrtümer zunächst ohne Resultat.

Giovanni Domenico Cassini veröffentlichte im Jahre 1668 seine verbesserten »Tafeln der Bewegungen der Jupitertrabanten«, auf welche ihn Colbert im nächstfolgenden Jahre zur Direktion der Pariser Sternwarte berief.

Im Juli 1671 stellte Philipp de la Hire auf Uranienborg auf der Insel Hveen (im Öresund), und zwar an derselben Stelle wie Tycho de Brahe, seine berühmt gewordenen Beobachtungen an, und bestimmte u. a. mithilfe der Cassinischen Tafeln durch Rechnung die Längendifferenz zwischen Paris und Uranienborg mit früher nie erreichter Genauigkeit.

Im nämlichen Jahre sandte die Akademie der Wissenschaften den Astronomen Johann Richer nach Cayenne, um daselbst die Parallaxen der Sonne und des Mondes zu studieren und dabei die Entfernungen des

Mars und der Venus von der Erde zu messen. Diese allseitig gelungene Reise hatte übrigens ganz unerwartete Folgen und wurde Veranlassung zu einer Menge Arbeiten über die genauere Gestalt der Erde. Richer machte nämlich die Beobachtung, dass ein Sekundenpendel aus Paris in Cayenne binnen vierundzwanzig Stunden um zwei Minuten achtundzwanzig Sekunden zurückblieb, ein Beweis, dass die Schwerkraft an letzterem Orte offenbar kleiner sein musste als am erstgenannten. Newton und Huyghens schlossen aus dieser Tatsache weiter, dass die Erde an den Polen abgeplattet sein müsse. Bald darauf aber führten die von Abbé Picard vorgenommenen Messungen eines Erdengrades und die von den Cassinis, Vater und Sohn, betriebenen Arbeiten über die Mittagslinie die genannten Gelehrten zu einer ganz entgegengesetzten Anschauung, nach der sie die Erde vielmehr als ein an den Polen verlängertes Ellipsoid betrachteten. Es wurde das zum Anlass der leidenschaftlichsten Erörterungen und vieler umfangreicher Arbeiten, aus welchen die astronomische und mathematische Geografie ganz unerwarteten Gewinn zogen.

Picard hatte es unternommen, den Raum zwischen den Breitegraden von Amiens und Malvoisine, eine Strecke von etwa 1 $^1/_3$ und einem drittel Grad, direkt zu messen. Da die Akademie jedoch der Meinung war, dass man durch Vermessung einer längeren Linie noch exaktere Resultate erzielen müsse, beschloss sie, eine Messung der ganzen Länge Frankreichs von Nord nach Süd ausführen zu lassen. Als Meridian wählte man hierzu den der Sternwarte von Paris. Diese riesenhafte Triangulierungsarbeit wurde zwanzig Jahre vor Ausgang des 17. Jahrhunderts begonnen, später unterbrochen, wieder aufgenommen und endlich gegen 1720 zu Ende geführt.

Gleichzeitig erließ Ludwig XIV., auf Anregung Colberts, den Befehl, eine neue Karte von Frankreich herzustellen. Verschiedene Gelehrte begaben sich hierzu zwischen 1679 und 1682 auf Reisen und bestimmten mittelst astronomischer Beobachtungen die Linie der Küsten am Atlantischen Ozean und am Mittelmeere.

Freilich stellte sich bald heraus, dass diese Arbeiten, sowie die durch Picard vollendete Meridianmessung, die Bestimmung der Längen- und Breitenlage mehrerer größerer Städte Frankreichs und eine Specialkarte der geometrisch aufgenommenen Umgebungen von Paris noch lange nicht hinreichten, eine vollständige Karte von Frankreich zu entwerfen. Man musste zu dem Ende ebenso zu Werke gehen wie bei der vorausgegangenen Meridianmessung, musste nämlich das ganze Land mit einem System einander berührender Dreiecke bedecken. Hierdurch erst wurden die Unterlagen zu der großen Karte von Frankreich gewonnen, welche mit Recht den Namen der Cassinischen trägt.

Schon die ersten Beobachtungen Cassinis und de la Hire's führten die beiden Astronomen dahin, die Grenzen Frankreichs als weit beschränkter zu bestimmen, als man jene bisher angenommen hatte.

»Sie raubten dem Lande, sagt Desbourugh Cooley in seiner »Geschichte der Reisen«, mehrere Längengrade von der Küste der Bretagne bis zur Bay von Biskaya und rückten ebenso die Küste von Languedoc und der Provence um etwa einen halben Grad herein. Diese Veränderungen gaben Ludwig XIV. Gelegenheit zu einem hübschen Scherz, indem er bei der Begrüßung der heimgekehrten Akademiker wörtlich äußerte: »Ich sehe mit Bedauern, meine Herren, dass Ihre Reise mir ein gutes Stück von meinem Reiche gekostet hat!«

Die Kartenzeichner hatten bisher übrigens auf die Berichtigungen der Astronomen kaum Rücksicht genommen. Schon in der Mitte des 17. Jahrhunderts verbesserten Peirese und Gassendi einen »500 Meilen« betragenden Fehler, der gewöhnlichen Karte des Mittelmeeres, welche die Entfernung zwischen Marseille und Alexandrien um ebenso viel zu hoch angab. Diese doch wahrlich nicht geringfügige Berichtigung wurde vollständig außer Acht gelassen, bis zu der Zeit, da der Hydrograf Jean Mathieu de Chazelles nach der Levante gesendet wurde, um das Gradbuch (Hafenbuch) des Mittelländischen Meeres herzustellen.

»Man hatte allgemein bemerkt, heißt es in den Sitzungsberichten der Akademie der Wissenschaften, dass die Karten alle die Ausdehnung der Landgebiete Europas, Afrikas und Amerikas zu groß angaben und den Pazifischen Ozean zwischen Asien und Amerika um ebenso viel zu klein darstellten. Diese Fehler veranlassten denn auch mannigfache Irrtümer. Im Vertrauen auf ihre Karten täuschten sich z. B. die Lotsen bei der Reise de Chaumonts, des Gesandten Ludwigs XIV., nach Siam, sowohl bei der Hin- wie bei der Rückfahrt, und legten eine weit größere Strecke zurück, als sie glaubten. Auf der Fahrt vom Kap der Guten Hoffnung nach der Insel Java meinten sie, von der Sundastraße noch weit entfernt zu sein, während sie sich schon sechzig Meilen jenseits derselben befanden und bei günstigem Winde zwei Tage lang zurückfahren mussten, um in dieselbe einzulaufen; bei der Rückreise vom Kap der Guten Hoffnung nach

Frankreich aber trafen sie auf die Insel Flores, das westlichste Eiland der Azoren, während sie fünfhundert Meilen östlich desselben zu segeln glaubten, und mussten dann noch zwölf Tage einen östlichen Kurs einhalten, um die Gestade Frankreichs zu erreichen.«

Die Verbesserungen der Karte von Frankreich waren, wie eben erwähnt, ziemlich umfängliche. Man überzeugte sich, dass Perpignan und vorzüglich Collioures weit östlicher lagen, als man bisher annahm. Um eine deutliche Vorstellung hiervon zu gewinnen, genügt es, die dem ersten Teile des 7. Bandes der Memoiren der Akademie der Wissenschaften beigegebene Karte von Frankreich zu betrachten. Diese trägt den astronomischen Beobachtungen, von welchen wir oben sprachen, Rechnung, während das alte, im Jahre 1679 von Sanson veröffentlichte und untergedruckte Kartenbild die hinzugekommenen Veränderungen vor Augen führt.

Cassini sprach mit vollem Rechte öffentlich das Urteil aus, dass die Kartografie nicht mehr auf der Höhe der Wissenschaft stehe. Sanson z. B. hatte noch blindlings die Längenbestimmungen des Ptolemäus beibehalten, ohne die Fortschritte der Astronomie irgendwie zu berücksichtigen. Seine Söhne und Enkel veranstalteten nur vervollständigte Ausgaben der alten Karten, und die übrigen Geografen folgten demselben Geleise. Erst Wilhelm Delisle entwarf neue Karten unter Benützung der modernen Errungenschaften und verwarf kurz entschlossen alles, was vor ihm geleistet worden war. Sein Eifer trieb ihn so sehr, dass er die ganze Arbeit binnen fünfundzwanzig Jahren vollendete. Joseph Nikolaus, ein Bruder des Vorigen, lehrte inzwischen Astronomie in Russland und lieferte Wilhelm zu dessen Karten sehr wertvolles Material. Gleichzeitig besuchte Delisle de la Coyère, der jüngste der drei Brüder, die Küsten des Eismeeres, bestimmte astronomisch die Lage der wichtigsten Punkte und ging dann mit auf Behrings Schiff an Bord, kam aber bei Kamtschatka ums Leben.

Wenn sich alle drei Delisle verdient machten, so kommt Wilhelm unbestreitbar der Ruhm zu, die Kartografie gründlich umgewandelt zu haben.

»Es gelang ihm, sagt Cooley, die alten und neuen Messungen in Übereinstimmung zu bringen und aus sehr vielen Unterlagen glücklich zu kombinieren; statt seine Verbesserungen ferner nur auf einen Teil der Erde zu beschränken, umfasste er damit die ganze Erdkugel, weshalb er mit Recht als der Schöpfer der neueren Geografie angesehen wird. Bei einer Reise durch Paris erwies ihm auch Peter der Große dadurch seine Hochachtung, dass er jenem einen Besuch abstattete und über Russland allen Aufschluss gab, den er nur selbst gewähren konnte.«

Ist dieses Zeugnis eines Ausländers nicht triftig? Und wenn die französischen Geografen heute durch Deutschland und England überflügelt sind, liegt nicht ein Trost und eine Ermutigung darin, zu wissen, dass wir uns auch früher schon in einem Fache ausgezeichnet haben, indem wir eben darnach streben, die einstige Überlegenheit wieder zu erobern?

Delisle lebte lange genug, um Zeuge der Erfolge seines Schülers J. B. d'Anville zu sein. Wenn der Letztere im Hinblick auf historische Wissenschaften unter Adrien Valois stand, so verdiente er doch seine weite Berühmtheit durch die Korrektheit seiner Zeichnung, durch die Deutlichkeit und die künstlerische Erscheinung seiner Karten.

»Nur schwer ist die geringe Anerkennung zu begreifen, äußert sich E. Desjardins in seiner »Geschichte des römischen Galliens«, die man seinen Werken als Geograf, Mathematiker und Zeichner gezollt hat. Vorzüglich die letzteren sichern ihm ein ganz unvergleichliches Verdienst. D'Anville konstruierte zuerst eine Karte auf streng wissenschaftlicher Methode; das genügt allein zu seinem Ruhme ... Im Gebiete der historischen Geografie hat d'Anville ebenso bei Streitfragen einen seltenen gesunden Menschenverstand, wie einen merkwürdigen topografischen Instinkt bei der Bestimmung unklarer Punkte bewiesen; dazu ist noch zu bemerken, dass er weder Gelehrter, noch hinreichend vertraut war mit der klassischen Literatur.«

Die schönste Arbeit d'Anville's ist seine Karte von Italien, dessen nebenbei übertriebener Längendurchmesser nach Anschauung der Alten von Osten nach Westen verlief.

Im Jahre 1735 führte Philipp Luache, dessen Name als Geograf ein wohlverdientes Ansehen genießt, eine neue Methode ein, indem er bei der Karte der Tiefen des Kanals *(la Manche)* krumme Linien zur Andeutung der Hebungen und Senkungen des Bodens benützte. Zehn Jahre später veröffentlichte d'Après de Mannevillette seinen *Neptune oriental,* indem er verbesserte Karten der Küsten von Afrika, China und Indien lieferte. Damit verband er auch eine Art nautischen Leitfadens, der für jene Zeit um so wertvoller war, als man noch kein derartiges Hilfsmittel besaß. Bis an sein Lebensende verbesserte er diese Sammlung von Vorschriften, deren sich bis zum Ende des 18. Jahrhunderts alle französischen Seeoffiziere als Führer bedienten.

In England nahm Halley unter den Astronomen und Physikern den ersten Rang ein. Er publizierte eine Theorie der »magnetischen Variationen« und eine »Geschichte der Moussons« (Jahreszeiten-Winde), die ihm den Befehl über ein Schiff einbrachten, um seine Theorie durch die Praxis erproben zu können.

Was d'Après bei den Franzosen getan, das leistete Alexander Dalrymple in England. Nur konnte er sich niemals von einer Neigung zur Hypothese befreien, und glaubte z. B. stets an das Vorhandensein eines östlichen Kontinents. Sein Nachfolger war Horsburgh, dessen Name den Seefahrern immer wert und teuer sein wird.

Doch wenden wir uns nun zur Schilderung der zwei hochwichtigen Expeditionen, welche dem leidenschaftlich geführten Streite wegen der Gestalt der Erde ein Ende machen sollten. Die Akademie der Wissenschaften entsendete nämlich eine aus Godin, Bouguer und La Condamine bestehende Kommission nach Amerika, um den Meridianbogen eines Grades am Äquator zu messen, während sie Maupertuis, mit einem gleichen Auftrag betraut, nach dem hohen Norden schickte.

»Ist die Abplattung der Erde, sagt dieser Gelehrte, nicht größer als Huyghens sie annimmt, so wird der Unterschied der in Frankreich schon gemessenen Meridiangrade und der ersten Grade in der Nähe des Äquators nicht groß genug sein, um nicht auf mögliche Irrtümer der Beobachter und die Unvollkommenheit der Instrumente zurückgeführt werden zu können. Beobachtet man aber am Pole, so muss die Differenz zwischen dem ersten, der Äquatoriallinie benachbarten Grade und z. B. dem 66. Grade, der den Polarkreis schneidet, selbst entsprechend der Hypothese Huyghens auffallend genug sein, um, trotz der zulässig größten Fehler, zweifellos erkannt zu werden, weil sich diese Differenz ebenso viele Male vervielfältigt, als Meridiangrade zwischen jenen Gegenden liegen.«

Das zu lösende Problem lag also klar vor Augen und sollte am Pole wie am Äquator in Angriff genommen werden, um einen Streit zu beenden, in dem Newton und Huyghens zuletzt Recht behielten.

Die Expedition ging auf einem in Dünkirchen ausgerüsteten Schiffe unter Segel, Es beteiligten sich bei derselben außer Maupertuis noch die

Akademiker de Clairaut, Camus und Lemonnier, der Abbé Outier, Canonicus von Bayeux, der Sekretär Sommereux, der Zeichner Herbelot und der gelehrte schwedische Astronom Celsius.

Als der König von Schweden die Mitglieder der Kommission in Stockholm empfing, sagte er zu ihnen: »Ich habe den blutigsten Schlachten beigewohnt, würde aber lieber in die mörderischste derselben zurückkehren, als die Reise unternehmen, welche Sie eben vorhaben!«

Natürlich durfte man hier nicht an eine Vergnügungsfahrt denken, wo Schwierigkeiten aller Art, fortwährende Entbehrungen und eine entsetzliche Kälte die gelehrten Naturforscher bedrohen mussten. Doch was sind ihre Leiden im Vergleich zu dem Elende, den Gefahren und schweren Prüfungen, welche die späteren Nordpolarfahrer, wie Roß, Parry, Hall, Payer u. a. zu erdulden hatten?

»In Torneå, im Grunde des Bottnischen Meerbusens und in der Nähe des Polarkreises, fand man die Häuser unter dem Schnee begraben, sagt Damiron in seiner »Lobrede auf Maupertuis«. Wagte man sich ins Freie, so schien die Kälte die Brust zerreißen zu wollen, und es verrieten sich die immer noch zunehmenden Kältegrade durch das Geräusch vom Bersten des Holzes, aus dem hier alle Gebäude errichtet sind. Bei der auf den Straßen herrschenden Einsamkeit kam man auf den Gedanken, dass die Bewohner dieser Stadt ausgestorben sein möchten. Wo man aber Menschen traf, fand man auch Verstümmelte, welche bei so überaus harter Temperatur Arme oder Beine eingebüßt hatten. Und hier in Torneå sollten die Reisenden noch nicht einmal bleiben!«

Heutzutage, wo man diese Örtlichkeiten und die Strenge des arktischen Klimas besser kennt, ist man ja imstande, sich eine Vorstellung zu machen von den Schwierigkeiten, denen die kühnen Reisenden begegnen mussten.

Im Juli 1736 begannen sie ihre Tätigkeit. Jenseits Torneå fanden sie nur noch unbewohnte Gebiete. Sie waren nur allein auf ihre eigenen Hilfsmittel angewiesen, um die Bergspitzen zu erklimmen, auf denen Signalstangen als Verknüpfungspunkte der langen Dreieckkette errichtet wurden. In zwei unabhängigen Abteilungen vorgehend, um zwei Messungen statt einer zu erhalten und um unumgängliche Fehler möglichst zu verringern, gelang es den kühnen Naturforschern nach Überwindung zahlloser Hindernisse, welche in den Memoiren der Akademie der Wissenschaften vom Jahre 1737 geschildert sind, festzustellen, dass die Länge des Meridianbogenstückes zwischen den Parallelkreisen von Torneå und Kittis 55.023½ Toisen betrug. Unter dem Polarkreise maß der Meridiangrad demnach etwa 1000 Toisen mehr als Cassini angenommen und übertraf die Länge des von Picard zwischen Paris und Amiens vermessenen Gradbogens noch um 377 Toisen (1 Toise = 1949 Meter). Die Erde war an den Polen also merklich abgeplattet, eine Tatsache, gegen deren Anerkennung sich die Cassini, Vater und Sohn, lange Zeit sträubten.

Vorkämpfer der Physik, ihr, neue Argonauten,
Die Berg' erkletterten, den Wogen sich vertrauten,
Bringt aus den Ländern, die drei Kronen untertan,
Die Messwerkzeuge heim, zwei Lappinnen obendrein,
Ihr habt bestätigt, dort, wo keiner leben kann,
Was Newton schon gewusst - ohne aus dem Haus zu sein!

So äußerte sich Voltaire, nicht ohne maliziöse Pointe; dann spielt er auf die beiden Schwestern an, die Maupertuis mitbrachte, und deren eine ihn zu verführen wusste, mit den Worten:

Solch' Fehler ist zu häufig wohl!
Genug, dass es der einzige,
Den man begangen auf dem Weg zum Pol!

»Übrigens, sagt A. Maury in seiner »Geschichte der Akademie der Wissenschaften«, gab die Leistungsfähigkeit der Instrumente und Methoden, deren sich die nach dem hohen Norden entsendeten Astronomen bedienten, den Verteidigern der polaren Abplattung der Erde mehr Recht, als sie tatsächlich verdienten; im folgenden Jahrhundert schon führte der schwedische Astronom Svenborg jene unfreiwilligen Überschätzungen in einer schönen, in französischer Sprache veröffentlichten Abhandlung auf ein bescheideneres Maß zurück.«

Inzwischen betrieb auch die, von der Akademie nach Peru gesendete Kommission ihre analogen Arbeiten. Zu ihr gehörten La Condamine, Bouguer und Godin, alle Drei Mitglieder der Akademie, Joseph von Jussieu, Dekan der medizinischen Fakultät, für die botanische Forschung, der Chirurg Seniersgues, der Uhrmacher Godin des Odonais und ein Zeichner. Am 16. Mai 1735 verließ dieselbe La Rochelle. Die Gelehrten kamen zunächst nach St. Domingo, wo einige astronomische Beobachtungen angestellt wurden, dann nach Cartagena, Puerto-Bello, überschritten den Isthmus von Panama und landeten endlich, am 9. März 1736 bei Manta auf peruanischem Boden.

Bouguer und La Condamine trennten sich hier von den Übrigen, beschäftigten sich vorzugsweise mit der Bewegung des Pendels und erreichten auf verschiedenen Wegen Quito.

La Condamine folgte der Küste bis zum Rio de las Esmeraldas und entwarf die Karte des Gebietes, das er nur unter den größten Schwierigkeiten durchzog.

Bouguer dagegen wendete sich südlich gegen Guayaquil, drang durch sumpfige Urwälder und gelangte nach Caracol, am Fuße der Kordillerenkette, zu deren Überschreitung er volle sieben Tage brauchte. Er folgte dabei demselben Wege, wie früher Pater d'Alvarado, auf dem siebzig von dessen Leuten umkamen, darunter die drei ersten Spanier, welche in das Land einzudringen versuchten. In Quito kam Bouguer am 10. Juni an. Diese Stadt zählte damals dreißig- bis vierzigtausend Einwohner, hatte einen Bischof als Gerichtsvorstand und besaß viele religiöse Körperschaften nebst zwei Collegien. Das Leben war daselbst sehr billig; nur für fremde Waren wurden ganz unerhörte Preise gefordert; so kostete ein einfacher Glasbecher beispielsweise achtzehn bis zwanzig Francs.

Die Gelehrten bestiegen den Pichincha, einen Berg in der Nachbarschaft Quitos, dessen Ausbrüche der Stadt wiederholt verderblich wurden; sie sahen aber bald ein, dass es untunlich war, die Dreiecke ihres Meridians in solcher erstaunlichen Höhe zu konstruieren, und mussten sich begnügen, die nötigen Signalstangen auf minder emporragenden Hügeln anzubringen.

»Fast tagtäglich beobachtet man auf den Gipfeln dieser Berge, sagt Bouguer in seiner der Akademie der Wissenschaften vorgelesenen Denkschrift, eine außergewöhnliche Erscheinung, welche gewiss ebenso alt ist wie die Erde, vor uns jedoch noch von Niemand bemerkt worden zu sein scheint. Als wir sie zuerst wahrnahmen, befanden wir uns alle auf einem Berge Namens Pambamarca. Anfangs umhüllte uns eine dichte Wolke, welche bald vorüberzog, sodass wir die Sonne in vollem Glänze aufsteigen sahen. Die Wolke strich darauf an der anderen Seite des Berges hin. Sie war indes kaum dreißig Schritte von uns entfernt, als jeder sein Schattenbild über sich, aber auch nur das seinige erblickte, weil die Dunstmasse natürlich eine unebene Oberfläche hatte. Die geringe Entfernung ermöglichte es, alle Einzelheiten des zweiten Bildes genau zu erkennen; man sah z. B. Arme, Beine und den Kopf ganz deutlich. Am meisten verwunderte es uns aber, dass der letztere mit einer Art Heiligenschein, einer aus drei oder vier kleineren, konzentrischen und sehr lebhaft gefärbten Kreisen bestehenden Aureole umgeben erschien, von denen jeder in den Farben des Regenbogens, mit dem Roth nach außen, erglänzte. Die Abstände dieser Kreise voneinander waren gleich groß; der innerste leuchtete etwas schwächer. In weiter Entfernung zeigte sich dann noch ein großer weißer Ring, der das ganze Bild umrahmte. Das seltsame Phänomen erschien jedem Beobachter wie eine Art Apotheose.« Da die Instrumente jener Zeit weit unvollkommener waren als die heutigen und vorzüglich der Einwirkung jeder Temperaturveränderung unterlagen, so mussten sie mit größter Sorgfalt und peinlichster Aufmerksamkeit auf alle Nebenumstände gebraucht werden, um nicht durch gehäufte kleine Irrtümer zuletzt ein Resultat mit großem Fehler zu ergeben. Bouguer und seine Begleiter vermieden es daher, stets den dritten Winkel eines Dreiecks aus seinen zwei schon bekannten Winkeln zu berechnen, sondern maßen alle drei Winkel.

Nachdem sie nun die Länge der durchmessenen Strecke in Toisen erhalten, galt es noch festzustellen, welchen Teil des äußeren Erdumfanges dieselbe darstellte? Diese Frage ließ sich aber nur mittelst astronomischer Beobachtungen lösen.

Nach Überwindung vielfacher Hindernisse, die wir hier nicht eingehend schildern können, und manchen merkwürdigen Beobachtungen, unter anderen der der Abweichungen, welche die Anziehung der Berge auf das Pendel veranlasst, gelangten die Gelehrten zu einem Endergebnis, das die Beobachtungen der nach Lappland entsendeten Kommission allseitig bestätigte. Nicht Alle kehrten gleichzeitig nach Frankreich zurück. Jussieu setzte seine naturgeschichtlichen Studien noch mehrere Jahre hindurch fort, und La Condamine wählte zur Rückkehr nach Europa den Weg längs des Amazonenstromes, eine bedeutungsvolle Reise, auf die wir später noch zurückkommen werden.

II.

Die Kaperkriege im 18. Jahrhundert.

Wood-Rodgers' Reise. - Abenteuer Alexander Selkirks. - Die Galopagos-Inseln. - Puerto Seguro. - Rückkehr nach England. - Georges Ansons Expedition. - Staatenland. - Die Insel Juan Fernandez. - Tinia. - Macao. - Wegnahme der Galion. - Der Cantonfluss. - Ergebnisse der Kreuzfahrt.

In Spanien tobte der Sukzessionskrieg. Darauf beschlossen mehrere Rheder in Bristol, einige Fahrzeuge auszurüsten, um die spanischen Schiffe im Stillen Ozean anzugreifen und die Küsten Südamerikas zu verheeren und zu plündern. Die beiden hierzu bestimmten Schiffe, die »Duc« und die »Duchesse«, unter Führung der Kapitäne Rodgers und Courtney wurden mit aller Sorgfalt ausgerüstet und mit der für eine so weite Reise erforderlichen Provision versehen. Der berühmte Dampier, der sich durch seine abenteuerlichen Fahrten und Seeräubereien einen so hervorragenden Namen erworben hatte, verschmähte es nicht, die Stelle eines Obersteuermannes anzunehmen. Obwohl diese Expedition sich mehr durch materielle Resultate als durch Bereicherung der Erdkunde auszeichnete, enthält die Geschichte derselben doch einige bemerkenswerte Züge, welche der Überlieferung wert sind.

Am 2. August 1708 verließen die »Duc« und die »Duchesse« die königliche Rhede von Bristol. Gleich zu Anfang ist hier zu bemerken, dass für die Mannschaft während der ganzen Dauer der Reise eine Art Tagebuch zum Gebrauch ausgelegt wurde, um alles Vorkommende darin zu verzeichnen, damit die geringsten Irrtümer und die kleinsten Versehen gut gemacht werden könnten, bevor sich die Erinnerung der Tatsachen verwischen konnte. Über die Reise selbst ist bis zum 22. Dezember nichts zu sagen. Am genannten Tage kamen die Falklands-Inseln in Sicht, welche nur wenige Seefahrer berührt haben. Rodgers ging jedoch nicht ans Land; er begnügt sich mit der Bemerkung, die Gestade derselben seien denen von Portland ähnlich, nur weniger hoch als diese.

»Alle Hügel, fügt er hinzu, scheinen fruchtbaren Boden zu haben; sie senken sich, mit Bäumen bestanden, allmählich zur Küste, der es nicht an guten Häfen gebricht.«

Diese Inseln besitzen jedoch keinen einzigen Baum und brauchbare Häfen gibt es, wie wir später sehen werden, sehr wenig. Man erkennt hieraus, wie wenig zuverlässig die Angaben Rodgers' sind, und dass die

Seefahrer gut daran getan haben, denselben nicht allzu viel Vertrauen zu schenken.

Von genannter Inselgruppe aus steuerten die Schiffer direkt nach Süden und drangen bis 60° 58' der Breite vor. Hier ward es gar nicht mehr eigentlich Nacht; die Kälte war sehr streng und der Seegang so schwer, dass die »Duchesse« verschiedene Havarien erlitt. Die zur Beratung versammelten Offiziere beider Fahrzeuge erklärten es für unzweckmäßig, noch weiter nach Süden zu segeln, und man schlug nun einen westlichen Kurs ein. Am 15. Januar 1709 überzeugte man sich, dass das Kap Horn umschifft und die kleine Flottille in den Stillen Ozean eingelaufen sei.

Jener Zeit enthielten fast sämtliche Seekarten abweichende Angaben über die Lage der Insel Juan Fernandez. Auch Wood-Rodgers, der daselbst Wasser fassen und sich mit frischem Fleische versorgen wollte, traf auf jene ganz unerwarteter Weise.

Am 1. Februar setzte er ein Boot aus zur Aufsuchung eines geeigneten Ankerplatzes. Während man dessen Rückkehr erwartete, wurde vom Ufer ein großes Feuer sichtbar. Sollten hier spanische oder französische Schiffe ans Land gegangen sein? Werde man sich das Wasser und die so nötigen Nahrungsmittel erkämpfen müssen? Während der Nacht traf man alle, von der Vorsicht gebotenen Anordnungen, doch zeigte sich auch am folgenden Morgen kein feindliches Schiff. Schon glaubte man, die Gegner hätten sich zurückgezogen, als die Rückkehr der Schaluppe aller Ungewissheit ein Ende machte. Mit dem Boote folgte ein in Ziegenfelle gehüllter Mann, dessen Gesicht noch verwilderter aussah als seine Kleidung.

Es war das ein schottischer Matrose, mit Namen Alexander Selkirk, der infolge eines Zerwürfnisses mit seinem Kapitän vor nun vierundeinhalb Jahren auf dieser wüsten Insel ausgesetzt worden war. Dieser hatte auch das wahrgenommene Feuer entzündet.

Während seines Aufenthaltes in Juan Fernandez sah Selkirk zwar viele Schiffe in der Nähe vorübersegeln, doch gingen nur zwei derselben hier vor Anker. Von deren Matrosen entdeckt, die auf ihn Feuer gaben, verdankte Selkirk seine Rettung nur seiner Gewandtheit, indem er schnell auf einen Baum kletterte und sich im Laube zu verbergen wusste.

»Man hatte ihn, heißt es in dem betreffenden Berichte, ans Land gesetzt mit seinen Kleidungsstücken, einem Bett, einer Flinte nebst einem Pfund

Pulver und einigem Kugelvorrat, etwas Tabak, einer Hacke, einem Messer, einem kupfernen Kessel, dazu mit einer Bibel und anderen Erbauungsschriften sowie mit seinen Instrumenten und Büchern. Der arme Selkirk befriedigte seine Bedürfnisse so gut als möglich, hatte während der ersten Monate große Mühe, seine Niedergeschlagenheit zu bekämpfen und das Entsetzen zu überwinden, das ihm die namenlose Verlassenheit einflößte.

Aus dem Holze der Pimentmyrte erbaute er sich nahe beieinander zwei Hütten, welche er mit den Fellen der Ziegen bedeckte, die er, so lange sein Pulver ausreichte, nach Bedarf erlegte. Als dasselbe zu Ende ging, half er sich, um Feuer anzuzünden, damit, dass er zwei Stücke Pimentholz aneinander rieb. Nach völligem Verbrauche des Pulvers fing er die Ziegen im Laufe und erlangte durch die fortwährende Übung eine solche Gewandtheit, dass er mit unglaublicher Schnelligkeit durch die Wälder lief und Hügel und Felsen erkletterte; er übertraf die besten Läufer, sowie einen Hund, den wir an Bord hatten, erhaschte die flüchtigen Ziegen und brachte sie auf dem Rücken herbei. Er erzählte uns auch, wie er eines Tages, in hitziger Verfolgung eines solchen Tieres begriffen, nach einem durch Strauchwerk verborgenen Abhang gelangt und denselben samt seiner Beute hinabgestürzt sei. Durch den Fall verlor er das Bewusstsein und fand, wieder zu sich gekommen, die Ziege tot neben sich liegen. Vierundzwanzig Stunden lang blieb er damals an der Stelle liegen und vermochte sich auch dann nur mit größter Mühe nach seiner eine Meile entfernten Hütte zu schleppen, die er fernere zehn Tage nicht verlassen konnte.

Seine Nahrung würzte der Verlassene mit Steckrüben, welche jedenfalls die Mannschaft irgendeines Schiffes hier zurückgelassen hatte, mit Palmenkohl, Piment und Jamaikapfeffer. Als sein Schuhwerk und seine Kleidung unbrauchbar wurden, was eben nicht lange dauerte, ersetzte er diese durch Ziegenfelle, wobei ihm ein Nagel als Nähnadel dienen musste. Anstelle des bis auf den Rücken abgenützten Messers verfertigte er sich einige neue aus eisernen Fassreifen, die er zufällig am Strande fand. Das Sprechen hatte er wegen Mangels an Übung so weit verlernt, dass er sich nur mit Mühe verständlich zu machen vermochte. Rodgers nahm den Armen mit an Bord und stellte ihn als Hochbootsmann an.

Selkirk ist nicht der einzige Seemann, der auf Juan-Fernandez allein zurückgelassen wurde. Wir erinnern daran, dass Dampier daselbst einen von 1681 bis 1684 verlassenen Mosquito aufnahm, und man weiß auch aus der Geschichte Sharps und anderer Flibustier, dass der einzige Überlebende eines an der Inselküste gestrandeten Fahrzeuges hier fünf volle Jahre zubrachte, bis ihn ein anderes Schiff erlöste. Selkirks Schicksal benützten manche Schriftsteller zum Vorwurfe hübscher Jugendschriften, deren bekannteste in Deutschland Campe's »Robinson Crusoe«, in Frankreich Saintines Roman »Seul!« (»Allein!«) geworden sind.

Am 14. Februar verließen die beiden Schiffe Juan Fernandez und begannen ihren Zug gegen die Spanier. Rodgers überfiel Guayaquil, wo er eine große Beute machte, und bemächtigte sich einiger Schiffe, die ihm freilich mehr Gefangene als Geld in die Hände lieferten.

Dieser Teil seiner Fahrt bietet für uns kein Interesse, sodass wir hier nur einige Angaben über die Insel Gorzone anführen, wo er eine Art Affen traf, denen er wegen ihrer langsamen Bewegungen den Namen »Faultiere« gab; ferner über Tercamez, dessen mit vergifteten Pfeilen und Flinten bewaffnete Einwohner ihn mit Verlust zurückwiesen, und endlich über die unter 2° nördlicher Breite gelegenen Galapagosinseln. Dieser Archipel ist nach Rodger sehr vielgliedrig, unter seinen etwa fünfzig Inseln fand er aber auf keiner genießbares Süßwasser. Dagegen bemerkte er neben zahllosen Turteltauben sehr viele Land- und Seeschildkröten von außerordentlicher Größe - nach denen die Spanier früher die Inselgruppe tauften - und furchtbare Seehunde, von denen einer kühn genug war, ihn anzugreifen.

»Ich befand mich am Strande, sagt er, als jener mit geöffnetem Rachen und der Wut eines entsprungenen Kettenhundes aus dem Wasser auf mich zustürzte. Dreimal holte er zum Angriff aus. Jedes Mal stieß ich ihm meine Lanze in die Brust und brachte ihm eine tiefe Wunde bei, die ihn unter entsetzlichem Geschrei zum Rückzuge nötigte. Auch zuletzt drehte er sich noch einmal um und wies mir brüllend die gewaltigen Zähne. Vor kaum vierundzwanzig Stunden war übrigens auch einer meiner Leute in höchster Gefahr gewesen, von einem solchen Ungetüme getötet zu werden.«

Im Dezember zog sich Rodgers auf einer Galion aus Manilla, die er gelegentlich eroberte, nach Puerto-Seguro an der Küste Kaliforniens zurück. Von seiner Mannschaft drangen Einige in das Innere des Landes ein. Sie fanden daselbst dichte Wälder von hochstämmigen Bäumen, zwar kein Anzeichen von Bodenkultur, wohl aber an vielen Stellen aufsteigende Rauchsäulen, als Beweis, dass die Gegend doch bewohnt war.

»Die Eingeborenen, sagt Abbé Prévost in seiner »Geschichte der Reisen«, sind von hoher starker Gestalt, aber weit schwärzer als irgendeiner der Indianer, die er in der Südsee gesehen. Sie trugen lange schwarze, schlichte Haare, die ihnen bis auf die Schenkel herabfielen. Die Männer gingen meist ganz nackt, die Frauen dagegen bedeckten sich teilweise mit Blättern oder einem scheinbar aus solchen hergestellten Stück Stoff, oder endlich mit Tierfellen, Vogelbälgen u. dgl. ... Einzelne erschienen geschmückt mit Hals- und Armbändern aus Holzstäbchen und Muschelschalen; andere trugen um den Hals rote Beeren und Perlen, deren Durchbohrung sie offenbar nicht verstanden, denn letztere erwiesen sich nur ringsum eingeschnitten und durch einen herumgeschlungenen Faden verbunden. Sie fanden diesen Schmuck so schön, dass sie die Glashalsbänder der Engländer verächtlich zurückwiesen. Nur für Messer und Arbeitsgeräte zeigten sie lebhafte Vorliebe.«

Die »Duc« und die »Duchesse« verließen Puerto-Seguro am 12. Januar 1710 und landeten zwei Monate später bei der Insel Guaham, einer der Marianen. Hier nahmen sie Lebensmittel ein und erreichten dann, durch die Straßen von Butan und Saleyer segelnd, Batavia, Nach längerem, unfreiwilligem Aufenthalt in dieser Stadt und am Kap der Guten Hoffnung ankerte Rodgers am 1. Oktober bei Dunes.

Obwohl er sich nicht des Näheren über die heimgebrachten Schätze auslässt, kann man sich von denselben doch eine hinlängliche Vorstellung machen, wenn man Rodgers von den Barren und Speisegeschirren aus Gold und Silber reden hört, über die er seinen glücklichen Rhedern Rechnung ablegt. -

Auch die Fahrt des Admiral Anson, welche wir im Nachfolgenden schildern, gehört zu der Kategorie der Kaperzüge; sie beschließt aber die Reihe jener Seeräuberexpeditionen, welche die Sieger entehren, ohne die Besiegten zu vernichten. Bereichert auch der Genannte die Erdkunde selbst nach keiner Seite, so enthält sein Bericht doch viele verständige Betrachtungen und interessante Beobachtungen aus sehr wenig bekannten Gebieten. Dieselben rühren übrigens nicht, wie der Titel meldet, von Richard Walter, dem Kaplan der Expedition, sondern nach Nichols » *Literary anecdotes*« von Benjamin Robins her.

Georges Anson ward im Jahre 1697 in Staffordshire geboren. Seemann von Kindheit auf, wusste er sich bald bemerkbar zu machen. Er genoss den Ruf eines geschickten und glücklichen Schiffsführers, als er 1739 den

Befehl über ein, aus der »Centurion« mit 60 Kanonen, der »Glocester« mit 50, der »Severe« mit gleichviel, der »Perle« mit 40, der »Wager« mit 28 Kanonen, der Schaluppe »Trial« und zwei Transportschiffen für Lebensmittel und Schießbedarf bestehendes Geschwader übernahm. Außer einer Mannschaft von 1460 Köpfen führte diese Flotte noch 470 Invaliden oder Marinesoldaten mit sich.

Am 18. September 1740 verließ die Expedition England und ging über Madeira, die Insel Santa Katharina nahe der Küste Brasiliens, ferner über den Hafen St. Julien durch die Lemaire-Straße.

»Wie abschreckend auch der Anblick von Feuerland wirken mag, sagt der Bericht, der von Staatenland übertrifft ihn doch noch bedeutend. Hier besteht die Küste nur aus einer Reihe unübersteiglicher Felsen, über welche noch scharfe Spitzen hinausragen und die bei ihrer außerordentlichen Höhe unter einer Decke ewigen Schnees verborgen liegen. Nur schauerliche Schlünde unterbrechen zuweilen die Steinmauer. Kaum vermag man sich etwas Traurigeres und Wilderes vorzustellen als diese Küste.«

Kaum traten die letzten Schiffe aus der Meerenge heraus, als das Geschwader von häufigen Böen, Windstößen und Stürmen überfallen wurde, sodass die erfahrensten Matrosen gestanden, noch niemals derartige Orkane erlebt zu haben. Dieses abscheuliche Wetter hielt sieben Wochen ohne Unterlass an. Es bedarf wohl kaum einer Erwähnung, dass die Flotte dabei namhafte Havarien erlitt und eine Menge Matrosen verlor, welche teils durch die Wellen über Bord gespült, teils von Krankheiten dahingerafft wurden, die sich in Folge fortwährender Feuchtigkeit, wie der ungesunden Nahrung entwickelten.

Zwei Schiffe, die »Severe« und die »Perle«, versanken, vier andere wurden außer Sicht verschlagen. Anson konnte in Valdivia, das im Fall einer Trennung als Sammelplatz bestimmt war, nicht einlaufen. Weit darüber hinaus verschlagen, gelang es ihm erst bei Juan Fernandez, wo er am 9. Juni eintraf, ans Land zu gehen. Die »Centurion« bedurfte eines Zufluchtsortes am nötigsten. Vierundzwanzig Mann von ihrer Besatzung waren umgekommen, sie entbehrte des Trinkwassers und der Skorbut wütete dermaßen unter ihrer Mannschaft, dass kaum zehn Mann zum Beziehen der Wachen fähig waren. Drei andere Fahrzeuge in nicht minder schlechtem Zustand trafen ebenfalls bald hier ein.

Jetzt galt es zuerst den erschöpften Leuten Erholung zu gönnen und die empfindlichsten Schäden der Schiffe auszubessern. Anson führte die Kranken ans Land und brachte sie an einer wohl geschützten Stelle in freier Luft unter; dann durchstreifte er, gefolgt von den kräftigsten Matrosen, die Insel in allen Richtungen, um deren Rheden und Küsten aufzunehmen. Der beste Ankerplatz wäre, nach Anson, die Cumberlandbay. Der südöstliche Teil von Juan Fernandez - eine kleine Insel von beiläufig fünf Meilen Länge auf zwei der Breite - ist trocken, steinig und baumlos, das Land tiefliegend und im Verhältnis zur Westküste sehr eben. Kresse, Portulak, Orseille, Steckrüben, sizilische Rüben u. dgl. wucherten hier in Überfluss, ebenso wie Hafer und Klee. Anson ließ Möhren und Lattich säen, auch Pflaumen-, Aprikosen- und Pfirsichkerne stecken. Er überzeugte sich, dass die vielen Böcke und Ziegen, welche frühere Büffeljäger hier zurückgelassen und die sich erst stark vermehrt hatten, jetzt nur weit minderzählig vorhanden waren. Die Spanier hatten nämlich, um ihren Feinden diese schätzbare Hilfsquelle versiegen zu machen, hier eine Menge halbverhungerter Hunde ausgesetzt, welche auf die Ziegen Jagd machten und deren eine solche Anzahl verzehrten, dass zu jener Zeit kaum noch zweihundert vorhanden waren.

Der Chef des Geschwaders - denn so wird Anson in dem Berichte stets bezeichnet - ließ auch die etwa fünfundzwanzig Meilen von Juan Fernandez entfernte Insel Mas-a-fuero untersuchen. Kleiner als jene ist sie doch waldreicher, besser bewässert und beherbergt weit mehr Ziegen.

Gegen Anfang Dezember hatten sich die Mannschaften so weit erholt, dass Anson daran dachte, nun seinem eigentlichen Ziele, dem Kaperkrieg gegen die Spanier, näher zu treten. Er erbeutete zuerst etliche Schiffe mit kostbaren Waren und Goldbarren und legte die Stadt Pacta in Asche. Die Spanier selbst schätzten ihren hierdurch erlittenen Verlust auf anderthalb Millionen Piaster.

Nun begab sich Anson nach der Bay von Quiba, in der Nähe von Panama, um der Galion aufzulauern, welche die Schätze der Philippinen alljährlich nach Acapulco überbringt. Begegneten die Engländer hier auch keinem einzigen Bewohner, so fanden sie doch, neben einigen elenden Hütten, große Haufen von Muscheln und schöner Perlmutter, welche die Fischer von Panama den Sommer über hier liegen zu lassen pflegen. Unter den reichlichen, an diesem Orte vorhandenen Nahrungsmitteln verdienen besonders die Riesenschildkröten hervorgehoben zu werden, welche gewöhnlich zweihundert Pfund wiegen und die man auf höchst eigentümliche Weise einfängt. Zeigt sich nämlich eine solche schlafend auf der Wasseroberfläche, so taucht ein geübter Schwimmer unfern derselben unter, erfasst beim Wiederauftauchen deren Schale nahe dem Schwanze und sucht sie herabzuziehen. Dadurch erwacht jene und beginnt sich zu wehren, hält aber eben dabei den Menschen so lange über Wasser, bis Boote herankommen, um beide aufzunehmen.

Nach ziemlich fruchtloser Kreuzfahrt sah sich Anson genötigt, drei spanische Schiffe, die er genommen und bemannt hatte, zu verbrennen. Nach Verteilung ihrer Besatzung und Ladung auf die »Centurion« und »Glocester«, die beiden einzigen noch übrigen Schiffe des Geschwaders, beschloss Anson am 5. Mai 1742, nach China zu segeln, wo er Verstärkung und Proviant zu finden hoffte. Zu dieser vorher auf etwa sechzig Tage berechneten Überfahrt brauchte er aber volle vier Monate. Infolge eines heftigen Sturmes sprang die »Glocester« leck und musste, bei der Unmöglichkeit, das Schiff mit der stark verminderten und geschwächten Mannschaft länger zu halten, verbrannt werden. Nur Geld und Lebensmittel wurden von derselben noch übergeführt nach der »Centurion«, dem letzten Überbleibsel der stolzen, vor kaum zwei Jahren von Englands Gestaden abgesegelten Flotte.

Anson kam, weit aus seiner Route verschlagen, hoch nach Norden, wo er am 26. August die Inseln Atanaron und Serigan auffand; am folgenden Tage entdeckte er Saypan, Tinian und Agnigan, welche zu dem Archipel der Marianen gehören. Ein spanischer Sergeant, den er in dieser Gegend auf einer kleinen Schaluppe gefangen nahm, teilte ihm mit, dass die Insel Tinian unbewohnt sei, aber Überfluss besitze an Rinderherden, Geflügel und herrlichen Früchten, wie Orangen, Limonen, Citronen, Kokospalmen, Brotfruchtbäumen usw. Natürlich kam diese Nachricht der »Centurion« sehr gelegen, denn ihre Besatzung belief sich nur noch auf 71, durch Entbehrungen und Krankheiten tief erschöpfte Leute, dem Reste von 2000 Matrosen, welche die Flotte bei der Abfahrt mit sich führte.

»Der Boden ist hier trocken und etwas sandig, lautet der Bericht, wobei auf Wiesen und in Wäldern ein zarterer und gleichmäßigerer Rasen gedeiht, als man ihn sonst im Tropenklima zu finden pflegt; das Land steigt von dem Ankerplatze der Engländer bis zur Mitte der Insel allmählich an; bevor es aber seine größte Höhe erreicht, unterbrechen dasselbe mehrere Niederungen mit trefflichem Klee und verschiedenen Blumen, und umrahmt von schönen Wäldern, deren Bäume köstliche Früchte erzeugen. Die Tiere, während des größten Teiles des Jahres die einzigen Herren dieser prächtigen Gefilde, erhöhen nur die romantischen Reize dieser Stellen und tragen nicht wenig dazu bei, ihnen ein wahrhaft entzückendes Aussehen zu verleihen. Nicht selten sieht man Tausende von Rindern friedlich auf einer solchen großen Prärie weiden, ein umso merkwürdigerer Anblick, weil dieselben bis auf die meist schwarzen Ohren alle von milchweißer Farbe sind. Trotz der Verlassenheit der Insel erweckt das fortwährende Brüllen und der Anblick so zahlreicher Haustiere, welche sich auch in den Wäldern tummeln, doch unwillkürlich die Gedanken an Farmen und Dörfer.«

Wirklich ein bezauberndes Bild! Sollte ihm der Verfasser aber nicht einige Reize nachsagen, welche nur in seiner Einbildung vorhanden waren? Nach so langer Seefahrt mit vielen Stürmen ist es wohl nicht zu verwundern, wenn die grünenden Urwälder, die Üppigkeit der Pflanzenwelt, der Reichtum an tierischem Leben auf den Geist der Begleiter des Lord Anson einen überwältigenden Eindruck hervorbrachten. Wir werden übrigens bald erfahren, ob seine Nachfolger von Tinian ebenso entzückt gewesen sind wie er.

Anson konnte sich trotz alledem einer gewissen Unruhe nicht entschlagen. Wohl fand er Gelegenheit, sein Schiff gut auszubessern, auf dem Lande lagen aber doch noch viele Kranke in Erwartung gänzlicher Wiedergenesung, und an Bord blieb nur eine kleine Anzahl Matrosen zurück. Der Ankergrund bestand aus Korallen und man hatte alle Vorsicht nötig, ein Zerschneiden der Kabel zu verhüten. Da erhob sich zur Zeit des Neumondes ein heftiger Wind und brachte das Schiff zum Treiben. Die Anker bewährten sich wohl, nicht aber die Taue, und so schwankte die »Centurion« auf das offene Meer hinaus. Ohne Unterlass grollte der Donner und der Regen stürzte in solchen Strömen herab, dass man auf dem Lande nicht einmal die von dem Schiffe ausgehenden Notsignale hörte. Anson, die meisten Offiziere und ein großer Teil der Mannschaften, zusammen 113 Köpfe, waren auf dem Lande zurückgeblieben und sahen sich nun des einzigen Hilfsmittels beraubt, von Tinian fortzukommen.

Die Verzweiflung war entsetzlich, die Bestürzung unaussprechlich. Anson aber, ein energischer und um Auskunftsmittel nie verlegener Mann, wusste seine Leute bald umzustimmen. Noch blieb ihnen eine den Spaniern abgenommene Barke übrig, und diese wollten sie verlängern, um alle Menschen und die nötigen Nahrungsmittel zur Überfahrt bis China aufnehmen zu können. Neunzehn Tage später kehrte die »Centurion«

zurück, die Engländer schifften sich am 21. Oktober ein und erreichten bald glücklich Macao. Seit zwei Jahren, d. h. seit ihrer Abreise aus England, ankerten sie zum ersten Male in einem befreundeten Hafen!

»Macao, sagt Anson, das früher sehr reich, stark bevölkert und imstande war, sich gegen seine chinesischen Grenznachbarn zu verteidigen, hat von seinem ehemaligen Glanze viel verloren. Obwohl es noch immer von Portugiesen bewohnt und durch einen, vom Könige von Portugal ernannten Gouverneur verwaltet wird, zehrt es doch gewissermaßen von der Gnade der Chinesen, die es leicht aushungern und überwältigen könnten; der Gouverneur hütet sich auch sorgsam, jene zu reizen.«

Anson musste sogar an den nächsten chinesischen Gouverneur einen Drohbrief ablassen, um nur die Erlaubnis auszuwirken, noch dazu gegen sehr hohe Preise, Nahrungsmittel und die nötigste Ausrüstungsreserve aufkaufen zu dürfen. Dann machte er öffentlich bekannt, dass er nach Batavia abfahre, und ging am 19. April 1743 unter Segel. Anstatt aber nach den holländischen Besitzungen zu steuern, wendete er sich nach den Philippinen und lauerte daselbst auf die von Acapulco zurückkehrende Galion, welche ihre Ladung dort gewöhnlich sehr teuer verkaufte. Gewöhnlich führten diese Schiffe 44 Kanonen und 500 Mann Besatzung. Anson zählte bloß 200 Matrosen, darunter etwa nur 30 Schiffsjungen; dennoch erschien ihm das Missverhältnis der Kräfte kein Hindernis, denn ihn reizte die Hoffnung auf reiche Beute, und die Habgier seiner Leute erschien ihm als hinlängliches Unterpfand für deren Kampfesmut.

»Warum, so fragte Anson eines Tages den Küchenmeister, warum bringen Sie nichts mehr von den Lämmern, die wir in China kauften, auf die Tafel? Wären diese alle aufgezehrt? – Der Herr Geschwader-Chef möge gütigst entschuldigen, erwiderte der Gefragte, noch sind zwei vorhanden, aber ich dachte sie aufzubewahren, um damit den Kapitän der Galione zu bewirten.«

Niemand, nicht einmal der Küchenmeister zweifelte also an dem erhofften Ausgang. Anson traf übrigens seine Anstalten sehr geschickt und wusste die kleine Zahl seiner Leute durch leichtere Beweglichkeit besser auszunützen. Es entspann sich wirklich ein lebhafter Kampf mit der Galione; die Matten, mit denen die Schanzkleidung derselben geschützt war, fingen Feuer und die Flammen leckten bald am Fockmast empor. Zwei Feinde auf einmal zu bekämpfen, ward den Spaniern zu schwer.

Sie ergaben sich nach zweistündigem Kampfe, der ihnen 77 Tote und 84 Verwundete gekostet hatte.

Die Beute war sehr beträchtlich: »1,313.843 Achter[1] und 35.682 Unzen Silber in Barren, außer einer Quantität Cochenille und einigen anderen, im Vergleich zu dem Silberfange minder wertvollen Waren. Unter Hinzurechnung des früheren Raubes belief sich die gesamte Beute nun nahezu auf 600 000 Pf. Sterling, ohne die Schiffe, Waren usw. zu rechnen, welche die Engländer den Spaniern verbrannt oder zerstört hatten und die wohl einen ebenso hohen Wert erreichen mochten.«

Nach seinem Raubzuge lief Anson das Ufer von Canton an, verkaufte dort die ganze übrige Beute weit unter ihrem Werte für 6000 Piaster und kehrte nach einer Abwesenheit von drei Jahren und neun Monaten am 15. Juni 1744 nach Spithead zurück. Sein Einzug in London glich einem Triumphzuge. Unter Trommelwirbel und Trompetenton und unter lautem Jubelruf der Volksmenge brachten 32 Lastwagen die auf 10 Millionen geschätzte Beute, welche unter den Offizieren und Matrosen geteilt wurde, ohne dass selbst der König zu einem Anspruch dabei berechtigt war.

Bald nach seiner Rückkehr nach England erhielt Anson die Ernennung zum Contre-Admiral und übernahm mehrere wichtige Kommandos. Im Jahre 1747 gelang es ihm, nach heldenhaftem Ringen den Marquis La Jonquière-Taffanel gefangen zu nehmen. Nach diesem Erfolge zum ersten Lord der Admiralität und zum Admiral befördert, unterstützte er 1758 den Versuch einer Landung der Engländer bei St. Malo und starb in London bald nach seiner Heimkehr.

[1] Eine spanische Goldmünze, so genannt, weil sie das Achtfache einer Dublone wertete; etwa M. 8*60 = fl. 4*30 unseres Geldes.

Zweites Kapitel.

Die Vorläufer des Kapitän Cook.

I.

Roggeween. - Dürftige Nachrichten über ihn. - Unbestimmtheit seiner Entdeckungen. - Die Oster-Insel. - Die Verderblichen Inseln. - Die Baumans-Gruppe. - Neu-Britannien. - Ankunft in Batavia. - Byron. - Aufenthalt in Rio de Janeiro und im Hafen Déstré. - Eintritt in die Magelhaens-Straße. - Die Falklands-Inseln und der Egmonthafen. - Die Fuegiens. - Mas-a-Fuero. - Die Trostlosen Inseln. - Die Inseln der Gefahr. - Tinian. - Rückkehr nach Europa.

Schon im Jahre 1669 hatte Pater Roggeween der holländisch-westindischen Handelsgesellschaft eine Denkschrift eingereicht, in der er die Ausrüstung dreier Schiffe befürwortete, um damit nach dem Stillen Ozean auf Entdeckung auszuziehen. Sein Plan fand zwar günstige Aufnahme, der Eintritt einer Erkaltung der Beziehungen zwischen Spanien und Holland zwang jedoch die batavische Statthalterschaft, vorläufig von einer solchen Expedition abzusehen. Noch auf dem Sterbebette nahm Roggeween seinem Sohne Jakob das Versprechen ab, den von ihm aufgestellten Plan auszuführen.

Mannigfache und von seinem Willen völlig unabhängige Umstände hinderten Letzteren lange Zeit an der Erfüllung seines Versprechens. Erst nachdem er wiederholt die Meere Indiens durchsegelt und eine Stelle als Rath bei dem Justizhofe von Batavia bekleidet, sehen wir Jakob Roggeween bei der holländisch-westindischen Compagnie neue Schritte tun. Wie alt er im Jahre 1721 wohl sein mochte und mit welchem Rechte er Ansprüche auf Übernahme der Oberleitung einer Entdeckungs-Expedition erhob, ist nicht bekannt geworden. Die biografischen Lexika widmen ihm meist nur wenige Zeilen, und Fleurieu, der in einem schönen und gelehrten Schriftchen die Entdeckungen des holländischen Seefahrers sicherer zu bestimmen suchen wollte, gelangte in dieser Beziehung zu keinem nennenswerten Resultat. Auch den Bericht über seine Reise hat er nicht einmal selbst abgefasst, sondern ein Deutscher namens Behrens. Vielleicht ist für die mancherlei dunklen Stellen, die Widersprüche und den Mangel an Genauigkeit der Erzähler mehr verantwortlich zu machen als der Seemann. Wiederholt scheint es, so wenig das doch vorauszusetzen ist, dass Roggeween von den Reisen und Entdeckungen seiner Vorgänger und Zeitgenossen kaum hinlängliche Kenntnis gehabt habe.

Am 21. August liefen unter seinem Kommando von Texel drei Schiffe aus: die »Aigle« mit 36 Kanonen und 111 Mann Besatzung, die »Tienhoven«, 28 Kanonen und 100 Mann, Kapitän Jakob Bauman und die Galeere die »Afrikanerin«, 14 Kanonen und 60 Mann, Kapitän Heinrich Rosenthall. Die Fahrt über den Atlantischen Ozean bot kein besonderes Interesse. Nachdem er Rio kurz berührt, suchte Roggeween eine Insel aufzufinden, welche er Aukes Magdeland nennt, das wäre das heutige Maidenland, die Falklands-Inseln oder Malouinen, wenn darunter nicht Georgia australis zu verstehen ist. Obwohl diese Inseln damals genügend bekannt waren, drängt sich doch die Annahme auf, dass die Holländer über deren Lage nicht sicher unterrichtet waren, da sie nach Aufgabe der Untersuchung Falklands sich nach den Inseln St. Louis des Franpais wenden wollten, ohne zu wissen, dass diese zu dem nämlichen Archipel gehörten.

Übrigens gibt es wenige Länder, welche mehr Namen geführt haben als diese, wie z. B. auch den der Pepysinsel oder Conti-Inseln, nebst noch manchen anderen. Es wäre leicht, ein ganzes Dutzend Bezeichnungen zusammenzustellen.

Nachdem er unter der Breite der Magelhaens-Straße und etwa achtzig Meilen von der Küste Amerikas eine Insel von zweihundert Meilen Umfang entdeckt oder doch erblickt hatte, die er »Ost-Belgien« taufte, drang Roggeween in die Lemaire-Straße ein, wo ihn heftige Strömungen bis 62° 30' südlicher Breite hinabführten; dann erreichte er wieder im Norden das Gestade von Chile, warf an der Insel Moha, die er unbewohnt fand, Anker und kam hierauf nach Juan Fernandez, wo er sich mit der »Tienhoven«, von der er seit dem 21. Dezember getrennt war, wieder vereinigte.

Die drei Schiffe verließen ihren Ankerplatz noch vor Ende März und steuerten nach Westnordwesten in der Richtung, wo sich zwischen dem 27. und 28. Grade das von Davis entdeckte Land befinden sollte. Nach mehrtägiger Kreuzfahrt kam Roggeween am 6. April 1722 in Sicht einer Insel, welche er Oster-Insel nannte.

Wir erwähnen hier nicht der übertriebenen Größenangaben, welche der holländische Seefahrer bezüglich dieses Landes macht, noch seiner Beobachtungen über Sitten und Gebräuche der Eingeborenen, da uns Gelegenheit geboten wird, das aus den weit verlässlicheren und eingehenderen Berichten Cooks und La Pérouse's besser kennen zu lernen, »Was man in diesen Berichten aber vermissen wird, sagt Fleurieu, ist jener Beweis gründlicher Bildung eines Roggeweenschen Sergeant-Majors, der uns, nach Beschreibung des Bananenblattes, welches sechs bis acht Fuß lang und zwei bis drei breit sein soll, belehrt, dass die Stammeltern des Menschengeschlechtes nach dem Sündenfalle damit ihre Blöße bedeckt haben sollen«; und er fügt zur weiteren Erläuterung hinzu, dass »Diejenigen, welche diese Behauptung aufstellen, sich darauf stützen, das genannte Blatt für das größte aller Pflanzen des Morgen- und Abendlandes halten«.

Diese Bemerkung zeugt für die hohe Vorstellung, welche Behrens sich von der Körpergröße unserer Urahnen machte.

Furchtlos kam ein Eingeborener an Bord der »Aigle«. Er ergötzte Alle durch seinen guten Mut, seine frohe Laune und durch seine nicht misszudeutenden Freundschaftsbezeugungen.

Am folgenden Tage bemerkte Roggeween auf dem mit einer Art Bildsäulen übersäten Strande eine Menge Eingeborene, welche die Ankunft der Fremdlinge mit neugieriger Ungeduld zu erwarten schien. Da fiel, man weiß nicht wie das zuging, ein Schuss, einer der Insulaner bricht zusammen und die entsetzte Menge stäubt nach allen Richtungen auseinander. Bald kehrt sie in gedrängten Gliedern wieder. Jetzt lässt Roggeween an der Spitze von etwa 100 Mann eine allgemeine Salve auf Jene abgeben, welche eine große Zahl von Opfern zu Boden streckt. Erschreckt beeilen sich die Eingeborenen, um die fürchterlichen Gäste zu besänftigen, diesen all' ihr Hab und Gut zu Füßen zu legen.

Fleurieu glaubt nicht, dass die Oster-Insel mit Davisland identisch sei; trotz der von ihm für diese Behauptung aufgeführten Gründe muss man, mangels durchgreifender Unterschiede seiner Beschreibung und in der Lage beider Länder, die Entdeckung Davis' und die Roggeween's schon deshalb für identisch halten, weil in jenen Meeresteilen bis auf den heutigen Tag keine weitere Insel bekannt geworden ist.

Durch einen heftigen Sturm von seinem Ankerplatze an der Ostküste der Oster-Insel vertrieben, steuerte Roggeween weiter nach Westnordwesten, durchsegelte Schoutens »Böses Meer« und entdeckte in einer Entfernung von 100 Meilen von der Oster-Insel ein anderes Eiland, das er für

Schoutens Insel der Hunde hielt und auf den ihm später verbliebenen Namen Carlshoff taufte.

Das Geschwader passierte diese Insel, ohne sie zu besuchen, und wurde während der folgenden Nacht durch Winde und Strömungen mitten in eine Gruppe niedriger Inseln verschlagen, deren Vorhandensein man nicht erwartete. Die Galeere »Die Afrikanerin« stieß dabei gegen eine Klippe, und die beiden anderen Schiffe hätte beinahe derselbe Unfall ereilt. Erst nach fünftägiger Anstrengung, Unruhe und Gefahr gelang es ihnen, sich wieder herauszufinden und klares Fahrwasser zu gewinnen.

Die Bewohner jenes Archipels waren groß, ihre Haare schlicht und lang und ihr Körper mit bunten Farben bemalt. Heut' ist man ganz einig darüber, in der von Roggeween hinterlassenen Beschreibung der »Verderblichen Inseln« den Archipel zu erkennen, den Cook später die Palliser-Inseln nannte.

Frühmorgens an dem Tage, nachdem Roggeween den Gefahren der Verderblichen Inseln entschlüpft war, entdeckte er eine Insel, der er den Namen »Aurora« gab. Sie erhob sich kaum über die Wasserfläche, und wenn die Sonne nicht eben aufging, wäre die »Tienhoven« in Gefahr gekommen, an derselben zugrunde zu gehen.

Bei einbrechender Nacht bemerkte man noch eine Insel, die den Namen »Vesper« erhielt und welche heute schwer zu bestimmen ist, wenn sie nicht der Palliser-Gruppe selbst angehört.

Roggeween eilte zwischen dem 15. und 16. Breitengrade mit vollen Segeln weiter nach Westen und befand sich »plötzlich« inmitten vieler halb überfluteter Inseln.

»Bei unserer Annäherung, sagt Behrens, sahen wir eine Menge Kanus längs der Küste hingleiten und kamen zu der Überzeugung, dass das Land hier dicht bevölkert sein müsse. Bei noch geringerem Abstande erkannten wir eine Anhäufung einzelner, aber dicht beieinandergelegener Eiland; endlich gelangten wir unbemerkt so zwischen dieselben, dass wir für einen Aus- oder Rückweg besorgt wurden, und der Admiral einen Steuermann nach dem Top des Mastes beorderte, um sich über den einzuschlagenden Kurs zu unterrichten. Unsere Rettung verdankten wir damals nur der eben herrschenden Windstille; die geringste Luftbewegung hätte unsere Schiffe auf die Riffe treiben müssen, ohne dass eine Hilfe möglich gewesen wäre. Zum Glück kamen wir ohne Unfall heraus.

Diese Inseln, sechs an der Zahl, bieten einen lachenden Anblick und mögen zusammen eine Ausdehnung von dreißig Meilen haben. Sie liegen fünfundzwanzig Meilen westlich von den Verderblichen Inseln. Wir gaben ihnen den Namen »das Labyrinth«, weil es vieler Umwege bedurfte, um aus denselben herauszukommen.«

Mehrere Schriftsteller erklären diese Gruppe für übereinstimmend mit Byrons Prince de Galles-Inseln. Fleurieu teilte diese Ansicht nicht. Dumont d'Arville glaubt, es handle sich hier um die schon von Schouten und Lemaire gesehene Vliegen-Gruppe.

Nach dreitägiger Fahrt gen Westen erblickten die Holländer eine Insel von schönem Aussehen. Kokos und andere Palmen neben üppigem Grün bezeugten ihre Fruchtbarkeit. Da man in der Nähe des Ufers keinen Ankergrund fand, musste man sich begnügen, dieselbe nur durch wohlbewaffnete Abteilungen untersuchen zu lassen.

Noch einmal vergossen die Holländer das Blut einer keineswegs feindselig auftretenden Bevölkerung, die sie am Ufer erwartete und nur den einen Fehler beging, in zu großer Anzahl herzugelaufen zu sein. Nach einer solchen, eher von Barbaren als von zivilisierten Menschen zu erwartenden Handlungsweise versuchte man die Eingeborenen durch Geschenke an deren Häuptlinge und ziemlich trügerische Freundschaftszeichen zwar wieder anzulocken, aber diese legten darauf offenbar keinen Wert. Als die Matrosen dagegen weiter ins Innere vordrangen, fielen sie mit einem Hagel von Steinen über dieselben her. Obgleich das Gewehrfeuer der Letzteren viele derselben zu Boden streckte, widerstanden sie den Fremdlingen doch mit Tapferkeit und zwangen diese, sich unter Mitnahme ihrer Verwundeten und Toten bald wieder einzuschiffen.

Natürlich schrien die Holländer nun über Verrat und wussten kaum, mit welchen Schmähungen sie die Hinterlist ihrer Gegner brandmarken sollten. Wer tat aber zuerst Unrecht? Wer war der angreifende Teil? Selbst zugegeben, dass einige Diebstähle vorgekommen wären, was ja wohl möglich ist, musste man den Fehler einiger Individuen, welche von der Heiligkeit des Eigentumsrechtes gewiss keine rechte Vorstellung hatten, in so strenger Weise und an einer ganzen Bevölkerung bestrafen? Trotz der hier erlittenen Verluste gaben die Holländer dem Lande, eingedenk der Erfrischungen, die sie ebenda gefunden, den Namen »Recreations-Insel«. Roggeween verlegte sie unter den 16. Breitengrad; ihre geografische Länge ist aber so mangelhaft bezeichnet, dass die Wiedererkennung noch nicht gelang.

Sollte Roggeween nun weiter im Westen die Insel Espiritu Santo de Quiros aufsuchen? Oder sollte er nach Norden segeln, um mithilfe des eben günstig wehenden Moussons Ostindien zu erreichen? Der Kriegsrat, dem er hierüber die Entscheidung überließ, entschloss sich für das letztere.

Am dritten Reisetage wurden gleichzeitig drei Inseln entdeckt, welche den Namen Baumanns, des Kapitäns der »Tinhoven«, erhielten, weil dieser sie zuerst gesehen hatte. Die Insulaner ruderten zwischen den Schiffen umher, um Tauschhandel zu treiben, während den Strand eine große Menge mit Bogen und Lanzen bewaffneter Eingeborener bedeckte. Sie waren von weißer Hautfarbe und unterschieden sich von Europäern höchstens dadurch, dass sie von der Sonne etwas intensiver gebräunt erschienen. Ihr Körper war auch durch keine Malereien entstellt. Ein Stück kunstreich gewebter und mit Fransen besetzter Stoff verhüllte sie von der Hüfte bis zu den Fersen. Auf dem Kopfe trugen sie einen Hut von gleichem Material und um den Hals eine Art von Kränzen von wohl riechenden Blumen.

»Ich muss gestehen, sagt Behrens, dass das die gesittetste und rechtschaffenste Völkerschaft war, die wir auf den Inseln der Südsee kennen lernten; erfreut über unsere Ankunft, empfingen sie uns mit göttlichen Ehren, und als wir Anstalt trafen, wieder abzureisen, zeigten sie ihr lebhaftes Bedauern auf jede mögliche Weise.« Aller Wahrscheinlichkeit nach ist hier die Rede von den Bewohnern der Schiffer-Inseln.

Nachdem es einige Inseln angelaufen, die Roggeween für die schon von Schouten und Lemaire besuchten Kokos- und Verräter-Inseln ansah, während Fleurieu gerade diese als eine neue holländische Entdeckung betrachtet und sie Roggeween-Archipel benennt, nachdem es ferner die Inseln Tienhoven und Gröningen, welche Pingré für Santa-Cruz de Mendana hält, zu Gesicht bekommen, erreichte das Geschwader endlich die Küsten von Neu-Irland, wo es sich durch wiederholte Blutbäder bemerklich machte. Von da ging es nach Neuguinea ab und warf zuletzt, nach Passierung der Molukken, vor Batavia Anker.

Hier nahmen die eigenen Landsleute - weniger menschlich gesinnt als irgendeine wilde Völkerschaft, die Roggeween je besucht hatte – die beiden noch übrigen Schiffe – die »Afrikanerin« war infolge des bei den

Verderblichen Inseln erlittenen Stoßes zugrunde gegangen – in Beschlag, Matrosen und Offiziere ohne Ansehen des Ranges gefangen und schickten sie zur Aburteilung nach Europa. Ihr unverzeihliches Verbrechen bestand nämlich darin, dass sie den Fuß auf ein Gebiet gesetzt hatten, welches der holländisch-ostindischen Handelsgesellschaft gehörte, während sie unter der Oberhoheit der westindischen Gesellschaft standen! Daraus entspann sich ein Prozess, durch dessen Endurteil der Ostindischen Kompanie auferlegt wurde, alles Beschlagnahmte herauszugeben und sehr beträchtlichen Schadenersatz zu leisten.

Von der Zeit seiner Rückkehr nach Texel, am 11. Juli 1723, verlieren wir Roggeween völlig aus den Augen und besitzen von den letzten Jahren seines Lebens keinerlei Kenntnis. Immerhin gebührt Fleurieu der wärmste Dank für seine Bemühung, die chaotischen Nachrichten dieser langen Seefahrt, welche in weiteren Kreisen bekannt zu werden verdiente, nach Möglichkeit entwirrt zu haben. -

Am 17. Juni 1764 erhielt Commodore Byron eine vom Lord der Admiralität unterzeichnete Ordre zugestellt, deren Eingang also lautete:

»Da nichts imstande ist, den Ruhm dieser Nation als Seemacht, den Glanz der Krone Großbritanniens und die Ausbreitung ihres Handels- und Schiffsverkehrs mehr zu befördern, als Entdeckungen in bisher unbekannten Gegenden zu machen, und da man Grund hat zu glauben, dass sich im Atlantischen Ozean zwischen dem Kap der Guten Hoffnung und der Magelhaensstraße noch weitere, den europäischen Mächten bisher unbekannt gebliebene Länder oder beträchtliche Inseln vorfinden dürften, welche ebenso in einer für die Schifffahrt bequemen Breite liegen, wie sie durch ihr Klima die Erzeugung handelswichtiger Rohprodukte begünstigen müssten; endlich da die unter dem Namen Pepys-Inseln oder Falklands-Inseln bekannten Territorien Sr. Majestät, welche ebenfalls unter der bezeichneten Breite liegen, noch nicht so eingehend erforscht sind, um eine genaue Vorstellung von ihren Küsten und Bodenerzeugnissen zu gestatten, obwohl sie von englischen Seefahrern entdeckt und besucht wurden – hat Se. Majestät in Erwägung dieser Umstände und unter Berücksichtigung, dass keine Konjunktur einem derartigen Unternehmen günstiger sein kann als der tiefe Friede, dessen sich alle seine Reiche eben erfreuen, geruht, dasselbe jetzt zur Ausführung zu bringen ...«

Wer war aber der erprobte Seemann, auf den sich die Wahl der englischen Regierung lenkte? Das war der am 8. November 1723 geborene Commodore Byron. Seit seiner Kindheit hatte er die lebhafteste Neigung zur Seemannslaufbahn zu erkennen gegeben und sich mit siebzehn Jahren auf dem Geschwader des Admiral Anson mit eingeschifft, das damals, wie wir wissen, mit dem Auftrag der Zerstörung der spanischen Niederlassungen an der Küste des Pazifischen Ozeans ausgeschickt wurde.

Wir haben im vorhergehenden Kapitel die zahlreichen Unfälle dieser Expedition und die unerwartete Glückswendung während des letzten Teiles derselben geschildert.

Das Schiff, auf welchem sich Byron damals befand, der »Wager«, litt beim Eingange zur Magelhaensstraße Schiffbruch, und die von den Spaniern gefangen genommene Mannschaft desselben wurde nach Chiloë (das Südende von Chile) abgeführt. Nach einer Gefangenschaft von nicht weniger als drei Jahren gelang es Byron zu entkommen und auf ein Schiff aus St. Malo zu gelangen, das ihn nach Europa zurückbeförderte. Er trat hier sofort wieder in Dienst, zeichnete sich bei mehreren Treffen im Kriege gegen Frankreich aus, und unzweifelhaft war es die Erinnerung an seine so unglücklich unterbrochene erste Reise um die Erde, welche ihm die Aufmerksamkeit der Admiralität zuwandte.

Die ihm anzuvertrauenden Fahrzeuge erhielten die sorgsamste Ausrüstung. Die »Dauphin« war ein Kriegsschiff 6. Ranges, mit 24 Kanonen, 150 Matrosen, 3 Leutnants und 37 Unteroffizieren. Die »Tamar« war eine Jacht mit 16 Kanonen, auf der sich unter dem Kommando des Kapitäns Muat 99 Matrosen, 3 Leutnants und 27 Unteroffiziere einschifften.

Der Anfang gestaltete sich nicht glücklich. Am 21. Juni verließ die Expedition die Londoner Werft; beim Hinabsegeln auf der Themse stieß die »Dauphin« aber auf Grund und musste in Plymouth einlaufen, um daselbst gekielholt zu werden.

Am 3. Juli ward hierauf der Anker wiederum gelichtet, und zehn Tage später lief Byron Funchal auf Madeira an, um noch einigen Proviant einzunehmen. Ebenso sah er sich genötigt, an den Inseln des Grünen Vorgebirges beizulegen, um Wasser zu fassen, da das mitgenommene sehr schnell verdorben war.

Bis zum Kap Frio hemmte nichts die Fahrt der beiden Schiffe. Nur machte Byron die später wiederholt bestätigte Beobachtung, dass der Kupferbeschlag seiner Schiffe die Fische zu vertreiben schien, die er in diesen Meeresteilen sonst in Überfluss hätte antreffen müssen. Drückende Hitze und unaufhörliche Regengüsse hatten einen großen Teil der Besatzungen aufs Lager geworfen, und das Verlangen nach einem Hafen und nach frischen Nahrungsmitteln trat sehr fühlbar zutage.

Beides sollte Rio de Janeiro bieten, wo man am 12. Dezember eintraf. Byron erhielt hier eine dringende Einladung seitens des Vizekönigs und schildert feine erste Zusammenkunft mit diesem folgendermaßen:

»Als ich meinen Besuch abstattete, wurde ich mit größter Feierlichkeit empfangen; gegen sechzig Offiziere hatten allein vor dem Palaste Aufstellung genommen. Die Leibgarde stand unter Waffen. Das waren sehr schöne Leute von straffer Haltung. Seine Exzellenz empfing mich, umgeben von allen hohen Würdenträgern, schon an der Treppe, wobei ich von einem benachbarten Fort mit fünfzehn Kanonenschüssen begrüßt wurde. Wir betraten sodann den Audienzsaal, von wo ich mich nach einer viertelstündigen Unterhaltung wieder empfahl und mit dem nämlichen Zeremoniell zurückbegleitet wurde ...« Wir werden bald Gelegenheit haben, den Unterschied bezüglich des Empfanges hervorzuheben, den Cook nur wenige Jahre nach Byron erfahren sollte.

Der Commodore erhielt ohne Mühe die Erlaubnis, seine Kranken ans Land zu bringen, und man gewährte ihm jede Erleichterung bei der Anschaffung von Nahrungs- und Stärkungsmitteln. Er hatte sich überhaupt über nichts zu beklagen als über die wiederholten Versuche der Portugiesen, seine Matrosen zur Desertion zu verleiten. Die in Rio herrschende unerträgliche Hitze verkürzte die Dauer des Aufenthaltes. Am 16. Oktober wurden die Anker gelichtet, die Schiffe mussten am Eingang der Bay aber noch vier oder fünf Tage lang stillhalten, bevor ein Landwind es ihnen ermöglichte, die hohe See zu gewinnen.

Bis jetzt war die eigentliche Bestimmung des kleinen Geschwaders geheim gehalten worden. Nun berief Byron aber den Kommandanten der »Tamar« zu sich an Bord und las, in Gegenwart der versammelten Matrosen, seine Instruktionen vor, welche ihm vorschrieben, nicht wie man bisher allgemein angenommen, nach Ostindien zu segeln, sondern im südlichen Ozean zu kreuzen und daselbst auf Entdeckungen auszugehen, welche für England von hohem Werte sein könnten. Mit Rücksicht hierauf bewilligten die Lords der Admiralität den Mannschaften doppelten Sold, ohne von der Aussicht auf Avancement und besondere Gratifikationen zu sprechen, wenn man mit ihnen zufrieden sei. Von dieser kurzen Ansprache gefiel den Matrosen vorzüglich der zweite Teil, den sie mit freudigem Hurra begrüßten.

Bis zum 29. Oktober steuerte man ohne Unfall nach Süden zu. Da stellten sich häufige Schloßenwetter und heftige Windstöße ein, die zu einem wahren Sturme ausarteten und den Commodore veranlassten, vier Geschütze über Bord zu werfen, um nicht im vollen Segeln zu kentern. Am nächsten Tage gestaltete sich die Witterung etwas erträglicher, es herrschte aber eine Kälte wie zu jener Jahreszeit in England, obwohl der November hier dem Mai der nördlichen Halbkugel entspricht. Da der steife Wind die Schiffe immer nach Osten hin ablenkte, fing Byron an zu fürchten, dass es sehr schwer halten würde, längs der Küste Patagoniens hinabzusegeln.

Am 12. Dezember erscholl da plötzlich, ohne dass auf den Karten eine Küste verzeichnet stand, der Ruf: »Land! Land nach vorn!« Dicke Wolken verdunkelten eben den ganzen Horizont und der Donner folgte den Blitzen fast ohne Unterbrechung.

»Ich glaubte zu bemerken, schreibt Byron, dass das Land, was uns auf den ersten Anblick als eine Insel erschien, nur zwei große schroffe Berge zeigte; beim Auslugen auf der Windseite schien es mir dagegen, als ob das jene Bergspitzen verbindende Land sich weit nach Südosten hin erstreckte; wir steuerten infolgedessen Südwest. Ich ließ einige Offiziere auf die Masten steigen, um sich von der Richtigkeit dieser Wahrnehmung zu überzeugen; Alle versicherten, eine große Strecke Land zu sehen ... Wir liefen von nun ab nach Ostsüdost. Das Land bot scheinbar immer denselben Anblick. Die Berge erschienen bläulich, wie das bei trübem und regnerischem Wetter immer der Fall ist. wenn man sie aus geringerer Entfernung beobachtet. ... Bald darauf glaubten Einige, das Meer sich an einem sandigen Ufer brechen zu hören und zu sehen; nachdem wir aber noch ungefähr eine Stunde mit möglichster Vorsicht dahin gesegelt waren, verschwand plötzlich Alles, was wir für ein Land gehalten hatten, vor unseren Augen, und wir überzeugten uns, dass es nur ein Dunstgebilde gewesen sei ... Ich bin siebenundzwanzig Jahre hindurch, fährt Byron fort, fast unausgesetzt auf dem Meere gewesen, aber ich hatte keine Ahnung von der Möglichkeit einer so vollkommenen Gesichtstäuschung. ... Es unterliegt keinem Zweifel, dass, wenn die Witterung sich nicht so schnell geklärt hätte, um die Erscheinung vor unseren erstaunten Blicken zerfließen zu lassen, jeder Mann an Bord einen Eid darauf abgelegt hätte, an dieser Stelle Land gesehen zu haben. Wir befanden uns zurzeit übrigens unter 43° 46' südliche Breite und 60° 5' östliche Länge.«

Am folgenden Tage erhob sich wieder, von dem Geschrei Tausender fliehender Vögel angekündigt, ein ganz entsetzlicher Wind, der nicht länger als zwanzig Minuten anhielt. Er reichte aber hin, das Schiff auf die Seite zu legen, bevor man die Taue der großen Halsen kappen konnte, welche dabei in Stücke gingen. Gleichzeitig schlug die Schote des Großsegels den ersten Leutnant zu Boden, der besinnungslos weit wegrollte, und der nicht genügend gehaltene Fockmast brach entzwei.

Die folgenden Tage waren nicht viel günstiger. Außerdem erlitt das Fahrzeug infolge seines geringen Tiefgangs eine bedeutende Abweichung, sobald der Wind etwas frischer wehte.

Nach ziemlich stürmischer Reise erreichte Byron am 24. November - mit welcher Befriedigung wird man leicht begreifen - die Pinguin-Inseln und den Hafen Desiré. Leider sollten die Annehmlichkeiten dieser Station die Ungeduld, mit der die Mannschaft sie herbeigesehnt hatte, keineswegs rechtfertigen.

Als sie das Land betraten, fanden die englischen Seeleute auf dem Wege nach dem Innern nur eine wüste Gegend mit sandigen und völlig baumlosen Hügeln. Von Jagdwild gewahrte man einige Guanakos, aber in zu weiter Entfernung, um auf dieselben schießen zu können. Dagegen gelang es ohne besondere Mühe, einige Exemplare großer Hasen einzufangen. Die Jagd auf Seekälber und Wasservögel endlich lieferte einen so reichen Ertrag, dass man damit hätte »eine ganze Flotte traktieren« können.

Der schlecht instand gehaltene und wenig geschützte Hafen Desiré hatte auch den großen Fehler, dass man hier nur sogenanntes Brackwasser (eine Mischung aus Süß- und Salzwasser) vorfand. Von Einwohnern bemerkte man keine Spur. Ein längerer Aufenthalt schien nicht nur unnütz, sondern auch gefährlich. Byron ging also schon am 25. zur Aufsuchung der Pepysinsel ab.

Über die geografische Lage der letzteren herrschte noch ziemliche Ungewissheit. Halley verlegte sie 80 Grade östlich vom Festlande. Cowley, der Einzige, der sie selbst gesehen zu haben versichert, behauptet, sie liege unter 47° südlicher Breite, gibt aber deren geografische Länge nicht an. Hier war also ein interessantes Rätsel zu lösen.

Nachdem Byron im Norden, Süden und Osten umhergekreuzt, kam er zu der Überzeugung, dass jene gar nicht existiere, und steuerte nun nach den Sebaldinen, um sobald als möglich einen Hafen anzutreffen, in dem er Holz und Wasser, dessen er dringend bedurfte, finden könnte. Unterwegs überfiel ihn ein Sturm mit so gewaltigem Wogengange, dass sich Byron eines gleichen nicht entsinnen konnte, selbst nicht von seiner Umsegelung des Kap Horn mit Admiral Anson her. Als die Luft sich beruhigt, befand er sich in Sicht des Kaps der Jungfrauen am nördlichen Eingang der Magelhaens-Straße. Sobald das Schiff sich der Küste hinlänglich genähert hatte, erkannten die Matrosen am Strande eine Gruppe Berittener, welche eine weiße Fahne schwenkten und durch Zeichen zu verstehen gaben, dass jene ans Land kommen sollten. Neugierig, diese Patagonier, welche von früheren Reisenden so abweichend beschrieben waren, näher zu betrachten, ging Byron mit einer starken Abteilung wohlbewaffneter Soldaten ans Ufer.

Hier fand er gegen fünfhundert Männer, fast alle zu Pferde, von riesigem Wüchse, aber wahrhafte Ungeheuer in Menschengestalt. Ihr Körper war ganz abscheulich bemalt, das Gesicht durch Linien in verschiedenen Farben gestreift, und die Augen von blauen, schwarzen und roten Ringen umgeben, sodass es aussah, als trügen sie gewaltige Brillen. Fast Alle gingen nackt, bis auf ein über die Schultern geworfenes, mit der Haarseite nach außen getragenes Fell, wozu Einige noch Halbstiefeln trugen. Wahrlich, ein sehr primitives und billiges Kostüm!

In der Gesellschaft dieser Leute schwärmte eine Menge Hunde umher und, scheinbar recht hässliche, aber doch sehr flüchtige Pferde. Die Frauen ritten übrigens so wie die Männer ohne Steigbügel und galoppierten pfeilschnell am Meeresstrande hin, obgleich dieser mit großen, sehr schlüpfrigen Steinen bedeckt war.

Das Zusammentreffen verlief ganz friedlich. Byron beschenkte das Riesengeschlecht mit einer Menge Kleinigkeiten, Bändern, Glaswaren und Tabak.

Sobald er die »Dauphin« wieder betreten, lief Byron mit der Flut in die Magelhaens-Straße ein, nicht in der Absicht diese zu durchsegeln, sondern nur um einen sicheren und bequemen Hafen aufzusuchen, wo er

Holz und Wasser finden könnte, bevor er nach den Falklands-Inseln steuerte. Nachdem er die zweite enge Wasserstraße passiert, bekam Byron die Inseln St. Elisabeth, St. Barthelemy, St. Georges und die Sandy-Spitze in Sicht. Neben der letzteren breitete sich ein herrliches Stück Erde aus, mit vielen Bächen, Gehölzen und blumenübersäten Wiesen, die einen köstlichen Wohlgeruch ausströmten. Hunderte von Vögeln, deren eine Art wegen ihres mit leuchtenden Farben geschmückten Gefieders den Namen »Maler-Gänse« erhielt, belebten die Landschaft. Nirgends fand sich aber eine Stelle, wo ein Boot gefahrlos hätte landen können. Überall war nur seichtes Wasser mit schäumender Brandung. Fische, darunter vorzüglich ausgezeichnete Seebarben, Gänse, Bekassinen und andere schmackhafte Vögel wurden von der Mannschaft dagegen in großer Menge gefangen oder erlegt.

Byron sah sich also gezwungen, bis nach Port Famine vorzudringen, wo er am 27. Dezember anlangte.

»Hier lagen wir, sagt er, geschützt gegen alle Winde, mit Ausnahme des nur selten wehenden Südost, doch selbst wenn ein Schiff durch diesen nach dem Grunde der Bay an das Land getrieben würde, dürfte es bei dem klaren, weichen Meeresboden kaum viel Schaden leiden. Längs der Küste treibt übrigens stets so viel Holz hin, dass man tausend Schiffe damit versorgen könnte und wir der Mühe überhoben blieben, unseren Bedarf in den Wäldern zu fällen.«

Im Grunde der Bay mündet ein Fluss mit sehr gutem Wasser, die »Sedger«. Seine Ufer sind mit großen, prächtigen Bäumen besetzt, welche sich zu Schiffsmasten vorzüglich eignen würden. Auf den Zweigen wiegten sich unzählige Papageien und andere Vögel mit glänzendem Gefieder. Während Byrons Aufenthalt in Port Famine herrschte stets Überfluss an Allem. Am 5. Januar, als sich die Besatzung vollkommen erholt und man die Schiffe mit allem Notwendigen reichlich versehen hatte, segelte der Commodore zur Aufsuchung der Falklands-Inseln wieder ab. Sieben Tage darauf entdeckte er ein Land, in dem er die Insel Sebald de Wret's zu erkennen glaubte; bei weiterer Annäherung dagegen überzeugte er sich, dass das, was er für drei Inseln gehalten hatte, nur eine einzige mit weiter Verlängerung nach Süden bildete. Er zweifelte nun nicht länger daran, hier den, auf den damaligen Karten als New-Island bezeichneten, unter 51° südlicher Breite und 63° 32' westlicher Länge gelegenen Archipel vor sich zu haben.

Zunächst hielt sich Byron auf offener See, um nicht von der Strömung nach einer unbekannten Küste geführt zu werden. Nach dieser summarischen Besichtigung wurde ein Boot abgeschickt, das so nahe als möglich längs des Landes hinsegeln sollte, um einen sicheren und bequemen Hafen zu suchen, den dasselbe auch bald auffand. Er erhielt, zu Ehren des damaligen ersten Lords der Admiralität, den Namen Port Egmont.

»Ich glaube kaum, sagt Byron, dass man einen schöneren Hafen finden kann; der Ankergrund ist daselbst vorzüglich, Trinkwasser leicht zu beschaffen, und alle Schiffe ganz Englands könnten hier vor allen Winden sicher liegen. Gänse, Enten und anderes Geflügel gab es in so großer Menge, dass die Matrosen dieser Speisen ganz überdrüssig wurden. Leider herrschte nur etwas Mangel an Holz, bis auf einige Stämme, welche am Strande hinschwammen und wahrscheinlich durch die Magelhaens-Straße hierher gelangt waren.«

Wilde Orseille und Sellerie, diese wirksamsten Antiskorbutica, wuchsen hier allerorten. Seewölfe und Seelöwen, ebenso wie Pinguine traf man in so großer Menge an, dass man keinen Schritt am Strande tun konnte, ohne jene in zahlreichen Herden entfliehen zu sehen. Andere, bis auf die Größe und den Schweif Füchsen ähnliche, sonst aber unseren Wölfen gleichende Tiere griffen wiederholt die Matrosen an, welche jene nur mit Mühe abzuwehren vermochten. Es wäre schwer zu sagen, wie jene in diese vom Festlande wenigstens hundert Meilen entfernte Gegend gekommen sind, noch wo sie hier Zuflucht finden, denn an Pflanzen erzeugen diese Inseln nur Binsen und Schwertlilien, doch keinen einzigen Baum.

Der Bericht über diesen Teil der Reise Byrons bildet in Didots Biografie nur ein Gewebe unlösbarer Irrtümer. »Die Flottille, sagt Alfred de Lacaze, drang am 17. Februar in die Magelhaens-Straße ein, sah sich aber gezwungen, nahe bei Port Famine in einer Bucht vor Anker zu gehen, welche den Namen Port Egmont erhielt.« ... Wahrlich eine merkwürdige Entstellung der Tatsachen, welche den Leichtsinn beweist, mit dem einzelne Teile dieser umfassenden Sammlung bearbeitet sind.

Byron nahm im Namen des Königs von England von Port Egmont und den benachbarten Inseln, dem Falklands-Archipel, feierlich Besitz. Coley hatte dieselben Pepys-Inseln benannt; der Erste, der jene entdeckte, dürfte wohl der Kapitän Davis im Jahre 1592 gewesen sein. Zwei Jahre später sah Sir Richard Hawkins ein Land, welches man für identisch mit jenem hält, und dem er zu Ehren seiner Souveränin, der Königin Elisabeth den Namen Virginien gab. Endlich besuchten den Archipel ja auch Fahrzeuge aus St. Malo, zweifelsohne für Frezier die Ursache, die Inseln als »Malouinen« zu bezeichnen.

Nachdem er eine Anzahl Felsenberge, Eilande und Kaps getauft, verließ Byron Port Egmont am 27 Januar und segelte nach dem Hafen Desiré, den er neun Tage später erreichte. Hier fand er die »Florida«, ein Transportschiff, das ihm von England Lebensmittel und den bei einer so weiten Reise allemal nötig werdenden Ersatz an Ausrüstungs-Gegenständen zuführte. Der Ankerplatz erwies sich aber zu gefährlich, und die »Florida« wie die »Tamar« waren in zu schlechtem Zustand, um hier eine so langwierige Arbeit, wie die Umfrachtung der Ladung, vorzunehmen. Byron beorderte auf die »Florida« also einen seiner niederen Offiziere, der mit der Magelhaens-Straße hinlänglich bekannt war, und ging mit den beiden Begleitschiffen nach Port Famine unter Segel.

In der Meerenge begegnete er wiederholt einem französischen Fahrzeuge, das mit ihm gleichen Kurs einzuhalten schien. Nach seiner Ankunft in England hörte er, dass jenes die von Bougainville befehligte »Aigle« gewesen war, der auf der patagonischen Küste für die neue französische Kolonie auf den Falklands-Inseln Holz einnahm.

Bei ihren wiederholten Landungen in der Meerenge erhielt die englische Expedition auch den Besuch mehrerer Horden von Feuerländern. »Niemals habe ich, äußert sich Byron, so elende Geschöpfe gesehen. Sie gingen nackt bis auf eine über die Schultern geworfene stinkende Haut von Meerwölfen und trugen als Waffen Bogen und Pfeile, die sie mir für einige Halsperlen und andere Kleinigkeiten zum Tausch anboten. Die über zwei Fuß langen Pfeile waren aus Schilfrohr hergestellt und an der Spitze mit einem grünlichen Steine versehen; die Bogen, deren Sehne aus zusammengedrehten Tierdärmen bestand, gegen drei Fuß lang. Einige Früchte, Muscheln und vom Sturm auf den Strand geworfene halb verfaulte Fische bildeten ihre Nahrung. Ihre gewöhnliche Speise hätte wohl kaum ein Schwein berührt; diese bestand nämlich aus einem schon ganz fauligen, die Luft entsetzlich verpestenden Stücke Walfischfleisch. Einer der Leute zerriss das Aas mit den Zähnen und verteilte es an die Übrigen, die es mit der Gier wilder Tiere verschlangen. Einige dieser elenden Wilden entschlossen sich, an Bord zu kommen. Um ihnen eine Belustigung zu bereiten, spielte einer meiner niederen Offiziere Violine und mehrere Matrosen tanzten dazu. Jene schienen von dem Anblick ganz entzückt. Ungeduldig, ihre Dankbarkeit zu beweisen, eilte Einer wieder in seine Piroge hinunter und holte von da einen kleinen Sack aus Meerwolfshaut, gefüllt mit rötlichem Fette, mit dem er das Gesicht des Violinspielers einsalbte. Er hatte nicht üble Lust, mir dieselbe Ehre zu erweisen, gegen die ich mich natürlich verwahrte; dafür bemühte sich jener desto mehr, meine Bescheidenheit zu besiegen, und ich hatte die größte Mühe, mich gegen das mir zugedachte Ehrenzeichen zu verteidigen.«

Es dürfte hier nicht unnütz erscheinen, die Ansicht Byrons, eines gründlich erfahrenen Seemannes, über die Vorteile und Nachteile der Schifffahrt durch die Magelhaens-Enge mitzuteilen, vorzüglich, da er mit den meisten anderen Seeleuten, welche diese Meeresteile besuchten, nicht übereinstimmt.

»Die Gefahren und Schwierigkeiten, welche wir zu überwinden hatten, sagt er, könnten zu dem Glauben verleiten, dass es unklug sei, den in Rede stehenden Weg einzuschlagen, und dass die von Europa nach der Südsee steuernden Schiffe besser täten, das Kap Horn zu umschiffen. Diese Anschauung teile ich, obwohl ich das Kap Horn selbst zweimal doublierte, jedoch keineswegs. Es gibt nämlich eine Zeit im Jahre, wo nicht nur ein einzelnes Schiff, sondern auch eine ganze Flotte die Meerenge binnen drei Wochen bequem passieren kann, und muss man, um die günstigste Zeit zu benützen, im Monat Dezember in dieselbe einfahren. Ein unschätzbarer Vorzug dieses Weges, der für die Seeleute schon allein entscheidend sein müsste, liegt darin, dass man längs desselben viel Sellerie, Löffelkraut, Früchte und andere antiskorbutische Pflanzen antrifft.

Die Hindernisse, welche wir zu überwältigen hatten und die uns vom 17. Februar bis zum 8. April in der Meerenge aufhielten, sind nur auf Rechnung der Äquinoktien zu setzen, einer gewöhnlich stürmischen Jahreszeit, welche unsere Geduld allerdings mehr als einmal hart auf die Probe stellte.«

Bis zum 26. April, wo er in Sicht von Mas-a-fuero, eine der Inseln der Juan Fernandez-Gruppe, kam, hatte Byron einen nordwestlichen Kurs eingehalten. Hier setzte er sofort einige Matrosen ans Land, welche, nachdem sie Holz und Wasser besorgt, wilde Ziegen jagten, deren Geschmack sie vortrefflicher fanden, als den des besten Wildes in England.

Während des Aufenthaltes an dieser Küste ereignete sich noch ein merkwürdiger Fall. Am Ufer brach sich nämlich plötzlich eine so schwere Brandung, dass die Boote den Strand unmöglich erreichen konnten. Einer der ausgeschifften Matrosen, der freilich des Schwimmens unkundig war, wollte sich trotz des Rettungsgürtels, den er um den Leib trug, nicht ins Wasser wagen, um nach der nächsten Schaluppe zu gelangen. Selbst als man drohte, ihn allein zurückzulassen, konnte er sich nicht zu dem Wagnis entschließen. Da warf ihm einer seiner Kameraden ein Seil mit laufender Schlinge so geschickt über den Körper, dass man jenen nun mit Gewalt heranziehen konnte. Als er in das Boot gehoben wurde, heißt es in einem Berichte Hawkesworth's, hatte der arme Teufel so viel Wasser geschluckt, dass man ihn wohl für tot halten konnte. Er wurde nun an den Füßen aufgehängt, kam bald wieder zu sich und war am nächsten Tage frisch und wohlauf. Trotz dieser wahrhaft wunderbaren Kur möchten wir dieselbe den Rettungsgesellschaften doch nicht anempfehlen.

Von Mas-a-fuero aus wechselte Byron die bisher eingehaltene Richtung, um Davisland, die heutige Oster-Insel, aufzusuchen, welche die Geografen unter 27° 30' und etwa hundert Meilen westlich von der amerikanischen Küste verlegten. Acht Tage wurden auf die Nachsuchung verwendet.

Byron schlug nun, da er bei dieser Kreuzfahrt nichts entdecken und sie, wegen seiner Absicht den Salomonsarchipel zu besuchen, nicht länger fortsetzen konnte, einen nordwestlichen Kurs ein. Am 22. Mai trat der Skorbut auf den Schiffen auf und machte bald beunruhigende Fortschritte. Glücklicherweise entdeckte man am 7. Juni von den Top der Masten Land unter 14° 58' westlicher Länge.

Am anderen Tage lag die kleine Flottille vor zwei Inseln, welche einen recht lachenden Anblick boten. Da standen große, dicht belaubte Bäume zwischen Sträuchern und Gebüschen, unter denen sich einige Eingeborene umhertummelten, welche eiligst nach dem Strand herabliefen und dort Feuer anzündeten.

Byron schickte sofort ein Boot ab, um einen Ankerplatz zu suchen. Dasselbe kehrte zurück, ohne bis auf eine Kabellänge vom Ufer geeigneten Grund gefunden zu haben. Mit schmerzlichem Verlangen blickten die armen Skorbutkranken, die sich bis an die Schanzkleidung geschleppt hatten, nach der fruchtbaren Insel, auf der die Heilmittel für ihr Leiden wucherten und die zu betreten die Natur ihnen doch verwehrte.

»Sie sahen, so meldet der Bericht, Kokosbäume in Menge und mit Früchten beladen, deren Milchsaft vielleicht das mächtigste Antiskorbutikum der Welt darstellt; sie nahmen mit Recht an, dass sich hier auch Bananen, Limonen und andere Tropenfrüchte finden würden, und um ihrem Missvergnügen die Krone aufzusetzen, bemerkten sie gar noch Schildkröten am Strande. Alle diese Labungsmittel aber konnten sie jetzt ebenso wenig erlangen, als wären sie durch die halbe Erde davon getrennt gewesen, nur ließ der verlockende Anblick derselben sie ihre Leiden um so schmerzlicher empfinden.«

Byron wollte die Tantalusqualen, denen seine armen Matrosen ausgesetzt waren, nicht unnötig verlängern, er ging vielmehr, nachdem er der Inselgruppe den Namen der »Inseln der Enttäuschung« beigelegt, schon am 8. Juni wieder unter Segel. Am folgenden Tage erblickte er ein anderes langes, niedriges, mit Kokosbäumen bedecktes Land, in dessen Mitte eine Lagune mit einer kleinen Insel lag. Schon diese Erscheinung bewies den madreporischen Ursprung des Landes und kennzeichnete es als einfaches »Atoll«, das zwar noch keine Insel ist, doch eine solche werden soll. Ein zur Sondierung ausgesendetes Boot fand überall eine steile, mehr einer gekrönten Mauer ähnliche Küste.

Die Urbewohner des Landes ergingen sich inzwischen in zweifellos feindseligen Kundgebungen. Zwei derselben kletterten sogar in das Boot. Der Eine stahl einem Matrosen die Weste, der Andere griff nach der Hutspitze des Hochbootsmannes; da er aber nicht wusste, wie er den Hut erlangen sollte, zog er dessen Besitzer mit zu sich heran, sodass der Hochbootsmann Gelegenheit fand, sich gegen die Diebesgelüste des Wilden zu wehren. Zwei große, mit je dreißig Ruderern bemannte Pirogen machten Miene, die Schaluppen anzugreifen. Diese kamen ihnen indes zuvor, doch entspann sich, als sie ans Land stießen, noch ein Scharmützel, bei dem die, durch die große Übermacht bedrängten Engländer selbst von ihren Feuerwaffen Gebrauch machen mussten. Drei oder vier der Insulaner blieben auf dem Platze.

Am nächsten Tage gingen einige Matrosen und von den Skorbutkranken Die, welche die Hängematten zu verlassen vermochten, ans Land. Erschreckt durch die am Tage vorher erhaltene Lektion, hielten sich die Eingeborenen verborgen, während die Engländer Kokosnüsse pflückten und andere antiskorbutische Pflanzen einsammelten. Diese Stärkungsmittel gewährten der erschöpften Mannschaft eine so prompte Hilfe, dass nach wenig Tagen kein einziger Kranker mehr an Bord war. Papageien, sehr schöne und äußerst zahme Tauben bildeten nebst wenig anderen Vogelarten die ganze Fauna der Insel, die den Namen »König Georgsland« erhielt. Eine bald darauf entdeckte Insel taufte man »Prince de Gallas«. Alle diese Eilande gehörten zu dem Pomotu-Archipel und werden auch »die niedrigen Inseln« genannt, ein Name, den sie mit Recht verdienen.

Am 21. zeigte sich eine neue Inselkette, mit einem Gürtel von schäumender Brandung. Byron verzichtete darauf, von derselben eingehendere Kenntnis zu nehmen, da die Landung mehr Gefahr bot, als sie Vorteil versprach. Er nannte sie »die Inseln der Gefahr«.

Sechs Tage später wurde die Herzog Yorks-Insel entdeckt. Die Engländer fanden hier keine Bewohner, sammelten aber zweihundert Kokosnüsse, die ihnen von unschätzbarem Werte schienen. Weiterhin unter 1° 18' südlicher Breite und 173° 46' westlicher Länge erhielt eine isolierte, östlich vom Gilbertarchipel gelegene Insel den Namen Byrons. Die Hitze wurde hier wahrhaft unausstehlich, und fast alle, von der weiten Fahrt erschöpften Matrosen, welche nur unzureichende, ungesunde Nahrung hatten und halbverdorbenes Wasser trinken mussten, erlagen bald einer leichten Dysenterie.

Am 28. Juli endlich hatte Byron die Freude, die Inseln Saypan und Tinian aufzufinden, welche zu dem Archipel der Marianen oder Ladronen gehören, und er warf an derselben Stelle Anker, wo vor ihm Lord Anson mit der »Centurion« gelegen hatte.

Sofort wurden Zelte für die Skorbutkranken errichtet. Fast alle Matrosen waren von dieser schrecklichen Krankheit befallen und einige nahe dem Ende ihrer Kräfte. Der Befehlshaber unternahm es gleich anfangs, in die dichten, bis zum Strande herabreichenden Wälder einzudringen, um die herrlichen Gefilde aufzusuchen, von denen man im Berichte von Lord Anson's Kaplan so entzückende Schilderungen liest. Wie weit entfernt aber blieben sie von der Wirklichkeit, diese enthusiastischen Beschreibungen! Nach allen Seiten erstreckten sich nur undurchdringliche Gehölze, verworrene Pflanzendickichte oder Brombeere und andere stachelige Sträucher, welche man nicht durchdringen konnte, ohne sich bei jedem Schritte die Kleider zu zerreißen. Gleichzeitig fielen ganze Wolken von Mosquitos über die Leute her und zerstachen sie jämmerlich. Essbares Wild war selten, schwer zu erlangen, das Wasser abscheulich und die Rhede endlich in dieser Jahreszeit so gefährlich, wie nur eine sein kann.

Der beabsichtigte Aufenthalt begann also unter schlechten Aussichten. Doch entdeckte man zuletzt noch Limonen, bittere Orangen, Goyaven, Kokosnüsse, Brot- und andere Früchte. Lieferten diese Bodenerzeugnisse einerseits die erwünschtesten Heilmittel für die Skorbutkranken, so erzeugte doch die, mit sumpfigen Ausdünstungen geschwängerte Luft so verderbliche Fieber, dass zwei Matrosen daran zugrunde gingen. Dabei strömte ein unablässiger Regen herab und die Hitze wurde unerträglich. »Ich war auf der Küste von Guinea, sagt Byron, in Ostindien, auf der unter dem Äquator liegenden Insel St. Thomas, aber nirgends habe ich eine so entsetzliche Hitze angetroffen.«

Wenigstens konnte man sich hier aber leicht mit Geflügel und wilden Schweinen im durchschnittlichen Gewicht von 200 Pfund, reichlich versorgen, doch musste das Fleisch an Ort und Stelle verzehrt werden, da es schon nach einer Stunde zu faulen begann. Die Fische endlich, welche man hier an der Küste fing, waren so ungesund, dass Alle, die davon, selbst nur mäßig aßen, sehr ernstlich erkrankten und wirklich in Lebensgefahr kamen.

Nach neunwöchentlichem Aufenthalte verließen die beiden Schiffe am 1. Oktober, reichlich versehen mit Stärkungs- und Nahrungsmitteln, die Rhede von Tinian wieder. Byron gelangte nach der schon von Anson gesehenen Insel Anatacan und steuerte immer weiter nach Norden, um womöglich den Nordost-Mousson zu erreichen, bevor er nach den Bashers kam, einen Archipel im äußersten Norden der Philippinen. Am 22. bekam er die Insel Grafton, die nördlichste jener Gruppe in Sicht, und erreichte am 3. November die Insel Timoan, welche Dampier schon als eine Örtlichkeit bezeichnet hatte, wo man sich leicht mit allerlei Nahrungs- und Erfrischungsmitteln versorgen könne. Die der malayischen Rasse angehörigen Einwohner aber wiesen die Äxte, Messer und eisernen Instrumente, welche man ihnen als Tauschobjekte für Geflügel anbot, mit Nichtachtung zurück. Sie wollten Rupien haben. Zuletzt begnügten sie sich indessen doch noch mit einigen Taschentüchern, als Preis für ein Dutzend Stück Federvieh, eine Ziege und deren Zicklein. Zum Glück erwies sich der Fischfang sehr ergiebig, denn es war fast unmöglich, sich stets frische Nahrungsmittel zu beschaffen.

Byron ging also am 7. November wieder unter Segel, passierte Poulo-Kontor in weiter Entfernung und ankerte einmal bei Poulo-Toya, wo er eine Sloop mit holländischer Flagge, aber rein malayischer Besatzung antraf. Dann erreichte er Sumatra, hielt sich längs dessen Küste und warf am 28. November Anker vor Batavia, dem Hauptsitz der holländischen Herrschaft in Ostindien.

Auf der Rhede lagen hier noch mehr als hundert große und kleine Schiffe, so sehr stand jener Zeit der Handel der Indischen Compagnie in Blüte. Die Stadt selbst erfreute sich damals des höchsten Glanzes. Ihre breiten, wohl angelegten Straßen, die sehr gut unterhaltenen und mit prächtigen Bäumen besetzten Kanäle und die gleichmäßigen Häuser verliehen ihr einen Anblick, der sehr lebhaft an die Städte der Niederlande erinnerte. Portugiesen, Chinesen, Engländer, Holländer, Perser und Malayen belebten die Promenaden und die Geschäftsgegenden der Stadt; Feste, Empfangsfeierlichkeiten und Vergnügungen jeder Art erweckten in jedem Fremden eine hohe Vorstellung von ihrem Wohlstande und erhöhten den Reiz des Aufenthaltes hierselbst. Der einzige Übelstand für Seeleute, welche eine so lange Reise hinter sich hatten, freilich nicht der kleinste - war die Ungesundheit des Ortes, wo die Fieber nie aufhören. Da Byron diese Verhältnisse kannte, beeilte er sich, neuen Proviant zu erhalten, und lichtete schon nach zwölftägigem Aufenthalte wieder die Anker.

Trotz der Kürze dieser Rast hatte sie doch schon zu lange gewährt. Kaum waren die Fahrzeuge durch die Sunda-Straße gekommen, als ein heftiges putrides Fieber die Hälfte der Mannschaft auf das Lager warf und drei Matrosen sogar tötete.

Nach achtundvierzigtägiger Reise bekam Byron die Küste Afrikas in Sicht und ging drei Tage später in der Tafelbay vor Anker.

Die Kapstadt lieferte alles, was er brauchte, Lebensmittel, Wasser, Arzneien, Alles wurde mit einer Eile verladen, welche sich nur durch die Sehnsucht nach der Heimkehr erklärt, und endlich richtete man nun die Schiffsschnäbel nach den Gestaden der Heimat.

Nur zwei Ereignisse unterbrachen die eintönige Fahrt über den Atlantischen Ozean.

»Auf der Höhe von St. Helena, sagt Byron, erhielt das Schiff plötzlich bei schönstem Wetter, günstigem Winde und in weiter Entfernung vom Lande einen so harten Stoß, als sei es auf eine Bank aufgefahren. Die Heftigkeit der Bewegung brachte uns Alle auf die Beine und wir eilten schleunigst auf Deck. Da sahen wir das Meer sich im weiten Umkreise blutig färben, was unsere Befürchtungen bald zerstreute. Wir schlossen daraus, dass wir auf einen Walfisch oder ein ähnliches Seesäugetier gestoßen wären und unser Schiff wahrscheinlich ohne Beschädigung davon gekommen sei, was sich auch bestätigte.«

Einige Tage später befand sich die »Tamar« in einem so schlechten Zustand und hatte vorzüglich am Steuerruder so schwere Havarien erlitten, dass man eine Maschinerie erfinden musste, dasselbe einstweilen zu ersetzen, und sich genötigt sah, die Antillen anzulaufen, da es gefährlich erschien, die Reise noch weiter fortzusetzen.

Am 9. Mai 1766 warf die »Dauphin« bei Dunes Anker, nach einer Reise um die Erde, welche nahezu dreiundzwanzig Monate gedauert hatte.

Von allen Erdumsegelungen der Engländer war diese die glücklichste gewesen. Bis zu dieser Zeit hatte man auch noch keine solche, in ausschließlich wissenschaftlichem Interesse ausgeführt. Wenn die Ergebnisse derselben nicht so reichlich ausfielen, wie man erwartet haben mochte, so ist dafür weniger der Befehlshaber, der ja hinreichende Proben seiner Befähigung ablegte, verantwortlich zu machen, als das Gremium der Lords der Admiralität, deren Instruktionen nicht bestimmt genug lauteten, und welche nicht dafür Sorge getragen hatten, wie es später üblich wurde, der Expedition Special-Gelehrte für die verschiedenen Fächer der Wissenschaft beizugeben.

Übrigens ließ man Byron alle Gerechtigkeit widerfahren. Man belohnte ihn mit dem Admiralstitel und übertrug ihm ein wichtiges Kommando in Ostindien. Der letzte Teil seines Lebens, das im Jahre 1786 endigte, bietet keine für unser Thema geeigneten Anhaltepunkte, wir beschäftigen uns mit demselben hier also nicht weiter.

II.

Wallis und Carteret. - Vorbereitungen. - Beschwerliche Fahrt durch die Magelhaens-Straße. - Trennung der »Dauphin« und der »Swallow«. - Die Insel Whitsunday. - Nie Königin Charlotte-Insel. - Cumberland, Henry u. a. m. - Tahiti. - Die Inseln Howe, Voskaven und Keppel. - Insel Wallis. - Batavia. - Das Kap. - Entdeckung der Inseln Pitcairn, Osnabrugh und Glocester durch Carteret. - Der Archipel Santa-Cruz. - Die Salomonsinseln. - Der Kanal St. Georg und Neu-Irland. - Die Portland- und Admiralitäts-Inseln. - Macassar und Batavia. - Begegnung mit Bougainville im Atlantischen Ozean.

Nachdem einmal der Anstoß gegeben war, betrat England den Weg jener großartigen wissenschaftlichen Expeditionen, welche für dessen Marine so fruchtbringend sein und ihr ein so großes Ansehen verleihen sollten. Welch' unschätzbare Ausbildung gewähren auch solche Erdumsegelungen, bei denen die Mannschaften, Offiziere wie Soldaten, stets auf unerwartete Vorkommnisse gefasst sein mussten und die Eigenschaften des Seemannes, des Soldaten, ja, des Menschen überhaupt jeden Augenblick auf die Probe gestellt werden konnten. Wenn die englische Seemacht Frankreich während der Kriege der Revolutionszeit und des Kaisertums stets durch ihre Überlegenheit erdrückte, so ist das wohl ebenso gut den Matrosen und Seeleuten zuzuschreiben, die sich im harten Dienste ausbildeten, wie der Zerrissenheit des Landes selbst, welche dasselbe jeder Oberleitung der Marine beraubt hatte.

Die englische Admiralität organisierte also, sofort nach Byrons Heimkehr, eine neue Expedition, doch scheint es, als ob dieselbe gar zu eilig vorbereitet worden sei. Anfang Mai war die »Dauphin« nach Dunes zurückgekommen und schon sechs Wochen später, am 19. Juni, übernahm Kapitän Samuel Wallis das Kommando derselben.

Dieser Offizier hatte, nachdem er alle Grade eines Marinesoldaten durchlaufen, in Kanada ein wichtiges Kommando geführt und zur Einnahme von Louisbourg wesentlich beigetragen. Wir wissen nicht, warum die Admiralität gerade ihn unter so vielen Seeoffizieren, die ihr zur Verfügung standen, auserwählte; doch hatten die edlen Lords keine Ursache, ihre getroffene Entscheidung zu bereuen.

Wallis ging sofort daran, die »Dauphin« wieder in seetüchtigen Zustand zu versetzen, und am 21. August, also kaum zwei Monate nach Übernahme seines Auftrags, vereinigte er sich auf der Rhede von Portsmouth mit der Sloop »Swallow« und der Flute »Prince Frederic«. Das zweite dieser Fahrzeuge stand unter dem Befehl des Leutnants Brine; das erstere hatte als Kapitän Philipp Carteret, einen ausgezeichneten Offizier, der mit Byron eben die Reise um die Erde gemacht und dessen zweite Fahrt sein schon erworbenes Ansehen noch wesentlich steigern sollte. Leider schien die »Swallow« wenig geeignet, den Anforderungen zu entsprechen, die man an sie stellen musste. Schon seit dreißig Jahren im Dienst, war dieses Schiff nur leicht bekleidet, sein Kiel in Ermangelung einer Metallbedeckung, nicht einmal mit Nieten beschlagen, die ihn hätten vor Würmern schützen können; endlich waren die Lebensmittel und Tauschwaren so eigentümlich verteilt, dass die »Swallow« nur eine weit geringere Menge davon erhielt als die »Dauphin«. Vergebens reklamiert Carteret Kabelgarn, eine Schmiedezange und verschiedene andere Gegenstände, deren Unentbehrlichkeit ihm aus Erfahrung bekannt war. Die Admiralität erwiderte darauf nur, Schiff und Ausrüstung entsprächen vollkommen den zu stellenden Anforderungen. Diese Antwort bestätigte noch mehr Carteret's Glauben, dass man nicht weiter als bis zu den Falklands-Inseln segeln werde. Nichtsdestoweniger traf er alle notwendigen Maßnahmen, welche seine Erfahrung ihm eingaben.

Sofort nach vollendeter Ausrüstung, d. h. am 22. August 1766, gingen die Schiffe unter Segel. Wallis machte sehr bald die Bemerkung, dass die »Swallow« ein möglichst schlechter Segler war und ihm wahrend der Reise noch oftmals hinderlich sein werde. Die Fahrt bis zur Insel Madeira ging jedoch ganz glücklich vonstatten; hier hielten die Schiffe zum ersten Male an, um den schon verbrauchten Proviant zu ersetzen.

Beim Verlassen dieses Hafens händigte der Kommandant an Carteret eine Abschrift seiner Instruktionen aus und bezeichnete ihm Port Famine in der Magelhaens-Straße als Stelldichein, im Fall sie unterwegs voneinander getrennt würden. Der Aufenthalt in Port Praya, auf der Insel Santiago, wurde abgekürzt, weil daselbst eben eine Pockenseuche heftig wütete, und Wallis ließ seine Leute nicht einmal an das Land gehen. Kaum hatte das kleine Geschwader die Linie passiert, als die »Prince Frederic« eine erlittene Havarie meldete, sodass man ihr den Schiffszimmermann senden musste, um ein Leck an Backbord zu verschließen. Dieses Fahrzeug, dessen Lebensmittel schon recht verdorben waren, hatte übrigens schon viele Kranke.

Am 19. November, Abends gegen acht Uhr, beobachteten die Mannschaften ein außergewöhnliches Meteor, dass von Nordost nach Südwest und in scheinbar gleichbleibender Höhe mit rasender Schnelligkeit dahinglitt. Es blieb eine Minute lang sichtbar und ließ einen lebhaft glänzenden Feuerstreifen zurück, der das Oberdeck taghell beleuchtete.

Am 8. Dezember bekam man endlich die Küste Patagoniens in Sicht. Wallis segelte längs derselben hin bis zum Kap der Heiligen Jungfrau, wo er mit einigen bewaffneten Abteilungen von der »Swallow« und der »Prince Frederic« ans Land ging. Eine Gesellschaft Eingeborener, welche die Europäer am Strande erwartete, nahm mit den Zeichen höchster Befriedigung die Messer, Scheren und andere Kleinigkeiten an, welche man bei einem derartigen Zusammentreffen auszuteilen pflegt; um keinen Preis wollten sie aber die in ihrem Besitze befindlichen Guanakos (Lamas), Strauße und anderes Wild abgeben.

»Wir maßen, sagt Wallis, die größten der Leute. Einer hatte 6 Fuß 6 Zoll, Einzelne 5 Fuß 5 Zoll, die Länge der Meisten erreichte aber 5 Fuß 6 Zoll bis 6 Fuß.«

Man beachte, dass hier von englischen Fußen die Rede ist, welche nur 305 Millimeter enthalten. Entsprach die Gestalt dieser Eingeborenen auch nicht der der Riesen, von der die ersten Reisenden erzählten, so hatten doch weitaus die Meisten eine außergewöhnliche Größe.

»Ein jeder trug, so meldete der Bericht, im Gürtel eine eigentümliche Waffe; dieselbe bestand aus zwei runden, lederüberzogenen Steinen, im Gewichte von etwa je ein Pfund, welche an den Enden eines ungefähr acht Fuß langen Strickes befestigt waren. Sie bedienten sich derselben wie einer Schleuder, indem sie einen Stein in der Hand haltend, den anderen um den Kopf schwingen, bis er eine hinreichende Schnelligkeit erlangt hat, und ihn dann gegen das Ziel schleudern. Hierin zeigen sie eine solche Geschicklichkeit, dass sie auf die Entfernung von fünfzehn Ruten einen Gegenstand in der Größe eines Schillings mit beiden Steinen treffen. Doch benutzen sie z. B. diese Waffe nicht bei der Jagd auf Guanakos oder Strauße.« Wallis nahm acht jener Patagonier mit an Bord. Die Wilden zeigten sich beim Anblick so vieler außergewöhnlicher und für sie neuer Gegenstände nicht so erstaunt, wie man hätte glauben sollen. Nur ein Spiegel erregte ihre höchste Bewunderung. Sie traten vor denselben hin, gingen zurück, spielten tausend Possen und sprachen lebhaft untereinander. Auch die lebenden Schweine interessierten sie kurze Zeit; am meisten schienen sie sich aber über die Guineahühner und Truthähne zu amüsieren. Man hatte zuletzt viele Mühe, sie vom Schiffe wieder wegzubringen. Doch gingen sie endlich ans Ufer, sangen lustig und gaben den sie am Strande erwartenden Landsleuten durch allerlei Zeichen ihre Freude zu erkennen.

Am 17. Dezember gab Wallis der »Swallow« das Signal, als erstes Schiff des kleinen Geschwaders in die Magelhaens-Straße einzulaufen. Bei Port Famine ließ der Kommandant dann zwei große Zelte für die Kranken, die Holzfäller und die Segelmeister errichten. Fische in hinreichender Menge, um davon die tägliche Mahlzeit zu bereiten, viel Sellerie, nebst säuerlichen, den Moosbeeren und Berberitzen ähnlichen Früchten, das waren etwa die Naturerzeugnisse der Umgebung, welche die zahlreichen Skorbutkranken der Schiffe in weniger als vierzehn Tagen vollständig wieder herstellten. Die Schiffe selbst wurden ausgebessert, zum Teil frisch kalfatert, die Segel, das laufende und stehende Gut (d. i. Tauwerk), welches stark angestrengt worden war, sorgfältig nachgesehen, und bald war man wieder imstande, auf das Meer zu gehen.

Vorher ließ Wallis jedoch eine große Menge Holz fällen, das man auf die »Prince Frederic« verlud, um nach den Falklands-Inseln, wo bekanntlich keines wuchs, geschafft zu werden. Gleichzeitig ließ er auch mehrere Tausend junger Bäume sehr vorsichtig und in der Weise ausheben, dass ihre Wurzeln von einem Ballen Erde umhüllt blieben, um deren Verpflanzung nach Port Egmont zu erleichtern, wo sie, im Fall des zu erhoffenden Gedeihens dieser von der Natur stiefmütterlich bedachten Gegend einst zu großem Nutzen gereichen mussten. Endlich ward der Proviant der Flute auf die »Dauphin« und die »Swallow« verteilt. Die erstere nahm davon für ein Jahr, die andere für zehn Monate ein.

Wir wollen hier nicht ausführlicher auf die Vorfälle eingehen, welche die Schiffe während der Fahrt in der Meerenge trafen, z. B. unerwartete Windstöße, Schneewehen und Stürme, unbekannte, reißende Strömungen, Springfluten und Nebel, welche beide Fahrzeuge mehr als einmal an den Rand des Verderbens brachten. Vorzüglich die »Swallow« befand sich in so traurigem Zustand, dass Kapitän Carteret Wallis vorstellte, wie sein Schiff der Expedition nichts mehr zu nützen imstande sei, und ihn um solche Vorschriften bat, die er für die zweckmäßigsten hielt.

»Die Befehle der Admiralität lassen keine willkürliche Deutung zu, antwortete Wallis, Sie haben sich denselben unterzuordnen und die »Dauphin« zu begleiten, solange das irgend ausführbar ist. Ich weiß, dass die »Swallow« ein schlechter Segler ist, werde mich also nach ihr richten und deren Bewegungen folgen, denn es ist für den Fall eines, dem einen der beiden Schiffe zustoßenden Unglücks von Wichtigkeit, dass das andere in der Nähe sei, um jenem den möglichsten Beistand zu leisten!«

Carteret konnte hierauf nichts erwidern; er schwieg, doch ihm ahnte nichts Gutes.

Als die Schiffe sich der Mündung der Meerenge an der Seite des Pazifischen Ozeans näherten, gestaltete sich die Witterung ganz abscheulich. Dichte Dunstmassen, Schneewirbel und Regenböen, Strömungen, welche die Schiffe in die Brandung trieben, und schwerer Seegang hielten die Seefahrer bis zum 10. April in der Meerenge zurück. Am genannten Tage wurden die »Dauphin« und die »Swallow« auf der Höhe des Kap Pilar voneinander getrennt und fanden sich auch nicht wieder, da es Wallis unterlassen hatte, einen neuen Punkt für eine Wiedervereinigung zu bestimmen.

Bevor wir Wallis auf seiner Reise über den Stillen Ozean folgen, flechten wir hier eine von ihm herrührende Schilderung der Bewohner von Feuerland und des allgemeinen Aussehens des Landes ein. So roh und armselig wie möglich, ernähren sich die Eingeborenen meist mit dem rohen Fleische der Seekälber und Pinguine.

»Einer unserer Leute, erzählt Wallis, der mit der Angel fischte, schenkte einem dieser Amerikaner einen eben gefangenen, noch lebenden Fisch, der etwas größer als ein Hering sein mochte. Der Amerikaner ergriff ihn mit der Begierde eines Hundes, dem man einen Knochen vorwirft. Er tötete ihn durch einen Biss in der Nähe der Kiemen und ging daran ihn zu verzehren, wobei er am Kopfe anfing und mit der Schwanzflosse aufhörte, und Gräten, Schuppen und Eingeweide mitverschlang.«

Die Eingeborenen vertilgen überhaupt Alles, was man ihnen anbietet, es mag roh oder gekocht, frisch oder gesalzen sein, doch verschmähen sie, etwas Anderes als Wasser zu trinken. Zur Bedeckung ihres Körpers benutzten sie nur eine schlechte Robbenhaut, die ihnen bis auf die Kniee herabfiel. Ihre Waffen bestanden in kurzen Wurfspießen mit einem Fischknochen an der Spitze. Alle hatten entzündete Augen, was die Engländer ihrer Gewohnheit zuschrieben, im Rauche zu sitzen, um sich der Mosquitos zu erwehren. Endlich strömten sie einen unausstehlichen, dem der Füchse ähnlichen Geruch aus, der ohne Zweifel von ihrer entsetzlichen Unsauberkeit herrührte.

Wenn dieses Bild nicht anziehend erscheint, so ist es dafür um so treffender, wie auch alle späteren Reisenden bestätigt haben. Für diese, mit den Tieren fast auf gleicher Stufe stehenden Wilden scheint die Welt stillgestanden zu haben. Die Fortschritte der Zivilisation sind für sie ein toter Buchstabe geblieben, und sie führen ihr elendes Leben ganz so fort wie ihre Väter, ohne an die Verbesserung ihrer Existenz zu denken oder das Bedürfnis nach größerer Annehmlichkeit des Lebens auch nur zu empfinden.

»Wir verließen also, sagt Wallis, diese wilde, ungastliche Gegend, wo wir fast vier Monate lang in fortwährender Gefahr schwebten, Schiffbruch zu leiden, wo das Wetter auch im Hochsommer nebelig, kalt und stürmisch ist, wo die Täler ohne Grün, die Berge ohne Wald sind, und das Land endlich vielmehr den Anblick von Ruinen einer Welt, als den einer Wohnstätte lebendiger Wesen bietet.«

Kaum aus der Meerenge herausgekommen, schlug Wallis einen westlichen Weg ein, unter stürmischen Winden, dichtem Nebel und so schwerem Seegange, dass mehrere Wochen hindurch auf dem ganzen Schiffe kein trockenes Fleckchen zu finden war. Diese andauernde Feuchtigkeit erzeugte viele Katarrhe und ernstlichere Fieber, denen sich bald der Skorbut anschloss. Als er den 32. Grad südlicher Breite unter 100 Grad westlicher Länge erreicht hatte, steuerte der Befehlshaber direkt nach Norden.

Am 6. Juni entdeckte man zur allgemeinen Freude zwei Inseln. Zwei sofort klar gemachte und bemannte Boote fuhren unter Leitung des Leutnants Furneaux ans Ufer.

Hier wurden einige Kokosnüsse und eine Menge antiskorbutischer Pflanzen eingesammelt, auch fanden die Engländer zwar Hütten und Hängematten, aber keinen einzigen Bewohner. Diese Insel, welche man am Pfingstvorabende entdeckte - weshalb sie den Namen »Whitsunday« erhielt - liegt unter 19° 26' südlicher Breite und 137° 56' westlicher Länge und gehört, ebenso wie die folgenden, zum Pomotu-Archipel.

Am nächsten Tage versuchten die Engländer mit den Bewohnern einer Nachbarinsel in Verbindung zu treten, die Eingeborenen benahmen sich aber so feindselig und das Ufer war so steil, dass man unmöglich an derselben landen konnte. Wallis kreuzte nun die ganze Nacht über in der Nähe und sandte dann die Boote zurück mit dem Befehl, den Eingeborenen kein Leid zuzufügen, außer wenn sie durch die Notwendigkeit dazu gezwungen würden. Als sich Leutnant Furneaux dem Lande näherte, war er erstaunt, sieben große, zweimastige Pirogen zu sehen, in welchen sich alle Eingeborenen einschifften. Nach ihrer Abfahrt betraten die Engländer den Strand und durchstreiften die Insel nach allen Seiten. Sie fanden hier mehrere Zisternen voll recht gutem Wasser. Der Boden war eben, sandig, mit Bäumen, vorzüglich mit Kokos- und anderen Palmen bedeckt und da und dort mit antiskorbutischen Pflanzen bestanden.

»Die Bewohner dieser Insel, so lautet der Bericht, waren von mittlerer Größe und dunkler Hautfarbe und hatten lange schwarze, auf die Schultern herabfallende Haare. Die Männer erschienen wohlgebaut und die Frauen recht hübsch. Ihre Kleidung bestand aus groben Stoffen, die sie mit einer Art Gürtel zusammenhielten, die aber dazu eingerichtet schien, über die Schultern geworfen zu werden.«

Im Laufe des Nachmittags sendete Wallis seinen Leutnant noch einmal nach dem Lande, um Wasser zu holen und von der Insel, welche zu Ehren der Herrscherin von England den Namen »Königin Charlotte« erhielt, im Namen Georgs III. Besitz zu ergreifen.

Nachdem er sie selbst in Augenschein genommen, beschloss Wallis hier eine Woche lang zu verweilen, weil man sich alles Notwendige mit Leichtigkeit beschaffen konnte.

Bei ihren Streifzügen fanden die englischen Seeleute verschiedene Werkzeuge und Geräte aus Muschelschalen und zugespitzten Steinen, letztere in Form von gestielten Äxten, Messern und Pfriemen. Sie sahen auch mehrere Kanus aus regelrecht zusammengefügten Planken. Am meisten erregten ihre Verwunderung aber die Gräber, in denen die Leichen, unter einem Dache sitzend, in der freien Luft verwesten. Für den Schaden, den sie den Eingeborenen durch Mitnahme der oben erwähnten Gegenstände zufügten, ließen sie ihnen Hacken, Nägel und andere Objekte zurück.

Wenn das 18. Jahrhundert strenge philantropische Grundsätze aufstellte, so erkennt man aus den Berichten der Reisenden jener Zeit, dass diese damals sehr landläufigen Theorien wirklich auch häufig zur Wahrheit gemacht wurden. Die Menschlichkeit hatte eben große Fortschritte gemacht. Die Verschiedenheit der Hautfarbe bildete fernerhin kein Hindernis mehr, in jedem Menschen einen Bruder zu erkennen, und schon gegen Ende des Jahrhunderts brach sich der wohlwollende Gedanke Bahn, allen Negern die Freiheit zu gewähren, und fand derselbe auch bald zahlreiche Anhänger. An dem nämlichen Tage ward im Westen der Königin Charlotteninsel ein neues Land entdeckt, längs dessen Küste die »Dauphin« hinsegelte, ohne Ankergrund finden zu können. Niedrig, bedeckt mit Bäumen, außer Kokospalmen, und ohne Spuren von Bewohntsein, schien dieselbe nur ein Jagdplatz für die Bewohner der Nachbarinseln zu sein. Wallis sah auch keinen Grund, hier zu verweilen. Er gab ihr nur den Namen »Egmont«, zu Ehren des Grafen Egmont, des damaligen ersten Lords der Admiralität.

An den folgenden Tagen machte man neue Entdeckungen; man fand nämlich nach und nach die Inseln Glocester, Cumberland, William Henri und Osnabrugh. Leutnant Furneaux konnte sich hier, ohne auf letztere ans Land zu gehen, einige Erfrischungen verschaffen, die er von mehreren am Strande liegenden beladenen Pirogen entnahm, aus deren Vorhandensein er auch den Schluss zog, dass größere Inseln in der Nähe liegen möchten, wo man sich mit reichlichem Proviant werde versorgen können und welche gewiss bequemer anzulaufen sein würden.

Diese Prophezeiungen sollten bald in Erfüllung gehen. Am 19. mit Sonnenaufgang sahen sich die englischen Seeleute zu ihrem größten Erstaunen von mehreren Hunderten größerer und kleinerer Pirogen umringt, in welchen mehr als 800 Individuen saßen. Nachdem jene sich eine Zeit lang in respektvoller Entfernung gehalten hatten, ruderten einige Eingeborene näher heran und hielten dann Bananenzweige in die Höhe. Sie kamen darauf an Bord, wo sich eben ein lebhafter Tauschhandel entwickelte, als ein höchst lächerlicher Zufall die freundschaftlichen Beziehungen zu stören drohte.

Einer der Eingeborenen, der an den Laufplanken lehnte, wurde nämlich von einer Ziege gestoßen. Er dreht sich um, sieht das ihm unbekannte auf den Hinterfüßen emporgerichtete Tier, das ihn eben von Neuem angreifen will, und stürzt sich, vom Schrecken erfasst, kopfüber in das Meer. Die Anderen folgen seinem Beispiele. Sie beruhigten sich jedoch später über den gehabten Schreck, kamen wieder an Bord und verwandten alle ihre Geschicklichkeit darauf, einige Gegenstände zu entführen, doch wurde dabei nur der Hut eines Offiziers gestohlen. Inzwischen fuhr das Schiff langsam an der Küste hin, um einen sicheren, geschützten Hafen zu suchen, während die Boote sich, um zu sondieren, näher am Lande hielten.

Niemals auf ihrer Reise hatten die Engländer ein so pittoreskes, anziehendes Land gesehen. Am Strande des Meeres überschatteten dichtbelaubte Baumgruppen, aus welchen wieder einzelne Kokospalmen ihr schlankes Haupt erhoben, die Hütten der Eingeborenen. Weiter im Innern stieg eine Hügelkette mit bewaldeten Gipfeln etagenförmig empor, und inmitten des grünen Teppichs erkannte man die Silberstreifen einer Menge Bäche, welche zum Meere hinabeilten.

Nahe der Einfahrt in eine geräumige Bucht sahen sich die von dem Schiffe eben etwas weiter entfernten Schaluppen plötzlich von einer großen Anzahl Boote umringt. Um eine Kollision zu vermeiden, ließ Wallis neun Steinböllerschüsse über die Köpfe der Eingeborenen abfeuern; trotz des Schreckens, den ihnen der Donner der Geschütze einflößte, drangen sie jedoch noch weiter vor. Der Kapitän beorderte seine Boote also nach dem Schiffe zurück. Da fingen einzelne in ziemlicher Nähe befindliche Wilde an, mit Steinen zu werfen und verwundeten mehrere Matrosen. Der Führer der Schaluppe beantwortete diesen Angriff nun durch einen scharfen Schuss, der einen der Feinde zu Boden streckte und die anderen verjagte. Am nächsten Tage konnte die »Dauphin« vor der Mündung eines prächtigen Flusses bei zwanzig Faden Wasser vor Anker gehen. Unter den Matrosen herrschte allgemeiner Jubel. Sofort umschwärmten das Fahrzeug wieder viele Pirogen, welche Schweine, Geflügel und eine Menge Früchte zuführten, die bald gegen leichte Schmuckwaren und Nägel ausgetauscht wurden. Da sah sich eines der zum Sondieren in die Nähe des Ufers entsendeten Boote plötzlich mit Wurfspießen und Stöcken angegriffen, sodass die Matrosen von ihren Waffen Gebrauch machen mussten. Einer der Eingeborenen ward getötet, ein anderer schwer verwundet, die übrigen sprangen ins Wasser. Da die Wilden sahen, dass sie Niemand verfolgte und sich gestanden, dass sie diese Strafe reichlich verdient hatten, so begannen sie ihren Tauschhandel bei der »Dauphin« wieder, als ob gar nichts vorgefallen wäre.

An Bord zurückgekehrt, berichteten die Offiziere, dass die Eingeborenen sie fast genötigt hätten, an das Land zu kommen, wobei sich vorzüglich die Frauen durch lebhafte, aber nicht unanständige Einladungen hervortaten. In Schussweite von dem Wasserplatze fand sich übrigens dicht am Strande ein vortrefflicher Ankergrund, nur, dass hier die See ziemlich hohl ging. Die »Dauphin« lichtete also die Anker und ging auf die See hinaus, um unter Wind zu kommen; da gewahrte man aber in der Entfernung von sieben bis acht Meilen eine Bay, in der Wallis zu landen beschloss. Ein Sprichwort sagt, dass das Bessere der Feind des Guten ist. Auch der Kapitän sollte die Richtigkeit desselben erfahren.

Obgleich die Schaluppen vorausgingen, um zu sondieren, stieß die »Dauphin« doch auf ein Riff und fuhr sich mit dem Vorderteile fest. Man ergriff zwar sofort die unter solchen Umständen gebotenen Maßregeln, fand aber außerhalb der madreporischen Felsenkette keinen Grund. Es war demnach unmöglich, die Anker zu versenken und sich mittelst um das Gangspill gelegter Taue wieder loszuwinden. Was war in dieser kritischen Lage nun zu beginnen? Der Schiffsrumpf stieß heftig gegen die Klippen und mehrere Hundert Pirogen schienen nur auf den sicher bevorstehenden Untergang des Fahrzeuges zu warten, um sich auf die ersehnte Beute zu stürzen. Nach einer Stunde sprang glücklicherweise eine frische Brise vom Lande auf und machte die »Dauphin« flott, welche nun ohne Unfall einen guten Ankerplatz auffand. Die Havarien waren nicht schwer. Sie wurden ebenso schnell vergessen, als sie ausgebessert waren.

Wallis teilte, durch die wiederholten Versuche der Eingeborenen zur Vorsicht ermahnt, seine Leute in vier Abteilungen, deren eine immer unter Waffen blieb, und ließ auch die Geschütze laden. Nach Abwickelung einiger Tauschgeschäfte vermehrte sich wirklich die Zahl der Pirogen, doch schienen sie statt Geflügel, Schweine und Früchte zu bringen, jetzt nur mit Steinen beladen. Die meisten waren auch stark bemannt.

Plötzlich fiel, offenbar auf ein gegebenes Signal, ein ganzer Hagel von Strandsteinen auf das Fahrzeug nieder, Wallis befahl nun, eine Salve zu geben, und ließ auch zwei Kartätschenladungen abfeuern. Diese richteten zwar einige Unordnung an, doch stürmten die Angreifer noch zweimal mutig vorwärts. Da der Kapitän die Zahl der letzteren stetig wachsen sah, wurde er über den möglichen Ausgang des Kampfes schon etwas unruhig, als ein unerwarteter Fall diesem ein Ziel steckte. Unter den Pirogen, welche die »Dauphin« am hitzigsten bedrängten, befand sich auch eine, die den Anführer zu tragen schien, denn von dieser war das erste Signal zum Kampfe ausgegangen. Ein wohlgezielter Kanonenschuss sprengte dieselbe in zwei Stücke. Mehr bedurfte es nicht, um die Eingeborenen in die Flucht zu treiben. Sie verschwanden nun so über Hals und über Kopf, dass nach einer halben Stunde kein einziges Boot mehr zu sehen war. An der Spitze einer starken Abteilung Matrosen und Marinesoldaten pflanzte nun Leutnant Furneaux die englische Flagge auf und ergriff im Namen des Königs von England Besitz von der Insel, welche diesem zu Ehren Georgs III. Insel genannt wurde. Es war das die Insel Tahiti der Eingeborenen.

Nachdem jene sich so gedemütigt sahen, schienen sie das Vorgefallene zu bereuen und mit den Fremdlingen wieder einen freundschaftlichen Handelsverkehr beginnen zu wollen, als Wallis, den ein lästiges Unwohlsein an Bord zurückhielt, bemerkte, dass sie damit nur einen zu Wasser und zu Lande auszuführenden Angriff auf seine mit dem Einnehmen von Wasser beschäftigten Leute zu bemänteln suchten. Der Kampf sollte nur kurz, doch um so mörderischer werden. Sobald er die Eingeborenen in Schussweite seiner Kanonen sah, ließ er einige Breitseiten auf dieselben abgeben, welche auch hinreichten, ihre Flottille zu zerstreuen.

Um der Wiederkehr solcher feindlichen Unternehmungen ein- für allemal vorzubeugen, musste er ein Exempel statuieren. Wallis entschloss sich dazu nur mit Widerstreben. Er sendete sofort eine bewaffnete Schar mit seinen Zimmerleuten an das Land, um die auf das Ufer gezogenen Pirogen zu zerstören. Mehr als fünfzig, deren einige bis sechzig Fuß maßen, wurden vernichtet. Diese Maßregel bestimmte die Tahitianer endlich zur Unterwerfung. Sie schafften Schweine, Hunde, Stoffe und Früchte an den Strand und zogen sich selbst dann wieder zurück. Man legte ihnen dafür Äxte und verschiedene Kleinigkeiten dahin, die sie mit dem Ausdrucke der lebhaftesten Freude mit in die Wälder nahmen. Nach geschlossenem Frieden entwickelte sich am folgenden Tage ein lebhafter Handel, durch welchen die Mannschaft überreichlich mit frischem Proviant versorgt wurde.

Es war nun zu erwarten, dass das freundschaftliche Einverständnis während der ganzen Dauer des Aufenthaltes der Engländer von Bestand sein werde. Wallis ließ also in der Nähe des Wasserplatzes ein Zelt aufschlagen, unter dem er seine zahlreichen Skorbutkranken unterbrachte, während die noch gesunden Leute sich mit der Ausbesserung der Takelage und der Segel beschäftigten oder das Schiff kalfaterten und mit neuem Anstrich versahen, um es instand zu setzen, die weite Rückfahrt nach England aushalten zu können.

Gerade zu dieser Zeit nahm Wallis' Krankheit einen ernsthafteren Charakter an. Auch der erste Deckoffizier befand sich nicht viel besser. Alle Verantwortung ruhte nun also auf Leutnant Furneaux, der sich seiner Aufgabe auch vollkommen gewachsen zeigte.

Nach vierzehn Tagen, während welcher der Frieden keine Störung erlitt, hatte Wallis die Freude, seine gesamte Mannschaft wieder auf den Füßen und kerngesund zu sehen.

Inzwischen gingen die Lebensmittel wieder zu Ende. Die Eingeborenen, denen man schon zu viele Hacken und Nägel gegeben, stellten jetzt höhere Forderungen. Am 15. Juli kam eine hochgewachsene Frau im Alter von etwa vierzig Jahren und von majestätischer Haltung, der die Eingeborenen mit großer Ehrfurcht begegneten, an Bord der »Dauphin«. Wallis erkannte an der Würde ihrer Haltung, wie an der Sicherheit des Auftretens, welche Personen kennzeichnet, die zu befehlen gewohnt sind, dass sie eine hohe Stellung einnehmen möge. Er beschenkte sie mit einem blauen Mantel, einem Spiegel und mehreren Kleinigkeiten, die sie mit großer Befriedigung annahm. Als sie das Fahrzeug verließ, lud sie den Kommandanten ein, ans Land zu kommen und ihr einen Besuch abzustatten. Wallis entsprach dieser Aufforderung schon am nächsten Tage, obwohl er sich noch sehr schwach fühlte. Er wurde in eine große Hütte geführt, welche einen Raum von 327 Fuß Länge und 42 Fuß Breite einnahm; sie war mit einem Dache von Palmenblättern versehen und ruhte auf 53 Pfeilern. Eine beträchtliche zu diesem Zwecke zusammengerufene Menschenmenge bildete an Wallis' Wege Spalier und begrüßte ihn ehrfurchtsvoll. Dieser Besuch erhielt durch einen komischen Zwischenfall einen recht heiteren Anstrich. Der Schiffschirurg, den der Weg in Schweiß gebracht hatte, lüftete nämlich seine Perrücke, um sich zu erfrischen.

»Der bei diesem Anblick erschallende plötzliche Aufschrei eines Indianers erregte auch die Aufmerksamkeit der übrigen. Die Wundererscheinung zog Aller Augen auf sich. Bewegungslos blieb die ganze Menge eine Zeit lang stehen, und stumm vor Schrecken, der nicht größer hätte sein können, wenn unser Begleiter auch ein anderes Glied von seinem Körper abgenommen hätte.«

Am folgenden Tage traf ein Bote, der der Königin Oberoa für ihren gastlichen Empfang einige Geschenke als Beweise des Dankes überbringen sollte, diese an, als sie wenigstens tausend Personen ein Fest bereitete.

Ihre Diener brachten die Speisen fertig zubereitet herbei, das Fleisch in hohlen Kokosnüssen und Muscheln in einer Art Holztrögen, ähnlich denen, welche unsere Fleischer gebrauchen; sie verteilte dieselben eigenhändig an ihre Gäste, welche ringsum in dem großen Raume saßen. Als das geschehen war, ließ sie sich selbst auf einer Art Estrade nieder und zwei an ihrer Seite stehende Frauen reichten ihr zu essen. Diese präsentierten ihr die Speisen mit den Fingern, sodass sie nur den Mund zu öffnen brauchte.«

Die Nachwirkung dieses freundschaftlichen Verkehrs blieb nicht lange aus, und der Markt wurde noch einmal reichlich versorgt, ohne dass die Preise jedoch wieder so weit herabgingen wie bei der Ankunft der Engländer.

Leutnant Furneaux unternahm auch eine Rekognoszierung längs der westlichen Küste, um sich nähere Kenntnis von der Insel zu verschaffen und auszukundschaften, was man etwa von derselben beziehen könne. Überall fanden die Engländer eine gute Aufnahme, Sie sahen ein schönes, dicht bevölkertes Land, dessen Einwohner gar nicht so dringend daran gelegen schien, ihre Bodenprodukte auszutauschen. Alle Werkzeuge bestanden aus Stein oder Knochen, woraus Leutnant Furneaux den Schluss zog, dass den Tahitianern noch kein Metall bekannt sein möge. Auch irdene Gefäße besaßen sie nicht und eben deshalb keine Kenntnis davon, dass Wasser auch erhitzt werden könne. Den Beweis dafür erhielt man, als die Königin eines Tages an Bord speiste. Einer der ersten Personen ihres Gefolges nämlich, der den Chirurgen hatte Wasser aus dem Siedekessel in die Teekanne gießen sehen, drehte an dem Hahne der letzteren und bekam die fast noch kochende Flüssigkeit auf die Hand. Er stieß vor brennendem Schmerze ein jämmerliches Geheul aus und lief unter entsetzlichen Verrenkungen in der Kajüte umher. Seine Begleiter konnten gar nicht begreifen, was geschehen sei, und starrten ihn halb erstaunt und halb erschrocken an. Der Chirurg sprang zwar sofort zu Hilfe, aber es dauerte doch ziemlich lange, bis er dem armen Tahitianer Erleichterung verschaffen konnte.

Einige Tage später bemerkte Wallis, dass sich seine Matrosen Nägel aneigneten, wo sie solche fanden, um sie den Frauen zu schenken. Sie entfernten sogar einzelne Planken von dem Schiffe, nur um die Schrauben aus denselben und die Zapfen und Eisenstücke, welche jene an den Rippen festhielten, zu erlangen. Fruchtlos ergriff Wallis selbst sehr strenge Maßregeln; aber obgleich er Niemanden ununtersucht ans Land gehen ließ, wiederholten sich diese Vorkommnisse doch noch mehrere Male.

Eine in das Innere der Insel gesendete Expedition fand daselbst ein breites, von einem schönen Flusse bewässertes Tal. Überall war der Boden sorgfältig bearbeitet und hatte man Abzugsgräben angelegt, um die Gärten und Obstbaumanlagen zu bewässern. Je weiter man vordrang, desto launenhafter wurden die Windungen des Flusses; das Tal verengte sich, die Hügel wuchsen zu Bergen an und der Weg wurde schwieriger. Man erstieg einen von dem Landeplatze gegen sechs Meilen entfernten spitzen Gipfel, in der Hoffnung, von demselben aus die Insel bis in alle Einzelheiten übersehen zu können. Hier zeigte sich die Aussicht aber durch noch höhere Berge verdeckt. Nur nach der Seeseite zu lag das ganze herrliche Bild des Landes frei vor Augen; überall mit prächtigen Wäldern geschmückte Anhöhen, zwischen deren saftigem Grün die Hütten der Eingeborenen hervorleuchteten, wahrend die Täler mit ihren vielen Ansiedelungen und den von lebenden Hecken umschlossenen Gärten einen fast noch schöneren Anblick boten. Außer den Kokosbäumen bestand die Flora des Landes vorzüglich aus Zuckerrohr, Ingwer, Tamarinden und Baumfarren.

Wallis, der das Land mit einigen Erzeugnissen unserer Klimate bereichern wollte, ließ Pfirsich-, Kirsch- und Pflaumenkerne, auch solche von Citronen, Limonen und Orangen stecken, sowie einige Gemüse aussäen. Der Königin schenkte er eine tragende Katze, zwei Hähne, Hühner, Gänse und andere Tiere, von denen er voraussetzen durfte, dass sie gedeihen und sich leicht vermehren würden.

Nun drängte aber die Zeit, und Wallis musste an die Abfahrt denken. Als er der Königin hiervon Nachricht gab, sank diese in einen Lehnstuhl und begann so bitterlich zu weinen, dass man sie nur mit Mühe beruhigen konnte. Bis zum letzten Augenblicke blieb sie auf dem Schiffe, und als dieses die Segel entfaltete, »umarmte sie uns, sagt Wallis, so zärtlich und unsere tahitischen Freunde sagten uns so traurig und rührend Lebewohl, dass es mir wirklich selbst ans Herz ging und meine Augen sich mit Tränen füllten«.

Der erste, wenig entgegenkommende Empfang der Engländer, wie die wiederholten feindlichen Versuche der Eingeborenen ließen einen so peinlichen Abschied gewiss nicht voraussehen; doch: Ende gut, Alles gut! sagt ja schon ein altes Sprichwort.

Die Bemerkungen, welche Wallis über die Sitten und Gebräuche der Tahitianer einflicht, geben wir hier nur kurz wieder, da wir Gelegenheit haben werden, bei der Erzählung der Reisen Bougainvilles und Cookes darauf zurückzukommen.

Groß, wohlgebaut, rasch in ihren Bewegungen und ziemlich sonnverbrannt, bekleiden sich die Einwohner mit einem weißen Gewebe, das aus der Rinde eines bestimmten Baumes gewonnen wird. Von den zwei, das ganze Kostüm bildenden Stücken ist das eine viereckig und gleicht fast einer Bettdecke. Mit einer Öffnung zum Durchstecken des Kopfes versehen, erinnert es an die »Zarape« der Mexikaner und den »Poncho« der Eingeborenen in Südamerika. Das andere Stück wird um den Körper gewickelt, aber nicht festgebunden. Fast Alle, Männer sowohl wie Frauen, pflegen sich mit sehr engen Linien, welche Figuren bilden, zu tätowieren. Das Verfahren dabei ist folgendes: Die Haut wird vielfach durchstochen und die kleinen Stichöffnungen werden mit einer aus Öl und Seife bestehenden Paste angefüllt, welche sich unvertilgbar festsetzt.

Die Zivilisation steht auf sehr niedriger Stufe. Wir erwähnten schon, dass die Tahitianer irdene Gefäße nicht kennen. So schenkte Wallis der Königin unter Anderem einen Fleischtopf, den alle Welt mit der größten Neugier in Augenschein nahm.

Von der Religion der Urbewohner erwähnt der Kommandant kein Wort. Es schien ihm nur, dass sie manchmal nach gewissen Orten gingen, die er für Begräbnisplätze hielt, wo sie mit dem Ausdrucke des Schmerzes eine Zeit lang verweilten.

Einer der Tahitianer, der mehr als die anderen beanlagt schien, die Sitten der Engländer nachzuahmen und sich zu eigen zu machen, erhielt einen vollständigen Anzug, der ihn recht gut kleidete. Jonatan - so hatte man ihn genannt - zeigte sich sehr stolz über seine äußere Erscheinung. Um seiner neuen Lebensart die Krone aufzusetzen, wollte er auch noch lernen, mit der Gabel zu essen, was ihm freilich nicht gelang. Verleitet von der Macht der Gewohnheit, führte er stets nur die Hand zum Munde, das an den Gabelzinken sitzende Stück aber an der Seite der Ohren vorbei.

Am 27. Juli verließ Wallis die Insel Georgs III. Nachdem er am Ufer der Insel des Herzogs von York hingesegelt, entdeckte er verschiedene Inseln und Eilande, die er nicht anlief. Das waren die Inseln Charles-Saunders, Lord Howe, Scilly, Boscaven und Keppel, wo das feindselige Auftreten der Einwohner und die Schwierigkeit ans Ufer zu gehen, ihn zu landen hinderte.

Nun begann auf der südlichen Halbkugel allgemach der Winter. Das Fahrzeug leckte auf allen Seiten und vorzüglich dessen Hinterteil war durch das Steuerruder sehr arg mitgenommen.

Empfahl es sich nun mehr um das Kap Horn oder durch die Magelhaens-Straße zu gehen? Drohte auf diesem Wege nicht der unvermeidliche Schiffbruch? Sollte Wallis nicht vielmehr Tinian oder Batavia zu erreichen suchen, wo alle Havarien bequem ausgebessert werden konnten, um über das Kap der Guten Hoffnung nach Europa zu gelangen? Er entschied sich für letzteres, steuerte also nach Nordwesten und warf am 19. September, nach höchst günstiger Fahrt, über welche weiter nichts zu sagen ist, im Hafen von Tinian Anker.

Alles, was Byron an diesem Orte erlebt hatte, wiederholte sich auch jetzt. Wallis beklagte sich ebenso wie sein Vorgänger über die Schwierigkeit, Proviant zu erhalten, und über unausstehliche Hitze. Dagegen genasen die Skorbutkranken binnen wenig Tagen, die Segel wurden wieder instand gesetzt, das Schiff ausgebessert und frisch kalfatert und auch die Mannschaft blieb von Fieberanfällen glücklich verschont.

Am 16. Oktober 1767 stach die »Dauphin« wieder in See; jetzt wurde sie aber von den schwersten Stürmen überfallen, die die Segel zerrissen und das Leck wieder öffneten, das Steuer zum Teil zerstörten und die Kajüte auf dem Hinterdeck, sowie Alles, was sich auf dem Vorderkastell befand, wegspülten.

Dabei umschiffte man die Baschees und segelte durch die Meerenge von Formosa. Später passierte das Schiff die Inseln Sandy, Small-Key, Long-Island, New-Island, hierauf Condor, Timor, Aros und Pisang, Pulo-Taya, Pulo-Tote und Sumatra und kam am 30. November in Batavia an.

Bei dem letzten Teile der Reise wurden nur Punkte berührt, von denen zu sprechen wir schon wiederholt Gelegenheit hatten. Es bleibt also nur der Vollständigkeit wegen noch anzuführen übrig, dass Wallis von Batavia, wo die Mannschaft von Fieberanfällen litt, erst das Kap, dann St. Helena anlief und nach einer Abwesenheit von sechshundertsiebenunddreißig Tagen wieder bei Dunes ankam.

Bedauernswert ist es immerhin, dass Hawkesworth nicht die, Wallis von der Admiralität mitgegebenen Ordres mitteilt. So vermag man nicht zu beurteilen, ob der kühne Seemann denselben streng nachgekommen ist. Man steht nur, dass er die von seinen Vorgängern gewählte Route ziemlich genau eingehalten hat. Fast Alle steuerten nach dem Gefährlichen Archipel und ließen gerade den inselreichsten Teil Ozeaniens beiseite, in dem Cook so viele und wichtige Entdeckungen machen sollte. Als erfahrener Seemann wusste er trotz der so eilig betriebenen und deshalb etwas lückenhaften Ausrüstung seines Schiffes, sich doch in allen schwierigen Lagen zu helfen und das etwas gewagte Unternehmen glücklich zu Ende zu führen. Gleiches Lob verdient er auch wegen seiner stets bewiesenen Menschlichkeit und wegen des Eifers, mit dem er verlässliche Kenntnisse über die von ihm besuchten Völker zu sammeln suchte. Hätte er Fachgelehrte als Beistand gehabt, so wäre die wissenschaftliche Ernte dieser Expedition gewiss noch weit reichlicher ausgefallen. Der Fehler liegt auch hier nur aufseiten der Admiralität. -

Wir sagten früher, dass die »Dauphin«, als sie am 10. April mit der »Swallow« eben die Magelhaens-Straße verließ, bei frischem Segelwinde der letzteren, die ihr nicht zu folgen vermochte, vorauseilte und sich für immer von dem zweiten Schiffe trennte, was den Kapitän Carteret sehr peinlich berührte. Besser als irgendein Anderer kannte er den erbärmlichen Zustand seines Schiffes und den unzulänglichen Vorrat an Proviant. Er wusste recht wohl, dass er die »Dauphin« erst in England wieder treffen würde, da keinerlei Verabredung getroffen und kein Sammelplatz bestimmt war - ein schweres Versehen des Kapitän Wallis, vorzüglich da er die Gebrechlichkeit seines Begleitschiffes kannte. Nichtsdestoweniger verbarg Carteret seine Besorgnisse vor der Mannschaft.

Übrigens ließ das abscheuliche Wetter, das die »Swallow« im Stillen Ozean - der seinen Namen Lügen strafte - empfing, kaum Jemandem zum Überlegen kommen. Die augenblickliche Gefahr, welcher man Trotz bieten musste, um nicht zugrunde zu gehen, verhüllte diejenigen, welche die Zukunft bringen sollte.

Carteret steuerte längs der Küste von Chile nach Norden. Bei der Revision des an Bord befindlichen Vorrates an Trinkwasser überzeugte er sich, dass dasselbe für die bevorstehende Überfahrt auf keinen Fall ausreichen könne. Bevor er also einen westlichen Kurs einschlug, beschloss er, sich auf Juan-Fernandez oder Mas-a-fuero frisch zu versorgen.

Das schlechte Wetter dauerte indessen fort. Am 27. gegen Abend erhob sich plötzlich ein sehr starker Wind, der das Schiff von der rechten Seite traf. Die Heftigkeit des Orkans hätte beinahe die Masten geknickt und das Schiff zum Versinken gebracht. Der Sturm wütete in gleicher Stärke weiter und die durchnässten Segel klebten so fest an Masten und Tauen, dass man dieselben kaum regieren konnte.

Am folgenden Tage zerbrach eine Sturzsee die Besanraa gerade da, wo das Segel gerefft war, und setzte das ganze Schiff einige Minuten lang unter Wasser. Das Unwetter ließ darauf nur so lange nach, dass die Mannschaft ein wenig ausruhen und die erlittenen Havarien ausbessern konnte; dann brach es wieder in gleicher Heftigkeit los und hielt, wenigstens mit schweren Böen, bis zum 7. Mai an. Nun wurde der Wind günstiger und drei Tage später kam die Insel Juan-Fernandez in Sicht.

Carteret wusste noch nichts von der Befestigung der Insel durch die Spanier. Er verwunderte sich deshalb nicht wenig, am Ufer eine Menge Leute und nahe am Strande eine Batterie von vier Geschützen zu sehen, während auf einem nahen Hügel ein Fort mit zwanzig Schießscharten lag, über dem die spanische Flagge wehte. Starke Windstöße hinderten ihn am Einlaufen in die Cumberlandbay, und nachdem er hier einen Tag lang gekreuzt, musste er sich entschließen, nach Mas-a-fuero weiterzusegeln. Hier traten ihm jedoch dieselben Hindernisse und die hohle See mit furchtbarer Brandung entgegen, sodass er nur mit größter Mühe einige Wassertonnen füllen lassen konnte. Mehrere seiner Leute, die das zu aufgeregte Meer am Lande zurückgehalten hatte, erlegten eine hinreichende Menge Perlhühner, um die ganze Mannschaft zu bewirten. Außer dass noch zwei Seekälber getötet und viele Fische gefangen wurden, bot dieser Aufenthalt keinerlei Vorteile, zeichnete sich aber im Gegenteil durch so stürmisches Wetter aus, dass das Schiff wiederholt in Gefahr kam, an der Küste zu scheitern. Mehrmals kam Carteret, wenn ihn auch ungestüme Winde hin- und hertrieben, nach Mas-a-fuero zurück und fand dadurch Gelegenheit, gewisse Irrtümer des Verfassers der Reise des Admiral Anson aufzuhellen, womit er sehr wertvolle Anhaltspunkte für Seefahrer lieferte.

Bei der Abreise von Mas-a-fuero steuerte Carteret nach Norden in der Hoffnung, den Südostpassat zu treffen; da er aber weiter als beabsichtigt hinaufgetrieben wurde, beschloss er, die Inseln St. Ambroise und St. Felix oder St. Paul aufzusuchen. Jetzt, nach der Besitznahme und Befestigung der Insel Juan-Fernandez durch die Spanier konnten jene im Falle eines Krieges den Engländern von großem Nutzen sein. Greens Seekarten und Robertsons »Elemente der Schifffahrt« stimmten jedoch bezüglich deren Lage nicht überein. Carteret, der dem letzteren Werke mehr Vertrauen schenkte, suchte nach ihnen im Norden und - verfehlte sie. Nach Durchlesung der von Wasser, dem Schiffsarzt Davis, verfassten Beschreibung, glaubte er, diese beiden Inseln seien das von jenem Flibustier bei Gelegenheit seiner Fahrt im Süden der Galapagosinseln gefundene Land und Davisland existiere überhaupt nicht. Hiermit beging er den doppelten Fehler, erstens die Inseln St. Felix mit Davisland zu identifizieren und zweitens das Vorhandensein des letzteren, unter welchem nämlich die Osterinsel zu verstehen ist, zu leugnen.

»Wir beobachteten, sagt Carteret, unter diesem Breitengrade (18° westlich von seinem Abfahrtspunkte) wiederholt frischere Winde, eine nach Norden verlaufende Strömung und noch andere Anzeichen, dass wir uns in der Nähe des so eifrig gesuchten Davislandes befänden. Da sich aber von Neuem ein günstiger Wind erhob, steuerten wir 1/4 Südwest und kamen bis 28°30' südlicher Breite, woraus folgt, dass ich, wenn es dieses Land oder nur etwas dem ähnliches gab, es unzweifelhaft hätte antreffen oder doch zu Gesicht bekommen müssen. Ich hielt mich auf 28° südlicher Breite, 40° westlich von der Stelle meiner Abfahrt und, meiner Schätzung nach, 121° westlich von London.«

Da alle Seefahrer noch immer an die Existenz eines südlichen Kontinents glaubten, so konnte sich Carteret natürlich gar nicht vorstellen, dass Davisland nichts sei, als eine kleine, in dem grenzenlosen Ozean verlorene Insel. Als er nun dieses vermeintliche Festland nicht entdeckte, schloss er auch auf das Nicht-Vorhandensein jenes Davislandes. Wir wissen jetzt, dass er sich auch hierin täuschte.

Bis zum 7. Juni setzte Carteret seine Nachforschungen fort. Er befand sich unter 28° der Breite und 112° westlicher Länge, d. h., ganz in der Nähe der Osterinsel. Es war jetzt Mitte des Winters. Der Seegang blieb unaufhörlich schwer, der Wind heftig und unbeständig, die Witterung trübe, nebelig und kalt, mit vielem Regen, Schnee und häufigem Donner. Offenbar verhinderten die außergewöhnliche Dunkelheit und der Nebel, hinter dem sich die Sonne mehrere Tage lang verbarg, Carteret die Osterinsel aufzufinden, denn verschiedene Anzeichen, wie Scharen von Vögeln und schwimmende Algen, mussten ihm doch die Nachbarschaft eines Landes verraten.

Jene atmosphärischen Störungen trugen nicht wenig dazu bei, die Fahrt zu verlangsamen. Die »Swallow« war nun überdies noch ein schlechter Segler, man kann sich also leicht den Missmut, die Sorge und Angst des Kapitäns vorstellen, der seine Mannschaft immer mit dem Hungertode bedroht sah. Jedenfalls setzte er aber die Fahrt nach Westen mit vollen Segeln, Tag und Nacht, bis zum 2. Juli fort.

An diesem Tage entdeckte man Land im Norden und am nächsten Tage segelte Carteret so nahe längs desselben hin, dass er es deutlicher vor Augen hatte. Es war nichts als ein großer Felsen, von fünf Meilen Umfang und mit Bäumen bedeckt, der unbewohnt schien, an dem man aber wegen der, bei der hohlen See überaus stürmischen Brandung nicht zu landen vermochte. Man nannte ihn Pitcairn, nach dem Namen Dessen, der ihn zuerst erblickte. Hier machten sich bei den Matrosen, die bisher wenigstens bei guter Gesundheit geblieben waren, die ersten Spuren des Skorbuts bemerkbar.

Am 11. kam unter 22° der Breite und 141° 34' westlicher Länge (von London) wiederum Land in Sicht, dem man zu Ehren des zweiten Sohnes des Königs den Namen Osnabrugh beilegte.

Am folgenden Tage entsendete Carteret eine Abteilung seiner Leute nach zwei anderen Inseln, auf denen man aber weder essbare Vegetabilien noch Wasser antraf. Dagegen wurden mehrere, so wenig scheue Vögel, dass sie sich bei der Annäherung eines Menschen nicht von der Stelle bewegten, mit der bloßen Hand gefangen.

Alle diese Länder gehörten zu dem Gefährlichen Archipel (auch »Inseln der Gefahr« genannt), einer langen, niedrigen Kette von Eilanden und Atolls, welche alle Seefahrer wegen der wenigen Hilfsquellen, die sie bieten, halb zur Verzweiflung brachten. Carteret glaubte das von Quiros gesehene Land vor sich zu haben; das letztere, nach der Urbezeichnung Tahiti, liegt jedoch weiter im Norden.

Leider machten die gewöhnlichen Krankheiten nun tägliche Fortschritte. Der häufige Wechsel des Windes und die Beschädigungen des Schiffes ließen dieses nur um so langsamer vorwärtskommen. Carteret hielt es deshalb für geraten, eine Route zu wählen, auf der er eher hoffen durfte, Nahrungs- und Stärkungsmittel zu finden und die so höchst notwendigen Reparaturen vornehmen zu können.

»Ich beabsichtigte, sagt Carteret, nach der Ausbesserung des Fahrzeuges und Wiedereintritt der besseren Jahreszeit meine Fahrt nach Süden fortzusetzen, um neue Entdeckungen in diesem Teile der Erde zu machen. Im Falle der Auffindung eines Festlandes, das mir hinreichenden Proviant sicherte, wollte ich dann längs dessen Südküste hinsegeln, bis die Sonne wieder den Äquator passierte, und in tieferer südlicher Breite entweder nach dem Kap der Guten Hoffnung oder auch nach Osten zurückgehen, wenn nötig, die Falklands-Inseln anlaufen und von da aus geraden Weges nach Europa steuern.«

Leider vermochte Carteret diese löblichen Pläne, die ihn als wirklichen Entdeckungsfahrer kennzeichnen, den die Gefahr mehr reizt als sie ihn abschreckt, nicht vollständig durchzuführen.

Er traf nämlich den Passat erst unter 16° der Breite, doch blieb die Witterung trotzdem sehr ungünstig. So sah er auch, obwohl er in der Nähe der Insel der Gefahr war, die Byron schon 1765 entdeckte, weder diese noch ein anderes Land.

»Wir kamen wahrscheinlich, sagt er, bei einem oder dem anderen vorüber, das uns der Nebel verbarg, denn während dieser Fahrt flatterten oft sehr viele Vögel um das Schiff. Commodore Byron hatte bei seiner letzten Reise die nördlichste Grenze dieses Teiles des Ozeans berührt, in dem die Salomonsinseln liegen sollen; da ich nun viel weiter südlich gesegelt bin, habe ich alle Ursache zu glauben, dass die Lage derselben, wenn sie überhaupt existieren, auf allen Karten sehr unrichtig angegeben ist.«

Die letztere Voraussetzung traf in der Tat zu, doch existieren die genannten Inseln wirklich, und Carteret lief sie einige Tage später selbst an, freilich ohne dieselben zu erkennen.

Die vorrätigen Lebensmittel waren inzwischen entweder gänzlich aufgezehrt oder verdorben, Tauwerk und Segel von Sturm zerfetzt, das Reservegut erschöpft und die Hälfte der Mannschaft lag krank darnieder, als zu alledem noch ein neues Unglück hinzukam. Es entstand nämlich ein Leck, und zwar unterhalb der Wasserlinie, sodass derselbe unmöglich geschlossen werden konnte, solange man sich auf offenem Meer befand. Ganz unerwarteterweise kam da am nächsten Tage schon Land in Sicht. Es ist wohl überflüssig zu sagen, mit welcher Freude, welchem Jubel dasselbe begrüßt wurde. Das Gefühl der Überraschung und der winkenden Rettung lässt sich, nach Carterets eigenem Ausdruck, nur mit dem vergleichen, das der Verbrecher empfinden mag, wenn er auf dem Schaffot seine Begnadigung empfängt. Es war das übrigens die Insel Nitendit, welche schon Mendana gesehen hatte.

Kaum griff der Anker in den Grund, als man ein Boot aussendete, um einen Wasserplatz aufzusuchen. Auf dem Strande zeigten sich zuerst schwarze, wollköpfige, ganz nackte Eingeborene, welche indes entflohen, bevor das Boot anlangte. Ein schöner Fluss mit gutem Trinkwasser inmitten eines undurchdringlichen Waldes voller Bäume und Sträucher, welche bis zum Strande herab wucherten, und eine wilde, bergige Landschaft - das war das Bild, welches der Führer des Bootes von dem Lande entwarf.

Am nächsten Tage wurde der Hochbootsmann noch einmal mit der Schaluppe ausgesandt, um einen bequemen Landungsplatz ausfindig zu machen, und erhielt den Auftrag, durch kleine Geschenke womöglich das Wohlwollen der Eingeborenen zu erwerben. Es war ihm ausdrücklich vorgeschrieben, sich keinerlei Gefahr auszusetzen und unbedingt zum Schiffe zurückzukehren, wenn mehrere Pirogen auf ihn zukämen, ferner das Boot nie zu verlassen und nur je zwei Mann auf einmal ans Land zu schicken, während die Anderen sich zur Verteidigung bereithalten sollten. Carteret sandte auch sein eigenes Boot ans Land, um Wasser zu holen. Einige Eingeborene schossen Pfeile auf dasselbe ab, ohne glücklicherweise Jemand zu verletzen. Inzwischen kehrte auch die Schaluppe zu der »Swallow« zurück. Der Hochbootsmann hatte zwei Pfeile im Körper und die Hälfte der Leute war so schwer verwundet, dass jener und drei andere Matrosen wenige Tage später starben.

Der Vorgang war folgender gewesen: da er als der Fünfte an einer Stelle ausstieg, wo man mehrere Hütten bemerkte, hatte der Hochbootsmann mit den Eingeborenen bald einen friedlichen Tauschhandel begonnen. Bald vermehrte sich die Anzahl der Wilden und er sah auch, dass mehrere Pirogen auf die Schaluppe zuruderten, konnte diese jedoch nicht eher wieder erreichen, als ihn ein ganz unerwarteter Angriff überraschte. Verfolgt von den Pfeilen der Eingeborenen, welche selbst bis an die Schultern ins Wasser liefen, und von den Pirogen gejagt, konnte er nur entkommen, nachdem er mehrere getötet und eines ihrer Boote in den Grund gebohrt hatte.

Dieser Versuch zur Auffindung einer geeigneten Stelle, wo man die »Swallow« hätte auf den Strand setzen können, war also so unglücklich ausgefallen, dass Carteret sein Schiff gleich wo es sich befand, auf die Seite legen ließ, um den Leck zu verschließen, so gut es anging. Wenn es dem Zimmermann, übrigens dem Einzigen, der noch bei leidlicher Gesundheit war, nicht gelang, denselben gänzlich zu verstopfen, so verkleinerte er ihn doch bedeutend. Während nun nochmals ein Boot nach dem Wasserplatz abfuhr, säuberte man vorher den Wald durch Kanonenschüsse vom Schiffe und durch Gewehrfeuer von der Schaluppe aus. Schon arbeiteten die Matrosen eine gute Viertelstunde, als sie plötzlich mit Pfeilen überschüttet wurden, von denen Einer von ihnen schwer an der Brust getroffen ward. So musste man sich allemal zu denselben Maßregeln entschließen, wenn Wasser gefasst werden sollte.

Wollte man der Krankheit Einhalt tun, so mussten um jeden Preis frische Nahrungs- und Stärkungsmittel beschafft werden, die an diesem Orte nicht zu erhalten waren. Carteret lichtete also am 17. August die Anker, nachdem er die Insel zu Ehren des Lords der Admiralität »Egmonts-Insel« und die Bay, in der er gelegen, die »Swallow-Bucht« getauft hatte. Obwohl er hier das von den Spaniern schon Santa-Cruz genannte Land vor sich zu haben glaubte, verfiel er doch der damals gerade im Schwange befindlichen Mode, jedem von ihm besuchten Orte einen neuen Namen beizulegen. Dann segelte er in geringer Entfernung von der Küste hin, überzeugte sich, dass die Bevölkerung der Insel eine dichte war, und dass unter derselben vielfache Streitigkeiten herrschten. Hierdurch und durch die Unmöglichkeit, Lebensmittel zu erhalten, sah sich Carteret behindert, die übrigen Inseln der Gruppe, welche er »Königin Charlotte-Inseln« nannte, zu besuchen.

»Die Bewohner der Insel Egmont, sagt er, sind sehr gewandt, stark und unternehmend. Sie schienen ebenso gut im Wasser wie auf dem Lande zu leben, denn sie springen aus ihren Pirogen fast jede Minute einmal ins Meer ... Ein von denselben abgeschossener Pfeil drang sogar durch die Schanzkleidung des Schiffes und verwundete einen Offizier auf dem Achterdeck gefährlich am Schenkel. Die Pfeile haben eine Spitze von Stein, niemals bemerkten wir aber daran irgendein Metall. Das Land ist im Allgemeinen mit Wald bedeckt, von Bergen erfüllt und von vielen Tälern zerschnitten.«

Am 18. August 1767 verließ Carteret diesen Archipel in der Absicht, nach Neu-Britannien zu segeln. Vorher glaubte er wohl noch einige Inseln anzutreffen, wo er mehr Glück haben würde. Am 20. entdeckte er in der Tat ein niedriges Eiland, das er Gower nannte, und wo er sich einige Kokosnüsse verschaffen konnte. Am nächsten Tage fand er die Insel Simpson und Carteret, ferner eine Gruppe von neun Inseln, die er für das von Tasman entdeckte Ohang-Java hielt; später nach und nach Charles-Hardy, Winchelsea, welche er nicht als zu dem Salomonsarchipel gehörend ansah, Schoutens St. Jean und endlich Neu-Britannien, das er am 28. August erreichte.

Er fuhr zur Aufsuchung eines bequemen und sicheren Hafens längs der Küste desselben hin und machte in verschiedenen Bayen Halt, wo er sich Holz. Kokos- und Muskatnüsse, Aloe, Zuckerrohr, Bambus und Palmenkohl verschaffen konnte.

»Dieser Kohl, sagt er, ist weiß, kraus von Blättern und hat einen zuckerhaltigen Saft; wenn man ihn roh genießt, schmeckt er fast wie Kastanien, gekocht aber besser als die besten Pastinaken. Wir schnitten denselben in kleine Stückchen und mischten ihn mit unserer Tafelbouillon, die uns mit etwas Hafergrütze vermengt, ein sehr gutes Essen lieferte.«

Die Wälder waren belebt von zahlreichen Schwärmen von Tauben, Papageien und verschiedenen unbekannten Vögeln. Die Engländer besuchten auch mehrere verlassene Wohnungen. Wenn man von letzteren auf die Zivilisation eines Volkes schließen darf, so mussten die Insulaner hier auf der niedrigsten Stufe stehen, denn sie besaßen die ärmlichsten Hütten, die Carteret überhaupt zu Gesicht bekommen hatte.

Der Befehlshaber benutzte seinen hiesigen Aufenthalt, um die »Swallow« noch einmal umlegen und den Leck untersuchen zu lassen, den die Zimmerleute so gut wie möglich ausbesserten. Die Planken waren sehr abgenutzt, der Kiel von Würmern ganz zernagt; letzteren schützte man daher möglichst durch einen dicken Anstrich mit Pech und Teer.

Am 7. September nahm Carteret die lächerliche Zeremonie der Besitzergreifung des Landes im Namen Georgs III. vor; dann schickte er ein Boot auf Rekognoszierung aus, das eine Menge Kokosnüsse und Palmenkohl, eine köstliche Labung für die Kranken an Bord, mitbrachte.

Obwohl der östliche Mousson noch lange Zeit wehen musste, beschloss der Kommandant doch, in Hinsicht auf den schlechten Zustand seines Schiffes, baldigst nach Batavia abzureisen, wo er seine Mannschaft wieder ausruhen und sich erholen, und die »Swallow« gründlich ausbessern lassen zu können hoffte. Er verließ also am 9. September den Carteret-Hafen, den besten, den er seit der Magelhaens-Straße gefunden hatte.

Bald drang er in den Golf ein, den Dampier früher St. Georgs-Bay nannte, und die er als eine Meerenge erkannte, welche Neu-Britannien von Neu-Irland trennte. Er nahm diesen Kanal, den er den Namen St. Georges ließ, in Augenschein und beschrieb ihn in seinem Bericht mit einer Genauigkeit, welche für die Seefahrer seiner Zeit von hohem Werte sein musste. Dann folgte er der Küste Neu-Irlands bis an ihr westliches Ende. In der Nähe einer kleinen Insel, die er »Sandwich« nannte, trat er auch mit den Eingeborenen in nähere Beziehungen.

»Die Insulaner, sagt er, sind schwarz und haben Wolle auf dem Kopfe wie die Neger, aber nicht so eine platte Nase und so wulstige Lippen. Wir urteilten, dass sie zu derselben Menschenrasse gehören möchten wie die Bewohner der Insel Egmont. So wie diese, gehen sie vollkommen nackt, mit Ausnahme einiger Ketten von Muscheln, die sie um Arme und Beine gebunden tragen. Gleichwohl huldigen sie einer Praxis, ohne welche auch unsere Damen und jungen Modeherren sich nicht für vollständig angekleidet halten würden. Sie bedecken nämlich die Haare, oder vielmehr die Wolle auf ihrem Kopfe mit weißem Puder; es scheint also, dass die Mode, sich zu pudern, schon sehr alt und viel weiter verbreitet ist, als man gewöhnlich annimmt ... Sie sind mit Spießen und großen keulenförmigen Stöcken bewaffnet, doch sahen wir bei ihnen niemals Pfeile und Bogen.«

Nahe dem südwestlichen Ende von Neu-Irland, entdeckte er noch ein weiteres Land, dem er den Namen »Neu-Hannover« beilegte, und etwas entfernt davon den Herzog von Portlandarchipel.

Obgleich dieser Teil des Berichtes über seine Reise in bisher noch unbekannten Gegenden gerade eine Menge wertvoller Einzelheiten enthält, so entschuldigt sich Carteret, ein zuverlässigerer und eifrigerer Seefahrer als seine Vorgänger Byron und Wallis, doch noch ganz besonders, dass er nicht mehr zu sammeln imstande gewesen sei.

»Die Beschreibung des Landes sagt er, seiner Erzeugnisse und Bewohner wäre gewiss weit vollständiger und eingehender ausgefallen, wenn ich durch meine Krankheit nicht so geschwächt und erschöpft gewesen wäre, dass ich den Funktionen, die mir aus Mangel an Offizieren alle zufielen, fast erlag. Als ich mich kaum fortzuschleppen vermochte, musste ich jede Wache anführen und mich in alle anderen Arbeiten mit meinem Leutnant teilen, dessen Gesundheit ebenfalls nicht wenig zu wünschen übrig ließ.«

Von dem St.-Georges-Kanal aus steuerte man nun nach Westen. Carteret entdeckte noch mehrere Inseln; da ihn seine Krankheit aber während einiger Tage daran hinderte, das Deck zu besteigen, so konnte er deren Lage nicht genau feststellen. Er gab ihnen den Namen »Admiralitätsinseln« und sah sich zweimal genötigt, von den Feuerwaffen Gebrauch zu machen, um sich der Angriffe der Eingeborenen zu erwehren. Er kam hierauf nach der Insel Durour, nach Matty und den Cueden, deren Bewohner höchst erfreut waren, einige Stücke eines eisernen Reifens zu erhalten. Carteret behauptet, er habe wohl für einige metallene Gerätschaften alle Produkte des Landes aufkaufen können. Lebten diese Völker auch in der Nachbarschaft von Neuguinea und den Archipelen, die er eben besucht hatte, so waren dieselben doch nicht schwarz, sondern kupferfarben. Sie hatten sehr lange, schwarze Haare, regelmäßige Züge und auffallend weiße Zähne. Mittelgroß, kräftig und beweglich, waren sie sehr heiter, zutraulich und kamen furchtlos an Bord des Schiffes. Einer von ihnen verlangte von Carteret sogar, ihn auf seiner Reise begleiten zu dürfen, und er weigerte sich, trotz aller Einreden seiner Landsleute und des Kapitäns standhaft, die »Swallow« zu verlassen. Einem so festen Willen gegenüber gab denn Carteret endlich nach; der arme Indianer aber, der den Namen Joseph Freewill erhalten hatte, erkrankte bald und starb schon auf Celebes.

Am 29. Oktober erreichten die Engländer den nördlichsten Teil von Mindanao. Immer nach Wasser und frischen Früchten ausspähend, suchte Carteret hier vergeblich eine Bay, welche Dampier als sehr wildreich geschildert hatte. Etwas weiterhin traf er wohl auf einen Wasserplatz, das feindselige Auftreten der Eingeborenen nötigte ihn aber nochmals, auf das hohe Meer hinauszugehen.

Von Mindanao aus steuerte der Befehlshaber nach der Macassar-Straße, zwischen Borneo und Celebes, und fuhr am 14. November in dieselbe ein. Das Schiff kam hier aber so wenig vorwärts, dass es in vierzehn Tagen nur achtundzwanzig Meilen zurücklegte.

»Krank und geschwächt, schreibt er, halb tot, angesichts des Landes, das wir nicht erreichen konnten, und Stürmen ausgesetzt, die uns fast zugrunde richteten, wurden wir nun gar noch von einem Seeräuber angefallen.«

Dieser griff, in der Hoffnung, die Engländer im Schlafe zu überraschen, die »Swallow« um Mitternacht an. Die Matrosen verteidigten sich aber so mutig und geschickt, dass sie den malayischen Prao bald zum Sinken brachten.

Am 12. Dezember sah Carteret zu seinem Leidwesen, dass der Westmousson aufgesprungen war. Die »Swallow« befand sich nicht in dem Zustand, gegen denselben ankämpfend, noch dazu bei widriger Strömung, Batavia zu erreichen. Er musste sich also begnügen, nach Macassar, damals die Hauptniederlassung der Holländer auf Celebes, zu segeln. Fünfunddreißig Wochen lang waren die Engländer von der Magelhaens-Straße aus unterwegs, als sie ankamen.

Kaum hatten sie vor dem Hafen Anker geworfen, als ein vom Gouverneur abgesandter Holländer an Bord der »Swallow« kam. Er schien sehr erregt, da er sah, dass das Schiff der englischen Kriegsmarine angehörte. Am folgenden Tage schickte Carteret seinen Leutnant Gower, um die Erlaubnis zu erlangen, in den Hafen einzulaufen, daselbst Stärkungsmittel für seine fast mit dem Tode ringende Mannschaft einzukaufen, um das Schiff auszubessern und hier das Umspringen des Mousson abzuwarten, aber man verweigerte ihm nicht nur ans Land zu gehen, sondern die Holländer beeilten sich auch, ihre Truppen zusammenzuziehen und ihre Schiffe klar zum Gefecht zu machen. Nach fünf Stunden traf endlich die Antwort des Gouverneurs an Bord ein, der Carterets Wunsch ziemlich unhöflich und ohne jede Bemäntelung abschlug. Gleichzeitig verbot er den Engländern, an irgendeinem, der holländischen Regierung unterworfenen Orte ans Land zu gehen.

Alle Gegenvorstellungen Carterets, der die Unmenschlichkeit dieser Weigerung hervorhob, selbst seine Drohung mit der Gewalt erzielten kein anderes Resultat, als dass ihm zugestanden wurde, etwas Proviant einzukaufen und nach einer kleineren Bay in der Nähe zu segeln. Dort werde er, sagte man, gegen den Mousson hinreichend Schutz finden, er könne daselbst auch ein Hospital für seine Kranken errichten; endlich böten sich ihm dort mehr Heilmittel für diese, während man ihm alles sonst noch Notwendige von Macassar aus senden werde. In Gefahr, Hungers zu sterben und unterzugehen, musste sich Carteret diesen Anforderungen fügen und sich entschließen, nach der Rhede von Bouthain zu segeln.

Hier wurden die Kranken zwar in einem Hause am Strande untergebracht, durften sich aber nicht weiter als dreißig Ruten von demselben entfernen. Sie waren stets beobachtet und kamen mit den Eingeborenen nicht in Berührung. Endlich konnten sie nichts, außer durch Vermittlung der holländischen Soldaten kaufen, welche von diesem Vorrecht einen sehr ausgiebigen Gebrauch machten und oft nicht weniger als 1000 Perzent Nutzen nahmen. Alle Klagen der Engländer verhallten nutzlos; sie mussten sich eben während des ganzen Aufenthaltes jener im höchsten Grade erniedrigenden Oberaufsicht unterwerfen.

Erst mit Rückkehr des Ostmoussons konnte Kapitän Carteret am 22. Mai 1768 Bouthain verlassen, nach langen, unaufhörlichen Quälereien und Beunruhigungen, die wir hier nicht im Einzelnen wiedergeben können, die aber seine Geduld oft auf eine sehr harte Probe stellten.

»Celebes, sagt er, ist der Schlüssel der Molukken oder Gewürzinseln, welche notwendigerweise dem Volke untertan sind, dem diese Insel gehört. Die Stadt Macassar ist auf einer Landspitze erbaut und wird von einem oder zwei Flüssen bewässert, welche durch dieselbe oder in ihrer nächsten Nachbarschaft strömen. Der im Allgemeinen ebene Boden bietet einen hübschen Anblick. Es finden sich daselbst viele Pflanzungen und Kokosbäume, mit einer großen Anzahl von Häusern dazu, was auf eine dichte Bevölkerung schließen lässt. ... In Bouthain gibt es ausgezeichnetes Rindfleisch, aber zu wenig, um ein Geschwader damit zu versehen, dagegen konnte man Reis, Geflügel und Früchte in beliebiger Menge haben. In den Wäldern irren auch sehr viele Schweine umher, welche sehr billig zu kaufen sind, weil die Landbewohner als Mohammedaner dieselben nicht als Speise benutzen. ...«

So unvollständig diese Bemerkungen auch sind, so hatten sie ihrer Zeit gewiss einen hohen Wert, und wir neigen zu der Annahme, dass sie auch heute nach gut hundert Jahren noch einen Kern von Wahrheit enthalten.

Die Fahrt nach Batavia verlief ohne Unfall. Nach verschiedenen Verzögerungen, welche daher rührten, dass die holländische Compagnie von dem Kommandanten ein von dem Gouverneur von Macassar ausgestelltes Führungsattest verlangte, was Carteret stets verweigerte, erhielt er endlich die Erlaubnis, sein Schiff reparieren zu dürfen.

Am 15. September ging die »Swallow«, wiederhergestellt, so gut es eben anging, aufs Neue unter Segel. Sie führte jetzt eine neue, zum Teil aus englischen Matrosen bestehende Besatzung, ohne welche es nicht möglich gewesen wäre, nach Europa zurückzugelangen. Vierundzwanzig ihrer ersten Leute waren schon tot und gleichviel Andere in so traurigem Zustande, dass noch sieben derselben vor Erreichung des Kaps den Geist aufgaben.

Nach einigem Aufenthalt in diesem Hafen, der seiner Mannschaft sehr zustatten kam und bis zum 6. Januar 1769 ausgedehnt wurde, stach Carteret wieder in See und begegnete auf der Höhe von Aszension, wo er angelegt hatte, einem französischen Schiffe. Es war das die Fregatte »Boudeuse«, mit welcher Bougainville eben eine Reise um die Erde ausgeführt hatte.

Am 20. März 1769 ging die »Swallow« auf der Rhede von Spithead, nach einer ebenso schwierigen wie gefahrvollen Fahrt von einunddreißig Monaten, wieder vor Anker.

Es bedurfte wirklich der ganzen seemännischen Erfahrung, des kalten Blutes und des nie erlahmenden Eifers eines Carteret, diese mit einem so wenig geeigneten Schiffe glücklich durchzuführen und dennoch so wichtige Entdeckungen zu machen. Wenn solche zu überwindende Hindernisse seinen Ruhm nur noch glänzender beleuchteten, so fällt die ganze Schmach der erbärmlichen Ausrüstung dagegen auf die englische Admiralität zurück, welche, trotz des Einspruchs eines erfahrenen Kapitäns, sowohl dessen Leben als auch das so vieler braver Seeleute aufs Spiel setzte.

III.

Bougainville. - Was aus dem Sohne eines Notars Alles werden kann. - Kolonisation der Malouinen. - Buenos-Aires und Rio de Janeiro. - Rückgabe der Malouinen an die Spanier. - Hydrografie der Magelhaens-Straße. - Die Pelcheräs. - Die vier Facardinen. - Tahiti. - Vorfälle während des Aufenthaltes daselbst. - Produkte des Landes und Sitten der Eingeborenen. - Die Samoa-Inseln. - St. Esprit-Land oder die Neuen Hebriden, - Die Louistade, - Die Inseln der Anachoreten. - Neuguinea. - Boutan. - Bon Batavia nach St. Malo.

Während Wallis seine Reise um die Erde vollendete und Carteret seine lange und mühselige Reise fortsetzte, war eine französische Expedition zu dem Zwecke ausgerüstet worden, um in der Südsee auf Entdeckungen auszugehen.

Unter dem alten Regierungssystem, wo Alles von persönlicher Willkür abhing, wurden auch Titel, Grade und Stellungen vielfach je nach Gunst verliehen. Es war also gar nicht zu verwundern, dass ein Soldat, der vor kaum vier Jahren den Dienst in der Landarmee mit dem Grade eines Obersten quittiert hatte, mit dem eines Schiffskapitäns in die Marine übertrat und eine solche verantwortungsvolle Stelle übernahm.

Nur in außergewöhnlichen Fällen wurden diese auffallenden Maßregeln durch die Talente Desjenigen, der von ihnen Nutzen zog, entschuldigt.

Ludwig Anton de Bougainville erblickte das Licht der Welt in Paris am 13. November 1729. Als Sohn eines Notars sollte auch er zuerst die richterliche Laufbahn betreten und trat wirklich als Advokat auf. Ohne Neigung zu der väterlichen Beschäftigung, widmete er sich jedoch fast ausschließlich den Wissenschaften, gab ein »Lehrbuch der Integral-Rechnung« heraus und ließ sich nebenbei noch unter die schwarzen Jäger aufnehmen. Von den drei Karrieren, die er ergriffen hatte, verließ er die beiden ersten bald vollständig, blieb auch der dritten nicht lange treu, sondern wandte sich einer vierten, der Diplomatie zu, um diese endlich gegen eine fünfte, die des Seemannes zu vertauschen, zuletzt starb er, in der sechsten Lebensstellung, als - Senator.

Erst Adjutant Cheverts, dann Sekretär bei der Gesandtschaft in London, wo er als Mitglied in die königliche Akademie der Wissenschaften eintrat, reiste er im Jahre 1756 mit dem Grade eines Kapitäns der Dragone von Brest ab, um sich Montcalm in Kanada anzuschließen. Als Adjutant dieses Generals zeichnete er sich bei mehreren Gelegenheiten so vorteilhaft aus, dass er sich das besondere Vertrauen seines Vorgesetzten gewann und nach Frankreich zurückgesendet wurde, um Verstärkung zu verlangen.

Frankreich hatte gerade damals so zahlreiche Unfälle in Europa erlitten, dass es aller seiner Kräfte bedurfte, sich hier seiner Feinde zu wehren. Als der junge Bougainville nun dem Herrn von Choiseul den Zweck seiner Mission auseinandersetzte, erwiderte der Minister schroff abweisend:

»Wenn das Feuer schon das Haus ergriffen hat, bekümmert man sich nicht um die Ställe. - Es wird wenigstens Niemand sagen können, antwortete Bougainville schnell, dass Sie, Herr Minister, wie - ein Pferd sprechen!«

Dieser Einfall war zu geistreich und zu beißend, als dass er ihm nicht das Wohlwollen des Ministers hätte verscherzen sollen. Zum Glück liebte Frau von Pompadour die schlagfertigen Leute; sie stellte Bougainville dem Könige vor, und wenn jener auch für seinen General nichts auszurichten vermochte, so gelang es ihm doch, sich zum Oberst und Ritter des heiligen Ludwig ernennen zu lassen, obgleich er erst sieben Dienstjahre zählte. Nach Kanada zurückgekehrt, ließ er es sich angelegen sein, Ludwigs XV. Vertrauen zu rechtfertigen, und tat sich bei mehreren Gefechten rühmlich hervor. Nach dem Verluste dieser Kolonie diente er in Deutschland unter Choiseuil-Stainville.

Der Friede von 1763 machte seiner militärischen Laufbahn ein Ende. Das Leben in der Garnison konnte einem so lebhaften Geiste, einem an Bewegung gewöhnten Manne wie Bougainville unmöglich genügen. Da entwarf er den sonderbaren Plan, die Falklands-Inseln im äußersten Süden Amerikas zu kolonisieren und dorthin die kanadischen Ansiedler zu führen, welche kurz vorher nach Frankreich gegangen waren, um dem tyrannischen Joche Englands zu entfliehen. Begeistert für diese Idee, wandte er sich an mehrere Rheder in St. Malo, welche seit Anfang dieses Jahrhunderts den genannten Archipel besuchen ließen und ihm den Namen der Malouinen gegeben hatten.

Sobald er sich deren Zustimmung gesichert, entwickelte Bougainville in einer Eingabe an das Ministerium mit glänzender Darstellung die etwas problematischen Vorteile dieser Niederlassung, welche durch ihre glückliche Lage den nach der Südsee segelnden Schiffen sollte als erwünschter

Zufluchtsort dienen können. Er erlangte wirklich die nachgesuchte Autorisation, gleichzeitig mit seiner Ernennung zum Schiffskapitän.

Es war im Jahre 1763. Man durfte zwar nicht erwarten, dass die Offiziere, welche von der Pike auf gedient hatten, diese Ernennung, welche sich durch nichts rechtfertigen ließ, mit günstigen Augen ansehen würden. Das bekümmerte aber den Marine-Minister Choiseuil-Stainville sehr wenig. Bougainville hatte unter seinem eigenen Oberbefehl gestanden, und er fühlte sich als viel zu großer Herr, um nicht die Nörgeleien des Offizier-Korps der Marine unbeachtet zu lassen. Nachdem Bougainville die Herren de Nerville und d'Arboulin, seinen Vetter und seinen Onkel, für die eigenen Pläne gewonnen, ließ er sofort unter der Leitung Guyot-Duclos in St. Malo die »Aigle« von 20 Kanonen und die »Sphinx« von 12 Kanonen ausrüsten, auf denen er mehrere kanadische Familien einschiffte. Am 15. September reiste er von St. Malo ab, ging vor der Insel St. Catherine, an der Küste Brasiliens vor Anker, später bei Montevideo, wo er viel Pferde und Rinder einkaufte, und landete an den Malouinen in einer großen Bay, die ihm seinen Zwecken gut zu entsprechen schien; bald musste er sich freilich überzeugen, dass das, was alle Seefahrer für mäßig hohe Wälder gehalten hatten, nichts war als niedriges Schilf. Kein Baum, kein Strauch wuchs auf der ganzen Insel. Als Brennmaterial fand sich glücklicherweise eine Menge ausgezeichneter Torf. Auch Fischfang und Jagd lieferten reichlichen Ertrag.

Zu Anfang bestand die Kolonie aus neunundzwanzig Personen, für welche man kleine Wohnhäuschen und ein Magazin für die Lebensmittel erbaute. Gleichzeitig entwarf und begann man die Anlage einer Befestigung, welche vierzehn Kanonen aufnehmen sollte. Herr de Nerville erbot sich zur Leitung der Niederlassung, während Bougainville am 5. April nach Frankreich zurückkehrte. Dort sammelte er neue Kolonisten und nahm eine reichliche Ladung Provisionen aller Art ein, mit denen er am 5. Januar 1765 wieder ankam. Bald darauf ging er nach der Magelhaens-Straße ab, um eine Ladung Holz einzunehmen, wobei er, wie wir oben erwähnten, die Schiffe des Commodore Byron traf, denen er bis zum Port Famine (Hungerhafen) folgte. Hier verschaffte er sich mehr als 10 000 Baumpflanzen verschiedenen Alters, die er nach den Malouinen überzuführen gedachte. Als er den Archipel am nächsten 27. April wieder verließ, zählte die Kolonie achtzig Einwohner unter einem vom Könige besoldeten Generalstabe. Gegen Ende des Jahres 1765 wurden die beiden Schiffe mit Lebensmitteln und neuen Ansiedlern zurückgeschickt.

Die Niederlassung nahm jetzt schon eine bestimmtere Gestalt an; da setzten sich die Engländer an dem von Byron entdeckten Port Egmont fest. Gleichzeitig versuchte der Kapitän Macbride die Oberhoheit über die Kolonie zu erlangen, indem er behauptete, dass diese Länder dem Könige von England gehörten, obgleich Byron die Malouinen erst zu Gesicht bekam, als die Franzosen schon seit zwei Jahren festen Fuß gefasst hatten. Nun trat Spanien mit seinen, jedenfalls begründeten Ansprüchen auf und erklärte die Kolonie für ein zum Gebiete Südamerikas gehöriges, also ihm untergebenes Land. Weder England noch Frankreich wollten wegen des Besitzes dieses für den Handel ziemlich unwichtigen Archipels Streitigkeiten beginnen, und so erhielt Bougainville den Befehl, seine Kolonie an Spanien unter der Bedingung zu übergeben, dass der Hof von Madrid für alle entstandenen Kosten aufkomme. Bald darauf veranlasst die französische Regierung die regelrechte Auslieferung der Malouinen an die spanischen Emissäre.

Dieser etwas unüberlegte Kolonisationsversuch wurde übrigens doch zur Ursache und Quelle des Glücks für Bougainville, da ihn das französische Ministerium beauftragte, um die zuletzt ausgerüsteten Schiffe wenigstens zu benützen, durch die Südsee zurückzukehren und daselbst auf Entdeckungen auszugehen.

In den ersten Tagen des Monats November 1766 begab sich Bougainville nach Nantes, wo sein zweiter Offizier, Duclos-Guyot, ein erfahrener Seemann, aber ergraut in unteren Stellungen, nur weil er nicht von Adel war, jetzt als Führer eines Branders, die Ausrüstung der Fregatte »Boudeuse« von 28 Kanonen überwachte.

Am 15. November segelte Bougainville von der Rhede von Mindin, an der Mündung der Loire, nach dem La Plata-Strom ab, wo er die beiden spanischen Fregatten »La Esmeralda« und »La Liebre« treffen sollte. Kaum gelangte aber die »Boudeuse« auf das hohe Meer, als sich ein entsetzlicher Sturm erhob. Die Fregatte erlitt trotz ihrer neuen Takellage namhafte Havarien und musste zur Ausbesserung nach Brest zurückkehren, wo sie am 21. November eintraf. Schon die erste Probe überzeugte den Befehlshaber derselben, dass die »Bondeuse« für die von ihr erwarteten Dienste nicht besonders geeignet war. Er verminderte also die Höhe der Masten und vertauschte die Geschütze gegen solche von leichterem Kaliber; trotz alledem schien die Fregatte einem schweren Seegang und den Stürmen des Kap Horn nicht gewachsen. Da das Zusammentreffen mit den Spaniern einmal bestimmt war, musste Bougainville wieder auf das Meer hinausgehen. Der Generalstab des Schiffes bestand der Zeit aus elf Offizieren und drei Freiwilligen, unter Letzteren der Prinz von Nassau-Siegen. Die Mannschaft zählte dreihundert Matrosen, Schiffsjungen und Diener.

Bis zum La Plata blieb das Meer ziemlich ruhig und gestattete Bougainville vielerlei Beobachtungen über die Strömungen, welche schon zu vielen Irrtümern bei Abschätzung des zurückgelegten Weges Veranlassung geworden waren.

Am 31. Januar ankerte die »Boudeuse« vor Montevideo, wo sie die beiden spanischen Fregatten unter dem Kommando Philippe Ruis Puentes, schon seit einem Monate erwarteten. Der Aufenthalt Bougainvilles auf der Rhede und der darauf folgende vor Buenos-Aires, wo er mit dem Gouverneur wegen seiner Mission in Unterhandlung trat, bot ihm Gelegenheit, über die Stadt und die Sitten ihrer Bewohner mancherlei merkwürdige Beobachtungen zu machen, die wir hier nicht unerwähnt lassen können. Buenos-Aires erschien ihm für die Anzahl seiner Einwohner, welche 20 000 nicht überschreiten mochte, entschieden zu groß. Es erklärt sich das dadurch, dass die Häuser alle nur ein Stockwerk haben, daneben aber von großen Gärten und Höfen umgeben sind. Die Stadt hat nicht nur keinen Hafen, sondern auch nicht einmal einen Molo. Die Seeschiffe sind daher genötigt, ihre Ladung auf Lichterschiffen zu löschen, welche dann in einen kleinen Fluss einfahren, wo die Ballen wiederum auf Wagen geladen werden, um in die Stadt zu gelangen. Was Buenos-Aires einen originellen Charakter verleiht, das ist die große Menge von Mönchs- und Nonnenklöstern. »Fast jeden Tag des Jahres, sagt Bougainville, feiert man hier Festtage gänzlich unbekannter Heiligen durch Prozessionen und Feuerwerke. Die Zeremonien beim Gottesdienst gleichen mehr einem Schauspiel. Die Jesuiten gaben hier den Frauen noch mehr Gelegenheit, ihre Frömmigkeit zu betätigen, als ihre Vorgänger. Sie errichteten im Zusammenhang mit ihrem Kloster ein besonderes Haus unter dem Namen »*Casa de los ejercicios de las mujeras*«, d. h. Haus der Frauenandacht. Dahin kamen Frauen und Mädchen ohne Zustimmung ihrer Männer und Eltern, um sich durch zwölftägige Bußübungen zu reinigen. Hier wurden sie auf Kosten der Gesellschaft Jesu untergebracht und beköstigt, und in dieses Heiligtum hatte kein anderer Mann Zutritt außer den Brüdern des heiligen Ignaz (von Loyola); selbst weiblichen Dienerinnen blieb es verwehrt, ihre Herrinnen zu begleiten. Die Andachtsübungen bestanden in stiller Betrachtung, Gebet, Katechese, Wiederholung des Glaubensbekenntnisses und Geißelung. Man zeigte uns an den Mauern der Kapelle noch das Blut, das jene frommen Magdalenen bei ihren Bußübungen verspritzten.«

Die Umgebungen der Stadt erwiesen sich fleißig angebaut und mit vielen Landhäusern, so genannten »Quintas«, übersäet. Schon in der Entfernung von zwei oder drei Meilen von Buenos-Aires aber fand man nichts als endlose Ebenen, ohne jede Abwechslung und im unbestrittenen Besitz von Pferden und Büffeln, welche deren einzige Bewohner bildeten. Diese Tiere weideten hier in solcher Menge, sagt Bougainville, »dass die Reisenden, wenn sie Hunger hatten, einen Stier erlegten, davon verzehrten, was sie essen konnten, und das übrige für die wilden Hunde und die Tiger liegen ließen«. Die zu beiden Seiten des La Plata hausenden Indianer konnten von den Spaniern noch nicht unterworfen werden. Man nannte sie »Indios bravos«.

Sie sind von mittlerer Größe, sehr hässlich und fast Alle mit Aussatz behaftet. Ihre Hautfarbe zeigt ein tiefes Braun, das Fett aber, mit dem sie sich einzusalben pflegen, lässt sie noch dunkler erscheinen. Von Kleidungsstücken tragen sie nichts als einen mantelartigen Überwurf aus Ziegenfell, der ihnen bis zu den Füßen herabhängt und in den sie sich einhüllen ... Diese Indianer verbringen ihr Leben meist zu Pferde, wenigstens in der Nachbarschaft der spanischen Niederlassungen. Dorthin kommen sie zuweilen mit ihren Frauen, um Branntwein einzukaufen, und trinken dann unablässig, bis sie regungslos liegen bleiben ... Manchmal rotten sie sich auch zu Trupps von zwei- bis dreihundert Mann zusammen und rauben dann die Tiere von den spanischen Ländereien oder greifen selbst Karavanen von Reisenden an, die sie plündern, niedermetzeln oder in die Sklaverei abführen. Leider ist diesem Übel nicht zu steuern: wie sollte man auch solche wilde Völkerschaften zügeln, welche in einem so großen und unkultivierten Lande umherschweifen, dass es schon schwer genug ist, sie nur aufzufinden?«

Der Handel lag hier gänzlich darnieder, seit das Verbot bestand, europäische Waren auf dem Landwege nach Peru und Chile zu schaffen. Doch sah Bougainville noch ein Schiff mit einem Cargo, im Werte von einer Million Piastern von Buenos-Aires auslaufen, »und wenn alle Landbewohner, fügt er hinzu, Gelegenheit hätten, nur ihre Felle und Häute nach Europa abzusetzen, so würden sie davon allein reich werden.«

Der Ankerplatz von Montevideo ist recht sicher, obwohl man hier nicht selten von den »Pamperos«, d. s. Südweststürme mit furchtbaren Gewittern, überrascht wird. Die Stadt bietet nichts Merkwürdiges; ihre Umgebungen sind nicht bebaut und man muss hier Mehl, Brot und überhaupt Alles, was die Schiffe brauchen, erst von Buenos-Aires kommen lassen. Dagegen findet man Früchte, wie Feigen, Pfirsiche, Äpfel und dergleichen in Menge, und ebenso viel essbares Fleisch wie im ganzen übrigen Lande.

Es ist interessant, die Dokumente von vor hundert Jahren mit denen unserer jetzigen Reisenden, und vorzüglich mit Emil Daireaux' Buche über den La Plata zu vergleichen. In manchen Beziehungen stimmen die Bilder Beider noch heute überein, nach anderen Seiten freilich - z. B. bezüglich des Unterrichtswesens, von dem Bougainville noch kein Wort zu erwähnen fand - hat man hier auffallende Fortschritte gemacht.

Nach Einnahme der nötigen Lebensmittel und Vorräte an Wasser und lebendem Fleisch gingen die drei Schiffe am 28. Februar 1767 nach den Malouinen unter Segel. Die Überfahrt war nicht vom Glück begünstigt. Schnell wechselnde Winde, schwerer Seegang und stürmische Witterung verursachten manche Havarien der »Boudeuse«. Am 23. März ging sie in der Baye française vor Anker und traf daselbst am folgenden Tage auch die beiden spanischen Schiffe, welche vom Sturm ebenfalls viel zu leiden gehabt hatten.

Am 1. April fand die feierliche Übergabe des Etablissements an die Spanier statt. Nur wenige Franzosen machten von der Erlaubnis des Königs Gebrauch, auf den Malouinen zu verbleiben, sondern fast Alle zogen es vor, auf den wieder nach Montevideo abgehenden spanischen Fregatten an Bord zu gehen, Bougainville selbst musste die Flute »Etoile« abwarten, welche ihm Provisionen zuführen und ihn auf der Reise um die Erde begleiten sollte.

Inzwischen verfloss der März, April und Mai, ohne dass die »Etoile« anlangte, und doch erschien es unmöglich, über den Pazifischen Ozean mit dem für sechs Monate berechneten Vorrat an Lebensmitteln zu segeln, den die »Boudeuse« selbst mit sich führte. Bougainville beschloss also, am 2. Juni nach Rio de Janeiro zu gehen, das er Herrn de Giraudais, dem Befehlshaber der »Etoile«, als Ort des Zusammentreffens bezeichnet hatte, wenn diesen irgendwelche Umstände hindern sollten, die Malouinen selbst anzulaufen.

Die Fahrt verlief unter so günstigem Wetter, dass er kaum achtzehn Tage brauchte, um die portugiesische Kolonie zu erreichen. Hier wartete die »Etoile« erst seit vier Tagen, weil sie Frankreich weit später, als man hoffte, verlassen hatte. Sie war Sturmes wegen gezwungen gewesen, in Montevideo Schutz zu suchen und von hier aus, entsprechend den hinterlassenen Instruktionen, nach Rio abgesegelt.

Von dem Grafen d'Acunha, dem Vizekönig von Brasilien, sehr freundlich empfangen, fanden die Franzosen Gelegenheit, in der Oper die Komödie der Irrungen von einer Mulatten-Truppe dargestellt zu sehen und die Meisterwerke der großen italienischen Komponisten von einem elenden Orchester ausgeführt zu hören, das ein buckliger Abbé im Priester-Ornat dirigierte.

Das Wohlwollen des Grafen d'Acunha war aber leider nicht von langer Dauer. Bougainville, der mit Erlaubnis des Vizekönigs eine Schnaue gekauft hatte, sah plötzlich deren Auslieferung verweigert. Ebenso wurde ihm untersagt, von der königlichen Werft das nötige Holz zu entnehmen, das er schon erhandelt, und endlich wehrte man ihm auch noch während der Reparatur der »Boudeuse« mit seinem Stabe in einem kleinen Hause in der Nähe der Stadt zu wohnen, das ihm ein Privatmann zur Verfügung gestellt hatte. Um allen Misshelligkeiten zu entgehen, betrieb Bougainville seine Abreise so eilig als möglich.

Bevor er die Hauptstadt Brasiliens verließ, verbreitete sich der französische Kommandant eingehend über die Schönheit des Hafens, seine romantischen Umgebungen und lässt sich auch ausführlich über die reichlichen Schätze des Landes aus, für welche der Hafen den Stapelplatz bildet.

»Die so genannten »Hauptminen«, sagt er, liegen der Stadt am nächsten und höchstens fünfundsiebzig Meilen davon entfernt. Sie bringen dem Könige jedes Jahr an »Fünften« mindestens hundertzwölf Aroben Gold ein; im Jahre 1762 ergaben sich sogar hundertneunzehn. Unter der Gruppe der Hauptminen verstand man die von Rio des Morts, von Sabara und von Sero-Frio. Die erstere liefert außer dem Gold, das man aus ihr gewinnt, alle die Diamanten, welche aus Brasilien kommen. Mit Ausnahme der Diamanten sind alle übrigen Edelsteine hier nicht als Contrebande anzusehen; sie gehören den Unternehmern, welche nur verpflichtet sind, über die gefundenen Diamanten genaue Rechenschaft abzulegen und sie dem vom Könige zu diesem Zwecke eingesetzten Intendanten abzuliefern. Der Intendant verwahrt sie in einer mit Eisen beschlagenen und mit drei Schlössern versehenen Kassette. Den einen Schlüssel zu dieser besitzt er selbst, den zweiten der Vizekönig und den dritten der Provedor de hacienda reale. Die erste Kassette wird alsdann in eine zweite eingeschlossen, auf der die drei genannten Personen ihre Siegel anbringen, und welche die drei Schlüssel der ersteren enthält. Der Vizekönig hat nicht das Recht, zu untersuchen, was sie enthält. Er sorgt nur dafür, dass Alles in einen dritten, starken Koffer kommt, den er, nach Versiegelung des Schlosses, nach Lissabon sendet.«

Trotz dieser Vorsichtsmaßregeln und der hohen Strafen, welche jeden Diamantendieb treffen, wird doch noch ein unglaublicher Betrug getrieben. Jene Diamanten bilden übrigens nicht die einzige Revenue des Königs von Portugal, sondern Bougainville rechnet, dass dessen gesamte Einnahmen nach Abzug der Unterhaltung der Truppen, des Gehaltes der Civilbeamten und aller Verwaltungskosten, aus Brasilien allein zehn Millionen Pfund erreichen dürften.

Von Rio nach Montevideo ereignete sich kein bemerkenswerter Zwischenfall; auf dem La Plata aber wurde die »Etoile« von einem spanischen Schiffe angesegelt, wobei sie das Bugsprit, die Galion und verschiedenes Tauwerk einbüßte. Diese Havarien und die Heftigkeit des Stoßes, welcher das Schiff etwas leck gemacht hatte, nötigten dasselbe, nach Encenada de Baragan zurückzukehren, wo es leichter war als in Montevideo, die nötigen Reparaturen auszuführen. Doch konnte man den Strom nicht vor dem 14. November verlassen.

Dreizehn Tage später befanden sich die Schiffe in Sicht des Kaps der Jungfrauen, am Eingange der Magelhaens-Straße, in welche sie sofort einfuhren. Die Possessions-Bay, die erste, der man begegnet, stellt eine große Einbuchtung dar, welche allen Winden ausgesetzt ist und nur schlechte Ankerplätze bietet. Vom Kap der Jungfrauen bis zum Kap Orange rechnet man etwa fünfzehn Meilen, während die Breite der Meerenge überall fünf bis sieben Meilen beträgt. Die erste enge Fahrstraße ward ohne Schwierigkeit überwunden und in der Boucault-Bay Anker geworfen, wo zehn Offiziere und Matrosen ans Land gingen.

Diese machten bald Bekanntschaft mit den Patagoniern und tauschten verschiedene, für jene wertvolle Kleinigkeiten gegen Bigognefelle und Guanakofelle aus. Die Einwohner waren zwar von großer Figur, doch nicht über sechs Fuß hoch.

»Wahrhaft riesig, sagt Bougainville, erschien mir an ihnen nur ihre ungeheure Schulterbreite, die Dicke ihres Kopfes und die Stärke der Gliedmaßen, Sie sahen kräftig und wohl genährt aus; ihre Nerven schienen straff und das Fleisch fest und zäh; mit einem Worte, sie gleichen Menschen, welche im Naturzustande und bei vollsaftiger Nahrung sich frei entwickelt haben, soweit das eben möglich war.«

Von dem ersten nach dem zweiten Sunde, der ebenso glücklich passiert ward, mögen es sechs oder sieben Meilen sein. Derselbe ist nur eineinhalb Meile breit und etwa vier Meilen lang. In diesem Teile der Meerenge trafen die Schiffe auch auf die Inseln St. Barthelemy und Elisabeth. An der letzteren gingen die Franzosen ans Land, fanden aber weder Holz noch Wasser, sondern nur ein Stück gänzlich unfruchtbares Erdreich.

Von eben dieser engen Straße ab erscheint dagegen die amerikanische Küste reichlich, mit Wald bestanden. Überwand Bougainville nun auch die ersten schwierigen Stellen mit großem Glücke, so sollte er dafür später Gelegenheit finden, seine Geduld zu beweisen. Es ist nämlich für das hiesige Klima charakteristisch, dass Veränderungen in der Atmosphäre so unerwartet und heftig auftreten, dass Niemand davon auch nur eine Ahnung haben kann. Infolgedessen kommt es zu Havarien, wo man am wenigsten daran denkt, und zu Verzögerungen der Fahrt, wenn die Schiffe nicht gar gezwungen werden, an der Küste Schütz zu suchen, um ihre Schäden auszubessern.

Die Bay Guyot-Duclos ist ein ausgezeichneter Ankerplatz, wo man bei sechs bis acht Faden Tiefe guten Grund findet. Bougainville hielt hier an, um seine Wassertonnen neu zu füllen und sich womöglich etwas frisches Fleisch zu verschaffen; er fand aber nur eine kleine Zahl wilder Tiere. Zunächst lief man nun die Landspitze St. Anna an. Hier hatte Sarmiento im Jahre 1581 die Kolonie Philippeville gegründet. In einem vorhergehenden Bande haben wir schon die schreckliche Katastrophe geschildert, infolge welcher diese Stelle den Namen »Port Famine« erhielt.

Die Franzosen entdeckten bald verschiedene Bayen, Kaps und kleine Häfen, in welche sie einliefen. Es waren das die Bay Bougainville, wo die »Etoile« gekielholt wurde, der Hafen »Beau-Bassin«, die Cormandiere-Bay, an der Küste von Feuerland das Kap »Forward«, das die südlichste Spitze der Meerenge und Patagoniens bildet, die »Cascade-Bay« auf Feuerland, deren Sicherheit und guter Ankergrund, neben der Leichtigkeit, sich hier Holz und Wasser zu beschaffen, aus ihr ein Plätzchen machen, das dem Seefahrer nichts zu wünschen übrig lässt. Die Häfen, welche Bougainville entdeckte, haben auch noch den Vorzug, dass man von ihnen aus bequem lavieren kann, um das Kap Forward, einen wegen seiner ungestümen und widrigen Winde, die man hier allzu häufig antrifft, allgemein gefürchteten Punkt zu umsegeln.

Den Anfang des Jahres 1768 verlebte man in der Fortescue-Bay, in deren Grunde sich der Hafen Galant öffnet, dessen Gestalt de Gaines schon früher sehr genau aufgenommen hat. Ein abscheuliches Wetter, von dem der schlechteste Winter in Paris keine Vorstellung aufkommen lässt, hielt die französische Expedition hier drei Wochen lang zurück. Sie wurde unterdessen von einer Gesellschaft »Pescherähs«, das sind Bewohner von Feuerland, besucht, welche auch die Schiffe bestiegen.

»Man ließ sie singen, tanzen, sagt der Bericht, Instrumente hören und vor allem essen, was sie mit gutem Appetit taten. Ihnen war Alles recht, Brot, Salzfleisch, Talg, sie verzehrten eben, was man ihnen vorsetzte ... sie zeigten kein Erstaunen, weder über die Schiffe selbst, noch über andere Gegenstände, die man ihnen zeigte, was ohne Zweifel daher rührt, dass man schon einige elementare Vorstellungen haben muss, um die Werke der Menschenhand zu bewundern. Diese rohen Menschen betrachteten die Meisterwerke der Industrie wie die Naturerscheinungen als etwas selbstverständliches. Sie sind klein, behänd, mager und verbreiten einen unausstehlichen Geruch um sich. Dabei gehen sie beinahe nackt, denn sie tragen nur schlechte Felle von Meerwölfen, welche noch dazu zu klein sind, um sie zu umhüllen ... Die Frauen sind hässlich und ihre Männer scheinen sich blutwenig um sie zu bekümmern. ... Diese Wilden wohnen, Männer, Frauen und Kinder bunt durcheinander, in niedrigen Hütten, in deren Mitte ein Feuer brennt. Sie nähren sich vorzüglich von Muscheltieren, doch benützen sie zur Jagd auch Hunde und Schlingen von Walfischbarten. ... Übrigens sind es gutmütige Leute, freilich gleichzeitig so schwächlicher Natur, dass darauf nicht sehr viel zu geben ist. Von allen Wilden, die ich gesehen habe, trugen die Pescherähs die wenigste Kleidung.«

Der Aufenthalt an diesem Orte sollte noch durch einen traurigen Zwischenfall bezeichnet werden. Ein Kind von etwa zehn Jahren war an Bord gekommen und man hatte ihm einige Stückchen Glas und Spiegelscherben gegeben, ohne zu ahnen, welchen Gebrauch es davon machen würde. Diese Wilden haben, wie es scheint, die Gewohnheit, Talgstückchen als Talisman in die Kehle zu stecken. Der Knabe hatte es mit dem Glase offenbar ebenso machen wollen; als die Franzosen abfahren wollten, sahen sie, wie Jener sich schmerzhaft wand und Blut erbrach. Sein Rachen und Zahnfleisch waren tief zerschnitten. Trotz der Beschwörungen und Abreibungen eines Zauberers, oder vielleicht gar in Folge der gar zu energischen Behandlungsweise desselben, litt das Kind entsetzliche Qualen und gab auch bald darauf seinen Geist auf. Das war für die Pescherähs das Signal zur allgemeinen Flucht. Sie glaubten ohne Zweifel, die Franzosen hätten sie behext und sie müssten alle auf diese Weise umkommen.

Als die »Boudeuse« dann am 16. Januar die Insel Rupert zu erreichen suchte, wurde sie von der Strömung bis auf eine halbe Kabellänge in die Nähe des Ufers getrieben. Der schleunigst ausgeworfene Anker zerbrach und die Fregatte hätte, ohne einen zum Glück aufspringenden Landwind, unrettbar scheitern müssen. Man sah sich infolgedessen genötigt, nach dem Hafen Galant zurückzukehren. Das geschah übrigens gerade zur rechten Zeit, denn am anderen Tage wütete ein entsetzlicher Sturm.

»Nachdem wir im Hafen Galant sechsundzwanzig Tage lang von unbeständigen und widrigen Winden heimgesucht worden waren, reichten sechsunddreißig Stunden einer so günstigen Brise, wie ich sie kaum je erlebt habe, hin, uns bis zum Pazifischen Ozean zu treiben, eine Segelfahrt, welche bezüglich der Schnelligkeit, mit der wir von genanntem Hafen bis nach der Mündung der Meerenge gelangten, wohl einzig dastehen dürfte. Ich schätze die Gesamtlänge der Meerenge vom Kap der Jungfrauen bis zu dem der Pfeiler auf etwa hundertvierzig Meilen. (Heute wissen wir, dass die Magelhaens-Straße 600 Kilometer lang ist.) Wir brauchten in Allem zweiundfünfzig Tage zur Fahrt durch dieselbe. ... Trotz der Schwierigkeiten, die wir dabei zu überwinden hatten (und hier stimmt Byron auch mit Bougainville überein), würde ich doch diesen Weg stets dem um das Kap Horn herum vorziehen, wenigstens in der Zeit von Ende September bis Ende März, in den anderen Monaten des Jahres freilich lieber auf dem offenen Meere segeln. Widrige Winde und schwerer Seegang sind an sich keine Gefahren, während es unklug ist, nahe zwischen zwei Ländern im Finstern herumzutappen. Immer wird man in der Meerenge einige Zeit aufgehalten werden, doch ist diese Zeit nicht als gänzlich verloren zu betrachten. Man findet in derselben vieles und gutes Wasser, Holz, Muscheln, stellenweise auch schöne Fische, und ich bin überzeugt, dass der Skorbut einer Mannschaft viel mehr mitspielt, die um das Kap Horn gesegelt ist, als derjenigen, die durch die

Magelhaens-Straße in das westliche Meer gelangte. Als wir aus derselben herauskamen, hatten wir keinen einzigen Kranken.«

Die Ansicht Bougainvilles hat bis in die letzte Zeit viele Widersacher gefunden und die von ihm so warm empfohlene Route wurde von den Seefahrern fast vollständig vernachlässigt. Mit noch größerem Rechte geschieht das heutzutage, wo der Dampf das Seewesen vollkommen umgestaltet und alle Bedingungen der Nautik verändert hat.

Kaum war er in die Südsee gelangt, als Bougainville zu seinem Erstaunen südliche Winde antraf. Er musste infolgedessen darauf verzichten, die Insel Juan-Fernandez anzulaufen, was er von vornherein im Willen hatte.

Mit dem Befehlshaber der »Etoile« war Verabredung dahin getroffen worden, dass die beiden Schiffe, um einen größeren Teil des Meeres übersehen zu können, soweit voneinander entfernt segeln sollten, als das möglich war, ohne einander aus den Augen zu verlieren, und dass die Flüte jeden Abend bis auf eine halbe Meile in die Nähe der Fregatte zurückkehren sollte, sodass das kleine Schiff, wenn die »Boudeuse« eine Gefahr bemerkte, derselben entgehen konnte.

Bougainville suchte nach der Osterinsel eine Zeit lang vergeblich. Dann erreichte er im Monat März den Breitengrad der auf Bellins Karte irrtümlicherweise unter dem Namen Quiros-Inseln verzeichneten Länder und Inseln. Am 22. desselben Monats bekam er vier Eilande in Sicht, denen er den Namen »die vier Facardines« beilegte und welche einen Teil des gefährlichen Archipels bilden, jener Anhäufung niedriger, halb mit Wasser bedeckter Sternkorallen-Wucherungen, welche aufzufinden alle Seeleute, die durch die Magelhaens-Straße oder um das Kap Horn herum in die Südsee steuerten, sich das Wort gegeben zu haben scheinen. Etwas weiter hin wurde eine fruchtbare, von gänzlich nackt gehenden Wilden bewohnte Insel entdeckt, welch' Letztere lange Spieße mit drohenden Gebärden schwangen, woher jene den Namen »Insel der Lanciers« erhielt.

Wir wollen hier nicht wiederholen, was wir über die Natur der Insel, über die Schwierigkeit der Landung an derselben und über die wilde und ungastliche Bevölkerung schon mehrfach zu sagen Gelegenheit hatten. Diese Insel der Lanciers z. B. ist dieselbe, welche Cook Thrum-Kap nannte und Bougainvilles Insel de la Harpe, die er am 24. entdeckte, entsprach der Insel Bow desselben Seefahrers.

Da der Befehlshaber wusste, dass Roggeween bei der näheren Untersuchung dieser Gegend beinahe umgekommen wäre, und der Ansicht war, dass deren weitere Kenntnisnahme die damit verknüpften Gefahren in keiner Weise aufwöge, segelte er sofort nach Süden und verlor bald den ausgedehnten Archipel aus dem Auge, der sich auf eine Länge von 500 Meilen hin erstreckte und nicht weniger als sechzig Einzelinseln und Inselgruppen umfasste.

Am 2. April sah Bougainville einen hohen und steilen Berg, dem er den Namen »Pic de la Boudeuse« gab. Es war die Insel Maitea, welche Quiros schon »la Dezana« getauft hatte. Am 4. befanden sich die Schiffe bei Sonnenaufgang in Sicht von Tahiti, einer langen Insel, die aus zwei, durch eine kaum eine Meile breite Landzunge verbundenen Halbinseln besteht.

Über hundert Pirogen mit Auslegern umschwärmten bald die beiden Schiffe; sie waren mit Kokosnüssen und anderen köstlichen Früchten beladen, welche man ohne Schwierigkeit gegen allerhand Kleinigkeiten eintauschte. Bei einbrechender Nacht erglänzte das Ufer von tausend Feuern, die man vom Bord durch einige Raketen beantwortete.

»Der Anblick dieser amphitheatralisch aufsteigenden Küste, sagt Bougainville, bot uns ein reizendes Bild. Obgleich die Berge sich hier zu beträchtlicher Höhe erheben, so zeigt sich doch nirgends das nackte Gestein; Alles ist dicht mit Holz bedeckt. Wir trauten kaum unseren Augen, als wir einen bis zum äußersten, isolierten Gipfel mit Bäumen bestandenen Spitzberg erblickten, der sich etwa in der Mitte der Insel über die anderen Berggruppen erhob; er schien nicht mehr als dreißig Toisen im Durchmesser zu haben und nahm weiter oben immer mehr an Dicke zu; aus der Ferne hätte man denselben wohl für eine ungeheure Pyramide halten können, welche die Hand eines gewandten Dekorateurs mit Blättergirlanden geschmückt hätte. Das weniger hoch gelegene Land enthält da und dort Wiesen und Buschmerk, und längs des ganzen Ufers zieht sich nahe dem Strande, am Fuße des Oberlandes, ein Streifen niedriger, dicht mit Pflanzenwuchs bedeckter Erde hin. Hier gewahrten wir auch inmitten der Bananen, Kokospalmen und anderer mit Früchten beladener Bäume die Wohnungen der Insulaner.«

Der ganze nächstfolgende Tag wurde mit dem Tauschhandel hingebracht. Außer den Früchten boten die Eingeborenen auch Hühner, Tauben, Fischerei-Gerätschaften, Werkzeuge, Stoffe und Muscheln an, für welche sie Nägel und Ohrgehänge verlangten.

Am 6. Morgens, nachdem man drei Tage lang, an der Küste hin gekreuzt, um eine sichere Rhede zu finden, entschloss sich Bougainville, in der Bay vor Anker zu bleiben, die er am Tage seiner Ankunft gesehen hatte.

»Der Zuzug von Pirogen, sagte er, war rings um die Schiffe so stark, dass wir viele Mühe hatten, uns inmitten der Menge und des Geräusches am Ufer festzulegen. Alle kamen mit dem Rufe: »Tayo!«, was Freunde bedeuten soll, und suchten ihre wohlwollende Gesinnung durch allerlei andere Zeichen auszudrücken. In den Booten befanden sich auch viele Frauen, welche an Gestalt den meisten Europäern kaum etwas nachgaben und an Körperschönheit wohl mit allen wetteifern könnten.«

Bougainvilles Koch hatte trotz des ergangenen Verbotes es doch zu ermöglichen gewusst, zu entwischen und ans Land zu gehen. Kaum aber daselbst angekommen, wurde er von einer zahlreichen Menge umringt, die ihn vollständig auskleidete, um alle Teile seines Körpers in Augenschein zu nehmen. Er wusste natürlich nicht, was man mit ihm vornehmen würde, und hielt sich schon für verloren, als man ihm seine Kleider wieder zustellte und ihn die Eingeborenen mehr tot als lebendig nach dem Schiffe zurückbrachten. Bougainville wollte ihn noch tadeln, der arme Kerl behauptete aber, er könne ihm drohen, mit was er nur wolle, so würde er ihm damit nicht so viel Angst einjagen, als er auf dem Lande schon ausgestanden habe.

Sobald das Schiff vertäut lag, ging auch Bougainville in Begleitung mehrerer Offiziere ans Land, um einen Wasserplatz zu suchen. Schnell umringte ihn eine ungeheure Menschenmenge, die ihn mit größter Neugier betrachtete und immerfort »Tayo! Tayo!« schrie. Ein Eingeborener nötigte ihn in sein Haus und setzte ihm Früchte, geröstete Fische und Wasser vor. Bei der Rückkehr nach dem Strande wurden die Franzosen von einem hübsch gewachsenen Insulaner aufgehalten, der unter einem Baume liegend ihnen anbot, den Rasen, der ihm als Lagerstatt diente, mit ihm zu teilen.

»Wir erfüllten seinen Wunsch, sagt Bougainville. Der Mann neigte sich dann zu uns und sang leise, in Begleitung einer Art Flöte, die ein Anderer mit der Nase blies, ein Lied von scheinbar anakreontischem Charakter; eine reizende und des Pinsels eines Boucher würdige Scene. Vertrauungsvoll gingen vier Insulaner mit an Bord, speisten mit Vergnügen und blieben daselbst über Nacht. Wir spielten ihnen Einiges auf der Flöte, der Bassgeige und auf der Violine vor und brannten zu ihrer Belustigung ein kleines Feuerwerk von Raketen und Schwärmern ab. Dieses Schauspiel erregte zwar ihr freudiges Erstaunen, aber erschreckte sie doch ein wenig.«

Bevor wir weiter gehen und andere Auszüge aus Bougainvilles Bericht mitteilen, halten wir uns für verpflichtet, den Leser darauf aufmerksam zu machen, dass er diese, Virgils Idyllen in den bukolischen Gesängen würdigen Bilder nicht etwa zu genau nimmt. Die fruchtbare Fantasie des Erzählers sucht offenbar Alles zu verschönern. Der reizende Anblick, den er vor Augen hat, die pittoreske Natur genügen ihm noch nicht, und er glaubt seiner Schilderung noch mehr Lichter aufsetzen zu müssen, während er sie damit nur überladet. Jedenfalls vollendete er seine Arbeit in gutem Glauben und gewiss halb unbewusst. Man darf eben allen diesen Beschreibungen nicht in allen Punkten trauen. Für diese damals zeitgemäße Richtung findet sich ein wahrhaft merkwürdiger Beweis in dem Bericht über die zweite Reise Cooks. Hodges, der die Expedition als Maler begleitete, führt uns auf einem Bilde, das die Landung der Engländer an der Insel Middelbourgh darstellt, Leute vor, welche kein Mensch für Bewohner der ozeanischen Welt halten, sondern die Jedermann in Hinblick auf ihre Toga weit eher für Zeitgenossen des Cäsar oder Augustus ansehen würde. Und doch hatte der Maler die Originale vor Augen, also unschwer Gelegenheit, eine Scene, deren Zeuge er gewesen, in aller Treue wiederzugeben. Heutzutage trägt man der Wahrheit doch strenger Rechnung. Da sind die Berichte der Reisenden nicht durch unnützen Plunder oder falschen Schmuck entstellt. Verfallen sie dadurch auch in den Ton der trockenen Darstellung, der dem gewöhnlichen Leser nicht gefällt, so findet dafür der Gelehrte in ihnen doch eine verlässliche Quelle und die Bausteine zu einer für den Fortschritt der Wissenschaften nützlichen Arbeit.

Wir folgen nun unserem Erzähler weiter.

An dem Ufer des kleinen, im Hintergrunde der Bay mündenden Flusses ließ Bougainville seine Kranken unterbringen und stellte auch Wasserfässer mit einer Wache zu deren Sicherheit auf. Diese Anordnungen erregten doch einigermaßen das Misstrauen und den Verdacht der Eingeborenen. Letztere gestatteten den Fremdlingen zwar gern, ans Land zu gehen und während des Tages auf ihrer Insel umherzuschweifen, wünschten aber offenbar, dass diese sich wenigstens während der Nacht nach den Schiffen zurückbegäben. Bougainville bestand aber auf seinem Willen und bestimmte nur im Voraus die Dauer seines Aufenthaltes.

Von diesem Augenblick an war das beste Einvernehmen wieder hergestellt. Für die vierunddreißig Skorbutkranken und ihre dreißig Wärter und Wächter wurde ein großer Schuppen eingerichtet und auf allen Seiten verschlossen, sodass er nur einen einzigen Eingang behielt, vor dem die Eingeborenen eine Menge Gegenstände aufstapelten, die sie austauschen wollten. Die einzige Unannehmlichkeit, die man hier zu erdulden hatte, bestand darin, dass man Alles, was ans Land gebracht worden war, stets im Auge behalten musste, »denn in ganz Europa gibt es nicht so gewandte Spitzbuben, als diese Leute hier«. Einer löblichen Gewohnheit, welche nach und nach allgemeiner wurde, folgend, beschenkte Bougainville den Häuptling der Ansiedlung mit ein Paar Truthühnern, nebst männlichen und weiblichen Can-Arienvögeln, und ließ ein Stück Land instand setzen, das er mit Roggen, Gerste, Hafer, Reis, Mais, Zwiebeln und dergleichen besäte.

Am 10. ward ein Eingeborener durch einen Schuss getötet, ohne dass Bougainville, trotz der strengsten Nachforschungen, den Urheber des abscheulichen Mordes ausfindig zu machen vermochte. Die Eingeborenen glaubten offenbar, dass ihr Landsmann den Fremden zuerst Unrecht getan haben werde und führten dem Markte ihre Erzeugnisse mit unerschüttertem Vertrauen nach wie vor zu.

Der Befehlshaber wusste recht wohl, dass die Rhede keinen guten Schutz gewährte und der Meeresgrund aus großen Korallen bestand. Am 12. fügte die »Boudeuse«, von der der Greling (kleinstes Kabeltau) eines Ankers sich an den Korallen zerschnitten hatte, der »Etoile« schwere Beschädigungen zu, indem sie auf letztere lostrieb. Während die Mannschaft an Bord noch mit Ausbesserung derselben beschäftigt und ein Boot ausgefahren war, um eine andere Durchfahrt zu suchen, welche es den beiden Schiffen dann gestattet hätte, bei jedem Winde auszulaufen, hörte Bougainville, dass drei Insulaner in ihren Hütten durch Bajonettstiche getötet worden waren und dass die Eingeborenen auf diese Schreckensnachricht hin Alle in das Innere entflohen seien.

Ohne Rücksicht auf die den Schiffen drohende Gefahr ging der Kapitän sofort ans Land und ließ die Urheber jenes Verbrechens in Ketten legen, das ja leicht ein ganzes Volk gegen die wenigen Franzosen hätte aufhetzen können. Dank dieser schnellen und strengen Maßregel, beruhigten sich die Einwohner und die Nacht verlief ohne Zwischenfall. Übrigens machten derlei Vorkommnisse Bougainville noch nicht die meiste Sorge. Er kehrte also so schnell als möglich nach seinem Schiffe zurück. Während eines starken Hagelschauers mit heftigen Windstößen, grobem Seegang und mächtigem Donner wären die beiden Fahrzeuge beinahe an die Küste geworfen worden, wenn sich nicht zur rechten Zeit ein frischer Wind vom Lande erhoben hätte. Die Anker-Grelinge rissen und es fehlte wenig, so wären die Schiffe auf die Klippen getrieben worden, wo sie natürlich bald in Stücke gehen mussten. Die »Etoile« konnte glücklicherweise die hohe See gewinnen und bald gelang das auch der »Boudeuse«, wobei sie auf dieser Rhede nicht weniger als sechs Anker zurückließen, die ihnen auf der ferneren Reise gewiss von großem Nutzen gewesen wären.

Kaum wurden die Eingeborenen die nahe bevorstehende Abfahrt der Franzosen gewahr, als sie mit Stärkungsmitteln aller Art in großer Menge herströmten. Gleichzeitig sprach ein Eingeborener, Namens Aoturu, den Wunsch aus, der ihm auch gewährt wurde, Bougainville auf seiner Reise zu begleiten. In Europa angelangt, wohnte Aoturu elf Monate über in Paris, wo er bei der besten Gesellschaft die wohlwollendste Aufnahme fand. Als er im Jahre 1770 nach seiner Heimat zurückkehren wollte, benutzte die Regierung eine sich bietende Gelegenheit, ihn zunächst nach Isle de France zu bringen. Von hier aus sollte er sich, sobald es die Jahreszeit erlaubte, nach Tahiti begeben; er starb aber auf dieser Insel, ohne nach seiner Heimat die reichliche Ladung an nützlichen Werkzeugen, Sämereien und Tieren überführen zu können, die ihm von Seite der französischen Regierung geschenkt worden war.

Tahiti, das wegen der Schönheit seiner Frauen von Bougainville den Namen »Neu-Kithere« erhielt, ist die größte Insel der Gruppe der Gesellschafts-Inseln. Obgleich von Wallis, wie wir früher erwähnten, schon besucht, fügen wir noch einige Nachrichten hinzu, die man Bougainville zu verdanken hat.

Die hauptsächlichsten Erzeugnisse waren damals Kokosnüsse, Bananen, Brotbäume, Yamswurzeln, Curasol, Zuckerrohr usw. Der auf der »Etoile« eingeschiffte Naturforscher de Commerson fand hier die Flora Indiens wieder. An Vierfüßlern gab es nur Schweine, Hunde und Ratten, die letzteren in großer Menge.

»Das Klima ist so gesund, sagt Bougainville, dass trotz der hier vorgenommenen anstrengenden Arbeiten und trotzdem, dass unsere Leute hier beständig halb im Wasser und der brennenden Sonne ausgesetzt waren, auch auf der blanken Erde unter freiem Himmel schliefen, doch kein Mensch erkrankte. Die Skorbutkranken, die wir ans Land brachten und welche daselbst kaum eine völlig ruhige Nacht gehabt haben, erlangten ihre Kräfte wieder und erholten sich in ganz kurzer Zeit so weit, dass sie als geheilt an Bord zurückkehren konnten. Welche schlagenderen Beweise könnte man wohl verlangen für die Heilsamkeit der Luft und der Lebensweise der Urbewohner, als die Gesundheit und Kraftfülle derselben, obwohl sie in Häusern wohnen, welche allen Winden offen stehen und die Erde, die ihnen als Lagerstatt dient, kaum mit einigen Blättern bedecken; als das glückliche Alter, das sie ohne Beschwerde erreichen, die Feinheit ihrer Sinne und die auffallende Schönheit der Zähne, die man auch noch bei den Bejahrtesten beobachtet!«

Der Charakter dieser Völker erschien sanft und gutmütig. Wenn eigentliche Bürgerkriege unter ihnen auch deshalb nicht vorkommen, weil das Land in kleine, unter je einem unabhängigen Häuptling stehende Distrikte zerfällt, so gibt es doch nicht selten Streitigkeiten mit den Bewohnern der benachbarten Inseln. Nicht zufrieden damit, die mit bewaffneter Hand gefangenen Männer und Knaben zu töten, ziehen sie den ersteren auch noch die Kinnhaut mit dem Barte ab und heben diese grässliche Trophäe sorgfältig auf. Über ihre Religion und sonstigen Gebräuche konnte Bougainville nur unbestimmte Nachrichten sammeln. Nur den Kultus, den sie den Verstorbenen widmen, vermochte er besser kennen zu lernen. Sie bewahren die Leichen nämlich sehr lange Zeit an der freien Luft auf einer Art Schaffot, das mit einer Art Hängematte überdeckt wird. Trotz des üblen Geruches, den die in Fäulnis übergehenden Kadaver ausströmen, wehklagen die Frauen doch jeden Tag eine Zeit lang neben diesen Monumenten und benetzen die widerwärtigen Überbleibsel ihrer Lieben mit Tränen und – mit Kokosöl.

Die Erzeugnisse des Bodens gedeihen hier so reichlich und verursachen so wenige Arbeit, dass Männer und Frauen sonst fast stets in süßem Nichtstun hinleben. Dabei erscheint es gar nicht so auffallend, dass die Letzteren für die Totenklagen so viel Zeit übrig haben. Tanz, Gesang, lang dauernde Plaudereien voll ungezwungener Heiterkeit haben bei den Bewohnern von Tahiti eine so leichte Fassungsgabe und einen so beweglichen Geist entwickelt, dass es selbst die Franzosen Wunder nahm, welche man doch nicht für sehr ernsthaft hält, ein Vorwurf, der ihnen freilich meist von Denen gemacht wird, die nicht so lebhaft, heiter und geistreich sind wie sie. Es war fast unmöglich, die Aufmerksamkeit der Ureinwohner längere Zeit zu fesseln. Alles interessierte, aber nichts beschäftigte dieselben. Trotz dieses Mangels an Reflexion waren sie doch gewerbfleißig und ziemlich geschickt. Ihre Pirogen z. B. schienen ebenso zweckmäßig wie solid gebaut. Angeln und Fischereigeräte waren sehr sorgfältig gearbeitet. Ihre Netze glichen ganz den unsrigen. Die aus der Rinde eines gewissen Baumes hergestellten Stoffe waren künstlich gewebt und mit glänzenden Farben geschmückt.

Wir glauben den Eindruck, den Bougainville von den Tahitianern mit hinwegnahm, dahin zusammenfassen zu können, dass wir sagen, sie sind ein Volk von »Lazzaronis«.

Am 16. April befand sich Bougainville um acht Uhr Morgens etwa zehn Meilen nördlich von Tahiti, als er unter dem Winde Land bemerkte. Obwohl dasselbe drei Inseln zu bilden schien, bestand es doch nur aus einer einzigen. Es hieß, nach Aoturu's Aussage, Omaitia. Der Befehlshaber, der sich, hier nicht weiter aufhalten wollte, suchte auf seinem Wege nun vorzüglich die Inseln der Gefahr zu vermeiden, da ihm Roggeween's Unfälle bekannt waren. Während des ganzen Monats April blieb übrigens das Wetter sehr schön und der Wind mäßig.

Am 3. Mai steuerte Bougainville auf ein neues, eben entdecktes Land zu und gewahrte an anderen Stellen auch noch weitere Inseln. Die Küste der größten derselben erschien sehr steil; sie bestand in der Tat nur aus einem bis zum Gipfel mit Bäumen besetzten Berge, ohne Täler und Strandgebiet. Man bemerkte auf derselben einige Feuer und vereinzelte im Schatten von Kokosbäumen errichtete Hütten, während etwa dreißig Männer am Ufer hin und her liefen.

Gegen Abend näherten sich den Schiffen einige Pirogen, und nach kurzem, sehr erklärlichem Zaudern begann der Tauschhandel. Für ihre Kokosnüsse, Goyaven und ziemlich schlechten Stoffe, welche wenigstens denen auf Tahiti nachstanden, verlangten die Eingeborenen vorzüglich nach Stückchen von rotem Tuche, wiesen aber Eisen, Nägel und Ohrgehänge verächtlich zurück, die Gegenstände, welche auf dem Bourbonen-Archipel, mit welchem Namen Bougainville die Tahitigruppe bezeichnet, so großen Anklang gefunden hatten. Brust und Oberschenkel bis zum Knie liebten die Eingeborenen tief blauzufärben; Bart trugen sie nicht, das Haar dagegen in einem starken Bündel auf dem Scheitel befestigt.

Am nächsten Tage sah man noch mehrere zu demselben Archipel gehörige Inseln. Ihre scheinbar sehr wilden Bewohner wagten niemals in die Nähe der Schiffe zu kommen.

»Die Länge dieser Insel, heißt es in dem Bericht, ist ungefähr dieselbe, auf der Abel Tasman zu sein glaubte, als er die Inseln Amsterdam, Rotterdam und Prinz Wilhelm, sowie die Fleenskerk-Untiefen entdeckte. Es ist auch nahezu dieselbe wie die der Salomonsinseln. Übrigens deuteten die Pirogen, welche wir in der Richtung nach Süden auf die hohe See hinausfahren sahen, darauf hin, dass dort noch weitere Inseln liegen müssen. Diese Länder scheinen demnach eine, sich unter demselben Meridian hinstreckende Kette zu bilden. Die Inseln, welche man den Schiffer-Archipel nennt, liegen unter 14° südlicher Breite, und zwar 171 und 172° westlicher Länge von Paris.«

Nach dem Verbrauche der frischen Nahrungsmittel fing der Skorbut wieder an sich zu zeigen. Man musste also daran denken, irgendwo ans Land zu gehen. Am 21. desselben Monats wurden die Inseln Pentecosta, Aurora und die Leprosen wahrgenommen, welche den von Quiros im Jahre 1606 entdeckten Archipel der Neuen Hebriden bilden. Da eine Landung bequem ausführbar erschien, beschloss der Kommandant, eine Abteilung ans Land zu senden, um Kokosnüsse und andere antiskorbutische Früchte zu holen. Im Laufe des Tages schloss sich auch Bougainville selbst jener an. Die Matrosen fällten Holz und die Eingeborenen halfen jenen, es zu verladen. Trotz dieses scheinbar guten Verhältnisses entschlugen sich die Letzteren doch nicht gänzlich alles Misstrauens und behielten ihre Waffen in Händen; selbst Diejenigen, welche keine solche bei sich führten, hatten große Steine neben sich, um diese zur Verteidigung zu gebrauchen. Nach hinlänglicher Belastung der Boote mit Holz und Früchten schiffte Bougainville seine gesamte Mannschaft wieder ein. Da drängten die Eingeborenen in dichter Menge heran und überschütteten die Abfahrenden mit einem Hagel von Pfeilen, Lanzen und Zagaien; Einzelne sprangen sogar ins Wasser, um die Franzosen besser angreifen zu können. Da mehrere in die Luft abgefeuerte Schüsse keine Wirkung auf die Wilden hervorbrachten, so vertrieb man dieselben mit einer wohl gezielten Gewehrsalve.

Wenige Tage später kam ein Boot, das an der Leprosen-Insel nach einer Ankerstelle suchte, in die Lage, angegriffen zu werden. Nachdem es zwei Pfeile erhalten, gaben die Leute Feuer und unterhielten dasselbe dann so lebhaft, dass Bougainville seine Mannschaft in ernstlicher Gefahr glaubte. Bei diesem Zusammentreffen fielen zahlreiche Opfer; die in die Wälder entflohenen Wilden stießen ein entsetzliches Geheul aus. Es war ein wirkliches Blutbad. Sehr beunruhigt über das andauernde Schießen, wollte der Kommandant dem Boote schon noch ein zweites zu Hilfe schicken, als er das andere um die Ecke kommen sah. Er ließ dasselbe sofort zu sich rufen, »Ich ergriff darauf, sagt er, die strengsten Maßregeln, um uns nicht wieder durch einen solchen Missbrauch unserer überlegenen Kräfte zu entehren.« Welche traurige Erscheinung, die Seefahrer immer und immer wieder ihre Macht so leichtsinnig missbrauchen zu sehen! Empört diese Wut, zu zerstören, ohne jeden Grund, jede Notwendigkeit, ja, ohne nur dazu gereizt zu sein, nicht jedes bessere Gefühl? Welcher Nation die Entdeckungsreisenden auch immer angehören mögen, stets sehen wir sie dasselbe Verbrechen begehen. Man hat also gar keine Ursache, nur dem oder jenem Volke einen derartigen Vorwurf zu machen, er trifft leider die ganze Menschheit.

Nachdem sich Bougainville mit dem Notwendigsten versorgt, stach er wieder in See.

Der Seefahrer scheint vorzüglich darauf ausgegangen zu sein, recht viel neue Entdeckungen zu machen, denn er nimmt alle Länder, die er antrifft, nur sehr oberflächlich, sozusagen im Fluge in Augenschein, und von allen seinem Berichte beigefügten, übrigens sehr zahlreichen Karten umfasst nicht eine einzige weder einen ganzen Archipel, noch löst sie die Fragen, die man bei einer neuen Entdeckung wohl zu stellen berechtigt ist. Kapitän Cook verfuhr nicht auf dieselbe Weise. Seine sorgfältigen, mit großer Ausdauer durchgeführten Untersuchungen sichern ihm schon deshalb allein einen weit höheren Rang als dem französischen Seefahrer.

Die Länder, welche die Franzosen eben aufgefunden hatten, waren keine anderen als die Inseln des Heiligen Geistes, Malicolo nebst St. Barthelemy und die dazu gehörigen Eilande. Obwohl er nun die Identität dieser Gruppe mit Quiros Tierra del Espiritu-Santo erkannte, konnte Bougainville doch nicht umhin, ihr einen neuen Namen zu geben, und nannte er sie den Archipel der »Grünen Cycladen«, eine Benennung, für die man in späterer Zeit den Namen die »Neuen Hebriden« einführte. »Ich glaube Wohl, sagt er, dass das Land hier der nördlichste Punkt des schon von Roggeween unter dem 11. Breitengrade gesehenen ist, das er damals Tienhoven und Gröningen taufte. Uns schien, als wir hier landeten, Alles darauf hinzudeuten, dass wir uns im südlichen Teile der Tierra del Espiritu-Santo befanden. Unsere eigenen Beobachtungen stimmten mit Quiros' Bericht vollständig überein, und was wir zu Augen bekamen, reizte uns nur zu neuen Nachforschungen. Eigentümlich ist es, dass wir, genau unter der nämlichen Breite und Länge, unter welcher Quiros seine große Bay St. Jacques und St. Philippe verlegt, und an einer Küste, die man auf den ersten Blick für die eines Festlandes halten könnte, eine Durchfahrt auffanden, genau von derselben Breite, die er der Öffnung seiner Bay gibt. Sollte der spanische Seefahrer hier falsch gesehen haben? Sollte er über seine Entdeckungen absichtlich haben einige Unklarheit bestehen lassen? Sollten die Geografen durch eignes Hinzutun das Land des Heiligen Geistes mit Neuguinea verwechselt haben? Um dieses Problem zu lösen, musste man demselben Breitengrade etwa noch auf 350 Meilen folgen. Ich entschloss mich dazu, obwohl der Zustand und die Menge unserer Nahrungsmittel es ratsam erscheinen ließen, sobald als möglich eine europäische Niederlassung aufzusuchen. Man wird sehen, dass wir nahe daran waren, die Opfer unserer Ausdauer zu werden.«

Während sich Bougainville hier aufhielt, riefen ihn verschiedene dienstliche Angelegenheiten nach seinem Begleitschiffe der »Etoile«, wo er eine eigentümliche Tatsache konstatierte, welche doch schon längere Zeit der Gegenstand der Unterhaltung der Mannschaft gewesen war. Der Naturforscher de Commerson hatte als Diener einen gewissen Barré. Dieser, ein unermüdlicher, intelligenter Mensch und selbst schon geübter Botaniker nahm an allen Ausflügen seines Herrn Teil und trug stets die Kästen, Lebensmittel, Waffen und Pflanzenhefte, sodass er sich den Beinamen »das Saumtier« erworben hatte. Seit einiger Zeit hieß es nun plötzlich, Barré sei ein Weib. Sein glattes Gesicht, der Ton der Stimme, seine Zurückhaltung und einige andere Zeichen schienen diesen Verdacht zu bestätigen, als ein Vorkommnis auf Tahiti denselben zur Gewissheit erhob.

De Commerson war ans Land gegangen, um zu botanisieren, und Barré begleitete ihn wie gewöhnlich mit dem ganzen Geräte, als Letzterer plötzlich von Eingeborenen umringt wurde, welche mit dem Geschrei, er sei eine Frau, sich schon anschickten, ihre Behauptungen zu bestätigen. Ein Fähnrich, Herr von Bournand, hatte große Mühe, ihn den Händen derselben zu entreißen und nach dem Boote zurückzubringen.

Während seines Aufenthaltes auf der »Etoile« ließ sich Barré dem Befehlshaber gegenüber zu einem Geständnis herbei. In Tränen aufgelöst, bekannte der Gehilfe des Naturforschers die Wahrheit und entschuldigte sich, seinen Herrn getäuscht zu haben, indem er sich diesem bei der Abreise in Männerkleidern vorstellte. Ohne Angehörige und durch einen Prozess ruiniert, hatte das junge Mädchen jene Verkleidung gewählt, um sich selbst besser durchzuhelfen. Sie wusste übrigens, als man an Bord ging, dass es galt, eine Erdumsegelung auszuführen, aber diese Aussicht erschreckte sie viel weniger, sondern bestärkte sie nur in ihrem Entschlüsse.

»Das dürfte also die erste Frau sein, welche eine Reise um die Welt mitgemacht hat, sagt Bougainville, und ich muss ihr das Zeugnis geben, dass sie sich an Bord stets untadelhaft betragen hat. Sie ist weder hässlich, noch hübsch und mag sechsundzwanzig bis siebenundzwanzig Jahre zählen. Man wird zugeben, dass die Barré, wenn die Schiffe an einer einsamen Insel verunglückt wären, gewiss die besten Aussichten für die Zukunft gehabt hätte.«

Am 29. Mai verlor die Expedition das Land aus dem Gesicht. Jetzt schlug man einen westlichen Kurs ein. Am 4. Juni zeigte sich unter 15° 50' der Breite und 148° 10' östlicher Länge eine gefährliche Klippe, welche so wenig über das Wasser emporragte, dass man sie in zwei Meilen Entfernung nicht einmal vom Top der Masten aus wahrnehmen konnte. Die Auffindung noch weiterer Riffe, eine Menge dahertreibender Stämme, Früchte und ganze Seeeichen, sowie die verhältnismäßige Ruhe des Meeres, Alles deutete auf die Nähe eines großen Landes in Südosten hin. Es war das »Neu-Holland«.

Bougainville beschloss nun, sich aus diesem gefährlichen Fahrwasser zurückzuziehen, wo er nichts zu finden hoffen durfte als ein mit Klippen und Untiefen erfülltes Meer. Auch noch ein anderer Grund drängte ihn, einen anderen Weg einzuschlagen; sein Proviant ging zu Ende, das gesalzene Fleisch begann faulig zu werden und die Leute verzehrten lieber Ratten, wenn sie solche fangen konnten. Brot war nur noch für zwei Monate, Gemüse nur für vierzig Tage übrig. Alles wies darauf hin, nach Norden zurückzukehren.

Unglücklicherweise legte sich der Wind von Süden, und als er wieder aufsprang, brachte er die ganze Expedition in die größte Gefahr. Am 10. Juni erblickte man Land im Norden, und zwar den Grund der Luisiaden-Bucht, welche den Namen »Orangerie-Sackgasse« erhalten hat. Das Land bot ein verlockendes Aussehen. Längs des Meeres hin dehnte sich ein niedriger Strand aus mit Bäumen und Gebüschen, deren balsamischer Duft bis zu den Schiffen herüberdrang, während sich der Erdboden allmählich amphitheatralisch nach den inneren Bergen hin erhob, die ihre hohen Wipfel in den Wolken verbargen.

Leider sollte es unmöglich werden, diesem reichen und fruchtbaren Gebiete einen Besuch abzustatten, ebenso wie im Westen eine nach dem Süden von Neuguinea führende Durchfahrt aufzusuchen, welche durch den Carpentaria-Golf auf dem kürzesten Wege nach den Molukken geführt hätte. Gab es überhaupt eine solche Straße? Es erschien das sehr zweifelhaft, denn man glaubte das Land sich ohne Ende nach Westen weiter erstrecken zu sehen. Jetzt galt es, so schnell als möglich wieder aus dem Golfe herauszukommen, in dem man sich unbesonnenerweise hineingewagt hatte.

Von einem Wunsche bis zu dessen Verwirklichung ist es aber immer weit. Vergeblich boten die beiden Schiffe bis zum 31. Juni Alles auf, um sich von dieser mit Klippen und Riffen übersäten Küste nach Westen hin zu entfernen, da Wind und Strömungen sie an derselben festzuhalten gewillt schienen. Nebel und Regen trugen das ihrige dazu bei, dass man sich mit der begleitenden »Etoile« nur durch dann und wann gelöste Kanonenschüsse in Verbindung erhalten konnte. Sobald der Wind wechselte, wollte man sogleich auf das hohe Meer hinaussegeln; dieser wehte aber aus Ostsüdost, wobei man den etwa zurückgelegten Weg immer bald wieder verlor.

Während dieser bösen Kreuzfahrt mussten nun auch die Brot- und Gemüse-Rationen vermindert und ein strenges Verbot erlassen werden, altes Leder zu verzehren, während die letzte an Bord befindliche Ziege geopfert wurde. Der Leser, welcher gemütlich am Ofen sitzt, vermag sich kaum freilich eine Vorstellung davon zu machen, mit welcher Angst man in jenen unbekannten Meeren segelte, wo man an allen Seiten auf Riffe stoßen oder durch widrige Winde und unerwartete Strömungen in eine schwere Brandung getrieben werden konnte, während der Nebel diese Gefahren auch dem schärfsten Auge verhüllte.

Erst am 26. wurde das Kap de Délivrance umschifft; nun war auch die Möglichkeit gegeben, nach Nordost weiter vorzudringen.

Zwei Tage später hatte man etwa sechzig Meilen nach Norden zu zurückgelegt, als mehrere Stücke Land sichtbar wurden. Bougainville glaubte, sie gehörten zu den Louisiaden; gewöhnlich betrachtet man sie dagegen als zusammenhängend mit dem Salomonsarchipel, den Carteret, der einige Jahre vorher hier war, ebenso zuerst entdeckt zu haben glaubte wie der französische Seefahrer.

Bald schwärmten zahlreiche Pirogen ohne Ausleger um die beiden Schiffe herum. In denselben saßen Männer von ebenfalls so schwarzer Farbe wie die Afrikaner, und mit krausen, langen rötlichen Haaren. Sie trugen Zagaien, stießen ein lautes Geschrei aus und verrieten überhaupt nicht besonders freundliche Absichten. Übrigens musste man auch aus anderen Gründen auf eine Landung verzichten. Die Wellen brachen sich am Ufer nämlich mit einer solchen Heftigkeit und das Vorland war so schmal, dass man es kaum sah.

Rings von Inseln umgeben und von dichtem Nebel verhüllt, segelte Bougainville auf gut Glück in eine vier bis fünf Meilen breite Wasserstraße ein, wo der Seegang so stark war, dass die »Etoile« die Luken schließen musste. An der östlichen Küste derselben zeigte sich eine hübsche Bay, welche einen guten Ankerplatz versprach. Sogleich wurden Boote ausgesendet, um den Grund zu untersuchen. Während diese noch mit ihrer Arbeit beschäftigt waren, näherten sich etwa zehn Pirogen mit gegen fünfzig, mit Lanzen, Bogen und Schildern bewaffneten Männern. Die Pirogen trennten sich bald in zwei Abteilungen, um die französischen Boote zu umzingeln. Kaum in Schussweite angekommen, entsendeten sie über dieselben eine Wolke von Pfeilen und kleinen Wurfspießen; selbst eine Gewehrsalve hielt sie nicht auf, sondern es bedurfte einer zweiten, um sie in die Flucht zu treiben. Zwei Pirogen, deren Insassen ins Wasser sprangen, wurden dabei genommen. Lang und gut gearbeitet, erschienen sie an der Spitze mit einem ausgemeißelten Menschenkopf geschmückt, dessen Augen von Perlmutter, die Ohren von Schildkrot und die Lippen lebhaft rot gefärbt waren. Die Wasserstraße, wo dieser Angriff stattgefunden hatte, erhielt die Benennung »Straße der Krieger«, während man die Insel zu Ehren des französischen Marineministers »Choiseul« taufte.

Beim Verlassen derselben wurde wieder ein neues Land gefunden, nämlich die Insel Bougainville, deren nördlichste Spitze oder das Kap Lawerdy mit der Bouka-Insel zusammenzuhängen scheint. Die letztere von Carteret im Vorjahre gesehen und von ihm Winchelsea getauft, schien sehr dicht bevölkert, wenigstens nach der großen Anzahl von Hütten zu urteilen, die sie bedeckte. Ihre Bewohner, von Bougainville als Neger bezeichnet, wahrscheinlich um sie von den Polynesiern und Malayen zu unterscheiden, sind Papuas und von derselben Abstammung wie die Eingeborenen Neuguineas. Ihre kurzlockigen Haare waren rot gefärbt, die Zähne hatten von der Gewohnheit des unablässigen Betelkauens dieselbe Farbe angenommen. Die mit Kokospalmen und anderen Bäumen bestandene Küste versprach Stärkungsmittel in Überfluss; widrige Winde und heftige Strömungen führten die beiden Schiffe aber bald hinweg.

Am 6. Juli warf Bougainville an der von Schouten entdeckten Südküste von Neu-Irland Anker, und zwar an derselben Stelle, wo Carteret gelegen hatte.

»Wir beförderten unsere Wasserfässer ans Land, meldet der Bericht, errichteten einige Zelte und begannen Wasser zu fassen, Holz zu fällen und Kleidungsstücke zu waschen, was Alles höchst nötig war.

»Unser Landungsplatz war prächtig und zeigte einen feinen sandigen Grund ohne Felsen oder starken Wellenschlag; das Innere des kleinen Hafens enthielt auf einer Strecke von kaum vierhundert Schritt vier schöne, klare Bäche, Drei derselben nahmen wir in Gebrauch; aus dem einen erhielt die »Boudeuse«, aus dem anderen die »Etoile« ihr Wasser, während der dritte zum Waschen benutzt wurde. Holz fand sich am Strande des Meeres, und zwar in mehreren Arten, welches sich alles gut als Brennholz, einiges auch für Zimmermannsarbeiten, für die gewöhnliche und selbst für Kunsttischlerei eignete. Die beiden Schiffe lagen eines von dem anderen und vom Ufer nur so weit entfernt, dass man einander anrufen konnte. Der Hafen und dessen Umgebungen erwiesen sich übrigens bis auf weite Strecken hinaus unbewohnt, was uns eine sehr erwünschte Sicherheit und Freiheit der Bewegung gewährleistete. Ebenso konnten wir weder einen sichereren Ankerplatz noch eine bequemere Stelle wünschen, um Wasser und Holz einzunehmen, an den Schiffen die so dringend notwendigen Reparaturen auszuführen und unsere Skorbutkranken nach Belieben in den schönen Wäldern umherspazieren zu lassen. Das waren die Vorzüge dieses Ruheplatzes; er hatte indessen auch einige Schattenseiten. Trotz aller Nachsuchungen fand man hier weder Kokosnüsse noch Bananen oder irgendwelche Naturerzeugnisse, die man mit Güte oder Gewalt in jedem bewohnten Land hätte erlangen können. Da sich auch der Fischfang nicht ergiebig erwies, so durfte man hier eben nur so lange verweilen, als unbedingt nötig war. Man hatte ferner alle Ursache, zu fürchten, dass die Kranken hier nicht genesen würden. Wohl kamen keine heftigeren Anfälle vor, doch mussten sich noch Einzelne legen, und da sich auch die Anderen hier nicht besserten, so musste man auf ein desto schnelleres Fortschreiten des Übels rechnen.«

Kaum rasteten die Franzosen wenige Tage später an dieser Stelle, als ein Matrose eine Bleiplatte fand, auf der noch der Rest einer englischen Inschrift zu lesen war; man ersah aus derselben ohne Mühe, dass Carteret ein Jahr vorher eben hier gelegen hatte.

Auch den Jägern bot das Land nur geringe Beute. Wohl sahen diese einige Eber und wilde Schweine, doch kamen sie nicht zum Schuss. Dafür erlegten sie sehr schöne Tauben mit weißgrauem Hals und Bauche und züngoldigem Gefieder, ferner Turteltauben, Paradiesammern, Papageien, eine Art Vögel mit einer Federkrone und Krähen, deren Geschrei dem Bellen eines Hundes zum Verwechseln ähnlich klang. Von Bäumen und Gesträuchen gedeihen hier der Betel, Arekanussbaum, der Kalmus, der Pfefferstrauch usw.

Gefährliche Reptilien gab es in den Sumpfniederungen in Menge und in den Urwäldern viele Schlangen, Skorpione und andere giftige Tiere. Leider machten diese Feinde des Menschen nicht das Land allein unsicher. Ein Matrose, der nach Muscheltieren suchte, wurde von einer Art Schlange gestochen. Nach fünf- bis sechsstündigem schweren Leiden und schrecklichen Krämpfen ließen erst seine Schmerzen nach und endlich brachten ihn Theriak und Schusswasser, die man gleich nach seiner Verwundung angewendet hatte, wieder auf die Füße. Dieser Zwischenfall ließ den Eifer der Liebhaber der Konchyliologie merklich erkalten.

Am 22. machte sich, nach einem schweren Sturm, auf den Schiffen ein wiederholtes Erdbeben bemerkbar, bei dem das Meer sich mehrmals hintereinander hob und senkte, was die mit Fischen beschäftigten Matrosen nicht wenig erschreckte. Trotz des Regens und der fast unaufhörlichen Gewitter ging doch Tag für Tag eine Abteilung aus, um Latanen, Palmenkohl und Schildkröten zu holen. Man versprach sich zwar Berge und Wunder, meist kehrten die Leute aber mit leeren Händen, nur bis auf die Knochen durchnässt, von ihrem Ausfluge zurück. Eine Naturmerkwürdigkeit und eine tausendmal schönere, als was je ein Künstler zur Ausschmückung eines Königspalastes erdacht hat, zog jeden Tag nicht wenige Besucher an, welche nicht satt wurden, sie zu bewundern.

»Es war das ein Wasserfall. Ihn zu beschreiben wäre unmöglich. Man müsste, um eine Vorstellung von dessen Schönheit zu geben, mit dem Pinsel die Feuerfunken der von der Sonne vergoldeten Wasserwirbel malen, den feuchten Schatten der Tropenbäume, die aus dem Wasser selbst hervorragen, und das fantastische Spiel des Lichtes auf einer großartigen Landschaft, welche des Menschen Hand noch nicht berührt hat.«

Sobald der Wind umschlug, verließen die Schiffe den Hafen Praslin und folgten der Küste von Neu-Britannien weiter bis zum 3. August. Die »Etoile« unterwegs von einer Menge Pirogen angegriffen, musste den auf sie abgeschossenen Pfeilen und geschleuderten Steinen mit Flintenschüssen antworten, welche die Angreifer schnell in die Flucht trieben. Am 4. bekam man die von Dampier als Mathias Inseln und Stürmischen Inseln bezeichneten Länder in Sicht. Drei Tage später fand man die Insel der Anachoreten, so genannt von einer großen Menge mit dem Fischfang beschäftigter Pirogen, deren Insassen bei der Annäherung der »Boudeuse« und der »Etoile« sich nicht im Geringsten aus ihrer Ruhe stören und gar nicht in den Sinn kommen ließen, mit den Fremden in Verbindung zu treten.

Nach einer Reihe, halb unter dem Wasser stehender Eilande, an welchen die Fahrzeuge zu scheitern in Gefahr kamen und die Bougainville »l'Echiquier« (das Schachbrett) nannte, zeigte sich nun die Küste von Guinea, welche hoch und bergerfüllt nach Westnordwesten verlief. Am 12. entdeckte man eine ausgedehnte Bay; die bis jetzt widrigen Strömungen aber führten die Schiffe von derselben gegen zwanzig Meilen weit auf die hohe See hinaus, sodass nur zwei Berge am Eingange von jener, der »Zyklop« und »Bougainville«, sichtbar blieben.

Weiter sah man die Arimoa-Inseln, deren größte kaum vier Meilen in der Länge misst; schlechtes Wetter und starke Strömungen nötigten die Schiffe aber, sich auf dem hohen Meer zu halten und auf jede nähere Kenntnisnahme zu verzichten. Doch musste man immer daran denken, bald wieder ans Land zu gehen, um nicht den Weg zu verlieren und die Fahrstraße nach dem indischen Meere zu verfehlen. So segelte man nur noch an den Inseln Mispulu und Waigiu, im äußersten Nordosten Neuguineas vorüber.

Der sogenannte Kanal der Franzosen, der die Schiffe endlich aus dieser Anhäufung kleiner Inseln und gefährlicher Klippen befreite, wurde glücklich passiert. Nun segelte Bougainville auf den Archipel der Molukken zu, wo er für die fünfundvierzig Skorbutkranken, die er an Bord hatte, die nötigen Hilfsmittel zu finden hoffte.

Bei seiner vollständigen Unkenntnis der Vorgänge in Europa seit seiner Abreise, wollte sich Bougainville nicht nach einer Kolonie begeben, wo er der Schwächere gewesen wäre. Die kleine Niederlassung der Holländer auf Boero oder Buru entsprach seinen Absichten vollkommen, vorzüglich weil dort auch leicht Stärkungsmittel zu haben sein mussten. Mit lebhafter Freude begrüßten die Mannschaften den Befehl, in den Golf von Cajeti einzufahren. An Bord gab es fast Niemand, der nicht mehr oder weniger vom Skorbut zu leiden gehabt hätte, und die Hälfte der Leute, sagt Bougainville, war absolut nicht imstande, ihre Dienste zu tun.

»Die uns noch verbleibenden Nahrungsmittel waren so verfault und übel riechend geworden, dass die schlimmsten Augenblicke unserer traurigen Tage stets diejenigen waren, wenn die Glocke uns zum Verspeisen dieser ekelhaften und ungesunden Lebensmittel rief. Um wie viel verlockender erschien unseren Augen dann das liebliche Boero oder Buru! Mitten in der Nacht machte sich ein höchst angenehmer, von den aromatischen Pflanzen, mit denen die Molukken geradezu bedeckt sind, herrührender Geruch schon einige Meilen draußen im Meere bemerkbar, gleichsam der Vorbote, der das Ende unserer Leiden anmeldete. Der Anblick des ziemlich großen Städtchens, das im Hintergrunde des Golfes lag, die verankerten Schiffe, die in den umgebenden Wiesenplänen umherschweifenden Haustiere, Alles erregte ein allgemeines Entzücken, das ich gewiss selbst geteilt habe, aber trotzdem zu beschreiben nicht imstande bin.«

Kaum waren die »Boudeuse« und die »Etoile« vor Anker gegangen, als der Resident der Niederlassung zwei Soldaten absendete, um sich bei dem französischen Kommandanten nach der Ursache zu erkundigen, die ihn veranlasste, hier einzulaufen, da er doch wissen müsse, dass das nur den Schiffen der indischen Compagnie gestattet sei. Bougainville beauftragte sofort einen Offizier, jenem die Erklärung zu bringen, dass nur Hunger und Krankheiten ihn gezwungen hätten, in dem ersten Hafen, dem er begegnete, einzulaufen. Auch werde er Boero verlassen, sobald er die nötige Hilfe, die er höchst dringend brauche und um die er im Namen der Menschlichkeit bitte, erhalten habe. Der Statthalter schickte ihm nun den Befehl des Gouverneurs Amboine, der ihm ausdrücklich verbot, kein fremdes Schiff in seinem Hafen aufzunehmen, und bat Bougainville, ihm eine schriftliche Erklärung darüber abzugeben, warum er hier trotzdem eingelaufen sei, um seinem Vorgesetzten im Notfalle den Beweis beibringen zu können, dass er nicht gegen die Vorschrift gefehlt, sondern nur dem Zwange der Umstände nachgegeben habe.

Als Bougainville das Zertifikat unterzeichnet hatte, entwickelten sich zwischen ihm und den Holländern bald die herzlichsten Beziehungen. Der Statthalter wollte den Stab der beiden Schiffe bei der Tafel empfangen und es wurde auch ein Kontrakt wegen Lieferung frischen Fleisches abgeschlossen. Anstelle des Brotes trat nun der Reis, die gewöhnliche Nahrung der Holländer, und außerdem wurden den Mannschaften frische Gemüse vorgesetzt, welche auf dieser Insel keineswegs allgemein angebaut werden, sondern von dem Statthalter aus dem Garten der Compagnie selbst bezogen worden waren. Für die Kranken wäre es gewiss wünschenswert gewesen, die Rast hier noch etwas zu verlängern, das bevorstehende Aufhören des Ostmoussons drängte Bougainville aber, nach Batavia zu segeln.

Am 7. September verließ der Kommandant Boero mit der Überzeugung, dass die Seefahrt in dem Archipel bei weitem nicht so gefährlich sei, als die Holländer gewöhnlich behaupten. Auf die französischen Karten konnte man sich hier allerdings nicht verlassen; sie waren weit geeigneter, die Schiffe ins Verderben zu führen, statt sie zu leiten, Bougainville schlug also den Weg durch die Button- und Saleyer-Straße ein. Diese von den Holländern selbst benützte Passage ist den anderen Nationen sehr wenig bekannt; der Bericht beschreibt hier auch mit größter Sorgfalt den zurückgelegten Weg von Kap zu Kap. Wir halten uns bei diesem Teile der Fahrt nicht auf, obwohl gerade er sehr lehrreich, aber mehr für Fachleute geschrieben ist.

Am 28. September gelangten die »Etoile« und die »Boudeuse« nach einer Reise von zehneinhalb Monaten seit der Abfahrt aus Montevideo nach Batavia, der schönsten Kolonie der ganzen Erde. Jetzt ist die Reise eigentlich als beendet anzusehen. Nachdem er noch die Isle de France, das Kap der Guten Hoffnung und die Insel Aszension berührt, bei welcher er auch Carteret auffand, kehrte Bougainville am 16. Februar 1769 nach St. Malo zurück; er hatte, seitdem er Nantes vor zwei Jahren und vier Monaten verlassen, übrigens nur sieben Mann verloren.

Die noch übrige Laufbahn dieses glücklichen Seefahrers liegt unserer Aufgabe ferner, wir erwähnen derselben nur mit wenig Worten. Er nahm am Kriege in Amerika teil und bestand im Jahre 1781 ein ehrenvolles Gefecht vor dem Fort Royal de Martinique. Seit 1780 Geschwader-Chef, erhielt er zehn Jahre später den Auftrag, auf der meuterischen Flottille Albert de Rious' die Ordnung wieder herzustellen. Im Jahre 1792 zum Vize-Admiral ernannt, suchte er die Annahme dieses Postens abzulehnen, weil er ihn für einen bloßen Titel ohne Amt betrachtete. Später in das Längenbureau und das Institut von Frankreich berufen, zur Würde eines Senators erhoben und von Napoleon I. mit der Grafenwürde beehrt, starb Bougainville am 31. August 1811, »an Jahren und an Ehren reich«.

Bougainvilles Namen hat vorzüglich der Umstand so volkstümlich gemacht, dass er der erste Franzose war, der eine Erdumsegelung ausführte. Kommt ihm auch das Verdienst zu, einige unbekannte oder doch wenig bekannte Archipele entdeckt, wenn auch nicht näher erforscht zu haben, so verdankt er seinen Ruf doch weit mehr dem Reize, der Leichtigkeit und Lebendigkeit seines Reiseberichtes, als seinen eigentlichen Arbeiten. Dass er mehr bekannt wurde als andere französische Seeleute und erfolgreiche Wettbewerber, rührt nicht daher, dass er mehr geleistet hätte als diese, sondern nur, dass er seine Abenteuer in einer Weise zu erzählen wusste, welche seine Zeitgenossen interessierte.

Was Guyot Duclos betrifft, so verschuldete es seine Stellung als zweiter Offizier und seine bürgerliche Abkunft, dass er ohne Belohnung ausging. Seine spätere Ernennung zum Ritter des heiligen Ludwig verdankt er nur seiner Rettung der »Belle-Poule«. Obschon 1722 geboren und seit 1734 im Dienst, nahm er doch 1791 noch die Stellung eines Schiffsleutnants ein. Erst mussten mit der neueren Zeit vorurteilsfreiere Minister ans Ruder kommen, damit er wenigstens zum Kapitän avancierte, gewiss eine sehr verspätete Belohnung so langer und erfolgreicher Dienste. Er starb in St. Servan am 10. März 1794.

Drittes Kapitel.

Erste Reise des Kapitän Cook.

I.

Anfang seiner seemännischen Laufbahn. - Er übernimmt das Kommando über die »Aventure«. - Feuerland. - Entdeckung einiger Inseln des Pomotu-Archipel. - Ankunft in Tahiti. - Sitten und Gebräuche der Einwohner. - Auffindung anderer Inseln der Gesellschaftsgruppe. - Ankunft in Neu-Seeland. - Zusammentreffen mit den Ureinwohnern. - Entdeckung der Cooks-Meerenge. - Umschiffung der beiden großen Inseln. - Sitten und Erzeugnisse des Landes.

Bei der Schilderung des Lebenslaufes eines berühmten Mannes wird man immer gut daran tun, auch die unscheinbarsten Züge nicht zu übergehen, welche bei jedem Anderen vielleicht ganz ohne Interesse wären. Sie erhalten nicht selten eine besondere Bedeutung, denn man erkennt in denselben die Spuren eines unbewussten Triebes, und häufig werfen sie ein helles Licht auf den Charakter des Helden, dessen Bild man zeichnet. So verweilen wir also auch ein wenig bei den unbedeutenden Anfängen eines der größten Seeleute, deren sich England rühmen kann.

James Cook wurde am 27. Oktober 1728 zu Morton, in Yorkshire, geboren. Er war der neunte Sohn des Dienstknechtes einer Bäuerin, namens Grasse. Kaum acht Jahr alt, half der kleine James schon seinem Vater bei den schweren Landarbeiten auf dem Gute Airy-Holme, in der Nähe von Ayton. Seine Gewandtheit und Arbeitslust erregten die Teilnahme des Besitzers, der ihn lesen lernen ließ. Mit dem 13. Lebensjahre kam er in die Lehre zu einem gewissen William Sanderson, einem Krämer in Staith, wo sich ein kleiner, aber nicht unwichtiger Hafen befand. Dem jungen Cook wollte es jedoch nicht im Mindesten gefallen, in einem Comptoir zu sitzen, und er benutzte jede freie Stunde, um mit den Seeleuten am Hafen zu plaudern.

Mit Zustimmung seiner Eltern verließ er denn auch bald den Laden des Krämers wieder, um sich als Schiffsjunge bei den Rhedern Jean und Henri Walker zu verdingen, deren Schiffe an den Küsten Englands und Irlands Kohlen beförderten. Als Leichtmatrose, später als Matrose und Befehlshaber machte sich Cook bald mit seinem neuen Berufe vollständig vertraut.

Im Frühjahr 1755, als zwischen Frankreich und England die ersten Feindseligkeiten ausbrachen, lag das Schiff, auf welchem Cook diente, eben in der Themse vor Anker. Die Kriegsmarine rekrutierte ihre Mannschaft damals mittelst des »Pressens« der Matrosen. Cook suchte sich zuerst zu verbergen; bald aber trat er, von einer dunklen Ahnung getrieben, auf der »Aigle«, einer Fregatte von sechzig Kanonen, ein, welche damals unter dem Befehl des Kapitäns Sir Hugues Pallifer stand.

Intelligent, tätig und mit allen vorkommenden Arbeiten wohl vertraut, zog Cook bald die Aufmerksamkeit der Offiziere auf sich, die ihn auch dem Befehlshaber empfahlen. Gleichzeitig erhielt der Letztere ein Schreiben des Parlamentsmitgliedes für Scarborough, der ihm den jungen Cook, auf die dringendsten Vorstellungen der Bewohner des Dorfes Ayton hin, warm empfahl, worauf dieser ihm denn auch bald die Stelle des Hochbootsmannes anvertraute. Am 15. Mai 1759 schiffte er sich auf der »Mercure« mit der Bestimmung nach Kanada ein, wo diese sich dem Geschwader Sir Charles Sunders anschloss, das in Verbindung mit General Wolf Quebeck belagerte.

Hier war es, wo Cook zum ersten Male Gelegenheit fand, sich auszuzeichnen. Mit der Sondierung des St. Lorenzo zwischen der Insel Orleans und dem nördlichen Ufer des Stromes betraut, führte er diese Sendung mit großem Geschick aus und konnte trotz der Schwierigkeiten und Gefahren der Unternehmung sogar eine recht gute Karte des Kanals entwerfen. Seine hydrografischen Aufnahmen erwiesen sich so genau und vollständig, dass er den Befehl erhielt, die fahrbaren Stellen des Stromes unterhalb Quebeck aufzusuchen. Er unterzog sich dieser Untersuchung mit so viel Sorgfalt und Einsicht, dass seine Karte auf Veranlassung der englischen Admiralität herausgegeben wurde.

Nach der Einnahme von Quebeck ging Cook an Bord der »Northumberland«, unter dem Befehle des Lord Colville, und er benutzte seinen Aufenthalt an der Küste von Neu-Fundland dazu, sich dem Studium der Astronomie zu widmen. Bald übertrug man ihm die wichtigsten Arbeiten. Er entwarf den Plan von Placentia und nahm die Küste von St. Pierre und Miquelon auf. Im Jahre 1764 zum Marine-Ingenieur für Neu-Fundland und Labrador ernannt, wurde er drei Jahre hintereinander mit hydrografischen Untersuchungen beschäftigt, die ihm die Aufmerksamkeit des Ministeriums zuzogen und zur Beseitigung vieler Irrtümer auf den Karten von Amerika Veranlassung gaben. Gleichzeitig reichte er bei der Königlichen Gesellschaft zu London eine Denkschrift über die Sonnenfinsternis ein, welche er 1766 in Neu-Fundland beobachtet hatte, ein Schriftchen, das später in den *Philosophical Transactions* im Druck erschien. Cook sollte bald die Belohnung erhalten für so viele verdienstvolle Arbeiten, seine mühsamen und desto anerkennenswerteren Studien, als ihm der elementare Unterricht dazu gänzlich gefehlt und er sich ohne Hilfe eines Lehrers allein hatte vorbilden müssen.

Eine wissenschaftliche Frage von hoher Bedeutung, der 1769 vorhergesagte Vorübergang der Venus vor der Sonnenscheibe, erregte damals das Interesse der gesamten gelehrten Welt. In der Überzeugung, dass diese Erscheinung nur in der Südsee werde mit Erfolg zu beobachten sein, hatte die englische Regierung beschlossen, eine wissenschaftliche Expedition dahin abzusenden. Die Leitung derselben wurde dem berühmten Hydrografen A. Dalrymple angeboten, der ebenso bekannt war wegen seiner gründlichen astronomischen Kenntnisse, wie wegen seiner geografischen Untersuchungen in den südlichen Meeren. Seine Anforderungen aber, sein Verlangen, das Kapitänspatent zu erhalten, was ihm Eduard Hawker hartnäckig verweigerte, bestimmten den Sekretär der Admiralität für die beabsichtigte Expedition einen anderen Befehlshaber in Vorschlag zu bringen. Seine Wahl fiel auf James Cook, für den auch Hugues Palliser mit Wärme eintrat, und welcher dann mit dem Range eines Schiffsleutnants das Kommando der »Endeavour« erhielt.

Cook zählte damals vierzig Jahre. Es war das sein erstes Kommando in der königlichen Flotte. Die ihm anvertraute Mission verlangte sehr verschiedenartige Eigenschaften, die man nur selten in einem Seemanne vereinigt antraf. Wenn die Beobachtung des Venusdurchganges auch der Hauptzweck der Reise war, so bildete diese doch nicht den einzigen, denn Cook sollte gleichzeitig eine Entdeckungs- und Erforschungsreise im Pazifischen Ozean unternehmen. Das arme Kind aus Yorkshire sollte sich dieser schwierigen Aufgabe denn auch vollkommen gewachsen zeigen.

Wahrend man mit der Ausrüstung der »Endeavour« beschäftigt war, achtzig Mann Besatzung für dieselbe auserwählte, für achtzehn Monat Proviant und zehn Kanonen nebst zwölf Steinböllern einnahm, kehrte Kapitän Wallis eben von seiner Reise um die Erde nach England zurück. Über die günstigste Örtlichkeit für die Beobachtung des Venusdurchganges befragt, bezeichnete letzterer eine von ihm entdeckte Insel, die er Georg III. Insel getauft hatte und welche, wie man seitdem wusste, von den Eingeborenen Tahiti genannt wurde.

Hier sollte Cook also seine Beobachtungen anstellen.

Mit ihm schifften sich ein Charles Green, der Assistent des Doktor Bradley von der Sternwarte in Greenwich, dem der astronomische Teil der Arbeit zufiel, Doktor Solander, ein schwedischer Arzt und Schüler Linnès, auch Professor im British Museum, für das Fach der Botanik, und endlich Sir Joseph Blanks, der mit ähnlichen Reisen nur seine Tatenlust befriedigen und seinen Reichtum ehrenhaft verwenden wollte. Als er die Universität Oxford verließ, hatte dieser Weltmann Neu-Fundland und Labrador besucht und bei dieser Reise viel Interesse an der Botanik gewonnen. Dieser nahm auch noch zwei Maler mit, den einen für die Landschaften und Porträts, den anderen für naturgeschichtliche Gegenstände, ferner einen Sekretär und vier Diener, darunter zwei Neger. Am 26. August 1769 verließ die »Endeavour« Plymouth und ankerte am 13. September vor Funchal auf der Insel Madeira, um frische Lebensmittel einzunehmen und einige Untersuchungen anzustellen. Die Expedition fand eine sehr ehrenvolle Aufnahme. Bei einem Besuche, den der Stab der »Endeavour« dem Kloster der heiligen Klarissinnen abstattete, baten diese armen und unwissenden Klausnerinnen dringend, ihnen zu sagen, wann es donnern würde und wo sich auf dem Gebiete des Klosters eine gute Trinkquelle, welche sie nötig brauchten, vorfinden möchte. So kenntnisreich sie auch waren, so konnten doch weder Banks, Solander oder Cook auf solche naive Fragen Antwort geben.

Von Madeira bis Rio de Janeiro, wo die Expedition am 13. November ankam, verlief die Reise ohne jeden Unfall; der Empfang, den Cook bei den Portugiesen fand, entsprach aber keineswegs seinen Erwartungen. Während der ganzen Zeit seines Aufenthaltes hatte er mit den ewigen Nörgeleien des Vizekönigs zu kämpfen, der ziemlich unwissend und jedenfalls nicht imstande war, die hohe wissenschaftliche Bedeutung der Expedition zu begreifen. Doch konnte er den Engländern wenigstens frische Nahrungsmittel, die sie notwendig brauchten, nicht verweigern. Als Cook jedoch am 5. Dezember am Fort Santa Cruz vorüberfuhr, um die Bay zu verlassen, sendete man ihm zwei scharfe Kanonenschüsse nach, was ihn veranlasste, sofort vor Anker zu gehen und nach der Ursache dieser Beleidigung zu fragen. Der Vizekönig antwortete, der Kommandant des Fort habe Befehl, kein Schiff passieren zu lassen, das nicht vorher gemeldet sei, und obwohl der Vizekönig von Cooks Abreise rechtzeitig unterrichtet worden war, hatte man doch aus reiner Nachlässigkeit unterlassen, auch dem Kommandanten des Forts diese Mitteilung zu machen. Sollte man dieses Verfahren nun als eine bloße Unart des Vizekönigs betrachten, oder war es wirklich reine Sorglosigkeit? Wenn der Beamte überhaupt seine Funktionen so unaufmerksam erfüllte, dann mochte die portugiesische Kolonie wahrlich gut verwaltet sein!

Am 14. Januar 1769 drang Cook in die Lemaire-Straße ein.

»Die Flut war hier so stark, sagt Kippis in seinem »Leben des Kapitän Cook«, dass das Wasser bis über das Kap San-Diego hinauf schäumte und das heftig umhergeworfene Schiff oft lange Zeit mit dem Bugsprit unter den Wellen versteckt blieb. Am nächsten Tage warf man in einem kleinen Hafen Anker, in dem man Port Maurice erkannte, und bald legte man in der Bay des Guten Fortgangs an. Als die »Endeavour« hier vor Anker lag, traf die Herren Banks, Solander und Doktor Green und Herrn Monkhouse, den Schiffschirurgen und ihren Begleitern ein recht bedauerlicher Unfall. Sie befanden sich auf dem Wege nach einem Berge, um daselbst Pflanzen zu suchen, und klommen diesen eben hinan, als sie von einer so strengen und unerwarteten Kälte überrascht wurden, dass Alle Gefahr liefen, dabei umzukommen, Doktor Solander ward vollständig gelähmt. Zwei schwarze Diener starben auf der Stelle; die Herren selbst konnten das Schiff erst nach zwei Tagen wieder erreichen. Sie beglückwünschten sich wegen ihrer Rettung mit einer Freude, die nur Der zu begreifen vermag, der selbst in ähnlicher Gefahr geschwebt hat, während Cook ihnen seine Befriedigung bezeigte, von der Unruhe befreit zu sein, welche ihre lange Abwesenheit ihm verursacht hatte. Dieser Vorfall lieferte eine Probe für die Strenge des Klimas. Für dieses Land war es jetzt Mitte Sommers und der Morgen des Tages, wo jene die furchtbare Kälte überfiel, eben so warm gewesen, wie etwa der Monat Mai in England.

James Cook konnte auch einige merkwürdige Beobachtungen über die wilden Bewohner dieser einsamen Gegenden machen. Aller Bequemlichkeiten des Lebens gänzlich beraubt, ohne Kleidung, ohne Schutz gegen die Unbeständigkeit des eisigen Klimas, ohne Waffen oder Industrie, die es ihnen ermöglichte, sich auch nur die notwendigsten Gerätschaften herzustellen, führen sie ein höchst elendes Dasein und vermögen sie kaum das Leben zu fristen. Von allen Tauschobjekten, die man ihnen anbot, zogen sie aber doch gerade diejenigen vor, die ihnen am wenigsten nützen konnten. So nahmen sie mit Vorliebe Armspangen und Halsbänder an, ließen aber Äxte, Messer und Angeln beiseite liegen. Unempfänglich für das behagliche Wohlbefinden, das uns so unentbehrlich ist, erschien ihnen vielmehr das Überflüssige notwendiger.

Cook durfte sich übrigens beglückwünschen, diesen Weg gewählt zu haben, denn er brauchte nur dreißig Tage, um Feuerland von der Lemaire-Straße bis drei Grad nördlich von der Magelhaens-Straße zu umschiffen. Es unterliegt keinem Zweifel, dass er einer weit beträchtlicheren Zeit bedurft hätte, um die vielfach gewundene Magelhaens-Straße zu passieren. Die sehr genauen astronomischen Beobachtungen, die er in Verbindung mit Green anstellte, die Vorschriften, welche er über diese gefährliche Meeresgegend ausarbeitete, haben seinen Nachfolgern mannigfache Erleichterung gewährt und viel dazu beigetragen, die Karten Hermites, Lemaire's und Schouten's zu verbessern.

Vom 21. Januar, dem Tage, wo er das Kap Horn umschiffte, bis zum 1. März beobachtete Cook auf einer Strecke von 660 Seemeilen keine bemerkbare Strömung. Er entdeckte inzwischen mehrere, zum Gefährlichen Archipel gehörige Inseln, denen er die Namen »Lagon«, »Bonnet«, »Are«, »Groupes« und »Insel der Vögel«, sowie »Ketten-Insel« beilegte. Die meisten waren bewohnt und mit Pflanzenwuchs bedeckt, der Seeleuten, welche seit drei Monaten nichts als Himmel und Wasser und höchstens die übereisten Felsen von Feuerland gesehen hatten, leicht als recht üppig erscheinen konnte. Später gelangte man nach der Insel Maitea, von Wallis Osnabrugh genannt, und bekam am Morgen des 11. Juni endlich Tahiti in Sicht.

Zwei Tage nachher warf die »Endeavour« in dem von Wallis Port-Royal getauften Hafen von Matavai Anker, wo jener Kapitän einen Kampf mit den Eingeborenen zu bestehen hatte, die er leicht genug besiegte. Unterrichtet von den Ereignissen während des Aufenthaltes seines Vorgängers, suchte Cook die Wiederholung ähnlicher Auftritte um jeden Preis zu vermeiden. Das glückliche Gelingen seiner beabsichtigten Beobachtungen hing ja sehr wesentlich davon ab, dass er durch nichts gestört und durch keine Sorge beunruhigt würde. Er verkündigte seiner Mannschaft also gleich zu Anfang gewisse Verhaltungs-Maßregeln, deren Übertretung mit den strengsten Strafen bedroht wurde.

Cook erklärte darin, dass er mit allen ihm zu Gebote stehenden Mitteln die Freundschaft der Eingeborenen zu erwerben wünsche; dann bezeichnete er ausdrücklich Diejenigen, welche den notwendigen Proviant einkaufen sollten, und verbot jedem Anderen, ohne seine spezielle Erlaubnis einen Tauschhandel zu beginnen. Die ans Land gesendeten Leute sollten ihren Posten unter keinerlei Vorwand verlassen, und wenn sich ein Arbeiter oder Soldat Werkzeuge oder Waffen entwenden ließe, sollte ihm der Wert derselben nicht nur an der Löhnung gekürzt, sondern der Betreffende je nach der Bedeutung des Falles auch noch besonders gestraft werden.

Zum Schutze der beobachtenden Gelehrten gegen jedweden Angriff beschloss Cook auch noch eine Art Fort zu errichten, in dem sich jene im Schussbereiche der Geschütze der »Endeavour« aufhalten könnten. Er ging also mit den Herren Banks, Solander und Green ans Land, fand bald eine geeignete Stelle und begrenzte sofort und vor den Augen der Eingeborenen das Terrain, welches er in Anspruch zu nehmen gedachte. Ein gewisser Owhaw, der auch zu Wallis in guten Beziehungen gestanden hatte, überbot sich förmlich in Freundschafts-Bezeugungen. Nach vollendetem Entwurf zu dem Plan des Forts ließ Cook dreizehn Mann nebst einem Offizier zurück, um die aufgeschlagenen Zelte zu bewachen, und begab sich mit seinen Begleitern in das Innere der Insel, Da rief ihn das Knattern von Flintenschüssen plötzlich zurück.

Es war ein peinlicher Zwischenfall eingetreten, der leicht hätte die ernsthaftesten Folgen haben können.

Einer der um die Zelte herumlungernden Eingeborenen hatte einen Wachtposten überrascht und sich dessen Gewehres bemächtigt. Sofort feuerten die Anderen eine Salve auf die ganz unschuldige, entferntere Menschenmenge ab, welche zum Glück Niemanden verletzte. Der Dieb dagegen wurde verfolgt, eingefangen und musste mit dem Leben büßen.

Die hierdurch entstehende Aufregung kann man sich wohl unschwer vorstellen. Cook musste alle Künste aufwenden, um die Eingeborenen zu besänftigen. Er bezahlte ihnen Alles, was er zur Errichtung des Forts bedurfte, und erlaubte nicht, einen Baum ohne deren Zustimmung anzutasten. Endlich ließ er auch den Fleischer der »Endeavour«, der die Frau eines hervorragenden Häuptlings mit dem Tode bedroht hatte, an den Mast binden und mit Tauenden auspeitschen. Diese Maßregeln trugen dazu bei, den peinlichen Eindruck jenes traurigen Vorfalles zu verwischen, sodass die freundschaftlichen Beziehungen keine weitere Störung erlitten.

Jetzt näherte sich nun der Zeitpunkt zur Ausführung des vornehmsten Zweckes der Reise. Cook traf sofort seine Maßnahmen in Übereinstimmung mit den empfangenen Instruktionen. So sandte er einen Teil der Beobachter mit Josef Banks nach Eimeo, einer Insel in der Nachbarschaft. Vier Andere suchten sich einen geeigneten, von dem Fort hinreichend entfernten Standpunkt aus, während Cook in dem letzteren selbst, das auch den Namen »Venusspitze« behalten hat, den Vorübergang des Planeten abzuwarten beschloss. Die dem Beobachtungstage vorhergehende Nacht verlief in der Befürchtung, dass die Witterung sich ungünstig gestalten könne, am 3. Juli leuchtete aber die Sonne vom Morgen ab in hellstem Glänze, und während des ganzen Tages hinderte kein Wölkchen die Wahrnehmung der seltenen Himmelserscheinung.

»Die Beobachtung war für die Astronomen im höchsten Grade anstrengend, sagt W. de Fonveille in einem Artikel der »Natur« vom 28. März 1874, denn sie begann um 9 Uhr 21 Minuten des Morgens und dauerte bis 3 Uhr 10 Minuten Nachmittags, fiel also in die Tageszeit der drückendsten Hitze. Das Thermometer zeigte bis 120 °Fahrenheit (fast gleich 49 °Celsius!). Cook berichtet, und das erscheint sehr glaublich, dass er sich selbst über das Ende seiner Beobachtung nicht mehr recht klar gewesen sei. Unter derartigen thermometrischen Verhältnissen büßt eben der Menschenorganismus, diese bewundernswerte Maschine, seine Leistungsfähigkeit gar zu leicht ein.«

Bei der Berührung des äußeren Sonnenrandes verlängerte sich scheinbar die Scheibe der Venus, so als würde diese von dem mächtigen Gestirne angezogen; es bildete sich ein dunkler Punkt oder ein nur etwas helleres Ligament als der Kern des Planeten. »Alles in Allem, sagt Cook, gelang die Lösung unserer Aufgabe gleich gut im Fort wie im Osten der Insel. Vom Aufgange der Sonne bis zu deren Untergange schwebte nicht ein einziges Wölkchen am Himmel und wir Alle, Green, Dr. Solander und ich beobachteten den ganzen Venusdurchgang unbehindert. Greens Teleskop war ebenso stark wie das meinige, das des Dr. Solander noch etwas größer. Wir Alle bemerkten rings um den Planeten eine Atmosphäre oder leuchtende Nebelhülle, welche die Bestimmung der genauen Berührungszeit schon am äußeren, vorzüglich aber am inneren Rande etwas beeinträchtigte, wodurch unsere Beobachtungen mehr, als man erwarten sollte, voneinander abweichen.«

Während sich nun Offiziere und Gelehrte mit dieser hochwichtigen Aufgabe beschäftigten, drangen einige Leute der Besatzung in das Warenmagazin ein und stahlen daraus etwa einen Zentner Nägel, Sie begingen damit eine sträfliche Unbedachtsamkeit, welche für die ganze Expedition von den schlimmsten Folgen sein konnte. Gerade diesen, von den Eingeborenen fast am lebhaftesten begehrten Tauschartikel gab es am Markte nun plötzlich in so großer Menge, dass jene dadurch leicht zu weit höheren Forderungen verleitet werden konnten. Einer der Diebe, bei dem man freilich nur noch siebzig Stück Nägel vorfand, ward zwar entdeckt, aber trotz der ihm diktierten vierundzwanzig. Hiebe wollte er seine Mitschuldigen nicht verraten.

Ähnliche Fälle ereigneten sich noch mehrfach, das gute Einvernehmen erlitt indessen keine besondere Einbuße. Die Offiziere konnten unbehelligt wiederholte Ausflüge nach dem Innern der Insel unternehmen, um sich über die Sitten der Bewohner zu unterrichten und wissenschaftliche Untersuchungen anzustellen.

Bei Gelegenheit einer solchen Exkursion begegnete Banks einer Gesellschaft wandernder Musikanten und improvisierender Sänger. Er bemerkte voll Verwunderung, dass der Inhalt ihrer Lieder sich auf die Ankunft der Engländer und auf einige Ereignisse während des Aufenthaltes derselben bezog. Banks folgte dem Flusse, der bei Matavai ins Meer einmündete, möglichst weit stromaufwärts und entdeckte dabei mehrfache Spuren eines längst erloschenen Vulkans. Er verstreute und verteilte an die Eingeborenen eine Menge Samen von Küchengewächsen, z. B. von Wassermelonen, Orangen, Limonen usw., und ließ außerdem auch in der Nähe des Forts einen Garten anlegen, in dem er eine große Menge von Rio de Janeiro mitgenommener Samenkerne steckte.

Bevor sie die Anker lichteten, wollten Cook und seine Hauptmitarbeiter noch den Gesamtumfang der Insel bestimmen, den sie auf etwa dreißig Meilen schätzten. Bei Gelegenheit der deshalb vorgenommenen Reise machten sie mit den Häuptlingen der verschiedenen Distrikte Bekanntschaft und sammelten reiche Erfahrungen über die Sitten und Gebräuche der Eingeborenen.

Eine der auffallendsten Gewohnheiten z. B. bestand darin, die Zersetzung der Leichen in der freien Luft vor sich gehen zu lassen und nur deren trockene Gebeine zu beerdigen. Der Kadaver liegt dabei etwas erhöht unter einer fünfzehn Fuß langen und elf Fuß breiten Hängematte in einer Art Schuppen; nur eine Seite desselben steht offen, die drei anderen sind durch Weidenflechtwerk geschlossen. Das Brett, auf dem der tote Körper ruht, befindet sich etwa fünf Fuß über dem Erdboden. Hier liegt der Leichnam ausgestreckt und mit Stoffen umhüllt, die Keule und seine Steinaxt an der Seite. An der offenen Seite des Raumes hängen einige, rosenkranzartig verbundene Kokosnüsse; eine im Innern desselben stehende, halb geteilte Kokosnuss enthält Trinkwasser und an einem

Pfeiler hängt ein Sack mit stark gerösteten Brotbaumfrüchten. Ein solches Grabdenkmal heißt »Toupapow«. Man weiß nicht, wie sich dieser seltsame Brauch, die Toten bis zur Verwesung aller Weichteile über der Erde aufzubewahren, einst eingebürgert haben mag, Cook überzeugte sich nur, dass die Eingeborenen den Friedhöfen, in der Landessprache »Morai«, eine Art religiösen Kultus weihen und das Annähern der Fremden stets mit großer Unruhe zu betrachten schienen.

Eine Speise, die für besonders vorzüglich gehalten wird, liefert das Fleisch der Hunde. Die zum Verzehren Aufgezogenen erhalten niemals selbst Fleisch, sondern nur Brotfrüchte, Kokosnüsse, Yamswurzeln und andere Vegetabilien. Sie werden geschlachtet in ein Loch auf erhitzte Steine gelegt, mit frischen Blättern und erwärmten Steinen zugedeckt und dann mit Erde überschüttet. Nach vier Stunden ist dann der Schmorbraten gar, und Cook, der selbst davon gegessen hat, erklärt ihn ebenfalls für einen Leckerbissen.

Vom 11. Juli ab bereitete man sich zur Weiterreise. Bald waren die Türen und Palisaden des Forts entfernt und dessen Mauern niedergelegt. Da kam einer der Eingeborenen, der mit den Europäern immer auf bestem Fuße gestanden hatte, mit seinem Diener, einem Knaben von dreizehn Jahren, an Bord der »Endeavour«. Er hieß Tupia. Früher erster Minister der Königin Oberea, gehörte er jetzt zu den vornehmsten Priestern von Tahiti. Er verlangte, mit nach England gehen zu dürfen. Verschiedene Gründe bestimmten Cook, ihn mit an Bord zu nehmen. In Folge der vorher eingenommenen hohen Stellung und seines zuletzt geführten Amtes in Bezug auf Tahiti allseitig gut unterrichtet, war dieser Eingeborene imstande, über seine Landsleute den verlässlichsten Aufschluss zu geben und diese gleichzeitig der europäischen Zivilisation zugänglicher zumachen. Endlich hatte er auch die benachbarten Inseln schon besucht und kannte die Schifffahrt in diesen Gewässern.

Am 16. Juli gab es an Bord der »Endeavour« großes Gedränge. Die Eingeborenen kamen, um von ihren englischen Freunden und ihrem Landsmanne Tupia Abschied zu nehmen. Die Einen vergossen in stillem, aufrichtigem Schmerze reichliche Tränen; Andere schienen sich überbieten zu wollen, wer am erbärmlichsten heulen könne; ihr ganzes Benehmen erschien aber weit mehr gemacht. In Tahitis unmittelbarer Nahe befanden sich nach Tupias Aussage vier Inseln: Huaheine, Ulietea, Otaha und Bolabola, wo es leicht sein sollte, sich wilde Schweine, Geflügel und andere Nahrungsmittel zu verschaffen welche während der letzten Zeit des Aufenthaltes in Matavai etwas knapp geworden waren. Cook zog es indessen vor, eine kleine, acht Meilen nördlich von Tahiti gelegene Insel, Tethuroa mit Namen, zu besuchen; dort gab es aber keine Niederlassungen von Eingeborenen, und man erkannte es für unnütz, daselbst zu verweilen. In Sicht von Huaheine näherten sich der »Endeavour« mehrere Pirogen, deren Insassen sich erst nach Verständigung mit Tupia herbeiließen, an Bord zu kommen. Der König Oree, der sich unter jenen befand, zeigte sich über Alles, was er auf dem Schiffe sah, höchlichst erstaunt. Durch den wohlwollenden Empfang seitens der Engländer bald zutraulicher gemacht, ging er so gar so weit, seinen Namen mit dem Cooks vertauschen zu wollen; stets nannte er sich selbst von da ab nur Cookee und bezeichnete den Befehlshaber dafür mit seinem eigenen Namen, Der Anker fiel in einem schönen Hafen und das Offizierkorps ging sofort ans Land. Überall fand man die nämlichen Sitten, dieselbe Sprache und ganz die gleichen Produkte wie in Tahiti.

Sieben bis acht Meilen von hier im Südwesten liegt Ulietea. Cook ging daselbst ebenfalls ans Land und ergriff von dieser Insel nebst den Nachbar-Eilanden feierlich Besitz. Er benutzte auch die Zeit seines Aufenthaltes zu einer hydrografischen Aufnahme der Küsten, während ein Leck unter der Pulverkammer der »Endeavour« ausgebessert wurde. Nachdem er dann noch einige kleinere Eilande besichtigt, gab er der ganzen Gruppe den Namen »die Gesellschafts-Inseln«.

Am 7. August ging Cook wieder unter Segel. Sieben Tage später entdeckte er die Insel Oteroah. Das feindselige Auftreten der Einwohner verhinderte die »Endeavour«, sich hier aufzuhalten, und so segelte sie bald weiter nach Süden.

Am 23. August feierte die Mannschaft den Jahrestag der Abfahrt aus England. Am 1. September wurde das Meer, unter 40° 22' der Breite und 174° 29' westlicher Länge, infolge eines heftigen Westwindes sehr aufgeregt; die »Endeavour« musste nach Norden wenden, um vor dem Sturme zu flüchten. Bis zum 3. hielt das schlechte Wetter gleichmäßig an, erst dann gestaltete es sich insoweit günstig, dass man wieder einen westlichen Kurs einhalten konnte.

Während der letzten Tage des Monats kündigten verschiedene Anzeichen, wie dahertreibende Holzstücke, Wasserpflanzen und Landvögel, die Nähe einer Insel oder eines Kontinents an. Am 5. Oktober nahm das Wasser eine andere Färbung an, und am Morgen des 6. kam eine nach

West Viertel-Nordwest verlaufende Küste in Sicht. Je mehr man sich ihr näherte, desto ausgedehnter schien sie zu sein. Der allgemeinen Anschauung nach war der so lange gesuchte, von den Kosmografen für notwendig als Gegengewicht gegen die anderen Weltteile erklärte Kontinent, die »*Terra australis incognita*« nun endlich aufgefunden. In Wahrheit hatte man hier nur die Ostküste der nördlicheren jener beiden Inseln, welche den Namen Neuseeland erhalten haben, vor sich.

Bald beobachtete man auch Rauch an verschiedenen Stellen des Ufers, dessen Einzelheiten nun deutlicher hervortraten. Die Hügel erschienen mit Wald bedeckt, und in den Tälern sah man sehr große Bäume. Später zeigten sich kleine, aber nette Häuser und kamen Pirogen und endlich auch Eingeborene auf dem Strande zum Vorschein. Auf einer Anhöhe bemerkte man eine hohe, regelrechte Palisade, die den ganzen Gipfel des Hügels umschloss. Die Einen sahen sie für die Umzäunung eines Tierparkes, die Anderen für ein Gehege für Haustiere an, ohne eine Menge ebenso scharfsinniger Deutungen zu erwähnen, welche sich alle als falsch erwiesen, als man erfuhr, dass jenes ein »I-pah« war.

Am 8. gegen vier Uhr Nachmittags fiel der Anker in einer Bay an der Mündung eines kleinen Flusses. Auf jeder Seite derselben türmten sich weiße Felsen empor, im Hintergrunde breitete sich ein dunkles Land aus, das etagenförmig aufstieg und mittelst vieler Einzelerhöhungen mit einer, weit im Innern verlaufenden mächtigen Gebirgskette zusammenzuhängen schien; das war das Bild dieses Teiles des Landes.

Cook, Banks und Solander sprangen in zwei, von einer Abteilung der Mannschaft besetzte Boote. Als sie sich der Stelle näherten, an der die Eingeborenen versammelt waren, ergriffen diese die Flucht. Das verhinderte die Engländer jedoch nicht daran, ans Land zu gehen, wobei sie ein Boot unter Bewachung von vier Schiffsjungen zurückließen, während das andere eine Strecke vom Ufer entfernt hielt.

Kaum befanden sich jene eine Strecke weit von der Schaluppe, als vier mit langen Lanzen bewaffnete Männer aus dem Walde hervorbrachen, um sich derselben zu bemächtigen. Sie hätten fast ihre Absicht erreicht, wenn nicht die Leute aus dem anderen Boote den Schiffsjungen zugerufen hätten, sich von der Strömung ruhig wegtreiben zu lassen. Diese wurden aber so hitzig verfolgt, dass der Führer der Pinasse einen Schuss über die Köpfe der Eingeborenen hinwegfeuern musste. Nach kurzem Zaudern setzten sie indessen doch die Verfolgung fort, bis ein zweiter wohl gezielter Schuss einen derselben tot niederstreckte. Seine Begleiter versuchten zuerst zwar, ihn mitzunehmen, doch mussten sie das aufgeben, um ihre Flucht zu beschleunigen. Auf das Geräusch jener Detonationen hin kehrten die ans Land gegangenen Offiziere schnell nach dem Schiffe zurück, von wo aus sie bald die am Strande wieder versammelten Eingeborenen das Vorgefallene lebhaft besprechen hörten. Cook wünschte indes, mit ihnen in Verbindung zu treten. Er ließ also drei Boote flott machen und ging mit Banks, Solander und Tupia ans Land, wo ihn etwa 50 am Ufer sitzende Eingeborene erwarteten. Als Waffen führten diese lange Spieße und ein etwa fußlanges Messer oder ein ebenfalls fußlanges, gut poliertes Instrument aus grünem Talkstein, das vier bis fünf Pfund wiegen mochte. Es war das der »Patu-Patu« oder »Toki«, eine Art Streitaxt aus Stein oder Knochen mit sehr scharfer Schneide. Alle erhoben sich gleichzeitig und bedeuteten den Engländern durch Zeichen, sich zurückzuziehen.

Nachdem die Marinesoldaten das Land betreten, ging Cook mit seinen Begleitern auf die Eingeborenen zu. Tupia sagte diesen, die Engländer kämen mit friedlichen Absichten und wünschten nur Wasser und Proviant einzunehmen, wofür sie mit Eisen bezahlen würden, dessen Gebrauch er ihnen mitteilte. Man sah mit großer Befriedigung, dass die Angeredeten ihn vollkommen verstanden, da ihre Sprache nur einen besonderen Dialekt der auf Tahiti herrschenden bildete.

Nach mehrfachem Hin- und Herreden kamen etwa dreißig Wilde über den Fluss. Man schenkte ihnen einige Gegenstände ans Glas und Eisen, die sie nicht sonderlich zu beachten schienen. Als es aber dem Einen gelungen war, sich das Seitengewehr Greens durch List anzueignen, nahmen auch die Anderen wieder eine drohende Haltung an, sodass man wenigstens auf den Dieb Feuer gab und denselben schwer verletzte, wonach die Übrigen eiligst schwimmend das andere Ufer zu erreichen suchten.

Diese verschiedenen Versuche zur Anknüpfung einiger Handelsbeziehungen mit den Eingeborenen waren so unglücklich ausgefallen, dass Cook nicht ferner darauf bestand, sondern einen anderen Wasserplatz aufzusuchen beschloss. Inzwischen bemerkte man zwei Pirogen, welche an das Ufer zu gelangen suchten. Cook traf Anstalt, ihnen den Weg zu verlegen. Die eine entkam mithilfe der Ruder, die andere ward abgefangen; doch trotz Tupias Versicherungen der freundschaftlichen Absichten der Engländer griffen die Eingeborenen zu den Waffen und schritten sogar zum Angriff. Eine Gewehrsalve tötete Vier von jenen, drei Andere, die ins Meer gesprungen waren, wurden nach lebhafter Gegenwehr gefangen.

Cooks Äußerungen über diesen traurigen Zwischenfall sprechen so laut zu seiner Ehre und weichen so auffallend von der damals leider gebräuchlichen Handlungsweise ab, dass wir nicht umhin können, sie hier wortgetreu mitzuteilen.

»Ich kann mir nicht verheimlichen, dass mich alle gefühlvollen Menschenseelen tadeln müssen, auf die armen Indianer haben schießen zu lassen, und wenn ich das ruhig überlege, mache ich mir auch selbst die bittersten Vorwürfe. Sie verdienten den Tod gewiss deshalb noch nicht, dass sie meinen Versicherungen keinen Glauben schenkten und es abschlugen, an Bord zu kommen, wenn sie auch keine direkte Gefahr vor Augen sahen; die Natur meines Auftrages zwang mich indes, ihr Land kennen zu lernen, was nicht zu erreichen war, wenn ich es nicht entweder durch offene Gewalt erzwang, oder das Zutrauen und die Zustimmung der Bewohner gewann. Den Weg der Geschenke hatte ich schon vorher vergeblich eingeschlagen; in dem Wunsche, jeden feindseligen Zusammenstoß zu vermeiden, suchte ich nun einige derselben auf mein Schiff zu locken, das einzige Mittel, sie zu überzeugen, dass wir, weit entfernt davon, ihnen ein Leid zuzufügen, vielmehr ihnen zu nützen suchen wollten. Bis hierher wäre wohl an meiner Handlungsweise nichts auszusetzen, freilich hätten wir in dem unerwarteten Kampfe ebenso vollständig siegen können, ohne jenen vier Indianern das Leben zu rauben, man bedenke aber wohl, dass Jeder, der sich in ähnlicher Lage befindet, wenn der Befehl zum Feuern einmal gegeben ist, die Folgen desselben nicht mehr abzuwägen vermag.«

An Bord wurden die Gefangenen möglichst zuvorkommend aufgenommen, um ihnen das Vorgefallene, wenn auch nicht vergessen, so doch weniger peinlich zu machen, mit Geschenken überhäuft und mit Arm- und Halsbändern geschmückt; als wir aber Anstalt trafen, sie wieder ans Land zu setzen, und sie bemerkten, dass die Boote nach der Flussmündung zu steuerten, erklärten sie, dass hier ihre Feinde wohnten und sie daselbst bald ermordet und aufgezehrt sein würden. Man brachte sie trotzdem ans Land, und es schien nicht, als ob ihnen ein Leid widerfahren wäre.

Am Morgen des 11. Oktober verließ Cook diese elende Gegend. Er gab ihr den Namen »Bay der Armut«, weil er von Allem, was er bedurfte, nichts Anderes als Holz zu erlangen vermochte. Unter 38° 42' südlicher Breite und 181° 36' westlicher Länge gelegen, zeigt diese Bay die Form eines Hufeisens und bietet einen guten Ankerplatz, obwohl sie allen Winden offen steht.

Cook folgte nun der Küste weiter nach Süden, taufte die hervorragendsten Punkte und nannte z. B. eine Insel »Portland« wegen der Ähnlichkeit derselben mit der gleichnamigen Insel im englischen Kanal. Die Beziehungen zu den Eingeborenen gestalteten sich niemals günstiger, und nur die beispiellose Geduld der Engländer ließ es dabei nicht zum offenen Kampfe kommen.

Eines Tages umschwärmten mehrere Pirogen das Schiff, von denen man gegen Nägel und Glaswaren Fische eintauschte, als die Eingeborenen Tayeto, den Diener Tupias, raubten und mit ihm hinwegzurudern suchten. Man musste auf die frechen Buben Feuer geben; der kleine Tahitianer machte sich die durch das Schießen hervorgerufene Bestürzung zunutze, um ins Meer zu springen, wo er von der Pinasse der »Endeavour« aufgenommen wurde.

Da Cook auch bis zum 1?. Oktober keinen geeigneten Hafen fand und der Seegang immer ungünstiger wurde, glaubte er hier viel Zeit zu verlieren, die er mit der Besichtigung des nördlichen Ufers besser ausfüllen könnte; er ließ also wenden und steuerte den eben zurückgelegten Weg wieder zurück.

Am 23. Oktober erreichte die »Endeavour« eine Bay, Tolaga genannt, in der sich nicht der geringste Wellenschlag bemerkbar machte. Das Wasser war ausgezeichnet und auch Proviant leicht zu beschaffen, zumal da die Eingeborenen hier ein freundliches Entgegenkommen zeigten.

Nachdem alle Maßregeln zum Schutze der Arbeiter getroffen waren, gingen die Herren Banks und Solander ans Land, um Pflanzen zu suchen, und bekamen bei ihrem Ausfluge einige bemerkenswerte Dinge zu Gesicht. Inmitten eines Thales und umringt von steilen Bergen erhob sich ein vollständig durchlöcherter Felsen, durch dessen Öffnung man auf der einen Seite das Meer, auf der anderen einen Teil der Bay und der umgebenden Hügel erblicken konnte. Auf der Rückkehr nach dem Schiff begriffen, wurden die Botaniker von einem Greise aufgehalten, der sie den landesüblichen Exercitien mit der Lanze und dem Patu-Patu beiwohnen ließ. Bei einem anderen Spaziergange kaufte Doktor Solander einen Kreisel, der dem bekannten europäischen Spielwerke vollkommen ähnlich war, und die Indianer gaben ihm auch noch durch Zeichen zu verstehen, dass derselbe mittelst einer Peitsche getrieben werden müsse.

Auf einer Insel zur Linken des Eingangs der Bay sahen die Engländer die größte Piroge, die sie jemals gefunden hatten. Diese maß nicht weniger als achtundsechzigeinhalb Fuß Länge, fünf Fuß Breite und drei Fuß sechs Zoll Höhe und war am Vorderteil mit erhabenen Skulpturen in eigentümlichem Geschmack geziert, unter denen Spirallinien und sonderbar gestaltete Figuren vorherrschten.

Am 30. Oktober, nachdem er genügend Holz und Wasser gefasst hatte, ging Cook wieder unter Segel und folgte der Küste nach Norden.

In der Umgebung einer Insel, der der Kapitän den Namen Maire gegeben hatte, benahmen sich die Eingeborenen unverschämter und diebischer als je vorher. Dennoch musste er sich zur Beobachtung eines Merkurdurchganges fünf bis sechs Tage an dieser Stelle aufhalten. Um den Wilden aber zu beweisen, dass man die Engländer nicht ungestraft misshandeln dürfe, schoss man auf einen Dieb, der sich ein Stück Segel angeeignet hatte, eine Kugel ab, die ihn indes nicht stärker als ein tüchtiger Hieb mit dem Rohrstocke traf. Eine Kugel aber, welche mehrmals auf dem Wasser rikochettierte und wiederholt über die Pirogen sprang, erschreckte die Eingeborenen dermaßen, dass sie so schnell als möglich nach der Küste zurückruderten.

Am 9. November gingen Cook und Green ans Land, um den Merkurdurchgang zu beobachten. Green fasste nur den Eintritt des Planeten ins Auge, während Cook die Höhe der Sonne maß. Wir haben nicht die Absicht, den englischen Seefahrern Tag für Tag und Stunde für Stunde bei ihrer eingehenden Besichtigung Neuseelands zu folgen. Die sich gleichmäßig wiederholenden Vorfälle, die Erzählungen der Kämpfe mit den Eingeborenen und die, wenn auch noch so anziehenden Beschreibungen von Naturschönheiten dürften unsere Leser doch nicht lange fesseln. Wir gehen also über den hydrografischen Teil der Reife hinweg, um uns der Schilderung der heutzutage stark veränderten Sitten der Eingeborenen zuzuwenden.

Die Merkurs-Bay liegt im Grunde der langen, vielfach eingeschnittenen Halbinsel, welche von Osten nach Nordosten verläuft und den nördlichsten Teil Neuseelands bildet. Am 15. November, gerade als die »Endeavour« diese Bay verließ, ruderten mehrere Kanus gleichzeitig auf das Schiff zu.

»Zwei derselben, heißt es in dem Berichte, welche gegen sechzig bewaffnete Männer führten, näherten sich so weit, dass man einander hören konnte, worauf die Eingeborenen ihren Kriegsgesang begannen; als sie aber bemerkten, dass man ihnen wenig Aufmerksamkeit schenkte, fingen sie an, die Engländer mit Steinen zu werfen und ruderten näher heran. Bald rüsteten sie sich zu einem wirklichen Angriffe und schienen sich auf unsere Reisenden stürzen zu wollen, während sie sich gegenseitig durch ihre Gesänge ermutigten. Ohne Aufforderung von anderer Seite, machte ihnen Tupia lebhafte Vorwürfe und sagte ihnen auch, dass die Engländer Waffen besäßen, welche geeignet wären, sie augenblicklich zu vernichten. Ihre Antwort darauf lautete: »Kommt nur ans Land, so werden wir Euch Alle umbringen. – Gut, antwortete Tupia, doch wie kommt Ihr dazu, uns auf dem Meere zu belästigen? Uns liegt nichts daran, mit Euch zu kämpfen, auch nehmen wir Eure Herausforderung nicht an, denn wir haben keine Ursache zum Streite. Das Meer ist für unser Schiff ebenso gut frei wie für Euch!« Eine so einfache und doch überzeugende Redeweise hätte Niemand Tupia zugetraut. Auch waren Cook und die übrigen Engländer davon wirklich freudig überrascht.

Im Verlauf seines hiesigen Aufenthaltes entdeckte der Kapitän auch noch einen ziemlich beträchtlichen Fluss, den er »Themse« nannte. Seine Ufer bekleideten ganz ähnliche Baumarten wie die in der »Bay der Armut«. Einer derselben maß, sechs Fuß über dem Erdboden, noch neunzehn Fuß im Umfange; ein anderer nicht weniger als neunzig Fuß Höhe bis an die ersten Äste.

Wenn es zu wiederholten Zwistigkeiten mit den Eingeborenen kam, so war das Unrecht dabei doch nicht immer auf Seite der Letzteren.

»Mehrere Leute vom Schiffe, sagt Kippis, die sich durch eine wahrhaft lykurgische Strenge hervortaten, wenn die Indianer bei einem Fehltritt betroffen wurden, machten sich kein Gewissen daraus, in eine seeländische Pflanzung einzubrechen und daselbst eine Menge Pataten zu stehlen. Cook verurteilte die Diebe zu zwölf Rutenhieben. Zwei derselben ließen die Strafe ruhig über sich ergehen; der Dritte behauptete aber hartnäckig, die Beraubung einer indianischen Anpflanzung sei einem Engländer nicht als Missetat anzurechnen. Cook antwortete auf diese unbegründete Kasuistik einfach damit, dass er den Mann in den Raum einsperren und nicht eher wieder heraus ließ, bis er sich selbst bereit erklärte, dafür noch sechs Hiebe zu erhalten.« Am 30. Dezember umschifften die Engländer einen Landvorsprung, den sie für Tasman's Kap Maria-van-Diemen hielten; hier trafen sie aber so widrige Winde, dass Cook in drei Wochen nur zehn Meilen zurücklegen konnte. Zum Glück hielt er sich die ganze Zeit über in gehöriger Entfernung vom Ufer, sonst würden wir heute kaum in der Lage sein, dessen Abenteuer zu erzählen.

Nachdem er eine Anzahl hervorragender Punkte der Westküste mit Namen bezeichnet, kam Cook am 16. Januar 1770 in Sicht eines mächtigen, schneebedeckten Bergriesen, den er Mount Egmont nannte, zu Ehren des wiederholt erwähnten Grafen gleichen Namens. Kaum gelangte man über jenen hinaus, als man die Küste in einem großen Bogen vor sich ausgestreckt liegen sah. Dabei erschien sie durch kleinere Landspitzen mehrfach geteilt, und in eine der dadurch gebildeten Rheden beabsichtigte Cook einzulaufen, um sein Schiff kielholen und ausbessern zu lassen, sowie um neue Vorräte an Holz und Wasser einzunehmen. Er landete im Grunde einer beschränkteren Bucht, wo sich ein kleiner Bach und Bäume im Überfluss vorfanden, da der Wald nur dicht am Meeresstrande aufhörte, wo ihm eben der Erdboden fehlte. Er benutzte die guten Verhältnisse, die sich hier mit den Eingeborenen entwickelten, sich zu erkundigen, ob diese jemals schon ein ähnliches Fahrzeug wie die »Endeavour« gesehen hätten, überzeugte sich aber, dass man hier von Tasman nicht das Geringste wusste, obwohl dessen Bay der Mörder von seinem eigenen Ankerplätze nur fünfzehn Meilen entfernt lag.

In einem Korbe der Seeländer fand man auch einmal zwei abgenagte Knochen. Von einem Hunde schienen sie nicht herzurühren und bei näherer Betrachtung erwiesen sich dieselben als menschliche Überreste. Die darum befragten Eingeborenen gaben auch ohne Scheu die Antwort, dass sie ihre Feinde meist zu verzehren pflegten. Einige Tage später brachten sie sogar sieben Menschenköpfe mit an Bord der »Endeavour«, an denen noch Haare und Fleisch festsaßen, woraus sie aber das, für einen besonderen Leckerbissen gehaltene Gehirn schon entfernt hatten. Das Fleisch war weich und durch irgendein Mittel offenbar gegen die Fäulnis geschützt worden, denn es verbreitete noch keinen widerlichen Geruch. Banks konnte einen solchen Kopf nur mit Mühe käuflich erwerben, vermochte aber den Greis, der jene mitgebracht hatte, auf keine Weise zur Abtretung eines zweiten zu bewegen, wahrscheinlich weil die Neuseeländer dieselben als eine Trophäe und einen Beweis ihrer Tapferkeit ansehen.

Die nächstfolgenden Tage verbrachte man mit der Besichtigung der Umgebung und mit verschiedenen Spaziergängen. Bei einem solchen Ausflüge bestieg Cook einen höheren Hügel und konnte von demselben aus sowohl den ganzen, von ihm so benannten »Königin-Charlotten-Kanal« überblicken, als auch die jenseitige Küste, deren Entfernung er auf vier Meilen schätzte. Der Nebel verhinderte, dieselbe nach Südosten weiterhin zu erkennen. Er hatte aber genug gesehen, um zu der Überzeugung zu gelangen, dass dort die große Insel, welche er fast vollständig umschifft hatte, endigte. Es blieb ihm nun also die Erforschung der weiter im Süden gelegenen Insel übrig. Er wollte eine solche auch ausführen, sobald er sich mittelst Durchschiffung des Köngin-Charlotten-Kanals überzeugt hatte, dass derselbe wirklich eine Meerenge sei.

In der Nähe fand Cook auch Gelegenheit, einen »I-pah« zu besuchen. Auf einem kleinen Holme oder einem schwer zu ersteigenden Felsen errichtet, stellt ein I-pah nichts Anderes als ein befestigtes Dorf dar. Meist haben die Eingeborenen den natürlichen Schwierigkeiten noch künstliche Hindernisse hinzugefügt, welche den Zugang noch gefährlicher machen. Mehrere solche, von den Engländern besuchte Anlagen waren von einem zweifachen Graben mit Brustwehr und doppelten Palisaden umschlossen. Der zweite Graben hatte nicht weniger als vierundzwanzig Fuß Tiefe. Innerhalb der engeren Palisade erhob sich eine, gegen vierzig Fuß lange und sechs Fuß breite Plattform auf etwa zwanzig Fuß hohen, starken Holzpfeilern. Hier nahmen die Verteidiger des Ortes Stellung und konnten etwa andrängende Feinde leicht mit den, für diesen Fall in großen Mengen aufgehäuften Wurflanzen und Steinen überschütten. Diese Befestigungen sind für die Eingeborenen so gut wie uneinnehmbar, wenn sie die Besatzung derselben nicht durch eine andauernde Umzingelung zur Ergebung zwingen.

»Es erscheint wunderbar, bemerkt Cook, dass Leute, deren Scharfblick und Sorgfalt hinreichten, fast ohne Werkzeuge derartige zur Verteidigung so zweckmäßig angelegte Werke zu errichten, nicht darauf verfielen, sich außer der mit der Hand geschleuderten Lanze irgendeine andere in der Ferne wirkende Waffe herzustellen. Sie kennen jedoch weder den Bogen, um einen Pfeil abzuschießen, noch die Schleuder, um einen Stein zu werfen, was um so mehr auffallen muss, als die Erfindung der Schleuder, der Bogen und Pfeile doch weit einfacher erscheint als die der Festungswerke, welche diese Völker erbauten, während man jene beiden Waffen fast in allen Teilen der Erde und selbst bei den wildesten Völkerschaften antrifft.«

Am 6. Februar verließ Cook die Bay und segelte nach Osten in der Hoffnung, vor der zurückkehrenden Flut leicht in den Eingang zur Meerenge einfahren zu können. Um 7 Uhr Abends wurde das Schiff von einer heftigen Strömung bis in die Nähe einer kleinen Insel außerhalb des Kaps Koamaroo verschlagen. Hier erhoben sich sehr spitzige Felsen aus dem Meeresgrunde. Jeden Augenblick wuchs die Gefahr. Zur Rettung des Schiffes gab es nur ein einziges Mittel. Glücklicherweise sollte sich dasselbe bewähren. Nur eine Kabellänge weit trieb die »Endeavour« noch von den Riffen, da ließ man bei fünfundsiebzig Faden Wasser den Anker fallen. Er griff gut ein und die Strömung, welche, nachdem sie sich an genannter Insel gebrochen, eine andere Richtung einschlug, drängte das Schiff von dem nächsten Riffe ab. Noch immer konnte es jedoch nicht für gerettet gelten, denn es befand sich stets in der gefährlichen Nachbarschaft der Felsen, und die Strömung legte fünf Meilen in der Stunde zurück.

Erst als die Flut nachließ, konnte das Schiff sich freimachen, und da gleichzeitig auch ein günstiger Wind aufsprang, gelangte es schnell nach der schmalsten Stelle der Meerenge, die es nun glücklich passierte.

Die nördlichere Insel von Neuseeland, welche in der Ursprache Caheinomauwe heißt, war indes noch nicht in allen ihren Teilen erforscht; etwa fünfzehn Meilen ihrer Küste hatte man noch nicht besichtigt. Daraufhin behaupteten mehrere Offiziere, im Gegensatz zu des erfahrenen Cook Anschauung, dass dieselbe nicht eine Insel, sondern einen Kontinent bilde. Obwohl des Kommandanten Ansicht für ihn selbst längst feststand, so hielt er doch einen solchen Kurs ein, dass sich seine Offiziere von der Irrigkeit ihrer Anschauung überzeugen konnten. Nach zweitägiger Fahrt und nach Umschiffung des Kaps Palliser fragte er sie, ob sie sich nun bekehrt hätten. Auf ihre bejahende Antwort hin verzichtete Cook darauf, bis zum äußersten, schon von der Ostseite aus gesehenen Ende von Caheinomauwe weiterzusegeln, und beschloss, längs der ganzen Küste des von ihm schon einmal gesehenen Landes, d. h. der Südinsel Tawai-Punamu, hinabzufahren.

Das Ufer derselben erschien meistens wenig fruchtbar und unbewohnt. Übrigens musste er sich stets gegen vier bis fünf Meilen von demselben entfernt halten.

In der Nacht des 9. März glitt die »Endeavour« über mehrere Felsen hinweg und man erkannte am nächsten Morgen, dass sie in großer Gefahr geschwebt hatte. Diese Klippen erhielten den Namen »die Fallen«, weil sie den zu vertrauensvollen Seefahrern wirklich gleich solchen in den Weg gelegt scheinen.

An dem nämlichen Tage entdeckte Cook auch noch die Spitze, die er als das südlichste Ende Neuseelands ansah und deshalb »Süd-Kap« taufte. Es war das ein Teil der Insel Steward. Da von Südwesten her große Wogen gegen das Schiff anspülten, als es das Kap doublierte, setzte Kapitän Cook voraus, dass in dieser Richtung kein Land mehr liegen könne. Er schlug also den Weg nach Norden wieder ein, um mit der Westküste die Umschiffung Neuseelands zu vollenden.

Ziemlich am Ende dieser Küste entdeckte man eine Bay, welche den Namen »Dusky-Bay« erhielt. Diese Gegend ist unfruchtbar, zerrissen und mit Schnee bedeckt. In der Ausdehnung von drei bis vier Meilen umschloss die Dusky-Bay, welche eben so tief als breit zu sein schien, mehrere Inseln, hinter denen ein Schiff ohne Zweifel sicheren Schutz gefunden hätte. Cook hielt es aber nicht für geraten, sich hier aufzuhalten, da er wohl wusste, dass ein geeigneter Wind, um aus diesen Gewässern zurückzukommen, nur einmal im Monat wehte. Hierin stimmte er übrigens nicht mit seinen Offizieren überein, welche, nur den augenblicklichen Vorteil ins Auge fassend, die späteren Nachteile eines längeren Aufenthaltes übersahen.

Die Besichtigung des westlichen Ufers von Tawai-Punamu verlief übrigens ohne weiteren Zwischenfall.

»Von der Dusky-Bay bis 44° 20' der Breite, sagt Cook, erstreckt sich eine in gerader Linie verlaufende Hügelkette, die sich vom Meeresstrande erhebt und dicht mit Wäldern bedeckt ist. Gleich hinter diesen Hügeln erblickt man Berge, die eine zweite, weit höhere Kette bilden und aus steilen, ganz nackten Felsen bestehen, außer den Stellen, wo sie mit Schnee bedeckt sind, den man in großen Massen sieht... Man vermag sich kaum einen wilderen, trostloseren und erschreckenderen Anblick zu denken, als den dieses Landes, wenn man es vom Meere aus betrachtet, denn soweit das Auge trägt, gewahrt man nichts als Felsenspitzen, die so nahe beieinander aufstreben, dass sich zwischen ihnen anstelle der Täler nur schluchtenartige Einschnitte vorfinden.«

Von 44° 20' bis 42° 8' wechselt das Bild; die Berge treten mehr zurück und das Meer ist von Hügeln und fruchtbaren Tälern begrenzt.

Von 42° 8' bis 41° 30' erstreckt sich eine große, steile, mit dunklen Waldungen bedeckte Küste. Übrigens segelte die »Endeavour« zu fern vom Ufer und die Witterung war zu trübe, als dass man die Einzelheiten der Küstenlandschaft hätte deutlich genug erkennen können. Nachdem man das ganze Land umschifft, steuerte das Fahrzeug wieder nach dem Eingange des Königin Charlotte-Kanals zurück.

Cook versorgte sich hier mit Holz und Wasser; dann beschloss er die Rückreise nach England anzutreten, wenn er es auch lebhaft bedauerte, die Frage nach dem Vorhandensein eines südlichen Kontinents nicht haben lösen zu können. Jetzt konnte er freilich weder um das Kap Horn, noch um das Kap der Guten Hoffnung zu segeln wagen. Sein Fahrzeug war, mitten im Winter in so tiefer südlicher Breite, voraussichtlich nicht imstande, diese Fahrt auszuhalten. Es blieb ihm also nichts übrig, als nach Ostindien zu gehen und zu diesem Zwecke westlich, bis zur Küste von Neu-Holland zu steuern.

Bevor wir jedoch die Vorfälle dieses zweiten Teiles seiner Reise schildern, dürfte es angemessen sein, hier einen Rückblick zu tun, und die Beobachtungen kurz zusammenzufassen, welche die Reisenden über die Lage und über die Bewohner von Neuseeland gemacht hatten.

Im vorhergehenden Band erzählten wir, dass dieses Land zuerst von Abel Tasman entdeckt wurde, und schilderten die Ereignisse, welche den Weg des holländischen Kapitäns mit blutigen Spuren bezeichneten. Außer der von Tasman im Jahre 1642 angelaufenen Küste, war seitdem niemals ein europäisches Fahrzeug nach Neuseeland gekommen. Was man davon wusste, war so lückenhaft, dass man es, sowie Tasman, für einen Teil des südlichen Festlandes hielt, der von diesem den Namen Staatenland empfangen hatte. Cook kommt die Ehre zu, die Lage der beiden Inseln genau bestimmt und deren Küsten zwischen 34° und 38° südlicher Breite und 170° bis 194° westlicher Länge vollständig umschifft zu haben.

Tawai-Punamu war gebirgig, unfruchtbar und erschien nur schwach bevölkert. Caheinomauwe zeigte einen lachenden Anblick mit seinen Hügeln, Bergen und walderfüllten Tälern, durch welche sich muntere Bäche schlängelten. Aufgrund der von Banks und Solander angestellten Beobachtungen, fasste Cook seine später bestätigten Angaben über Klima und Boden dahin zusammen, dass, wenn die Europäer hier eine Niederlassung gründen wollten, es ihnen wenig Mühe und Arbeit kosten würde, in großem Überfluss Alles zu erzeugen, was man nur bedurfte.

An Vierfüßlern gab es auf Neu-Seeland nur Ratten und Hunde, letztere nur zum Essen gezüchtet. Neben der Armut der Fauna besaß das Land aber eine um so üppigere Flora. Über die Gewächse, welche die Engländer am meisten interessierten, äußert sich der Bericht wie folgt:

»Statt des Hanfes und des Flachses bedienen sich die Eingeborenen einer Pflanze, welche alle zu ähnlichen Zwecken in anderen Ländern benutzten weit übertrifft. ... Die gewöhnliche Kleidung der Neuseeländer besteht aus Blättern derselben, welche gar nicht weiter bearbeitet sind; sie verfertigen daraus auch Schnüre, Leibwäsche und Tauwerk, das viel haltbarer ist als das aus Hanf, welches mit jenem gar keinen Vergleich aushält. Aus derselben Pflanze gewinnen sie mittelst einer anderen Zubereitungsmethode auch ganz feine, seidenglänzende und schneeweiße Fäden, aus denen sie die schönsten Stoffe herzustellen wissen, welche auch überraschend fest sind. Ihre ungeheuer großen Netze bestehen wiederum aus solchen Blättern, die dazu nur in Streifen von geeigneter Breite zerschnitten und zusammengeknüpft werden.«

Diese wunderbare Pflanze, von der man so entzückt war, wie es die vorstehende Beschreibung darstellt, und für welche sich einige Jahre später La Billardière nicht weniger enthusiasmierte, ist heutzutage unter dem Namen »Phormium tenax« bekannt.

Die hierdurch erweckten Hoffnungen mussten später freilich auf ein bescheideneres Maß zurückgeführt werden. Nach der Ansicht des berühmten Chemikers Duchartre zerstört die andauernde Einwirkung feuchter Wärme, und vorzüglich das Waschen, die Faserzellen dieser Pflanze sehr schnell, und das Gewebe zerfällt dann bald in lose Stücke. Immerhin bildet sie einen nicht unbeträchtlichen Ausfuhrartikel. Al. Kennedy führt in seinem beachtenswerten Reisewerke über Neuseeland an, dass der Export sich im Jahre 1865 zwar nur auf fünfzehn Ballen Phormium bezifferte, schon vier Jahre später - was freilich kaum glaublich erscheint, auf 12.162 Ballen stieg und im Jahre 1870 gar 32.820 Ballen im Werte von 132.578 Pfd. Sterling erreichte.

Die hochgewachsenen und wohl gebauten Einwohner waren flink, kräftig und gewandt. Die Frauen zeigten dagegen nicht jene Feinheit der Organe und Weichheit der Körperformen, die sie sonst überall voraushaben. Da sie sich ganz wie die Männer kleideten, konnte man sie nur an dem Ton der Stimme und der größeren Beweglichkeit der Physiognomie erkennen. Die Angehörigen ein und desselben Stammes lebten untereinander zwar in den friedlichsten Verhältnissen, waren aber unerbittlich gegen ihre Feinde, denen sie keinen Pardon gaben und deren Leichen ihnen zu gräulichen Festmahlen dienten, welche sich durch die Kargheit an tierischen Lebensmitteln wenigstens erklären, wenn auch nicht entschuldigen lassen.

»Es erscheint vielleicht auffallend, sagt Cook, so häufige Kriege in einem Lande zu finden, wo auch ein errungener Sieg so wenig Vorteile zu bieten verspricht.« Außer dem Bedürfnis aber, sich Fleischnahrung zu verschaffen, das oft genug allein zu Kriegen führt, bestand die Bevölkerung, was Cook damals nicht wusste, aus zwei verschiedenen, fast von Natur feindseligen Rassen.

Alte Sagen melden, dass die Maoris vor etwa dreizehnhundert Jahren von den Sandwichinseln eingewandert seien. Man darf das für ziemlich verlässlich halten, da diese hervorragende polynesische Rasse fast alle Inselgruppen des unendlichen Pazifischen Ozeans bevölkert hat. Von der Insel Havuaiki, das wäre das Hawaii der Sandwichinseln oder Saonai, ein Glied der Schifferinseln, ausgegangen, hätten die Maoris demnach die Ureinwohner zurückgedrängt und fast ausgerottet.

Wirklich haben die ersten Ansiedler unter den Eingeborenen Neuseelands zwei vollkommen verschiedene Typen gefunden; der eine, und zwar der überwiegende, erinnerte unwillkürlich an die Bewohner von Hawaii oder der Marquisen- und Tongainsel, während der zweite eine auffallende Übereinstimmung mit der melanesischen Rasse zeigte. Diese von Freicinet herrührenden Nachrichten, welche Hochstetter erst neuerdings in allen Teilen bestätigte, stimmen vollständig mit Cooks merkwürdiger Angabe überein, dass Tupia sich als Eingeborener von Tahiti mit den Neuseeländern ohne Schwierigkeit zu verständigen vermochte.

Heutzutage sind die Polynesier, dank dem Fortschritt der Linguistik und Anthropologie, besser bekannt; zur Zeit Cooks besaß man über dieselben nur Vermutungen, und jener war vielleicht der Erste, durch den einige Kenntnis von jenen alten Überlieferungen verbreitet wurde.

»Alle glaubten fest, sagt er, dass ihre Voreltern vor langer Zeit aus einem anderen Lande gekommen seien, das nach der gewöhnlichen Annahme Heavise hieß.«

Jener Zeit ernährte der Boden also keinen anderen Vierfüßler als den Hund und auch dieser war hier erst von außerhalb eingeführt worden. Die Neuseeländer besaßen zur täglichen Nahrung nur eine kleine Auswahl Pflanzen, welche den Engländern übrigens unbekannt blieben. Zum Glück erwiesen sich die Küsten ziemlich fischreich, ein Umstand, dem die Bewohner es allein verdankten, nicht Hungers sterben zu müssen.

Gewöhnt an fortwährende Kriege und in jedem Fremden einen Feind sehend, der für sie noch dazu den Wert eines Schlachttieres hatte, erklärt sich die Neigung der Eingeborenen, die Engländer anzugreifen. Sobald sie sich aber von der Unzulänglichkeit ihrer Mittel und von der Macht ihrer Gegner überzeugt, sowie auch eingesehen hatten, dass man es möglichst vermied, jene todbringenden Maschinen, deren entsetzliche Wirkung sie zuerst erfuhren, anzuwenden, behandelten sie die Seefahrer als Freunde und benahmen sich gegen diese stets überraschend ehrlich und offenherzig.

Besaßen die bis jetzt besuchten Inselbewohner keine Idee von Dezenz und Scham, so war das doch nicht der Fall bei den Neuseeländern, wofür Cook mehr als einen merkwürdigen Beweis beibringt. Ohne so reinlich zu sein wie die Tahitianer, welche sich schon wegen ihres wärmeren Klimas weit häufiger baden, verwandten sie doch ziemliche Sorgfalt auf ihre persönliche Erscheinung und verirrten sich sogar bis zu einer gewissen Coquetterie. So pflegten sie auch das Haar entweder mit Fischtran oder Vogelfett einzusalben, das aber sehr bald ranzig wurde, sodass sie dann einen fast ebenso unangenehmen Geruch um sich verbreiteten wie die Hottentotten. Ferner herrschte die Sitte des Tätowierens, was mit geschickter Hand und einem bei so niedrig stehenden Bevölkerungen bewundernswerten Geschmack ausgeführt wurde.

Zu ihrem großen Erstaunen bemerkten die Engländer, dass die Frauen hier ihre Toilette weit mehr vernachlässigten als die Männer. Die Haare trugen sie kurz geschnitten, ohne jeden Putz, und benützten dieselben Kleider wie die Letzteren. Als einzige Zierde steckten sie sich nur die sonderbarsten Sachen durch die Ohren, wie Stoffe, Federn, Fischgräten, Holzstückchen, ohne diejenigen, welche sie mittelst einer Schnur wieder an jenen befestigten, wie z. B. eine Art Nadeln und grüne Talksteine, die Nägel oder Zähne ihrer verstorbenen Angehörigen und überhaupt allerlei Gegenstände, die ihnen gerade in die Hände fielen.

Es erinnert das an einen von Cook mitgeteilten Vorfall mit einer Tahitianerin. Diese Frau wollte gern Alles haben, was sie sah, und sprach auch einmal den Wunsch aus, ein Vorlegeschloss an ihrem Ohrläppchen zu befestigen. Man gab ihr nach, warf dann aber vor ihren Augen den Schlüssel desselben ins Meer. Einige Zeit darauf verlangte sie, ob ihr nun das Gewicht dieses Schmuckes zu schwer wurde oder sie denselben nur gegen einen anderen austauschen wollte, wiederholt, ihr jenes wieder abzunehmen. Diesen Wunsch musste man ihr freilich versagen, indem man ihr klar machte, dass ihr Begehr ein so unvorsichtiges gewesen sei, dass es nicht mehr als billig erscheine, wenn sie nun auch die unbequemen Folgen desselben verspüren müsse. Die Kleidung der Neuseeländer bestand meist nur aus einem Stück Stoff, das etwa zwischen einer Strohmatte und Tuchgewebe die Mitte hielt und ihnen von den Schultern bis auf die Kniee herabhing, während sie gelegentlich auch ein zweites Stück trugen, das am Gürtel befestigt bis zur Erde herabreichte. Doch hatten sie das letztere eben nicht häufig im Gebrauch. Trugen sie nun bloß das obere Kleidungsstück und kauerten sie etwa auf dem Erdboden, so sahen sie einer Hütte mit Strohdach zum Verwechseln ähnlich. Diese rohen Mäntel erschienen manchmal mit Fransen von verschiedener Farbe, und wenn auch seltener, mit in Streifen geschnittenen Hundefellen sehr elegant ausgestattet. Was die Leute zu leisten vermochten, verriet vorzüglich die Konstruktion ihrer Pirogen. Die Kriegsboote konnten wohl vierzig bis fünfzig bewaffnete Männer aufnehmen, und ein bei Ulaga gemessenes hatte eine Länge von achtundsechzigeinhalb Fuß. Sie waren mit erhabenen Arbeiten und mit schwarzen, schwimmenden Federfransen prächtig verziert. Nur die kleinsten derselben hatten die sogenannten Ausleger. Die Fischerboote zeigten sich ebenfalls am Vorder- und Hinterteil mit einer menschlichen Figur mit abstoßendem Gesicht und heraushängender Zunge geschmückt, deren Augen aus zwei weißen Muscheln hergestellt wurden. Nicht selten pflegte man zwei solche Pirogen aneinander zu koppeln, während wiederum nur die kleinsten mit Auslegern versehen waren, um das Kentern derselben zu verhüten.

»Da nur Unmäßigkeit und vernachlässigte Körperübung die einzigen Ursachen der Krankheiten sind, sagt Cook, kann es nicht überraschen, dass diese Völkerschaften sich ununterbrochen einer fast vollkommenen Gesundheit erfreuen. Stets, wenn wir in ihre Dörfer kamen, umringten uns Kinder und Greise, Männer und Weiber und starrten uns mit der nämlichen Neugier an, die uns trieb, jene zu sehen; nie kam uns aber ein Kranker zu Gesicht, und selbst von denen, die wir ganz nackt sahen, haben wir bei Keinem weder den geringsten Ausschlag noch Spuren von Pusteln oder Beulen gefunden.«

II.

Entdeckung der Ostküste Australiens. – Bemerkungen über die Bewohner und die Erzeugnisse des Landes. – Strandung der »Endeavour«. – Fortdauernde Gefahren der Schifffahrt. – Durchsegelung der Torresstraße. – Die Eingeborenen von Neuguinea. – Rückkehr nach England.

Am 31. März 1770 verließ Cook Kap Farewell und Neuseeland, um nach Westen zu steuern. Am 19. April traf er ein Land, das sich unter 37° 58' der Breite und 210° 39' westlicher Länge von Nordosten nach Südwesten hin ausdehnte. Gestützt auf die Angaben der Tasman'schen Karte betrachtete er jenes als das Land, welches der genannte Seefahrer Van-Diemensland getauft hatte. Jedenfalls fand er keine Gelegenheit festzustellen, ob der vor ihm liegende Teil der Küste mit Tasmanien zusammenhing oder nicht. Auf der Fahrt nach Norden benannte er alle hervorragenderen Punkte, wie die Hicks-Spitze, Ram-Head, Kap Howe, Dromedar-Berg, Upright-Spitze, Pigeon-House usw.

Diese Gegend von Australien war bergig und mit zerstreuten Bäumen besetzt. Einzelne Rauchsäulen ließen zwar erkennen, dass das Strandgebiet bewohnt sei, aber die nur dünn gesäte Bevölkerung hatte nichts Eiligeres zu tun, als zu entfliehen, sobald die Engländer Anstalt trafen, ans Ufer zu gehen.

Die ersten Eingeborenen, deren man ansichtig wurde, waren mit langen Spießen und einem Stück Holz bewaffnet, das in der Form etwa einem türkischen Säbel gleichkam. Es war das der berüchtigte »Bumerang«, eine Wurfwaffe, die in den Händen der Eingeborenen ebenso gefährlich, wie in denen der Europäer unschuldig ist.

Das Gesicht dieser Wilden schien mit einem weißen Puder bedeckt; ihr Körper mit breiten Streifen von derselben Farbe überzogen, welche, schräg über die Brust verlaufend, den Bandelieren der Soldaten ähnelten, auch hatten sie gleiche Streifen rings um den Ober- und Unterschenkel, die man aus einiger Entfernung hätte für Strumpfbänder halten können, wenn jene nicht vollständig nackt gegangen wären.

An einer anderen Stelle versuchten die Engländer ebenfalls ans Land zu gehen. Zwei Eingeborene aber, welche man durch Zuwerfen von Nägeln, Glaswaren und anderen Kleinigkeiten erst zutraulicher zu machen sich bemühte, zeigten eine so drohende Haltung, dass man sich genötigt sah, einen Schuss über ihre Köpfe weg abzugeben. Eine kurze Zeit standen sie ganz starr vor Schreck über den Knall; da sie sich aber nicht verwundet fühlten, begannen sie ihre feindseligen Demonstrationen aufs Neue, indem sie Steine und Wurfspieße nach dem Boote schleuderten. Nun richtete man einen scharfen Schuss nach den Beinen des älteren Wilden. Der arme Teufel entfloh auf der Stelle nach einer der Hütten, kehrte jedoch bald mit einem Schilde zurück und versuchte sich zwar nochmals zur Wehr zu stellen, musste sich aber bald von der Ohnmacht seines Widerstandes überzeugen. Die Engländer gingen nun ans Land und nach den Wohnungen in der Nähe zu, wo sie eine große Menge Lanzen vorfanden. In derselben Bucht landete auch eine andere Abteilung mit den Wassertonnen; es erwies sich jedoch unmöglich, mit den Eingeborenen in Verbindung zu treten, da diese sofort entflohen, sobald die Engländer sich dem Strande näherten.

Bei Gelegenheit eines Ausfluges auf dem Lande fanden Cook, Banks und Solander auch die Fußspuren verschiedener Tiere. Sehr schöne Vögel gab es in großer Menge. Die vielen Pflanzenspezies, welche die Naturforscher in dieser Gegend fanden, veranlassten Cook, ihr den Namen Botany-Bay zu geben. Die ausgedehnte, sichere und bequeme Bay liegt unter 34° der Breite und 208° 37' westlicher Länge. Holz und Wasser waren gleichfalls leicht zu erlangen.

»Die Bäume hier, sagt Cook, erreichen fast dieselbe Höhe wie die Eichen Englands, ja ich sah auch einen, der ihnen sehr ähnlich sah. Es ist das derselbe, der ein rotes Gummi, ähnlich dem »Drachenblut« ausschwitzt.«

Jedenfalls ist hier von einer Eukalypten-Art die Rede. Unter den mancherlei Fischen, welche sich in großen Scharen umhertummeln, ist besonders der Nagelroche hervorzuheben, von dem ein ausgeweidetes Exemplar noch Dreihundertsechsundreißig Pfund wog.

Am 6. Mai verließ Cook wieder die Botany-Bay und segelte längs der Küste nach Norden hin, wobei er sich stets in einer Entfernung von zwei bis drei Meilen hielt. Die Fahrt selbst verlief sehr einförmig. Einiges Interesse gewährten nur der häufige und unvorherzusehende Wechsel der Meerestiefen und die Klippenreihen, welche man vermeiden musste.

Bei einer späteren Landung überzeugten sich die Reisenden, dass das Land weit schlechter war als in der Umgebung der Botany-Bay. Der Boden bestand nur aus Sand und die Hügelabhänge erschienen mit verstreuten oder ganz einzelnstehenden Bäumen bedeckt, doch ohne jedes niedere Buschwerk. Die Matrosen erlegten auch eine junge Trappe, welche sie für das beste Stück Wild erklärten, das sie seit der Abreise aus England gegessen hätten. Aus diesem Grunde erhielt die Stelle den Namen Bustard-Bay. Hier fischte man ferner eine große Menge Austern jeder Art, darunter vorzüglich kleine Perl-Austern.

Am 25. Mai befand sich die »Endeavour« eine Meile weit vom Lande, gerade gegenüber einer Spitze, welche genau unter dem Wendekreise des Steinbocks lag. Am nächsten Tage beobachtete man, dass die Flut hier um sieben Fuß stieg und fiel. Die Flutwelle verlief dabei nach Westen, während der Ebbe aber strömte das Wasser nach Osten, d. h. gerade entgegen der Bewegung an der Bustard-Bay. In der Nähe lagen auch viele Inseln, zwischen denen das Fahrwasser eng und ziemlich seicht war.

In der Hoffnung, eine bequeme Stelle zu finden, wo er Kiel und Rumpf seines Schiffes säubern lassen könnte, landete Cook mit Solander und Banks in einer geräumigen Bucht. Kaum ans Ufer getreten, sahen sie sich aber durch ein dichtes, bärtiges und mit scharfen Spitzen besetztes Gras - wahrscheinlich eine Art Spinifex - sehr am Gehen gehindert, da dessen Stacheln an der Kleidung hängen blieben, diese durchdrangen und die Haut empfindlich verletzten. Gleichzeitig fielen ganze Wolken von Marangouins (eine Art Mücken) und Mosquitos über sie her und belästigten sie durch schmerzliche Stiche. Eine geeignete Stelle zur Vornahme der beabsichtigten Arbeiten fand sich zwar bald, nirgends aber ein Wasserplatz. Auf den nur einzeln vorhandenen Gummibäumen hingen ungeheure Nester von weißen Ameisen, welche mit Vorliebe an den Sprösslingen derselben sitzen und sie bald ihres Milchsaftes berauben. Prächtig schillernde Schmetterlinge schaukeln sich in der Luft.

Das waren zwar lauter merkwürdige und interessante Beobachtungen, nur befriedigten sie den Kapitän auf keine Weise, der sich außerstand sah, seinen Bedarf an Wasser zu decken. So gab sich hier gleich zu Anfange der hervorstechendste Zug der Neuen Welt kund, der es an Quellen, Flüssen und Strömen bekanntlich auffallend fehlt.

Auch ein zweiter, am Abend desselben Tages unternommener Versuch hatte kein besseres Resultat. Cook überzeugte sich jedoch, dass die Bay sehr tief war, und beschloss, sie am folgenden Tage in ihrem ganzen Umfange zu besichtigen. Er fand dabei, dass die Breite derselben hinter dem Eingange wesentlich zunahm und sie zuletzt einen ausgedehnten Binnensee bildete, der nach Nordwesten zu wieder mit dem Meere in Verbindung stand. Ein anderer Arm verlief nach Osten, und man durfte wohl annehmen, dass auch dieser See im Grunde der Bay eine andere Verbindung mit dem Meere haben werde. Dieser Teil Australiens erhielt den Namen Neu-Süd-Galles. Unfruchtbar, sandig, und trocken, fehlte ihm Alles, was zur Begründung einer Kolonie unumgänglich notwendig ist. Diese oberflächliche Besichtigung, welche sich meist nur auf die hydrografischen Verhältnisse der Umgebung bezog, konnte die Engländer natürlich nicht auf die Vermutung bringen, dass hier die reichsten mineralischen Schätze der Erde verborgen lagen.

Vom 31. Mai bis 10. Juni ging die Fahrt in gleich eintöniger Weise vonstatten. An letzterem Tage sah sich die »Endeavour«, welche an dieser Küste, mitten durch Klippen und Untiefen, eine Strecke von zweiundzwanzig Graden, d. h. gegen 1300 Meilen ohne jeden Unfall zurückgelegt hatte, plötzlich der schlimmsten Gefahr, die man sich nur denken kann, ausgesetzt.

Man segelte eben unter dem 16. Grade der Breite und unter 214° 39' westlicher Länge, als Cook, der zwei niedrige waldbedeckte Inseln gerade vor sich sah, den Befehl gab, sich während der Nacht auf offener See zu halten, um die in dieser Gegend von Quiros entdeckten Inseln aufzusuchen, einen Archipel, den einige Geografen fälschlich als zu einem großen Lande gehörig bezeichnet haben. Von neun Uhr Abends ab zeigte die Sonde von Viertelstunde zu Viertelstunde eine stetig abnehmende Tiefe. Alle Welt verweilte auf dem Deck und der Anker war schon in Bereitschaft, als die Wassertiefe plötzlich wieder bedeutend zunahm. Man schloss daraus, dass das Schiff nun die letzten bei Sonnenaufgang beobachteten Sandbänke passiert habe, und freute sich, dass diese Gefahr überstanden sei. Da die Tiefe immer noch weiter zunahm, begaben sich Cook und seine Offiziere, welche keine Wache hatten, ruhig in ihre Kabinen.

Um elf Uhr Nachts aber zeigte die Sonde, welche eben erst fünfundzwanzig Faden Wasser gemeldet hatte, plötzlich nur siebenzehn, und noch ehe man dazu kam, sie nochmals auszuwerfen, streifte die »Endeavour« schon den Meeresgrund und stieß, von den Wogen gepeitscht, mit dem Hinterteil auf die Spitze eines Felsens.

Die Lage war eine ziemlich ernste. Von einem Wellenberge über den Rand einer Klippe gehoben, war die »Endeavour« nun in eine Aushöhlung derselben gesunken. Schon bei Mondschein sah man um das Schiff einen Teil des falschen Kiels und einige Planken der zweiten Umkleidung umhertreiben. Zum Unglück war die Strandung während der Hochflut erfolgt. Ohne Zeit zu verlieren, warf man sechs Geschütze, Fässer, Tonnen, den eisernen Ballast und Alles über Bord, was nur geeignet war, das auf dem Felsen tanzende Schiff zu erleichtern. Die Schaluppe wurde ins Wasser gesetzt, Raaen und Stengen abgenommen, das Sorrtau des Fährbootes über Steuerbord ausgelegt und der Teyanker an derselben Seite hinabgelassen, da man bemerkte, dass das Wasser hinter dem Achter mehr Tiefe hatte. So kräftig man sich aber auch am Gangspill abmühte, es gelang doch nicht, das Schiff wieder flott zu machen.

Der anbrechende Tag zeigte das ganze Entsetzliche der Lage. Vom Lande lag das Fahrzeug über acht Meilen entfernt; dazwischen keine Insel, auf der man hätte Zuflucht suchen können, wenn das Schiff, wie zu erwarten war, in Stücke gehen sollte. Obwohl man eine Last von über fünfzig Tonnen entfernt hatte, hob es sich bei der Flut doch nur um anderthalb Fuß. Glücklicherweise ließ der Wind nach, ohne welchen Umstand die »Endeavour« gewiss bald nur noch ein Wrack gewesen wäre. Das in den Raum eindringende Wasser stieg jedoch immer mehr, obwohl zwei Pumpen mit dessen Beseitigung beschäftigt waren, sodass man noch eine dritte benutzen musste.

Schlimme Aussicht! Wurde das Schiff flott, so lag die Befürchtung nahe, dass es sinken würde, sobald es von dem Felsen nicht mehr gehalten wurde; blieb es festsitzen, so zerstörten es ohne Zweifel die Wellen in kurzer Zeit. Die Boote alle aber reichten nicht hin, die ganze Besatzung aus einmal ans Land zu schaffen.

Hätte man nicht erwarten sollen, dass sich die Disziplin unter solchen Verhältnissen lockerte? Wer konnte dafür einstehen, dass eintretende Streitigkeiten das Unglück nicht noch vermehren würden? Und wenn ein Teil der Matrosen das Land erreichte, welches Schicksal stand ihnen bevor auf diesem ungastlichen Strande, wo sie sich kaum mit Netzen und Feuerwaffen hätten den notdürftigsten Unterhalt verschaffen können? Was sollte endlich aus Denen werden, die auf dem Schiffe zurückblieben? Wohl mochten sich Alle mit diesen Gedanken tragen. Das Gefühl der Pflicht war aber so stark, und der Einfluss eines Führers, der sich bei seiner ganzen Mannschaft beliebt zu machen gewusst hatte, so weit reichend, dass solche Befürchtungen sich auch nicht durch einen Schrei, nicht durch die geringste Unordnung verrieten.

Die Kräfte der an den Pumpen nicht beschäftigten Leute wurden vorsichtig aufgespart bis zu der Zeit, wo sich das Loos Aller entscheiden würde. Man traf dabei so geschickte Anordnungen, dass alle Mann am Gangspill angriffen, als die Flut den höchsten Stand erreicht hatte, und – es gelang das Schiff flott zu machen – während man mit großer Freude bemerkte, dass es auch ohne die Unterstützung des Felsens nicht mehr Wasser schluckte als vorher.

Die seit vierundzwanzig Stunden in Todesangst schwebenden Matrosen waren aber nun am Ende ihrer Kräfte. Alle fünf Minuten mussten die Leute an den Pumpen wechseln, da sie erschöpft zusammenbrachen.

Da sollte eine neue Hiobspost die Entmutigung noch weiter steigern. Der mit der Messung des Wassers beauftragte Mann meldete, dass dasselbe in kurzer Zeit um achtzehn Zoll zugenommen habe. Zum Glück überzeugte man sich sehr bald, dass er nur falsch gemessen hatte, worüber sich die Mannschaft so freute, als ob schon jede Gefahr vorüber wäre.

Da kam ein Offizier, Namens Monkhouse, auf einen vortrefflichen Gedanken. Er ließ an der Seite des Fahrzeuges ein gereeftes Beisegel hinab, das man mit Kabelgarn, Wolle und Exkrementen der an Bord befindlichen Tiere vollgestopft hatte. Auf diese Weise gelang es, den Leck größtenteils auszufüllen. Augenblicklich dachten die Leute, welche vorher die einzige Rettung darin sahen, das Schiff auf den Strand zu setzen und aus seinen Trümmern ein anderes Fahrzeug herzustellen, das sie nach Ostindien bringen könnte, nur noch daran, einen irgend brauchbaren Hafen zu finden, um jenes frisch zu verkleiden.

Den ersehnten Hafen entdeckten sie wirklich am 17. Juni an der Mündung eines Wasserlaufes, den Cook den »Endeavour-Fluss« nannte.

Die notwendigen Arbeiten zur Ausbesserung des Schiffes wurden ohne Zögern in Angriff genommen und so sehr als möglich beschleunigt. Die Kranken brachte man ans Land und der Stab begab sich wiederholt ebendahin, um für die Skorbutkranken etwas frisches Fleisch zu erlangen. Tupia bemerkte ein Tier, das Banks, seiner Beschreibung nach, für einen Wolf gehalten zu haben scheint. Mehrere Tage später erlegte man jedoch einige andere, welche mittelst der beiden Hinterfüße sprangen und wahrhaft erstaunliche Sätze machten. Das waren Kängurus, große

Säugetiere, die sich nur in Australien fanden und die bis jetzt noch kein Europäer erblickt hatte.

Die Wilden zeigten sich hier weniger scheu als an jedem anderen Orte. Man konnte sich denselben nicht allein nähern, sondern sie verweilten auch, von den Engländern freilich stets freundlich behandelt, mehrere Tage unter diesen.

»Sie waren im Allgemeinen, sagt der Bericht, von gewöhnlicher Größe, hatten dabei aber auffallend kleine Gliedmaßen; ihre Hautfarbe war ziemlich nussbraun oder ähnlich der dunkleren Schokolade; die nicht wolligen schwarzen Haare trugen sie ziemlich kurz geschnitten, die Einen glatt, die Anderen in Locken ... einzelne Teile des Körpers hatten sie rot bemalt, und Einer hatte um die Oberlippe und auf der Brust weiße Streifen, welche sie »Carbanda« nannten. Ihre Gesichtszüge waren keineswegs unangenehm; sie hatten lebhafte Augen, sehr weiße, gleichförmige Zähne und eine sanfte, melodische Stimme.«

Mehrere trugen einen eigentümlichen Schmuck, von dem Cook ein Beispiel bisher nur in Seeland zu Gesicht bekam, nämlich einen Vogel in Fingergröße, der durch die Nasenscheidewand gesteckt war.

Bald darauf entstand eine Streitigkeit wegen Schildkröten, welche die Mannschaft gefangen hatte und von denen die Eingeborenen ihren Teil beanspruchten, obgleich sie bei dem Fange gar nicht beteiligt gewesen waren. Da man ihrem Wunsche nicht nachkam, zogen sie sich zurück und setzten das dürre Gras in Brand, in dem sich der Lagerplatz der Engländer befand. Diese verloren alle vorrätigen Lebensmittel, genossen aber, da das Feuer sich weiter verbreitete und auch die Bäume der benachbarten Hügel ergriff, die ganze Nacht hindurch ein wirklich großartiges Schauspiel.

Die Herren Banks und Solander führten inzwischen einen recht glücklichen Jagdzug aus; sie erlegten Kängurus, Opossums (das sind Virginische Beuteltiere), eine Art Puter, Wölfe, mehrere Arten Schlangen, darunter auch einige giftige; gleichzeitig beobachteten sie große Scharen von Vögeln, wie Hühnergeier, Falken, Kakadus, Goldammern, Papageien, Tauben und manche andere unbekannte Arten.

Als er aus dem Endeavour-Flusse herauskam, konnte sich Cook hinlänglich von der Schwierigkeit der Schifffahrt in diesen Gewässern überzeugen. Auf allen Seiten drohten hier Klippen und Untiefen. Am Abend musste man sich entschließen, vor Anker zu gehen, da es unmöglich schien, während der Nacht durch dieses Labyrinth von Riffen weiter zu segeln. Ganz draußen, am Horizont, schien das Meer mit großer Heftigkeit über eine solche Felsenkette zu branden, welche man also für die letzte ansehen durfte.

Als Cook nach fünf langen Tagen unter fortwährendem Kampfe gegen widrige Winde dahin kam, entdeckte er drei Inseln, welche gegen vier bis fünf Meilen weiter im Norden lagen. Seine Prüfungen sollten jedoch noch nicht zu Ende sein. Noch immer umringten das Fahrzeug niedrige und dicht bei einanderliegende Eilande, zwischen welche man sich kaum hineinwagen durfte. Cook fragte sich auch, ob es nicht geratener sein möge, zurückzukehren und eine andere Fahrstraße aufzusuchen. Die durch einen solchen Umweg verursachte Verzögerung hätte ihn aber gewiss am rechtzeitigen Eintreffen in Indien gehindert. Gegen ein derartiges Project sprach auch noch ein anderes, unumgängliches Hindernis: das Schiff besaß jetzt Proviant nur noch für drei Monate.

In dieser verzweifelten Lage beschloss Cook nun, sich so weit als möglich von der Küste zu entfernen und die äußere Klippe zu umschiffen. Bald fand er auch einen Kanal, der ihn in kurzer Zeit in das offene Meer führte.

Natürlich jubelten Alle aus Herzenslust über diesen glücklichen Wechsel ihrer Lage, sagt Kippis. Ihre hohe Befriedigung sprach sich in dem ganzen Auftreten der Engländer aus, die seit fast drei Monaten unaufhörlich mit dem Tode bedroht gewesen waren. In jener Nacht, wo sie vor Anker lagen, hörten sie das wütende Meer sich an den Felsen brechen und wussten, dass sie verloren waren, wenn das Ankertau riss. Dreihundertsechzig Meilen hatten sie zurückgelegt, während stets ein Mann allein damit beschäftigt blieb, die Sonde auszuwerfen und die Riffe zu untersuchen, durch welche sie segelten, wofür man von keinem anderen Schiffe ein ähnliches Beispiel kennt.

Auch wenn ihnen eine so schlimme Gefahr nicht wieder drohte, hatten die Engländer noch genug Ursache, besorgt zu sein, wenn sie die lange Reise bedachten, die sie noch durch wenig bekannte Meere und auf einem Schiffe, das jede Stunde neun Zoll Wasser einsog, mit Pumpen in schlechtem Zustand und zu Ende gehenden Provisionen, vollenden sollten.

Übrigens entgingen die Seefahrer jener schrecklichen Gefahr nur, um am 16. August von einer fast ebenso großen überrascht zu werden. Von der Flut nach einer Klippenreihe gezogen, über welche das Meer sehr hoch emporschäumte, außerstande, einen Anker auszuwerfen, und bei vollständiger Windstille blieb ihnen nur das eine Hilfsmittel übrig, die Boote auf das Meer zu setzen und das Schiff durch Rudern zu schleppen. Trotz aller Anstrengung der Matrosen schwebte die »Endeavour« nur noch hundert Schritte vor dem Riffe, als sich eine so leichte Brise, dass man sie unter anderen Umständen gewiss gar nicht bemerkt hätte, erhob und es ermöglichte, das Schiff abzutreiben. Schon zehn Minuten später legte sie sich indes wieder und noch einmal wurde die »Endeavour« bis zweihundert Schritt vor die Brandung gezogen. Nach mehreren ebenso fruchtlosen Versuchen entdeckte man zum Glück eine enge Öffnung zwischen den Riffen.

»Die Gefahr, welche diese bot, erschien uns weniger grausam, als hier in so schrecklicher Lage noch länger auszuharren, heißt es in dem Berichte. Ein glücklicher Weise wehender leichter Wind, die Ruder der Boote und die Flut brachten das Schiff bald vor jene Öffnung, durch welche es mit gewaltiger Schnelligkeit hindurchsegelte. Die Macht der Strömung schützte die »Endeavour« davor, nach einer Seite des Kanals abzuweichen, der übrigens bei nur einer Meile Breite einen sehr sandigen Grund und wechselnde Tiefe zeigte, welche zwischen dreißig und sieben Faden schwankte.«

Wenn wir bei den Zufälligkeiten dieser Reise etwas länger verweilten, so geschah es, weil sie in bisher unerforschten Meeren und mitten durch Klippen und Strömungen vor sich ging, welche noch gefährlich genug für den Seefahrer sind, jetzt wo man genaue Karten über dieselben besitzt, es aber noch mehr sein müssten, wenn man, wie Cook es von der Küste Neuseelands aus tat, mitten durch unbekannte Hindernisse vordringt, zu deren Vermeidung die Sicherheit des Blickes und der Instinkt des Seemannes nicht immer ausreichen.

Noch harrte eine letzte Frage ihrer Lösung. Bildeten Neu-Holland und Neuguinea nur ein einziges Land? Sind sie durch einen Meeresarm oder eine enge Wasserstraße voneinander getrennt?

Cook näherte sich also dem Lande trotz der hier unausbleiblichen Gefahren und folgte der Küste Australiens gegen Norden. Am 21. August umschiffte er die Spitze von Neu-Holland, der er den Namen Kap Jork gab, und drang in einen Kanal mit vielen Inseln in der Nähe des großen Landes ein, woraus er die Hoffnung schöpfte, endlich eine Durchfahrt nach dem indischen Meere gefunden zu haben. Darauf landete er noch einmal, hisste die englische Flagge, nahm feierlich für König Georg III. von der ganzen Ostküste, vom 38. bis zum 10. Grade südlicher Breite Besitz, gab dem Lande den Namen Neu-Süd-Galles und ließ, um die Zeremonie würdig zu beschließen, drei Kanonensalven abgeben.

Jetzt drang Cook in die Torres-Straße ein, die er den »Endeavour-Sund« nannte, entdeckte und taufte die am südwestlichen Eingange derselben gelegenen Wallis-Inseln, die Insel Booby, die Prinz von Galles-Gruppe und steuerte nun nach der Südküste von Neuguinea, der er, ohne einmal landen zu können, bis zum 3. September folgte.

An diesem Tage ging Cook mit elf bewaffneten Personen, darunter Solander, Banks und seine Diener, ans Ufer. Kaum hatten sie sich eine Viertelmeile vom Schiffe entfernt, als drei Indianer mit großem Geschrei aus dem Walde hervor- und auf sie zustürzten.

»Der uns zunächst Befindliche, sagt der Bericht, schwang irgendetwas mit der Hand, das er vorher an der Seite hängen hatte und das wie Kanonenpulver brannte; doch hörten wir kein Geräusch dabei.«

Cook und seine Begleiter sahen sich genötigt, auf die Eingeborenen zu feuern, um das Boot wieder erreichen zu können, von dem aus sie jene mit Bequemlichkeit betrachten konnten. Sie glichen vollkommen den Australiern, trugen wie sie die Haare kurz und gingen ganz nackt; nur schien ihre Haut etwas weniger dunkel, wahrscheinlich weil sie nicht so schmutzig war.

»Inzwischen brannten die Eingeborenen ihr Feuer in wechselnden Zwischenräumen wohl vier- bis fünfmal ab. Wir haben nicht die geringste Vorstellung davon, woraus jenes bestand und was sie damit beabsichtigten; sie hielten einen kurzen Stab in der Hand, vielleicht ein hohles Rohr, den sie von einer Seite zur anderen bewegten; und bald sahen wir dann Rauch und Flammen, ganz wie bei einem Gewehrschusse und ebenso von kurzer Dauer. Auch vom Schiffe aus bemerkte man diese auffallende Erscheinung, und war, dabei die Täuschung so groß, dass die Leute an Bord die Indianer im Besitze von Feuerwaffen glaubten; auch wir selbst hätten nicht daran gezweifelt, dass sie auf uns schössen, wenn unser Boot dabei nicht so nahe gewesen wäre, dass wir den Knall der Explosion unbedingt hätten hören müssen.«

Trotz der vielen Erklärungsversuche, zu denen diese Tatsache Veranlassung gab, blieb sie doch unaufgeklärt, und nur das Zeugnis eines so wahrheitsliebenden Seefahrers lässt sie uns glaublich erscheinen.

Mehrere englische Offiziere verlangten sofort ans Land zu gehen, um Kokosnüsse und andere Früchte zu holen, der Kommandant wollte aber das Leben seiner Matrosen nicht um einer so läppischen Genugtuung willen aufs Spiel setzen. Übrigens drängte es ihn auch, Batavia zu erreichen, um sein Schiff gründlich ausbessern zu können. Endlich hielt er es für unnütz, noch länger in diesen, von den Spaniern und Holländern schon so oft besuchten Gegenden zu verweilen, wo er voraussichtlich keinerlei neue Entdeckungen zu machen vermochte.

Nur beiläufig berichtigte er die Angaben der Lage der Inseln Arrow und Veasel, segelte dann nach Timor und rastete ein wenig bei Savu, wo sich die Holländer vor kurzer Zeit festgesetzt hatten. Hier verproviantierte sich Cook wieder frisch und bestimmte mittelst einer sehr sorgfältigen Beobachtung seine Position zu 10° 35' der Breite und 237° 30' westlicher Länge.

Nach kurzem Aufenthalte gelangte die »Endeavour« nun nach Batavia, wo sie wiederum möglichst gut instand gesetzt wurde. Nach so vielen glücklich überstandenen Gefahren sollte jedoch diese Rast in einem ungesunden Lande mit endemischen Fiebern der ganzen Reisegesellschaft sehr verderblich werden. Banks, Solander, Cook und die meisten Matrosen erkrankten; mehrere starben auch, darunter vorzüglich der Schiffsarzt Monkhouse, sowie Tuvia und der kleine Tayeto. Nur zehn Mann blieben vom Fieber wirklich verschont. Am 27. Dezember stach die »Endeavour« wieder in See und legte am 5. Januar 1772 bei der Prinzeninsel an, um Lebensmittel einzunehmen.

Die Krankheiten, welche unter der Mannschaft herrschten, nahmen nun einen noch ernsteren Charakter an. Dreiundzwanzig Personen erlagen derselben, unter ihnen leider auch der Astronom Green.

Nachdem er am Kap der Guten Hoffnung gehalten, wo er nach allen Seiten einen ausgezeichneten Empfang fand, ging Cook wieder in See, berührte St. Helena und warf am 11. Juni, nach einer Abwesenheit von nahezu vier Jahren, wieder vor Dunes Anker.

So endete Cooks erste Reise, »bei welcher er, sagt Kippis, so viele Gefahren überwand, so viele Länder entdeckte und häufig genug den Beweis lieferte, dass er eine hervorragende Befähigung besaß, so gefahrvolle Unternehmungen und aufreibende Anstrengungen durchzuführen und auszuhalten!«

Viertes Kapitel.

Zweite Reise des Kapitän Cook.

I.

Aufsuchung des südlichen Festlandes. - Zweiter Aufenthalt bei Neuseeland. - Der Archipel Pomutu. - Zweiter Aufenthalt in Tahiti. - Besichtigung der Tonga-Inseln. - Dritter Besuch Neuseelands. - Zweite Kreuzfahrt im südlichen Ozean. - Besichtigung der Osterinseln. - Besuch auf den Marquises-Inseln.

Hätte auch die Regierung James Cook für die Art und Weise, wie er sich des ihm anvertrauten Auftrages entledigte, nicht belohnen wollen, so verlangte das doch die Stimme des Volkes. Am 29. August zu dem Grade eines »Comanders« ernannt, fühlte sich der große Seefahrer, im Vollbewusstsein seiner Verdienste um England und die Wissenschaften, doch nicht hinreichend belohnt. Er hatte wenigstens gehofft, zum Schiffs-Kapitän erhoben zu werden. Lord Sandwich, der damalige Vorsteher der Admiralität, bedeutete ihm aber, dass man das unmöglich könne, ohne gegen althergebrachten Gebrauch zu verstoßen und die Avancementsordnung im Seekriegsdienste zu umgehen.

Cook beschäftigte sich inzwischen, alles notwendige Material zu beschaffen, um eine vollständige Beschreibung seiner Reise zu veröffentlichen; bald erhielt er aber so wichtige Aufträge, dass er seine Anmerkungen und Tagebücher dem Doktor Havkesworth auslieferte, der Alles ordnen und im Druck herausgeben sollte. Gleichzeitig wurden die von ihm in Verbindung mit Green angestellten Beobachtungen des Venusdurchganges, nebst den zugehörigen Berechnungen und astronomischen Aufnahmen der königlichen Gesellschaft der Wissenschaften übergeben, welche deren hohen Wert freimütig anerkannte.

Die ansehnlichen, von Kapitän Cook erzielten Erfolge waren aber immer noch nicht vollständig, wenigstens insofern, als sie den Glauben an einen südlichen Kontinent noch nicht zerstörten. Immer lag diese Chimäre den Gelehrten der Zeit noch am Herzen. Da sie nun zugeben mussten, dass weder Neuseeland noch Australien einen Teil dieses Festlandes bildeten, und dass die »Endeavour« doch unter Breiten gesegelt sei, wo sie jenen hätte auffinden müssen, so behaupteten sie, derselbe liege noch weiter im Süden, und zählten alle Konsequenzen auf, welche dessen Entdeckung nach sich ziehen musste.

Die Regierung beschloss also, diese schon seit so langen Jahren schwebende Frage nun endlich zu lösen und deshalb eine neue Expedition auszusenden, über deren Anführer ein Zweifel nicht aufkommen konnte. Die Natur dieser Reise erforderte ganz besonders konstruierte Fahrzeuge. Da die »Endeavour« schon wieder nach den Falklands-Inseln unterwegs war, erhielt das Marine-Bureau Befehl, zwei Fahrzeuge zu kaufen, die ihm für diese Aufgabe am geeignetsten schienen.

Cook antwortete auf eine diesbezügliche Anfrage, dass dieselben sehr fest sein, doch nur geringen Tiefgang, dagegen hinreichenden Raum haben sollten, um, entsprechend der Zahl der Bemannung und Dauer der Reise Proviant und Munition in genügender Menge aufnehmen zu können.

Die Admiralität kaufte zwei in Whitby gebaute Schiffe von demselben Erbauer, der auch die »Endeavour« geliefert hatte. Das größere derselben maß 462 Tonnen und erhielt den Namen die »Resolution«. Das zweite fasste nur 336 Tonnen und hieß die »Aventure«. In Deptford und Woolwich wurden sie zur Reise armiert. Cook übernahm das Kommando der »Resolution« und der Kapitän Tobias Furneaux, früher Offizier bei Wallis, wurde mit dem der »Aventure« betraut. Der zweite und dritte Leutnant, sowie mehrere der an Bord befindlichen Unteroffiziere und Matrosen hatten schon die Fahrt der »Endeavour« mitgemacht.

Wie man sich leicht denken kann, wurde auf die Ausrüstung alle mögliche Sorgfalt verwendet. Lord Sandwich und Kapitän Palliser überwachten dieselbe in allen Teilen persönlich.

Jedes Schiff führte für zweiundeinhalb Jahr Vorräte aller Art. Man bewilligte Cook sogar ganz außergewöhnliche Dinge, die er als Hilfsmittel gegen den Skorbut bezeichnet hatte. Es waren das z. B. Malz, Sauerkraut, Salzkohl, Bouillontafeln, Saleb und Mostrich sowie Karottenmarmelade und Würze von eingedicktem Bier, womit er auf Empfehlung des Baron Storch in Berlin und des Herrn Pelham, Sekretär im Bureau der Lebensmittel-Lieferanten, Versuche machen sollte.

Gleichzeitig verfrachtete man auf jedes Schiff die einzelnen Teile eines Fahrzeuges von 20 Tonnen, bestimmt zum Transport der Mannschaften, im Falle die Schiffe zugrunde gehen sollten.

Ein Landschaftsmaler, William Hodges, zwei Naturforscher, Jean Reinhold Forster und dessen Sohn Georges, nebst zwei Astronomen, W. Wales und W. Bayley, wurden, mit den besten Instrumenten versehen, auf den beiden Schiffen untergebracht.

Mit einem Worte, es war nichts vernachlässigt worden, aus der Expedition den größtmöglichen Nutzen zu ziehen. In der Tat sollte sie auch eine unerwartete Menge neuer Nachrichten heimbringen, welche sich für die Fortschritte der Naturwissenschaften im Allgemeinen, wie vorzüglich für die Physik, Ethnografie, Schiffskunde und Geologie höchst förderlich erwiesen.

»Am 25. Juni, sagt Cook, erhielt ich von Plymouth meine Instruktionen. Nach diesen sollte ich mich auf kürzestem Wege nach der Insel Madeira begeben, dort Wein an Bord nehmen und nach dem Kap der Guten Hoffnung segeln, wo die Mannschaften ausruhen und ich weiteren Proviant, sowie alles Andere einkaufen konnte, was ich für nötig erachtete. Dann war mir vorgeschrieben, nach Süden zu gehen, womöglich das Kap Circoncision aufzusuchen, das Bouvet unter 54° südlicher Breite und etwa 11° 20' östlich von Greenwich entdeckt haben sollte; wenn ich dasselbe fände, mich darüber zu unterrichten, ob es zu einem Festlande gehöre oder nur eine Insel bilde; im ersten Falle nichts zu unterlassen, um jenes in möglichst großer Ausdehnung zu besichtigen; dort Alles zu beobachten und aufzuzeichnen, was für die Schifffahrt und den Handel von Nutzen oder für die Fortschritte der Naturwissenschaften von Bedeutung sein könnte.

»Man empfahl mir ferner, auf die geistigen Eigenschaften, das Temperament, den Charakter und die Anzahl der Bewohner, wenn ich solche anträfe, ein Auge zu haben und alle ehrlichen Mittel anzuwenden, um mit diesen einen Allianz- und Freundschafts-Vertrag abzuschließen.

»Weiter schrieben meine Instruktionen vor, im Osten oder Westen, je nach dem Punkte, wo ich mich befände, auf Entdeckungen auszugehen, mich dem Südpole so weit als möglich zu nähern und dort so lange zu verweilen, als das der Zustand der Schiffe, das Befinden der Mannschaft und der Vorrat an Lebensmitteln erlaubte; aber immer dafür zu sorgen, dass noch so viel Proviant vorhanden sei, um einen bekannten Hafen zu erreichen, wo ich mich mit frischen Vorräten zur Rückkehr nach England versorgen sollte.

»Endlich ward ich beauftragt, wenn das Kap Circoncision eine Insel wäre oder ich sie nicht aufzufinden vermöchte, im ersten Falle deren Lage genau zu bestimmen, in beiden Fällen nach Süden aber so weit vorzudringen, als ich hoffen durfte, das gesuchte Festland zu finden; dann nach Osten zu steuern, um nach demselben zu suchen und die Inseln anzulaufen, die sich in jenem Teile der südlichen Halbkugel finden könnten, immer aber, wie oben gesagt, so nahe als möglich dem Pole, bis ich ganz um diesen herumgekommen sei; mich endlich nach dem Kap der Guten Hoffnung und von da nach Spithead zurückzubegeben.«

Am 13. Juli lichtete Cook im Kanal von Plymouth die Anker und kam am 19. desselben Monats in Funchal, auf der Insel Madeira, an. Dort besorgte er sich das Nötige und segelte bald darauf nach Süden weiter. Da er sich aber überzeugte, dass seine Wasservorräte nicht ausreichen würden, um mit denselben das Kap der Guten Hoffnung zu erreichen, so beschloss er, die Fahrt zu unterbrechen und bei den Inseln des Grünen Vorgebirges vor Anker zu gehen. Er lief also am 10. August in den Hafen von Prana ein, den er vier Tage später wieder verließ.

Cook hatte auch den Aufenthalt in diesem Hafen seiner Gewohnheit nach dazu benutzt, alle Nachrichten zu sammeln, welche für Seefahrer von Nutzen sein konnten. Seine Beschreibung ist heute um so wertvoller, als sich in jenen Orten sehr Vieles verändert hat und auch in genanntem Hafen mancherlei Arbeiten vorgenommen worden sind, welche für die daselbst ankernden Schiffe ganz andere Verhältnisse geschaffen haben.

Am 23. desselben Monats bemerkte Cook, als sich wegen heftiger Winde Alle hatten auf dem Deck aufhalten müssen, die ersten verderblichen Folgen der Feuchtigkeit in jenen heißen Klimaten, und er befahl deshalb, stets bemüht, seine Leute bei guter Gesundheit zu erhalten, das Zwischendeck zu lüften. Er ließ sogar Feuer anzünden, um es auszuräuchern und schneller zu trocknen, und ergriff überhaupt nicht nur alle die Maßregeln, welche ihm Lord Sandwich und Sir Hugh Palliser anempfohlen hatten, sondern auch diejenigen, welche ihm die Erfahrungen von seiner ersten Weltumseglung her eingaben.

Dank dieser Vorsorge, hatte denn die »Resolution«, als sie am 30. Oktober am Kap der Guten Hoffnung anlangte, nicht einen einzigen Kranken. Begleitet von Kapitän Furneaux und den beiden Herren Förster stattete Cook sofort einen Besuch ab bei dem holländischen Gouverneur, Baron von Plettemberg, der ihm zuvorkommend Alles zur Verfügung stellte, was die Kolonie nur bieten konnte. Hier vernahm er auch, dass zwei von der Insel Maurice im Monat März abgegangene französische Schiffe am Kap angelaufen seien, bevor sie nach den südlichen Meeren steuerten, wo sie, unter dem Befehl des Kapitän Marion, auf Entdeckungen ausgehen wollten.

Während dieses sich über die vorherige Berechnung hinaus ausdehnenden Aufenthaltes traf Forster auch den schwedischen Botaniker Sparmann, einen Schüler Linnés, den er unter Zusicherung eines hohen Gehaltes bestimmte, die Expedition zu begleiten. Gewiss verdient die Uninteressiertheit Forsters alles Lob, der nicht davor zurückschreckte, sich einen Rivalen zu erwerben und ihn fast aus eigenen Mitteln belohnte, nur um in den zu besuchenden Ländern desto ausführlichere naturhistorische Studien machen zu können. Am 22. November wurden die Anker gelichtet und brachen die beiden Schiffe nach Süden auf, im Begriff, das Kap Circoncision aufzusuchen, das Kapitän Bouvet am 1. Januar 1739 entdeckt hatte. Bald nahm die Temperatur merklich ab und Cook ließ an seine Matrosen warme Kleidungsstücke austeilen, die er von der Admiralität geliefert erhalten hatte.

Vom 29. November bis 6. Dezember wütete ein entsetzlicher Sturm. Die Fahrzeuge wurden aus ihrer Route so weit nach Osten verschlagen, dass man auf die Aufsuchung des Kap Circoncision verzichten musste. Eine weitere Folge dieses schlechten Wetters und des plötzlichen Überganges aus der Hitze zur strengen Kälte war der Verlust fast aller am Kap eingeschifften lebenden Tiere. Endlich belästigte die Feuchtigkeit die Matrosen dermaßen, dass die Branntwein-Rationen erhöht werden mussten, um sie arbeitsfähig zu erhalten. Am 10. Dezember begegnete man unter 50° 40' südlicher Breite dem ersten Eise. Regen und Schnee folgten sich ohne Unterlass. Dabei verbreitete sich ein so dichter Nebel, dass die Schiffe eine jener schwimmenden Klippen erst wahrnahmen, als sie sich kaum noch eine Meile davon entfernt befanden. Eine dieser Inseln, sagt der Bericht, maß zweihundert Fuß in der Höhe, vierhundert in der Breite und zweitausend Fuß in der Länge. »Angenommen, dieses Eisstück habe eine ganz regelmäßige Form besessen und seine Tiefe unter dem Wasser habe 1800 Fuß betragen, seine Gesamthöhe also ungefähr 2000 Fuß, so würde seine Masse mit Zugrundelegung der eben genannten Verhältnisse nicht weniger als 1600 Millionen Kubikfuß Eis enthalten haben.«

Je mehr man nach Süden vordrang, desto zahlreicher wurden die Eisblöcke. Das Meer war dabei so aufgeregt, dass die Wogen an diesen Eisbergen hinaufstürmten und an deren entgegengesetzter Seite wieder in seinem, unfühlbarem Staube herabsanken; ein Schauspiel, das die Seele wirklich mit Bewunderung erfüllte! Dieser Empfindung mischte sich auch die des Schreckens bei, wenn man sich vorstellte, dass das Fahrzeug von einer dieser ungeheuren Massen getroffen werden könnte, die es augenblicklich zermalmen mussten. Die Gewohnheit der Gefahr erzeugt jedoch sehr bald eine gewisse Gleichgültigkeit, sodass Jeder weiter nichts sah als die außerordentliche Schönheit dieses gewaltigen Kampfes der Elemente.

Am 14. Dezember hinderte eine grenzenlose Eiswand, die bis über den Horizont hinaus reichte, die Schiffe, noch weiter nach Süden zu segeln, und man musste also längs derselben hinfahren. Sie bildete keine gleichmäßige Ebene, denn man bemerkte darauf wiederum Einzelberge, ähnlich denen, die man während der vorhergehenden Berge angetroffen hatte. Einige Personen glaubten Land unter dem Eise zu sehen; auch Cook ließ sich einen Augenblick täuschen; als der Nebel aber verschwand, überzeugte man sich bald von dem leicht erklärlichen Irrtum.

Am folgenden Tage beobachtete man, dass die Schiffe in einer lebhaften Strömung trieben. Der alte Forster und der Astronom Wales bestiegen ein Boot, um deren Schnelligkeit zu messen. Noch während dieser Beschäftigung nahm der Nebel wieder so sehr zu, dass sie das Fahrzeug gänzlich aus dem Gesicht verloren. In einer erbärmlichen Schaluppe, ohne Instrumente und Proviant, mitten in einem grenzenlosen Meere, fern jeder Küste und umringt von Treibeis war ihre Lage gewiss eine schreckliche. Lange Zeit irrten sie umher, ohne sich vernehmlich machen zu können. Dann hörten sie wenigstens auf zu rudern, um sich nicht allzu weit zu entfernen. Schon verloren sie jede Hoffnung, als der Ton einer Glocke ihr Ohr von fernher traf. Natürlich ruderten sie nun aus Leibeskräften nach dieser Richtung hin; die »Aventure« antwortete bald auf ihre Zurufe und nahm sie nach einigen Stunden schrecklicher Angst wieder auf.

Allgemein herrschte damals die Ansicht, dass das Treibeis sich in Buchten oder Flussmündungen bilde. Auch die Reisenden meinten deshalb in der Nähe eines Landes zu sein, das sich ohne Zweifel hinter der Packeiswand befinden würde.

Schon über dreißig Meilen hatten sie in westlicher Richtung zurückgelegt, ohne in dem Eise eine nach Süden führende Öffnung zu finden. Kapitän Cook beschloss also nun, ebenso weit nach Osten hin zu fahren. Fand er dabei auch kein Land, so hoffte er doch die Packeiswand umschiffen, weiter nach dem Pole vordringen und damit den unbestimmten Anschauungen der Gelehrten ein Ziel setzen zu können.

Obwohl man sich jetzt aber für diesen Teil der Erde mitten im Sommer befand, nahm die Kälte doch mit jedem Tage noch weiter zu. Die Matrosen beklagten sich und der Skorbut brach an Bord aus. Durch die Verteilung noch wärmerer Kleidung und die Anwendung der in solchen Fällen angezeigten Heilmittel, wie Malz und Citronensaft, wurde man bald der Krankheit Herr und konnte die Mannschaft die strenge Temperatur ungestraft aushalten.

Am 29. Dezember gewann Cook die Überzeugung, dass das Packeis nirgends mit Land in Verbindung stand. Er entschied sich nun dahin, nach Osten bis zum Meridian von Circoncision zu segeln, wenn ihm kein Hindernis entgegenträte.

Während er dieses Project zur Ausführung brachte, wurde der Wind so heftig und das Meer so bewegt, dass die Schifffahrt zwischen dem mit furchtbarem Krachen gegeneinanderstoßenden Eise äußerst gefährlich wurde; noch mehr, als man im Norden ein Eisfeld wahrnahm, das sich bis über Sehweite hinaus erstreckte. Sollte das Schiff wohl während langer trostloser Wochen hier gefangen liegen, »festgenagelt«, wie die Walfischfahrer sagen, oder gar Gefahr laufen, wie ein Span zerquetscht zu werden? Cook versuchte weder nach Westen noch nach Osten zu entfliehen, er drang beherzt weiter nach Süden vor. Übrigens befand er sich jetzt in der vermeintlichen Breite des Kap Circoncision und fünfundsiebzig Meilen südlich von dem Punkte, wo jenes liegen sollte. Existierte das von Bouvet entdeckte Land also wirklich - worüber man jetzt völlig im Klaren ist - so konnte es nur eine wenig ausgedehnte Insel, jedenfalls aber kein Festland sein.

Der Kommandant hatte keine Ursache, in dieser Gegend noch länger zu verweilen. Bei 67° 15' südlicher Breite verschloss ihm eine neue Packeiswand, die von Osten nach Westen hintrieb, den weiteren Weg, und er fand auch nirgends eine Öffnung in derselben. Daneben erschien es als einfaches Gebot der Klugheit, sich hier, nachdem zwei Drittel des Sommers schon vorüber waren, noch länger aufzuhalten. Er beschloss also ohne Zögern das kürzlich von den Franzosen entdeckte Land aufzusuchen.

Am 1. Februar 1773 befanden sich die Schiffe unter 48° 30' der Breite und 48° 7' östlicher Länge, also ziemlich genau unter dem Meridian der Insel

Mauritius. Nach fruchtloser Kreuzfahrt von Osten nach Westen musste man wohl zu dem Schlusse kommen, dass, wenn sich hier überhaupt ein Land vorfinde, dasselbe nur eine kleine Insel darstellen könne, anderen Falles hätte es jetzt aufgefunden werden müssen.

Am 8. Februar bemerkte der Kapitän zu seinem Leidwesen, dass die »Aventure« ihm nicht mehr als Begleitschiff folge. Schon seit zwei Tagen erwartete er sie vergeblich, obwohl er in kurzen Zwischenräumen einen Kanonenschuss lösen und während der Nacht auf dem Oberdeck ein helles Feuer unterhalten ließ. Die »Resolution« musste ihre Fahrt allein fortsetzen.

Am 17. Februar zwischen Mitternacht und drei Uhr Morgens wurde die Mannschaft Zeuge eines prachtvollen Schauspiels, das noch keines Europäers Auge geschaut hatte, nämlich eines Südpolarlichtes.

»Der Offizier der Wache, sagt der Bericht, beobachtete, dass daraus von Zeit zu Zeit spiral- und kreisförmige Strahlen emporschossen, dann seine Helligkeit zunahm, sodass es einen wunderschönen Anblick gewährte. Es schien keine bestimmte Richtung zu haben, im Gegenteil erfüllte es dann und wann das ganze Himmelsgewölbe mit seinem vielfarbigen Lichte.«

Nach einem wiederholten Versuche, den südlichen Polarkreis zu überschreiten - ein Versuch, auf den man wegen des Nebels, Schnees und der ungeheuren schwimmenden Eisberge bald verzichten musste - schlug Cook nun den Weg nach Norden wieder ein, in der Überzeugung, dass hinter ihm kein Land von Bedeutung liege, und begab sich nach Neuseeland, das er der »Aventure« im Fall einer Trennung als Sammelplatz bezeichnet hatte.

Schon am 25. März ankerte er in der Dusky-Bay, nach einer ununterbrochenen Seefahrt von hundertsiebzig Tagen, bei der er nicht weniger als 3660 Meilen zurückgelegt hatte, ohne nur ein einziges Mal Land zu sehen. Sobald er einen bequemen Platz zum Anlegen gefunden, beeilte sich der Befehlshaber, seiner Mannschaft Alles zugutekommen zu lassen, was das Land an Pflanzen, Fischen und Geflügel bot, während er selbst, meist mit der Sonde in der Hand, die Bucht und ihre Umgebungen untersuchte, wo er nur wenige Eingeborene traf, mit denen er nur selten in Beziehungen kam. Eine einzige Familie erwies sich jedoch zutraulicher und schlug ihr Lager in der Nähe des Wasserplatzes auf. Cook ließ ihr ein Konzert geben, in dem Querpfeife und Dudelsack sich freilich vergeblich um die Palme bemühten, da die Neuseeländer die Trommel jedem anderen Instrumente vorzogen.

Am 18. April kam ein Häuptling mit seiner Tochter an Bord. Bevor er das Schiff jedoch bestieg, schlug er mit einem in der Hand gehaltenen Zweige an die Seite desselben und richtete an die Fremdlinge eine Ansprache, eine bei den Insulanern der Südsee allgemein verbreitete Sitte. Kaum hatte er den Fuß auf das Deck gesetzt, als er dem Kapitän ein Stück Stoff und eine Axt aus grünem Talkstein anbot, eine Freigebigkeit, die man von den Neuseeländern bisher noch nicht kannte.

Der Häuptling nahm das Schiff ganz im Einzelnen in Augenschein; um seine Dankbarkeit zu beweisen, tauchte er die Finger in einen an seinem Gürtel befestigten Sack, und wollte dem Kommandanten mit dem darin enthaltenen stinkenden Öle das Haar einsalben, Cook hatte die größte Mühe, sich dieser Ehrenbezeugung zu entziehen, welche ihm also nicht mehr zu gefallen schien als damals Byron in der Magelhaens-Straße; der Maler Hodges musste sich aber zum Ergötzen der gesamten Besatzung jener Operation unterziehen. Dann verschwand der Häuptling, um nie wieder zu kehren, und nahm neun Äxte und dreißig, ihm von den Offizieren geschenkte Tischlermesser mit. Jetzt an Schätzen reicher als vielleicht alle Neuseeländer zusammen, beeilte er sich offenbar, dieselben in Sicherheit zu bringen, aus Furcht, dass man sie ihm wieder abnehmen könnte.

Vor der Abfahrt setzte Cook auch fünf Gänse ans Land, die einzigen, welche von den am Kap mit eingeschifften noch übrig waren. Er hoffte, dass sich dieselben in dem wenig bevölkerten Lande unschwer vermehren würden, und er ließ außerdem ein Stück Ackerland herstellen, das er mit Gemüse besäte. Er arbeitete damit ebenso für die Eingeborenen wie für spätere Seefahrer, welche hier einst wertvolle Hilfsmittel finden konnten.

Nach vollendeter hydrografischer Aufnahme der Dusky-Bay steuerte Cook nach dem Königin Charlotte-Kanal, das Stelldichein für den Kapitän Furneaux.

Am 17. Mai genoss die Mannschaft wiederum ein wunderschönes Schauspiel.

Sechs Wasserhosen, deren eine, mit einer Breite von sechzig Fuß an der Basis, nur hundert Schritte von dem Schiffe vorüberkam, erhoben sich nacheinander, indem sie, wie durch kräftige Aspiration, die Wolken und das Meer in Verbindung setzten. Diese Erscheinung währte ziemlich drei Viertelstunden lang. Während die Mannschaft zu Anfang erklärlicher Weise nicht wenig erschrak, verwandelte sich dieses Gefühl doch bald in das der reinen Bewunderung über jene damals noch sehr wenig bekannten Meteore.

Am nächsten Tage, als die »Resolution« in den Königin Charlotte-Kanal einfuhr, sah man auch die »Aventure« wieder, welche hier schon seit sechs Wochen wartete. Nachdem er am 1. März Van-Diemens-Land erreicht, war Furneaux siebzehn Tage lang an dessen Küste hingesegelt; er hatte dasselbe aber verlassen müssen, ohne sich, wie er glaubte, davon wirklich zu überzeugen, dass dasselbe einen Teil Neu-Hollands bilde. Erst dem Chirurgen Bass blieb es vorbehalten, diesen Irrtum zu beseitigen. Am 9. April am Königin Charlotte-Kanal angelangt, benutzte der Führer der »Aventure« seine Muße, einen Garten anzulegen und auch mit den Seeländern in Verbindung zu treten, die ihm übrigens unzweifelhafte Beweise der bei ihnen noch herrschenden Antropophagie lieferten.

Bevor er seine Entdeckungsreise fortsetzte, folgte Cook demselben Gedanken, der ihn auch bei seinem Verfahren an der Dusky-Bay geleitet hatte. Er setzte einen Widder und ein Lamm, einen Bock und eine Ziege, ein Schwein und zwei tragende Zuchtsauen ans Land. Ebenso steckte er Kartoffeln, von denen sich erst auf der nördlicheren der beiden Neuseeland bildenden Inseln einige vorfanden.

Die Eingeborenen ähnelten sehr denen an der Dusky-Bay; sie erschienen aber sorgloser, liefen während des Abendessens von einem Raum zum anderen und verzehrten ohne Auswahl Alles, was man ihnen anbot. Man konnte sie unmöglich dazu bewegen, einen Tropfen Wein oder Branntwein zu trinken, dagegen wussten sie Zuckerwasser sehr zu schätzen.

»Sie erfassten Alles, was sie sahen, sagt Cook, gaben es auch wieder zurück, wenn wir ihnen durch Zeichen zu verstehen gaben, dass wir es nicht verschenken wollten oder nicht entbehren konnten. Einen vorzüglichen Wert schienen sie auf Glasflaschen zu legen, die sie »Tawhaw« nannten; als man sie aber etwas über die Härte und den Gebrauch des Eisens aufgeklärt hatte, zogen sie dieses allen Glaswaren, Bändern oder dem Papiere vor. Unter jenen befanden sich auch einige Frauen, deren

Lippen mit kleinen schwarzblauen Punkten überdeckt waren; ihre Wangen erschienen von einer aus Bergmehl und Öl bestehenden Mischung lebhaft rot gefärbt. Sie hatten, wie die an der Dusky-Bay, nur schwache, etwas verkümmerte Beine, was sicher von dem Mangel an Körperübung und der Gewohnheit, immer mit gekreuzten Beinen zu sitzen, herkommt; ein wenig mag dazu auch die kauernde Stellung, die sie in den Pirogen gewöhnlich einzunehmen pflegen, noch überdies beitragen. Ihr Teint ist hellbraun, die Haare sehr schwarz und das Gesicht rundlich; Nase und Lippen sind etwas dick, doch nicht abgeplattet und die lebhaften Augen haben einen recht sprechenden Ausdruck. In Reih und Glied aufgestellt, legten die Eingeborenen ihre Oberkleider ab; Einer derselben begann auf wenig einnehmende Weise zu singen und zu tanzen, und die Anderen wiederholten dessen Bewegungen. Sie streckten z. B. die Arme aus, stießen abwechselnd mit den Füßen auf die Erde und verdrehten sich dabei ganz entsetzlich; die letzten Worte des Gesanges wiederholten Alle zusammen, wobei wir leicht ein gewisses Versmaß heraushörten; ob die Zeilen mit Reimen ausgingen, war freilich nicht zu unterscheiden; die Musik selbst klang ziemlich wild und recht eintönig.«

Mehrere Seeländer erkundigten sich auch nach Tupia; als sie erfuhren, dass derselbe gestorben sei, gaben sie ihren Schmerz durch ein mehr erkünsteltes Geheul, als durch aufrichtiges Beileid kund.

Cook sah keinen einzigen Eingeborenen von denen wieder, die er bei seiner ersten Reise getroffen hatte. Er schloss daraus, wohl mit einigem Recht, dass Diejenigen, welche im Jahre 1770 an der Meerenge sesshaft waren, von hier vertrieben worden seien oder sich auch aus freien Stücken nach anderen Orten gewendet haben mochten. Auch schien die Anzahl der Eingeborenen nur zwei Drittel der früheren zu betragen. Der I-pah stand öde und auch viele andere Wohnungen längs der Meerenge waren verlassen.

Als die beiden Schiffe wieder bereit waren, weiter zu segeln, erteilte Cook dem Kapitän Furneaux seine Instruktionen. Er wollte etwa bis auf 41 bis 46° der Breite und 140° westlicher Länge herabfahren, wenn er dann kein Land anträfe, nach Tahiti steuern, das als Sammelplatz bestimmt wurde, um dann nach Neuseeland zurückzukehren und von hier aus alle noch unbekannten Teile des Meeres zwischen dieser Insel und dem Kap Horn durchforschen. Gegen Ende Juli trat nach einigen sehr heißen Tagen der Skorbut unter der Mannschaft der »Aventure« auf. Die der »Resolution« entgingen der Krankheit infolge der von Cook nie vernachlässigten Vorsichtsmaßregeln, der auch selbst mit gutem Beispiel voranging, indem er Tag für Tag etwas Sellerie und Löffelkraut verzehrte.

Am 1. Juli befanden sich die Schiffe unter 25° 1' der Breite und 134° 6' westlicher Länge, d. h. in der Position, wo nach Carteret die Insel Pitcairn liegen sollte. Cook suchte dieselbe vergeblich. Leider zwang ihn die auf der »Aventure« noch immer herrschende Krankheit, seine Fahrt wesentlich abzukürzen. Er wollte gern die Längenlage dieser Insel entweder bestätigen oder richtigstellen, um darnach die aller übrigen, von Carteret entdeckten Länder zu bestimmen, welche jener ohne Mithilfe astronomischer Beobachtungen erhalten hatte. Da er nun aber die Hoffnung, einen südlichen Kontinent aufzufinden, verloren hatte, segelte er nach Nordosten und traf bald auf mehrere, schon von Bougainville besuchte Inseln.

»Diese niedrigen Inseln, mit denen die Südsee in den Tropengegenden erfüllt ist, sagt er, liegen in ihren unteren Teilen in gleichem Niveau mit dem Wasser, während die übrigen Teile nur eine bis zwei Ruten über dasselbe emporragen. Ihre Form ist meist kreisrund; sie umschließen dabei ein Becken mit Salzwasser, und das Meer ringsum hat eine unergründliche Tiefe. Sie erzeugen nur sehr wenig; die Kokosbäume sind darunter vielleicht noch das Wertvollste; trotz dieser Unfruchtbarkeit und ihres kleinen Flächenraumes sind doch die meisten bewohnt. Man vermag nicht leicht zu erklären, wie diese kleinen Eilande sich bevölkert haben mögen, so wie es nicht weniger schwierig scheint, zu bestimmen, woher die südlichsten Inseln des Stillen Ozeans ihre Bewohner bekommen haben.«

Am 15. August lief Cook die von Wallis entdeckte Insel Osnabrugh oder Mairea an und begab sich nach der Bay Oaiti-Piha, wo er so viel als möglich Proviant einnehmen wollte, ehe er nach Matavaii abging.

»Am frühen Morgen, erzählt Forster, genossen wir eine jener herrlichen Stunden, welche die Dichter aller Nationen zu schildern bestrebt gewesen sind. Ein sanfter Lufthauch trug uns die Wohlgerüche des Landes zu und kräuselte die lachende Fläche des Meeres. Die waldbedeckten Berge erhoben stolz das majestätische Haupt, auf dem schon der Schimmer der erwachenden Sonne ruhte. Mehr in unserer Nähe lag eine Reihe lieblicher Hügel, wie jene mit dichtem Gehölz bedeckt, unter das sich sattgrüne und warme, braune Farbentöne mischten. An ihrem Fuße breitete sich eine weite Ebene mit Brotfruchtbäumen aus, über welche schlanke Palmen ihre zierlichen Wipfel schaukelten. Alles schien noch zu schlummern. Die Morgenröthe verbreitete nur einen unbestimmten Schein und ein friedliches Halbdunkel bedeckte die reizende Landschaft. Bald unterschieden wir nun vereinzelte Hütten zwischen den Bäumen und die Pirogen am Strande. Eine halbe Meile von diesem entfernt, brachen sich die langen Wellen an einer kaum hervorstehenden Felsenbank, während das Wasser im Hafen sich nicht im Mindesten bewegte. Nun goss das Tagesgestirn seinen Goldglanz über Land und Meer. Die Bewohner der Insel erwachten und belebten nach und nach das reizende Bild. Beim Anblick unserer Schiffe eilten Mehrere nach ihren Pirogen und ruderten, offenbar erfreut über den Anblick, zu uns heran. Wir dachten nicht im Geringsten daran, hier von irgendwelcher Gefahr bedroht zu sein, oder daran, dass Schiffe und Mannschaft an dieser lang ersehnten Küste nur mit genauer Not dem Untergange entfliehen sollten.«

Welch' ein beneidenswerter Maler, der so frische und wechselvolle Farben zu finden verstand! Noch heute geben sie eine treffende Anschauung von jenem Bilde. Man bedauert dabei nur, jene kühnen Seefahrer, jene Gelehrten, welche die Sprache der Natur so wohl verstanden, nicht haben begleiten zu können. Warum blieb es uns versagt, die unschuldigen und friedlichen Volksstämme in jenem goldenen Zeitalter kennen zu lernen, während sie in unserer Zeit des Dampfes und des Eisens mehr und mehr von der Erde verschwinden!

Die Fahrzeuge trieben nur noch eine halbe Meile von erwähntem Riffe, als der Wind sich legte. Trotz aller Anstrengung der Schaluppen hätten sie jetzt an jenen Klippen elend scheitern müssen, als ein geschicktes Manöver des Befehlshabers, das die Flut und eine schwache Landbrise noch unterstützte, sie der drohenden Gefahr entriss. Dennoch hatten sie schon einige Havarien erlitten und die »Aventure« z. B. drei Anker eingebüßt.

Eine Menge Pirogen umschwärmten die Schiffe und vertauschten gegen verschiedene Kleinigkeiten aus Glas allerlei Früchte, Geflügel und Schweine brachten die Eingeborenen dagegen nicht. Diejenigen, welche man in der Nähe der Hütten sah, gehörten dem Könige, und jene hatten keine Erlaubnis zu deren Verkaufe. Viele Tahitianer fragten auch nach Tupia, sprachen aber nicht weiter von ihm, als sie die Umstände erfuhren, unter denen er gestorben war.

Am nächsten Tage ankerten die beiden Schiffe auf der Rhede von Oaiti-Piha, zwei Kabellängen vom Ufer, und wurden bald von Besuchern und Händlern bestürmt. Einige machten sich die herrschende Dunkelheit zunutze, die schon verkauften Waren wieder in ihre Pirogen zu werfen, um sie sich noch einmal bezahlen zu lassen. Um dieser Betrügerei ein Ende zu machen, ließ Cook die Spitzbuben fortjagen, nachdem sie einige Hiebe erhalten hatten, eine Strafe, welche sie ohne Murren hinnahmen.

Des Nachmittags gingen die beiden Kapitäne ans Land, um den Wasserplatz zu besichtigen, den sie für gut erklärten. Während dieses kleinen Ausfluges drängten sich eine Menge Eingeborener an Bord, die sich sichtlich bemühten, ihren aus den früheren Mitteilungen Bougainvilles und Cooks schon bekannten üblen Ruf zu bekräftigen.

»Ein auf dem Vorderkastell stehender Offizier, heißt es in dem Bericht, wollte einem in einer Piroge sitzenden, etwa sechsjährigen Kinde einige Glasstückchen geben, ließ diese aber unversehens ins Meer fallen. Sofort sprang das Kind ins Wasser und tauchte nieder, bis es dieselben vom Grunde herausbrachte. Als Anerkennung seiner Geschicklichkeit warfen wir ihm noch einige Kleinigkeiten zu; diese Freigebigkeit lockte eine große Anzahl Männer und Frauen zusammen, welche uns durch ihre überraschende Gewandtheit in der Ausführung der verschiedensten Schwimm- und Taucher-Kunststückchen höchlich ergötzten. Wenn man sie so im Wasser und die Geschmeidigkeit ihrer Glieder sah, hätte man sie wahrlich fast für Amphibien halten mögen.«

Inzwischen erwischte man einige an Bord gekommene Tahitianer beim Stehlen. Einer hatte sich ziemlich den ganzen Tag über in Cooks Wohnraum zu schaffen gemacht und sprangt nun eiligst ins Meer, sodass der über sein unverschämtes Auftreten erzürnte Kapitän ihm einen Schuss über den Kopf nachfeuerte. Ein zur Aufbringung der Pirogen der Diebe nachgesendetes Boot wurde bei der Annäherung an das Ufer mit Steinwürfen empfangen, sodass man einen Kanonenschuss abgeben musste, um die Angreifer zum Rückzuge zu nötigen. Diese Feindseligkeiten blieben indes ohne weitere Folgen; die Eingeborenen kehrten an Bord zurück, als ob gar nichts vorgefallen wäre. Cook vernahm von denselben, dass die meisten seiner alten Bekannten aus der Umgebung von Matavaii in einer, zwischen den Bewohnern der beiden Halbinseln stattgefundenen Schlacht geblieben seien.

Die Offiziere unternahmen zu Lande wiederholte Spaziergänge; der von seinem Eifer für botanische Forschungen getriebene Forster fehlte bei keinem. Bei einem solchen Ausflüge lernte er auch die Art und Weise kennen, wie die Tahitianerinnen ihre Stoffe herstellen.

»Kaum waren wir einige Schritte gegangen, erzählt er, als ein aus dem Walde kommendes Geräusch unsere Ohren traf. Demselben nachgehend, gelangten wir an einen kleinen Schuppen, wo fünf bis sechs, zu beiden Seiten eines langen, viereckigen Holzstückes sitzende Frauen die faserige Rinde des Maulbeerbaumes klopften, um daraus ihre Kleiderstoffe zu bereiten. Sie bedienten sich dazu eines anderen vierkantigen Holzstückes, das an den Seiten verschieden breite, parallele Längsrinnen zeigte. Sie hielten auch kurze Zeit inne, um uns die Rinde, den Schlägel und den, ihnen als Tisch dienenden Balken betrachten zu lassen; dazu zeigten sie uns in einer großen hohlen Kokosnuss eine klebrige Flüssigkeit, die sie dann und wann benützten, um die Rindenstücke miteinander zu verbinden. Dieser, unserer Untersuchung nach von *Hibiskus esculentus* herstammende Leim ist unentbehrlich zur Herstellung ihrer ungeheuer großen Gewebe oder Stoffe, welche manchmal in der Breite von zwei bis drei und in der Länge von fünfzig Ruten aus kleinen Rindenstückchen eines Baumes von geringer Stärke zusammengesetzt sind ... Die mit dieser Arbeit beschäftigten Weiber trugen schmutzige, zerrissene Kleidung und hatten sehr harte und schwielige Hände.« Am nämlichen Tage bemerkte Forster einen Mann mit außerordentlich langen Nägeln, worüber jener, als einen Beweis, dass er nicht für seinen Lebensunterhalt zu arbeiten brauche, sehr stolz zu sein schien. Auch aus dem Königreiche Annam, aus China und anderen Gegenden wird dieser eigentümlichen, kindischen Mode erwähnt. Nur ein einziger Finger hat einen minder langen Nagel; derselbe dient dazu, sich zu – kratzen, was in den Ländern des äußersten Ostens oft höchst notwendig ist.

Bei einem anderen Spaziergange traf Forster auf einen, im üppigen Grase behaglich dahingestreckten Eingeborenen, der sich den lieben langen Tag über von seinen Frauen nur – füttern ließ. Diese elende Persönlichkeit, welche sich mästete, ohne der menschlichen Gesellschaft irgendeinen Dienst geleistet zu haben, erinnerte den englischen Naturforscher lebhaft an John Mandevilles zornige Auslassung beim Erblicken »eines solchen Vielfraßes, der seine Tage hinbrachte, ohne sich nur durch die kleinste Waffentat auszuzeichnen, und in Sinneslust dahinlebte wie ein Schwein, das man in einem Stalle mästet«.

Am 22. August ging Cook auf die Nachricht hin, dass sich der König Waheatua in der Nähe befinde und den Wunsch geäußert habe, ihn zu sehen, mit Kapitän Furneaux, den beiden Herren Forster und mehreren Eingeborenen ans Land. Er traf jenen, der ihm mit großem Gefolge entgegenkam, und erkannte ihn sofort wieder, da er den König schon im Jahre 1769 wiederholt gesehen hatte.

Derselbe nannte sich als Kind damals Te-Arne, hatte nach seines Vaters Tode aber den Namen Waheatua angenommen. Er ließ den Kapitän auf seinem eigenen Sessel Platz nehmen und erkundigte sich angelegentlich nach mehreren Engländern, die er bei Gelegenheit der früheren Erdumsegelung kennen gelernt hatte. Cook beschenkte ihn nach der gewöhnlichen Begrüßung mit einem Hemd, einer Axt, mit Nägeln und anderen Kleinigkeiten; von allen diesen Gaben fand aber bei der Königin sowohl, wie bei den Eingeborenen, welche ihrer Bewunderung durch lautes Freudengeschrei Luft machten, ein über Messingdraht angeordnetes Büschel roter Federn die hervorragendste Anerkennung.

Waheatua, der König von Klein-Tahiti, mochte jetzt siebzehn bis achtzehn Jahre zählen. Groß und wohl gestaltet hätte er, ohne einen, sein Gesicht entstellenden Zug von Furcht und Misstrauen, recht wohl ein wirklich majestätisches Aussehen haben können. Seine nächste Umgebung bildeten mehrere Häuptlinge und Vornehme des Landes, die sich Alle durch besondere Größe, ein mit auffallenden Tätowierungen versehener unter ihnen, auch durch ungeheure Wohlbeleibtheit auszeichneten. Der König bewies diesem die achtungsvollste Ehrerbietung und befragte ihn jeden Augenblick, Cook hörte dabei, dass ein spanisches Schiff mehrere Monate vor ihm bei Tahiti gelegen hatte, und erfuhr später, dass es das, von Callao kommende Fahrzeug Domingo Buenecheau's gewesen war.

Während sich Etee, des Königs Vertrauter, mit einigen englischen Offizieren über religiöse Gegenstände unterhielt und sie fragte, ob man bei ihnen auch einen Gott habe, vertrieb sich der König die Zeit mit Betrachtung der Uhr des Kommandanten. Ganz erstaunt über das Geräusch, das man in derselben hörte, was er mit den Worten: »Sie spricht!« bezeichnete, fragte er auch, wozu sie wohl diente. Man erklärte ihm, dass sie die Zeit bestimme und hierin etwa der Sonne gliche, Waheatua gab ihr sofort den Namen »die kleine Sonne«, um anzudeuten, dass er die Erklärung verstanden habe.

Am 24. gingen die Schiffe, begleitet von vielen, mit Kokosnüssen und Früchten beladenen Pirogen, wieder unter Segel. Statt diese letzte Gelegenheit zur Erwerbung europäischer Waren habgierig auszunutzen, verschleuderten die Eingeborenen vielmehr ihre Erzeugnisse erstaunlich billig. So konnte man z. B. ein Dutzend der schönsten Kokosnüsse für eine einzige Glasperle erhalten. Dieser Überfluss an frischer Nahrung stellte die etwas wankende Gesundheit der Seeleute bald wieder her, und viele Matrosen, welche sich bei der Ankunft in Osnabrugh kaum fortschleppen konnten, bewegten sich bei der Abfahrt ohne jede Beschwerde.

Am 26. erreichten die »Resolution« und die »Aventure« den Hafen von Matavai. Bald sammelte sich an Bord eine große Menge Tahitianer. Die Meisten kannte der Kapitän schon, des wärmsten Empfanges erfreute sich indes Leutnant Pickersgill, der Walles im Jahre 1767, und zwei Jahre später auch Cook begleitet hatte.

Cook ließ zunächst für die Kranken, die Böttcher und die Segelmacher Zelte errichten; dann fuhr er mit Kapitän Furneaux und den beiden Forsters nach Oparee ab. Bald kam das Boot an einem Moraiaus Steinen und einem schon unter dem Namen Morai Tootahah's bekannten Grabmale vorüber. Als Cook dasselbe ebenso kannte, unterbrach ihn ein Eingeborener mit den Worten, dass man dasselbe seit Tootahah's Tode den Moral O-Too's nenne.

»Eine Wohl angebrachte Lektion für Fürsten, die man damit schon bei Lebzeiten daran erinnert, dass sie ebenfalls sterblich sind und auch das Stückchen Land, welches ihr Leichnam braucht, ihnen nicht mehr gehört. Der Häuptling nebst seiner Frau legten beim Vorüberfahren die Kleidung von den Schultern ab, als Zeichen der Ehrfurcht der Urbewohner jedes Standes vor einem Moral, der bei Allen im Geruche besonderer Heiligkeit steht.«

Cook wurde beim Könige O-Too bald vorgelassen. Nach einigen Ehrenbezeigungen bot er ihm Alles an, was er in dessen Augen für wertvoll hielt, da es ihm nützlich schien, die Freundschaft dieses Mannes zu gewinnen, von dem jedes Wort für die Furchtsamkeit seines Charakters zeugte. Groß und gut gewachsen, mochte der König etwa dreißig Jahre alt sein. Er erkundigte sich nach Tupia und den Gefährten Cooks, ohne Einen davon gesehen zu haben. Auch an alle, dem Anscheine nach einflussreichsten Persönlichkeiten seiner Umgebung wurden Geschenke mit vollen Händen verteilt.

Die Frauen schickten sofort ihre Dienerinnen aus, »große Stücke ihrer schönsten, scharlach-, rosenrot oder paillegelb gefärbten und mit den besten wohl riechenden Ölen imprägnierten Stoffe zu holen. Sie ordneten diese über unserer Kleidung und benahmen sich dabei mit so zuvorkommender Liebenswürdigkeit, dass wir ihnen nicht wehren konnten.«

Am nächsten Tage stattete O-Too seinen Gegenbesuch bei dem Kapitän ab. Er betrat das Schiff nicht eher, als bis Cook sich in eine große Menge landesüblicher Gewänder hüllte, und wagte in das Zwischendeck nicht hinabzusteigen, bevor nicht sein Bruder dasselbe besichtigt hatte. Man nötigte den König und sein Gefolge, zum Frühstück Platz zu nehmen, wobei die Eingeborenen über die Bequemlichkeit der Stühle ganz entzückt erschienen. O-Too wollte kaum eine Speise kosten, welche Scheu seine Begleiter indes keineswegs an den Tag legten. Er bewunderte sehr einen prächtigen, langhaarigen spanischen Jagdhund, welcher Forster angehörte, und bezeigte den Wunsch, ihn zu besitzen. Man schenkte ihn denselben augenblicklich und er ließ ihn durch einen Vornehmen seines Gefolges hinter seinen Stuhl führen. Nach dem Frühstücke begleitete der Kommandant O-Too, dem Kapitän Furneaux noch einen Bock und eine Ziege geschenkt hatte, nach der Schaluppe. Während eines Ausfluges im Innern des Landes traf Pickersgill auch die alte Oberea wieder, die seinerzeit Wallis eine so innige Anhänglichkeit erwies. Sie schien alle ihre Würden verloren zu haben und befand sich in so ärmlichen Verhältnissen, dass sie ihren Freunden nicht einmal ein Geschenk verabreichen konnte.

Als Cook am 1. September abreiste, bat ein junger Tahitianer, Namens Poreo, darum, ihn begleiten zu dürfen. Der Befehlshaber erteilte seine Zustimmung in der Hoffnung, dass jener ihm nützlich sein könne. Als er die Heimat am fernen Horizonte verschwinden sah, konnte sich Porea der Tränen nicht enthalten. Die Offiziere mussten ihm Trost zusprechen mit der Versicherung, dass sie jetzt seine Väter sein würden.

Cook begab sich nun nach der, nur fünfundzwanzig Meilen entfernten Insel Huaheine, wo er am 3. des Morgens vor Anker ging. Die Insulaner schafften hier eine Menge großen Geflügels herbei, das man um so freudiger entgegen nahm, als in Tahiti gerade hieran einiger Mangel herrschte. Bald wimmelte der Markt von Schweinen, Hunden und Früchten, die man vorteilhaft gegen Äxte, Nägel und Glaswaren eintauschte. Ebenso wie Tahiti zeigte auch diese Insel Spuren Vulkanischer Ausbrüche und der Gipfel eines Hügels die unverkennbare Form eines Kraters. Der Anblick des Landes ist, in verkleinertem Maßstabe, dem von Tahiti gleich, denn Huaheine misst nur sieben bis acht Meilen im Umfange.

Cook beeilte sich hier, seinen alten Freund Oree zu besuchen. Der König, ein Feind aller Förmlichkeiten, warf sich weinend dem Kapitän in die Arme und stellte ihm dann seine näheren Freunde vor, denen dieser einige Geschenke zukommen ließ. Dem Könige selbst bot er das Beste an, was er besaß, denn er betrachtete diesen Mann fast als Vater. Oree versprach, die Engländer mit allem Notwendigen zu versorgen, und hielt auch getreulich Wort.

Am 6. des Morgens jedoch wurden die im Tauschhandel begriffenen Matrosen von einem ganz rot übermalten, in der Kriegstracht auftretenden Eingeborenen, der in jeder Hand eine Keule führte, unversehens überfallen. Cook kam eben ans Land, stürzte sich auf den Wilden, rang mit demselben und entriss ihm glücklich seine Waffen, die er zertrümmerte.

An demselben Tage ereignete sich auch noch ein anderer Vorfall. Sparrman hatte sich, um zu botanisieren, unklugerweise weit in das Innere begeben. Einige Eingeborene benutzten den Augenblick, als er eine Pflanze untersuchte, ihm das Jagdmesser, seine einzige Waffe, aus dem Gürtel zu rauben, womit sie ihm einen Hieb über den Kopf versetzten, sich dann auf ihn stürzten und ihm einen Teil der Kleidung stückweise vom Leibe rissen, Sparrman gelang es jedoch, sich zu erheben und in der Richtung nach dem Strande zu entfliehen. Durch Gebüsch und Wurzelwerk aber mehrfach aufgehalten, gelang es den Wilden, ihn wieder einzuholen, die ihm nun die Hände abschneiden wollten, um sich seines Hemdes zu bemächtigen, das am Vorderteil der Arme zugeknöpft war, als es ihm zum Glück gelang, die Bündchen mit den Zähnen zu zerreißen. Da ihn andere Insulaner so halb nackt und misshandelt erblickten, gaben sie ihm ihre eigene Kleidung und führten ihn nach dem Tauschhandelsplatze zurück, wo sich eben viele Eingeborene befanden. Als Sparrman in diesem Aufzuge erschien, ergriffen Alle die Flucht, ohne dass ihnen Jemand etwas zuleide getan hatte. Cook glaubte anfänglich, sie wären bei einem Diebstahle betroffen worden. Als ihn der Anblick des Naturforschers eines Besseren belehrte, rief er sogleich einige Eingeborene zurück, versicherte diesen, dass es ihm nicht in den Sinn kommen werde, an Unschuldigen Rache zu üben, und brachte seine Klage unmittelbar bei Oree vor. Der König war untröstlich und wütend über das Vorgefallene und versprach, nichts zu unterlassen, um die Diebe zu ermitteln und das Gestohlene wieder herbeizuschaffen.

Trotz alles Flehens der Eingeborenen bestieg der König die Schaluppe des Kommandanten und begann mit diesem die Aufsuchung der Schuldigen. Letztere hatten sich freilich aus dem Staube gemacht, sodass man auf deren sofortige Entdeckung verzichten musste. Oree begleitete nun Cook auf das Schiff, speiste mit ihm daselbst und wurde bei seiner Rückkehr an das Ufer mit den lebhaftesten Jubelrufen seitens seiner Untertanen empfangen, welche ihn schon niemals wiederzusehen glaubten.

»Eine der erfreulichsten, von dieser Reise mit heimgebrachten Eindrücke, sagt Forster, ist der, dass wir, statt die Ureinwohner jener Insel völlig in Sinnenlust versunken zu sehen, wie das frühere Reisende fälschlich behaupteten, unter ihnen vielmehr recht unverdorbene und zarte menschliche Empfindung fanden. Natürlich gibt es Verbrecher unter jedem Volke; man wird aber in England und in jedem zivilisierten Lande gewiss fünfzigmal mehr Bösewichte antreffen, als auf diesen Inseln.«

Eben als die Schiffe abfahren wollten, kam Oree mit der Meldung, dass die Diebe ergriffen wären, und lud den Kommandanten ein, zur Beiwohnung ihrer Bestrafung mit ans Land zu kommen. Jetzt war das freilich untunlich. Dann wollte der König Cook noch eine halbe Weile weit in See begleiten und nahm von ihm rührend zärtlichen Abschied.

Der Aufenthalt hier war sehr ersprießlich gewesen. Die beiden Fahrzeuge nahmen, ohne des Geflügels und der Früchte zu erwähnen, mehr als dreihundert Schweine mit. Ohne Zweifel hätten sie sich bei längerer Dauer desselben leicht noch mehr verschaffen können.

Kapitän Furneaux hatte ebenfalls einen jungen Mann, Namens Omai, mit an Bord genommen, dessen Benehmen und leichte Auffassungsgabe eine hohe Meinung von den Bewohnern der Gesellschaftsinseln geben musste. Nach der Ankunft in England wurde dieser Tahitianer durch den Grafen Sandwich, den ersten Lord der Admiralität, dem Könige vorgeführt. Gleichzeitig fand er in den Herren Banks und Solander Beschützer und Freunde, welche seine freundliche Aufnahme bei den ersten Familien Großbritanniens vermittelten. Zwei Jahre lang blieb er im Lande und schiffte sich dann bei Cooks dritter Reise zur Rückkehr nach seiner Heimat wieder mit ein.

Der Kommandant segelte nun zunächst nach Ulietea, wo er von den Eingeborenen sehr entgegenkommend empfangen wurde. Diese erkundigten sich eifrig nach Tupia und den Engländern, die sie auf der »Endeavour« gesehen hatten. Der König Oree beeilte sich, die alte Bekanntschaft mit Cook zu erneuern und lieferte ihm Alles, was die Insel nur hervorbrachte. Während des hiesigen Aufenthaltes ging der, auf der »Resolution« eingeschiffte Poreo mit einem jungen Tahitianer, der ihn zu überreden gewusst haben mochte, ans Land und kehrte auch nicht wieder an Bord zurück. An seine Stelle trat ein Jüngling von siebzehn bis achtzehn Jahren, gebürtig aus Bolabola und Oedidi mit Namen, der sich erboten hatte, mit nach England zu gehen. Der Schmerz, den derselbe beim Abschiede von seinen Landsleuten zu erkennen gab, ließ auf ein gutes Herz unverkennbar schließen.

Mit über vierhundert Schweinen, vielem Federvieh und Obst aller Art verließen die Schiffe die Gesellschaftsinseln nun endgültig am 17. September und schlugen einen Kurs nach Westen ein. Sechs Tage später kam eine der Harveyinseln in Sicht und am 1. Oktober fiel der Anker vor Eoa, der von Tasman und Wallis früher Middelbourg genannten Insel.

Der Empfang seitens der Eingeborenen war ein recht herzlicher. Ein Häuptling, Tai-One, kam an Bord, berührte des Kapitäns Nase mit einer Wurzel der Pfefferstaude und setzte sich, ohne ein Wort zu sprechen, nieder. Das Bündnis war durch jene einfache Zeremonie geschlossen und wurde durch das Verschenken einiger Kleinigkeiten nur noch bekräftigt.

Tai-One geleitete die Engländer in das Innere des Landes. Solange die Wanderung währte, sahen sich die Ankömmlinge von dichten Scharen der Eingeborenen umringt, die ihnen Stoffe und Strohmatten im Austausch gegen Nägel anboten. Oft trieben die Wilden ihre Freigebigkeit sogar so weit, für ihre Gaben keine Gegengeschenke annehmen zu wollen.

Tai-One führte die neuen Freunde auch nach seiner im Grunde eines lieblichen Thales und im Schatten einiger Sandhecks gelegenen Behausung. Er ließ ihnen einen, vor ihren Augen aus dem Safte der »Eava« oder »Ava« bereiteten Liqueur vorsetzen, dessen Genuss auf allen Inseln Polynesiens eingebürgert zu sein scheint.

Man gewann denselben auf folgende Weise: Zuerst wurden die Wurzeln der Pflanze, einer Art Pfefferstrauch, zerkaut, dann in ein geräumiges Holzgefäß geworfen und mit Wasser übergossen. Nachdem die Mischung darin trinkbar geworden, füllten sie die Eingeborenen in große, grüne, kelchförmig zusammengebogene Blätter, deren jedes über eine halbe Pinte fasste. Cook kostete nur allein von dem Getränk. Die wenig appetitliche Art seiner Zubereitung hatte den Durst seiner Begleiter schon gelöscht; die Eingeborenen besaßen eine solche Zurückhaltung dagegen nicht, und bald war die Butte bis auf den Grund geleert.

Die Engländer besuchten hierauf einige Anpflanzungen oder durch verschlungene Rosenhecken abgesonderte Gärten, welche mittelst hölzerner, in Haspen hängender Türen in Verbindung standen. Die blühende Landkultur und der hoch entwickelte Eigentumsbegriff bewiesen eine weit höhere Zivilisation als die Tahitis.

Trotz des ihm zu Teil gewordenen wohlwollenden Empfanges musste Cook diese Insel doch bald verlassen, da er sich um keinen Preis weder Schweine noch Geflügel verschaffen konnte, um nach der Insel Amsterdam, dem Tongatabu der Urbewohner, zu segeln, wo er hoffen durfte, alle nötigen Lebensmittel zu erhalten. Bald ankerten die Schiffe auf der Rhede von Van-Diemen bei achtzehn Faden Wasser und einer Kabellänge von dem die ganze Küste umschließenden Klippengürtel. Die sehr zutraulichen Eingeborenen brachten Stoffe, Strohgeflechte, Werkzeuge, Waffen, Zierraten und bald auch Schweine und Geflügel herbei. Oedidi kaufte ihnen eifrig rote Federn ab, die seiner Versicherung nach auf Tahiti in hohem Preise standen.

Mit einem Eingeborenen, Namens Attago, der sich ihm von der ersten Stunde ab angeschlossen hatte, ging Cook einmal an das Land. Bei diesem Spaziergange bemerkte er einen, den Morais ähnlichen Tempel, der hier mit der Allgemein-Benennung Faitoka bezeichnet wurde. Errichtet auf einem, den Erdboden um sechzehn bis achtzehn Fuß überragenden, von Menschenhand aufgeworfenen Hügel, hatte das Gebäude die Form eines länglichen Viereckes, zu dem man mittelst zweier steinerner Treppen gelangte. So wie die Wohnungen der Eingeborenen war es auf Pfählen mit Sparren erbaut und mit Palmenblättern bedeckt. Zwei roh gearbeitete, zwei Fuß lange Holzbilder standen in den Ecken.

»Da ich weder die Eingeborenen noch ihre Götter beleidigen wollte, wagte ich nicht, diese zu berühren, fragte Attago aber, ob das »Eatuas« oder Götter seien. Ich weiß zwar nicht, ob er mich verstand, sofort nahm er sie aber in die Hände und drehte und wendete sie rücksichtslos um wie ein gewöhnliches Stück Holz, was mich überzeugte, dass jene keine Götzenbilder vorstellen konnten.«

Einige Diebstähle kamen zwar mitunter vor, sie störten jedoch das gute Einvernehmen nicht, und man konnte sich mit einer hinreichenden Menge von Stärkungsmitteln versorgen. Vor seiner Abreise hatte der Kapitän auch noch eine Zusammenkunft mit einer ganz außerordentlich verehrten Persönlichkeit, die die Eingeborenen übereinstimmend als König bezeichneten.

»Ich fand den Mann sitzend, sagte Cook, aber mit einem so dummen und mürrischen Anstrich von erkünstelter Würde, dass ich ihn trotz aller Versicherungen doch nur für einen Schwachsinnigen hielt, den das Volk in seiner abergläubischen Anschauungsweise anbetete. Ich grüßte und sprach auf ihn, doch antwortete er weder, noch schenkte er mir auch nur einige Aufmerksamkeit... Schon schickte ich mich zum Weggehen an, als mir ein Eingeborener auf gar nicht misszudeutenden Weise zu verstehen gab, dass jener ihr König sei. Ich bot ihm nun als Geschenk ein Hemd, eine Axt, ein Stück roten Stoffes, einen Spiegel, einige Nägel, Denkmünzen und Glasperlen an. Er nahm zwar Alles, oder er duldete vielmehr, die Geschenke auf oder rings um ihn niederzulegen, ohne seine Gravität zu verlieren, ohne ein Wort zu sprechen, ja ohne nur den Kopf nach rechts oder links zu wenden.«

Am folgenden Tage sandte der Häuptling indessen einen Korb mit Bananen nebst einem gebratenen Schweine und ließ dazu sagen, das schicke der »Ariki« der Insel dem »Ariki« des Fahrzeuges.

Dieser Archipel erhielt von Cook den Namen »die Insel der Freunde«. Schouten und Tasman hatten die Inseln schon gesehen und als Kokos-Inseln oder Inseln der Verräter, der Hoffnung oder Horn's bezeichnet.

Wegen der Unmöglichkeit, sich Wasser zu verschaffen, musste Cook Tonga eher verlassen, als er gewollt hatte. Gleichwohl gelang es ihm, manche Beobachtungen über die Erzeugnisse des Landes und die Sitten seiner Bewohner zu sammeln, deren hervorragendste wir im Nachstehenden wiedergeben.

Mit vollen Händen hat die Natur ihre Schätze über die Inseln Tonga und Eoa ausgestreut. Kokosbäume, Palmen, Brotfruchtbäume, Jamswurzeln und Zuckerrohr sind die gewöhnlichsten. An essbaren Tieren finden sich hier außer Geflügel freilich nur Schweine, und wenn der Hund nicht vorkommt, so ist er doch wenigstens bekannt. An den Küsten wimmelt es von köstlichen Fischen.

Von derselben Größe und fast ebenso weiß wie die Europäer sind die Urbewohner dieser Inseln wohl gebaut und haben einnehmende Gesichtszüge. Ihre Haare von ursprünglich schwarzer Farbe pflegen sie mit verschiedenem Puder so zu färben, dass man weiße, rote, sogar blaue findet, was eine höchst eigentümliche Wirkung hervorbringt. Die Gewohnheit des Tätowierens herrscht ganz allgemein. Die gewöhnlichen Kleidungsstücke sind höchst einfach. Ein Stück um den Gürtel befestigter und bis zu den Knien herabhängender Stoff - das ist Alles. Die auf Tonga wie überall putzsüchtigeren Frauen aber verfertigen sich Schürzen aus Kokosfasern, welche sie mit kleinen Muscheln, bunten Stoffläppchen und Federn auszuschmücken lieben.

Die Eingeborenen haben auch noch einige Eigentümlichkeiten, welche die Engländer bei ihnen zum ersten Male beobachteten. So pflegen sie Alles auf den Kopf zu nehmen, was man ihnen gibt, und tun das auch, um einen Handel als abgeschlossen zu bezeichnen. Stirbt einer ihrer Freunde oder Eltern, so schneiden sie sich ein oder mehrere Fingerglieder oder einen ganzen Finger ab. Ihre Wohnungen bauen sie nicht zu Dörfern zusammen, sondern errichten sie einzeln und zerstreut inmitten der Pflanzungen. Aus demselben Materiale hergestellt und nach ganz gleichen Plänen konstruiert wie die auf den Gesellschaftsinseln, sind sie gewöhnlich nur etwas höher als diese.

Die »Aventure« und »Resolution« lichteten am 7. Oktober die Anker, passierten am nächsten Tage die von Tasman entdeckte Insel Pylstart und liefen am 21. desselben Monats in die Hawke-Bay in Neuseeland ein.

Cook schiffte nun eine Anzahl Tiere aus, die er im Lande einbürgern wollte, und segelte dann nach dem Königin Charlotte-Kanal weiter; inzwischen überraschte ihn ein heftiger Sturm, der ihn von der »Aventure« trennte, die er erst in England wiederfinden sollte.

Am 25. November reparierte der Kapitän die Havarien seines Schiffes und unterrichtete sich, bevor er von Neuem auf das Meer hinausging, von dem Zustande und der Menge seines Proviants, wobei er leider die Entdeckung machte, dass 4500 Pfund Zwieback vollständig verdorben und über 3000 in nicht viel besserem Zustande waren.

Während seines hiesigen Aufenthaltes erhielt Cook einen neuen und noch schlagenderen Beweis von der Anthropophagie der Neuseeländer. Ein Offizier hatte den Kopf eines jungen Mannes gekauft, der eben getötet und verspeist worden war. Als das einige Eingeborene bemerkten, baten sie dringend, auch ein Stück davon zu erhalten. Cook überließ ihnen denselben, und aus der Gier, mit der sie sich auf die widerliche Speise stürzten, entnahm er, mit welchem Vergnügen diese Kannibalen eine Nahrung verzehren, die sie sich immerhin nicht allzu häufig verschaffen können.

Am 26. November verließ die »Resolution« Neuseeland, um sich noch einmal in die schon durchfahrenen eisigen Gegenden zu wagen. Um wie viel beschwerlicher sollte sich aber diese Reise gestalten! Tag für Tag wiederholten sich die in diesen hohen Breiten so gewöhnlichen Unfälle. Oedidi erstaunte gewaltig über den weißen Regen, den Schnee, der ihm in der Hand zerschmolz; noch mehr aber, als er das erste wirkliche Eis zu Gesicht bekam, das er für weiße Erde erklärte.

»Schon am äußersten Ende der gemäßigten Zone hatte ihn eine andere Erscheinung in größte Verwunderung versetzt, sagt der Bericht. Solange sich die Schiffe daselbst aufhielten, hatten wir so gut wie gar keine Nacht und konnten auch noch um Mitternacht bei Tageslicht schreiben. Oedidi wollte kaum seinen Augen trauen und versicherte uns, seine Landsleute würden ihn für einen Lügner halten, wenn er ihnen von versteinertem Regen und fortwährendem Tageslichte erzählte.«

Nach und nach gewöhnte sich der junge Tahitianer freilich an diese Erscheinung, denn das Schiff drang durch das Treibeis bis zum 71. Grad südlicher Breite vor. Endlich gewann Cook die Überzeugung, dass der Zutritt zu einem etwa vorhandenen Kontinent doch auf jeden Fall durch Eis gesperrt sei, und entschloss er sich nun, wieder nach Norden zu steuern.

Die Befriedigung darüber war eine allgemeine. An Bord gab es Niemand, der nicht an lang dauerndem heftigen Rheumatismus gelitten, oder wenigstens einen Anfall von Skorbut gehabt hätte. Der Kapitän selbst quälte sich mit einer galligen Krankheit, die ihn sogar an das Bett fesselte. Acht Tage lang schwankte er zwischen Tod und Leben und erholte sich nur unter vielen Leiden sehr langsam. Bis zum 11. März hielt man den nämlichen Kurs ein. Welche Freude, als da bei Sonnenaufgang der Wachposten: »Land! Land!« über das Schiff rief.

Es war die Osterinsel Roggeween's oder das sogenannte Davies-Land. Bei der Annäherung an das Ufer erregten die Aufmerksamkeit der Seefahrer zuerst jene riesenhaften Statuen, welche früher schon die Holländer mit Verwunderung gesehen hatten.

»Die Breite der Osterinsel, sagt Cook, stimmt bis auf eine oder zwei Minuten mit der Angabe von Roggeween's eigenhändigem Journal überein und ihre Länge ist nur um einen Grad falsch angegeben.«

Das aus zerrissenen Felsen mit düsterem eisenähnlichen Aussehen bestehende Ufer verriet seinen Ursprung von mächtigen vulkanischen Eruptionen her. Nur in der Mitte der unfruchtbaren und halb verlassenen Insel fanden sich einige Anpflanzungen.

Das erste Wort, welches die Bewohner aussprachen, die nach dem Schiffe kamen, um sich einen Strick zu erbitten, war wunderbarerweise ein tahitisches. Übrigens erkannte man auch aus allem Übrigen, dass sie von dort herstammten. So wie die Tahitianer waren sie tätowiert und mit denselben Stoffen bekleidet, wie man sie auf den Gesellschaftsinseln findet.

»Die Einwirkung der Sonne auf den Kopf, heißt es in dem Bericht, hatte sie zur Erfindung verschiedener Mittel gedrängt, um sich dagegen zu schützen. Die meisten Männer trugen eine Art Reif von zwei Zoll Höhe, der über und über mit Gras besetzt und mit einem starken Büschel schwarzer Federn vom Halse des Fregattvogels bedeckt ist. Andere haben ungeheure Hüte aus Federn der braunen Seemöven, fast so umfangreich wie die Perrücken der europäischen Richter; wieder Andere endlich einen einfachen Holzreifen mit Seeschwalbenfedern, welche in der Luft schwanken. Die Frauen lieben einen großen und breiten Hut aus recht hübschem Strohgeflecht, der nach vorn zu eine Spitze, über dem Scheitel eine Art Giebel und an den Seiten zwei große Flügel bildet.

Mehrere Abteilungen durchstreiften das ganze Land, das, mit schwärzlichen porösen Steinen bedeckt, einen trostlosen Anblick bot. Zwei bis drei Arten welken Grases, die kümmerlich inmitten der Felsen wuchsen, einige magere Gesträuche, darunter vorzüglich die Papierstaude, Hibiskus, Mimosen und dann und wann eine Banane, das war die ganze Vegetation, die in diesem Lavahaufen ihr Leben fristete.

Ganz in der Nähe des Landungsplatzes erhob sich eine senkrechte Mauer, nach allen Regeln der Kunst aus quadratisch behauenen Steinen aufgeführt und offenbar für lange Dauer berechnet. Weiterhin, inmitten eines wohl gepflasterten Hofes stand ein Monolith, einen Menschen in halber Figur darstellend, von 20 Fuß Höhe und 5 Fuß Breite, der nur grob ausgearbeitet und dessen Kopf so schlecht hergestellt war, dass man Augen, Nase und Mund kaum erkennen konnte; nur die langen Ohren, die man der Sitte gemäß hier zu tragen und künstlich zu vergrößern pflegt, erschienen gänzlich vollendet.

Diese übrigens zahlreichen Monumente scheinen sicherlich nicht von dem Geschlechte, das die Engländer jetzt antrafen, hergestellt oder errichtet, es müsste denn sehr schnell gänzlich ausgeartet sein. Wenn die Eingeborenen denselben keine besondere Aufmerksamkeit widmeten, sie in gutem Zustande zu erhalten, so erwiesen sie ihnen doch eine gewisse Verehrung und zeigten sich sehr unzufrieden, als man den Hof betrat, der dieselben enthielt. Übrigens finden sich diese riesigen Wachtposten nicht nur am Strande des Meeres Auf den Abhängen der Berge, in den Höhlen mancher Felsen trifft man noch viele andere, die einen aufrecht stehend oder durch irgendeine Erschütterung umgestürzt, andere noch zum Teile in Verbindung mit dem Gestein, aus dem sie gemeißelt wurden. Welche plötzliche Katastrophe mag einst diese Arbeiten unterbrochen haben? Was bedeuten überhaupt diese Monolithen? Von welcher längstvergangenen Zeit zeugen sie für die Tätigkeit eines Volkes, das für immer von der Erde verschwunden oder in der Nacht früherer Jahrhunderte verloren gegangen ist? Das dürften wohl jetzt und immerdar ungelöste Rätsel bleiben.

Der Tauschhandel ging hier ziemlich leicht vor sich. Man hatte dabei nur die wahrhaft wunderbare Geschicklichkeit der Insulaner im heimlichen Entleeren fremder Taschen zu überwachen. Die wenigen frischen Nahrungsmittel, die man sich zu verschaffen vermochte, leisteten doch eine recht fühlbare Hilfe; nur der Mangel an Trinkwasser verhinderte Cook, länger an der Osterinsel zu verweilen.

Er richtete seinen Kurs nun nach dem seit 1595 von keinem Europäer wieder besuchten Marquisen-Archipel Mendana's. Kaum schaukelte sein Schiff aber auf der See, als er aufs Neue einen Anfall jenes Gallenfiebers bekam, an dem er schon einmal so empfindlich gelitten hatte. Auch an Skorbut erkrankten wieder mehrere Leute, wahrend alle Diejenigen, welche auf der Osterinsel längere Ausflüge unternommen hatten, im Gesichte von der Sonne gänzlich verbrannt waren.

Am 7. April 1774 endlich fand Cook den Archipel der Marquisen, erst nachdem er alle fünf Positionen, welche die Geografen für denselben angaben, aufgesucht hatte. Man ging bei Tao-Wahi, Mendana's Santa-Christina vor Anker. Bald wurde die »Resolution« von Pirogen umringt, deren Vorderteil mit Steinen beladen war, während jeder Mann in denselben eine Schleuder um die Hand gewickelt trug. Dennoch verkehrte man mit den Eingeborenen ganz friedlich und der Tauschhandel begann.

»Diese Insulaner waren wohl gebaut, sagt Forster, von hübschem Gesichte und gelblichem oder lohähnlichem Teint, während viele über den ganzen Körper verstreut feine Striche sie fast schwarz erscheinen ließen ... Dichte Bäume erfüllten die Täler rings um unseren Hafen und Alles entsprach der einzig bekannten, noch von den Spaniern herrührenden Beschreibung. Am Walde, fern vom Strande, erblickten wir viele Feuer, ein Beweis, dass das Land stark bevölkert sein mochte.«

Die Schwierigkeit, sich Lebensmittel zu beschaffen, bestimmte Cook, bald wieder abzureisen, doch gelang es ihm, manche interessante Beobachtungen über dieses Volk zu machen, das er als eines der schönsten in ganz Ozeanien bezeichnet. Die Ureinwohner hier scheinen wirklich alle Anderen an Regelmäßigkeit der Züge zu übertreffen. Die Übereinstimmung in ihrer Sprache mit der der Tahitianer aber weist doch auf ein und denselben Ursprung mit den Letzteren hin.

Der Marquisen-Archipel besteht aus fünf Inseln: Magdalena, San-Pedro, Dominica, Santa-Christina und der Insel Hood, so genannt nach dem Namen des Freiwilligen, der sie zuerst erblickte. Santa-Christina ist durch eine ziemlich hohe Bergkette geteilt, an welche sich niedrige, aus dem Meere aufsteigende Hügel anschließen. Zwischen den Bergen liegen enge, tiefe fruchtbare Täler mit vielen Obstbäumen und von kristallhellen Bächen bewässert. Der Hafen von Madre de Dios, den Cook »Resolutions-Hafen« taufte, ist etwa in der Mitte der Westküste von Santa-Christina zu suchen. Hier dehnen sich zwei sandige Buchten aus, in denen zwei Bäche münden.

II.

Wiederholter Besuch Tahitis und des Archipels der Freunde. – Besichtigung der Neuen Hebriden. – Entdeckung Neu-Kaledoniens und der Insel der Pinien. – Aufenthalt im Königin Charlotte-Kanal. – Süd-Georgia. – Katastrophe der »Aventure«.

Cook hatte jene Inseln am 12. April verlassen und segelte auf Tahiti zu, als er fünf Tage später gegen seinen Willen mitten in den Pomotu-Archipel geriet. Er landete an Byrons Insel Tiukea, deren Bewohner, die wohl Ursache gehabt haben mochten, sich über jenen Seefahrer zu beklagen, das Vordringen der Engländer nur mit missgünstigen Augen betrachteten. Letztere konnten sich nur zwei Dutzend Kokosnüsse und fünf Schweine verschaffen, obwohl diese auf der Insel in Menge vorhanden zu sein schienen. In einem anderen Bezirke gestaltete der Empfang sich freundlicher. Die Eingeborenen umringten die Fremdlinge und berührten deren Nasen nach Art der Neuseeländer. Oedidi kaufte mehrere Hunde, deren langes weißes Haar in seiner Heimat zur Ausschmückung der Panzer der Krieger diente.

»Die Eingeborenen teilten uns mit, sagt Forster, dass sie Löffelkraut zerkleinern und dasselbe mit gewissen Muscheltieren vermengt, ins Meer werfen, wenn sie ein Volk Fische sehen. Diese Lockspeise betäubt für einige Zeit die Fische, welche infolgedessen nach der Wasseroberfläche heraufkommen, wo sie leicht gefangen werden.«

Der Kommandant nahm hierauf noch einige andere Inseln dieses ausgedehnten Archipels in Augenschein, die er alle den früher gesehenen ähnlich fand, und vorzüglich die Gefährlichen Inseln, zwischen denen Roggeween die Galeere »Die Afrikanerin« verlor und denen Cook den Namen »Palliser-Inseln« gegeben hatte. Dann steuerte er nach Tahiti, das seine Matrosen wegen der schon bekannten Freundlichkeit der Eingeborenen fast als eine neue Heimat betrachteten. Die »Resolution« warf am 22. April in der Bay von Matavai Anker, wo man den erwarteten wohlwollenden Empfang fand. Wenige Tage später besuchten König O-Too und mehrere Häuptlinge die Engländer und brachten ihnen zehn oder zwölf Schweine nebst vielen Früchten als Geschenk mit.

Cook beabsichtigte zuerst hier nur so lange Zeit zu verweilen, als der Astronom Wales brauchte, um einige Beobachtungen zu vollenden; der Überfluss an guten Nahrungsmitteln bestimmte ihn aber, seinen Aufenthalt noch auszudehnen.

Am 26. des Morgens bemerkte der Kapitän, der sich in Begleitung mehrerer Offiziere nach Oparee begeben hatte, um dem König seinen Gegenbesuch abzustatten, eine ungeheure Flotte von über dreihundert Pirogen, die längs der Küste aufgestellt und alle bemannt waren. Gleichzeitig sammelte sich am Strande eine große Menge Krieger. Diese während einer Nacht aufgebotene Macht erregte zuerst natürlich den Verdacht der Offiziere; der ihnen zu Teil werdende Empfang zerstreute jedoch bald jede Befürchtung.

Hundertsechzig besonders große, mit Flaggen und Wimpeln geschmückte Kriegspirogen und hundertsiebzig kleinere zum Transport des Proviantes bildeten die Flotte, die nicht weniger als 7760 Mann Krieger und Lanzenwerfer zählte.

»Der Anblick dieser Flotte steigerte noch unsere Vorstellung von der Macht und dem Reichtum der Insel, und auch die ganze Mannschaft erstaunte darüber nicht wenig. Denkt man dabei noch an die mangelhaften Werkzeuge, welche die Leute besitzen, so muss man wirklich die Geduld und Arbeitslust bewundern, die sie besitzen mussten, um oft enorme Bäume zu fällen, daraus Planken zu schneiden und diese zu glätten und endlich so schwere Fahrzeuge bis zu einem so hohen Grade der Vollkommenheit zu bringen. Alles das hatten sie mit einer Steinaxt, einem Messer, einem Stück Koralle und etwas Haifischhaut ausgeführt. Die Häuptlinge nebst allen Denjenigen, welche die zum Gefecht bestimmte Plattform einnahmen, erschienen in ihrer Kriegertracht, d. h. bekleidet mit einer großen Menge Stoffe und Turbans, oder in einer Art Panzer und mit festen Kopfbedeckungen. Die ungewöhnliche Länge dieser Helme hinderte ihre Träger oft nicht wenig. Die ganze Ausrüstung erschien zum Kämpfen ziemlich unglücklich gewählt und eignete sich höchstens zu einer Parade. Trotz alledem trug dieselbe zur Großartigkeit des Schauspiels nicht wenig bei und die Krieger selbst bemühten sich auch offenbar, im günstigsten Lichte zu erscheinen.«

Als er nach Matavai selbst kam, hörte Cook, dass dieses Aufgebot von Machtmitteln bestimmt sei, Eimeo anzugreifen, dessen Häuptlinge das Joch Tahitis abgeschüttelt und sich unabhängig gemacht hatten.

Während der folgenden Tage erhielt der Kapitän den Besuch mehrerer seiner alten Freunde. Alle gaben das lebhafteste Verlangen nach dem Besitze roter Federn zu erkennen, die hier in hohem Werte standen. Eine einzige solche wurde für ein weit kostbareres Geschenk angesehen als etwa ein Glas oder ein Nagel. Die Tahitianer boten dafür tauschweise sogar ihre Trauerkleider an, von denen sie sich bei Cooks erster Reise um keinen Preis trennen wollten.

»Diese aus den seltensten Erzeugnissen der Insel und des umgebenden Meeres zusammengesetzten und mit äußerster Sorgfalt und Geschicklichkeit hergestellten Kleidungsstücke mögen bei ihnen wohl für sehr wertvoll gehalten werden. Wir kauften davon zehn, welche alle nach England mitgenommen wurden.«

Oedidi, der sich vorsorglicherweise eine große Menge jener Federn verschafft hatte, konnte sich alle seine Wünsche erfüllen. Die Tahitianer betrachteten ihn als ein Wunder und schienen begierig, seinen Erzählungen zu lauschen. Nicht allein jeder Häuptling der Insel, sondern selbst die königliche Familie bemühte sich um seine Gesellschaft. Er heiratete die Tochter des Häuptlings von Matavai und brachte seine Frau auch an Bord, wo es Jeder sich angelegen sein ließ, sie mit einem Geschenk zu erfreuen. Er fasste jedoch den Entschluss, in Tahiti zu bleiben, wo er seine, an einen mächtigen Häuptling verheiratete Schwester wiedergefunden hatte.

Trotz der Diebstähle, welche wiederholte und unangenehme Auseinandersetzungen herbeiführten, gelang es den Engländern doch, während ihrer Rast sich mit mehr Vorräten zu versehen, als sie jemals besessen hatten. Selbst die alte Oberea, die früher als Königin der Insel galt, als die »Dauphin« im Jahre 1767 hier vor Anker lag, brachte Schweine und Früchte herbei, freilich mit dem Hintergedanken, dafür rote Federn zu erhalten, welche Jedermann so hohe Achtung verschafften. Man benahm sich ihr gegenüber besonders freigebig und ergötzte die Indianer daneben durch Feuerwerke und militärische Übungen.

Einige Tage vor seiner Abreise war der Kapitän noch Zeuge einer bisher noch nie gesehenen Vorstellung. O-Too veranstaltete ein simuliertes Seetreffen, das freilich nur zu kurze Zeit währte, um es in allen Einzelheiten genauer verfolgen zu können. Fünf Tage nach Cooks Abfahrt sollte diese Flotte einen wirklichen Kampf aufnehmen, und jener hatte nicht übel Lust, so lange hier zu bleiben; da er aber glaubte, die Eingeborenen möchten fürchten, dass er vielleicht Sieger und Besiegte vernichten könnte, entschloss er sich zur Abreise.

Kaum befand sich die »Resolution« außerhalb der Bay, als ein von den Reizen Tahitis verführter Unterkanonier, dem wohl auch O-Too, in Erwartung wirksamer Hilfe durch einen europäischen Krieger, reiche Versprechungen gemacht hatte, unversehens über Bord sprang. Er wurde jedoch durch ein Boot, das Cook sofort zu seiner Verfolgung aussetzte, wieder aufgenommen. Der Kapitän bedauerte es selbst, dass er im Interesse der Disziplin in dieser Weise verfahren musste, denn er hätte dem

Manne, der in England weder Eltern noch Verwandte besaß, die nachgesuchte Erlaubnis, in Tahiti zurückzubleiben, gewiss nicht verweigert.

Am 15. Mai ging die »Resolution« im Hafen O-Wharre an der Insel Huaheine vor Anker. Der alte Häuptling Oree war der Erste, der die Engländer zu ihrer Wiederkehr beglückwünschte und ihnen als Willkommen einige Geschenke brachte. Der Kapitän wollte dieselben durch eine in roten Federn bestehende Gegengabe vergelten, der Häuptling legte jedoch auf Eisen, Äxte und Nägel offenbar einen höheren Wert. Er schien weit unempfänglicher für Alles, als bei dem ersten Besuche; sein Auffassungsvermögen war merkbar geschwächt, jedenfalls eine Folge des berauschenden Getränkes, das die Eingeborenen aus dem Pfefferstrauche bereiten. Auch an Ansehen hatte er sichtlich eingebüßt; Cook musste sogar selbst eine Bande Diebe verfolgen, die sich gewöhnlich im bergigen Teil der Insel aufhielten und sich nicht gescheut hatten, den alten Häuptling selbst zu bestehlen. Oree zeigte sich sehr erkenntlich für das gute Benehmen, das die Engländer ihm gegenüber stets bewahrten. Er war der Letzte, der das Schiff verließ, als es am 24. April weiter segelte, und da Cook ihm sagte, dass sie sich nun nicht mehr wiedersehen würden, fing er an zu weinen und flehte: »So schickt Eure Kinder her, wir werden sie gut aufnehmen!«

Ein anderes Mal fragte Oree den Kapitän nach dem Namen des Ortes, wo er einst begraben werden würde. »Stepney,« erwiderte Cook. Oree bat ihn, das Wort zu wiederholen, bis er es auszusprechen imstande sei. Dann riefen hundert Individuen wie aus einem Munde: »Stepney, Moraino Toote! Stepney, die Grabstätte Cooks!« Der große Seefahrer ahnte, als er diese Antwort gab, freilich weder das traurige Schicksal, das seiner wartete, noch die Mühe, welche seine Landsleute haben sollten, seine irdischen Überreste aufzufinden.

Oedidi, der mit den Engländern zuletzt doch noch bis Huaheine gegangen war, fand hier nicht denselben begeisterten Empfang wie in Tahiti. Übrigens waren seine Reichtümer sehr zusammengeschmolzen und sein Ansehen hielt damit gleichen Schritt.

»Auch er bewahrheitete das alte Sprichwort, heißt es in dem Bericht, dass der Prophet im Vaterlande niemals etwas gilt... Er verließ uns mit großem Bedauern, das seine Wertschätzung der genossenen Gastfreundschaft deutlich erkennen ließ; als er sich trennen sollte, lief er von Kabine zu Kabine und umarmte Jeden, den er fand. Den Seelenzustand des jungen Mannes bei seinem Scheiden vermag ich nicht erschöpfend zu schildern; seine Augen hefteten sich auf das Schiff unter reichlichen Tränen und er warf sich verzweifelt auf den Boden seiner Piroge. Als er die Riffkette passiert, sahen wir ihn noch immer mit nach uns ausgebreiteten Armen dastehen!«

Am 6, Juni sah Cook Wallis', von den Eingeborenen Mohipa genannte Insel Hove; einige Tage später entdeckte er eine Gruppe mehrerer unbewohnter Eilande, innerhalb eines Klippengürtels, der er zu Ehren eines Lords der Admiralität, den Namen »Palmerston« gab.

Am 20. bekam man eine steile Felseninsel in Sicht. Mit großen Bäumen und Strauchwerk bedeckt, bot sie nur einen sehr schmalen, sandigen Strand, auf den sehr bald mehrere Eingeborene von tiefdunkler Farbe zusammenliefen. Zwar versuchten sie, mit einer Lanze und einer Keule bewaffnet, zuerst eine drohende Haltung anzunehmen, zogen sich aber sofort zurück, als die Engländer dem Ufer näher kamen. Kurz darauf belästigten viele Krieger, die sich in einiger Entfernung hielten, die Fremden durch einen Hagel von Pfeilen und durch Steinwürfe. Sparrman wurde am Arme verwundet und Cook wäre bald von einem Wurfspieße durchbohrt worden. Eine gut gezielte Gewehrsalve zerstreute die ungastlichen Insulaner und deren feindseliger Empfang erwarb ihrem Lande den Namen der »Insel Sauva«.

Vier Tage nachher kam Cook wieder nach den Tonga-Archipel. Er ging diesesmal bei Namuka, Tasman's Rotterdam, ans Land.

Kaum hatte das Fahrzeug Anker geworfen, als es auch schon von einer Menge, mit Bananen und Früchten aller Art beladener Pirogen umringt wurde, deren Inhalt man gegen Nägel und alte Stückchen Stoffe eintauschte. Dieser freundliche Empfang bestimmte die Naturforscher, ans Land zu gehen und zur Aufsuchung neuer Pflanzen und bisher unbekannter Produkte in das Innere der Insel einzudringen. Bei der Rückkehr konnten sie die Schönheit und die pittoresken, Reize der gesehenen Landschaften, sowie die Zuvorkommenheit und Zutraulichkeit der Ureinwohner gar nicht genug rühmen.

Schon waren mehrere kleine Diebereien vorgekommen, als ein größerer, frech ausgeführter Diebstahl den Kommandanten nötigte, mit aller Strenge dagegen einzuschreiten. Bei dieser Gelegenheit wurde ein Eingeborener, der sich der Beschlagnahme zweier Pirogen widersetzte, welche die Engländer bis zur Wiederherbeischaffung der entwendeten Waffen in Pfand nehmen wollten, durch einen Flintenschuss schwer verwundet. Cook gab den Insulanern übrigens während dieses zweiten Besuches den Namen des Archipels der Freunde - ohne Zweifel per Antiphrasin, - eine Bezeichnung, die man später gegen den ursprünglichen Namen »Tonga« vertauscht hat.

Nach Westen immer weiter segelnd, lief der unermüdliche Forscher nach und nach die Inseln bei Leprösen, Aurora, Pentecoste und endlich Mallicolo an, den Archipel, der von Bougainville den Namen der »Neuen Cycladen« erhalten hatte.

Des Kapitäns Befehle lauteten wie immer dahin, mit den Eingeborenen stets in freundschaftliche Handelsbeziehungen zu treten. Der erste Tag verlief hier auch ganz nach Wunsch, die Insulaner feierten sogar die Ankunft der Engländer durch Spiele und Tänze; schon am nächsten Morgen führte aber ein an sich unerheblicher Zwischenfall einen allgemeinen Zusammenstoß herbei.

Ein Eingeborener, dem man den Zutritt zu dem Schiffe verweigert hatte, machte Miene, auf einen Matrosen einen Pfeil abzuschießen. Zuerst suchten ihn seine Landsleute davon abzuhalten. Da kam Cook eben mit einem Gewehr in der Hand auf das Deck. Er richtete sofort einige Worte an den Wilden, der schon wieder nach dem Matrosen zielte. Ohne jedoch auf ihn zu hören, wollte jener nun auf den Kommandanten selbst schießen, doch dieser kam ihm zuvor und verletzte ihn mit einer Kugel. Das war das Signal zu einem allgemeinen Angriffe. Eine ganze Wolke von Pfeilen flog auf das Verdeck, ohne glücklicherweise besonderen Schaden anzurichten. Cook musste sich immerhin entschließen, einen Kanonenschuss über die Köpfe der Feinde abzufeuern, um jene zu vertreiben.

Wenige Stunden später näherten sich die Eingeborenen aber dem Schiffe wieder und knüpften den unterbrochenen Tauschhandel an, als ob gar nichts vorgefallen wäre.

Cook benutzte die eingetretene bessere Stimmung, mit einer bewaffneten Abteilung zur Aufsuchung von Holz und Wasser ans Land zu gehen. Vier bis fünf bewaffnete Eingeborene befanden sich am Strande. Aus diesen trat ein Häuptling hervor und näherte sich dem Kapitän mit einem grünen Zweige in der Hand, wie auch dieser einen solchen emporhielt. Die beiden Zweige wurden ausgetauscht, der Friede abgeschlossen und einige kleine Geschenke zur Bekräftigung desselben gewechselt. Cook erhielt nun die Erlaubnis, Holz nach Belieben zu entnehmen, doch ohne sich dabei zu weit vom Ufer zu entfernen, und auch die Naturforscher, welche sich nur studienhalber mehr in das Innere des Landes begeben wollten, führte man trotz ihres Widerspruches dahin zurück.

Auffallenderweise legten die Eingeborenen auf eiserne Werkzeuge sehr wenig Wert, auch gelang es nur schwer, sich mit den erwünschten Provisionen zu versehen. Nur Wenige ließen sich darauf ein, ihre Waffen gegen Stoffe und dergleichen auszutauschen, diese verfuhren aber mit einer den Engländern bisher nicht bekannten Rechtlichkeit. Schon war die »Resolution« unter Segel, als der Handel sich noch immer fortsetzte und die Eingeborenen dem Schiffe mit dem Aufgebote aller Kräfte folgten, um noch solche Gegenstände abzuliefern, für welche sie den bedungenen Preis schon erhalten hatten. Einem derselben gelang es, das Fahrzeug einzuholen; dieser brachte einem Matrosen seine Waffen, für welche er bezahlt worden war, während der Empfänger sich dessen schon nicht mehr erinnerte. Als ihm der Matrose nun etwas dafür geben wollte, schlug es der Wilde ab, indem er ihm zu verstehen gab, dass er schon bezahlt sei.

Cook gab dem Hafen, den er am Morgen des 23. Juli verließ, den Namen »Port-Sandvich«.

Nahm der Kapitän nun einen so günstigen Eindruck von den moralischen Eigenschaften der Bewohner von Mallicolo mit sich hinweg, so war das doch bezüglich ihrer äußeren Erscheinung keineswegs der Fall. Im Gegenteil erscheinen die Bewohner bei ihrer kleinen, unproportionierten Gestalt, der bronzenen Hautfarbe und dem flachen Gesicht mehr als hässlich. Wären Darwins Theorien schon bekannt gewesen, so hätte Cook in ihnen zweifelsohne jene Zwischenstufe zwischen Mensch und Affen erkannt, deren Mangel die Anhänger der Transformation noch immer in Verzweiflung setzt. Ihre schwarzen, groben, krausen und kurzen Haare und der buschige Bart trugen zur Verbesserung ihres Aussehens auch nicht besonders bei. Den wunderbarsten Eindruck machte aber ihre unerklärliche Gewohnheit, den Leib mittelst eines Strickes so fest einzuschnüren, dass sie fast einer großen Ameise glichen. Ohrgehänge von Schildkrötenschalen, Armbänder aus Schweinezähnen, große Ringe aus Muscheln und ein weißer flacher Stein, den sie durch die Nasenscheidewand gesteckt trugen, bildeten ihre Kleinodien und ihren Schmuck. Als Waffen führten sie Bogen und Pfeile nebst einer Lanze und Keule. Die oft doppelten oder dreifachen Spitzen ihrer Pfeile benetzten sie mit einer Substanz, welche die Engländer für giftig hielten, da sie bemerkten, dass die Eingeborenen jene immer ängstlich in einer Art Köcher verwahrten.

Kaum hatte die »Resolution« Port-Sandvich verlassen, als die ganze Besatzung von Kolik, Erbrechen und heftigen Schmerzen im Kopfe und in den Beinen befallen wurde, was jedenfalls von zwei eben gefangenen und aufgezehrten großen Fischen herrührte, die von der weiter oben erwähnten Droge betäubt worden sein mochten. Zehn volle Tage vergingen, bevor die Erkrankten wieder gänzlich hergestellt waren. Ein Papagei und ein Hund, welche gleichfalls von jenem Fischfleisch fraßen, verendeten am nächsten Tage. Quiros' Gefährten hatten seiner Zeit dieselbe Erscheinung beobachtet und auch später sind noch wiederholte Fälle ähnlicher leichter Vergiftung vorgekommen.

Von Mallicolo aus steuerte Cook nach der Insel Ambrym, welche einen Vulkan zu enthalten scheint, und entdeckte bald eine Gruppe kleiner Eilande, denen er zu Ehren des Professors der Astronomie in Cambridge den Namen »Shepherd-Inseln« gab. Dann bekam er die Inseln der Beiden Hügel, Montagu, Hinchinbrook und endlich die bedeutendste derselben, die Insel Sandvich, nicht zu verwechseln mit dem Archipel gleichen Namens, in Sicht. Alle diese durch Klippen verbundenen und geschützten Inseln waren mit reicher Vegetation bedeckt und zahlreich bevölkert.

Zwei geringfügige Vorfälle nur störten die gewohnte Ruhe an Bord. Einmal brach eine Feuersbrunst aus, welche bald gelöscht wurde, und ein anderes Mal fiel ein Marinesoldat ins Meer, wurde jedoch sofort gerettet.

Am 3. August entdeckte man die Insel Koro-Mango, bei der der Befehlshaber anhalten ließ, da er hier Wasser und einen geeigneten Ankerplatz zu finden hoffte. Die meisten Derjenigen, welche durch den Genuss der schädlichen Fische von Mallicolo erkrankt waren, befanden sich auch jetzt noch nicht ganz wohl und erwarteten von einem Aufenthalt am Lande eine schnellere Wiederherstellung. Der Empfang aber, den sie seitens der mit Keulen, Lanzen und Bogen bewaffneten Eingeborenen fanden, versprach nicht zu viel Gutes. Der Kapitän ging also möglichst vorsichtig zu Werke. Da jene sahen, dass sie die Engländer nicht bestimmen konnten, ihre Schaluppe ganz an den Strand zu legen, so versuchten sie, dieselben dazu zu zwingen. Ein Häuptling und mehrere Andere bemühten sich, den Matrosen die Ruder zu entreißen. Cook wollte auf sie schießen, es brannte aber nur der Zündsatz seines Gewehres ab. Sofort wurden die Engländer nun mit Steinen und Pfeilen überschüttet. Der Kapitän befahl darauf, eine allgemeine Salve abzugeben; zum Glück versagte die Hälfte der Musketen, sonst wäre hier gewiss viel Blut geflossen.

»Diese Insulaner, sagt Forster, scheinen einem anderen Stamme anzugehören als die Bewohner von Mallicolo; auch sprechen sie eine andere Sprache. Sie sind von mittlerer Größe, aber gut gebaut und ihre Gesichtszüge machen keinen so unangenehmen Eindruck, ihre Haut ist tiefbraun von Farbe und sie bemalen sich das Antlitz, die Einen schwarz, die Anderen rot; ihre Haare sind lockig und doch ziemlich weich. Die wenigen Frauen, die mir vorkamen, schienen sehr hässlich zu sein ... Pirogen sah ich nirgends an der Küste; die Leute leben in Häusern mit einem Dache aus Palmenblättern, und ihre sorgsam gearbeiteten Pflanzungen sind mit Rosenhecken eingefasst.«

An einen zweiten Versuch einer Landung war unter diesen Umständen natürlich nicht zu denken. Cook taufte die Stelle, wo jener Zusammenstoß stattfand, das »Kap der Verräter«, und segelte nach einer zwei Tage vorher gesehenen Insel, welche die Eingeborenen »Tanna« nannten.

»Hier bemerkten wir, sagt Forster, unter mehreren Hügeln einen von deutlich kugelförmiger Gestalt mit einem Krater in der Mitte; er war braunrot von Farbe und bestand aus einer Anhäufung von verbranntem, völlig unfruchtbarem Gesteine. Von Zeit zu Zeit sprang daraus eine hohe, fast einem Baume ähnliche Rauchsäule empor, deren oberer Teil sich desto mehr verbreitete, je mehr sie in die Höhe stieg.«

Die »Resolution« sah sich bald von etwa zwanzig Pirogen umringt, deren größte fünfundzwanzig Mann trugen. Diese suchten sich sofort Alles anzueignen, was sie erlangen konnten, wie Bojen, Flaggen und die Haspen des Steuers, das sie abzuheben versuchten. Man musste einen Vierpfünder abfeuern, um jene zurückzutreiben, und ging hierauf ans Land. Trotz Verteilung vieler kleiner Geschenke gelang es doch nicht, die Stehlsucht dieses Volkes zu unterdrücken. Es liegt auf der Hand, dass das Mindeste Missverständnis hier zum Blutvergießen hätte führen müssen.

Cook durfte wohl annehmen, dass diese Eingeborenen auch Menschenfleisch verzehren, obwohl sie Schweine Hühner, Wurzeln und Früchte im Überflusse besaßen. Eigentlich verbot es die Klugheit, sich vom

Strande weit zu entfernen. Forster wagte sich aber doch einmal ein Stück in das Land hinein und entdeckte dabei eine so heiße Quelle, dass man die Hand nicht eine Sekunde lang in dieselbe eintauchen konnte.

Trotz aller Bemühungen gelang es den Engländern doch nicht, bis zu dem eigentlichen Vulkan zu gelangen, der Feuerstrahlen und Rauchsäulen bis zu den Wolken ausstieß und gewaltige Steine hoch in die Luft schleuderte. Solfataren gab es überall in großer Menge und der Erdboden zitterte unausgesetzt unter der Wirkung der mächtigen Naturkräfte im Schoße der Erde.

Ohne ihre Zurückhaltung aufzugeben, wurden die Bewohner von Tanna nach und nach doch etwas zugänglicher, sodass sich einiger Verkehr mit ihnen entwickelte.

»Solange wir sie nicht reizten, sagte Cook, erwiesen sich die Leute überaus gastfreundlich, höflich und von gutem Charakter ... übrigens sind sie ja auch ihres ersten Auftretens wegen gewiss nicht zu tadeln, denn was sollten sie von uns halten, da sie doch unmöglich unsere wahre Absicht erraten konnten? Wir fuhren in ihren Hafen ein, ohne dass sie sich dem widersetzten; wir suchten zwar als Freunde das Land zu betreten, auf ihre Weigerung hin setzten wir uns dennoch durch die Übermacht unserer Waffen daselbst fest. Was sollten die Insulaner unter solchen Verhältnissen nun von uns denken? Es liegt doch wohl am nächsten, dass sie glaubten, wir seien vielmehr gekommen, uns ihres Landes zu bemächtigen, als sie nur freundschaftlich zu besuchen. Nur allein die Zeit und die nähere Berührung konnten sie ja von unseren besseren Absichten überzeugen.«

Jedenfalls vermochten sich die Engländer jedoch niemals zu erklären, warum man ihnen stets den Zutritt zu den inneren Teilen des Landes verwehrte. War das die Wirkung eines von Natur etwas allzu misstrauischen Charakters, oder waren sie vielleicht häufigen feindlichen Einfällen seitens ihrer Nachbarn ausgesetzt, wofür ihr Kampfesmut und die Gewandtheit im Gebrauche der Waffen zu sprechen schien? Darüber war etwas Sicheres nicht zu erfahren.

Da die Eingeborenen auf Alles, was die Engländer ihnen zu bieten vermochten, keinen hohen Wert legten, so brachten sie auch jenen Früchte und Wurzeln, welche dieselben so nötig brauchten, nur in geringer Menge herbei. Niemals wollten sie z. B. Schweine vertauschen gegen Äxte und dergleichen, obwohl sie deren Nutzen wohl einsahen.

Die Bodenerzeugnisse der Insel bestanden übrigens hauptsächlich aus Brotfruchtbäumen, Kokosnüssen, einer Frucht, welche der Pfirsiche ähnelte und »Pavie« genannt wurde, Jamswurzeln, Pataten, wilden Feigen, Muskatnüssen und mehreren anderen, welche Forster nicht kannte.

Cook verließ Tanna am 21. August, kam nach und nach an den Inseln Erroumann und Annatom vorüber, segelte längs der Sandwichs-Inseln hin, passierte Mallicolo, sowie Quiros. Terra del Espiritu Santo, wo er auch die Bayen St. Jacques und St. Philipp unschwer wiedererkannte, und verließ nun endgültig diesen Archipel, den er mit dem Namen die »Neuen Hebriden« bezeichnete, unter dem sie noch heute bekannt sind.

Am 5. September machte der Kommandant eine neue Entdeckung. Das Land, welches er fand, hatte noch niemals eines Europäers Fuß betreten.

Es war das der nördlichste Teil von Neu-Kaledonien; der zuerst gesehene Punkt wurde Kap Colnett genannt, nach dem Namen eines Freiwilligen, der ihn vor allen Anderen erblickt hatte. Die Küste war von einem Klippengürtel umschlossen, hinter dem zwei bis drei Pirogen auf dem stilleren Wasser glitten, als wollten sie den Fremden entgegenkommen. Mit Aufgang der Sonne zogen sie jedoch die Segel ein und wurden nicht wieder gesehen.

Nach zweistündigem Lavieren vor den äußeren Riffen fand Cook eine Einbuchtung, wo er das Land erreichen konnte. Er steuerte auf dieselbe zu und ging bei Balade vor Anker.

In der nächsten Umgebung bedeckte nur ein weißliches Gras den scheinbar unfruchtbaren Boden. In der Ferne sah man dagegen einzelne Bäume mit weißlichem Stamme, deren Gestalt etwa an die Weiden erinnerte. Es waren »Niaoulis«. Gleichzeitig bemerkte man auch einige, den Bienenstöcken ähnliche Häuser.

Kaum sank der Anker in den Grund, als etwa fünfzehn Pirogen das Schiff umringten. Die Eingeborenen kamen Vertrauungsvoll heran und boten, was sie besaßen, zum Tausche an. Einige bestiegen sogar das Fahrzeug selbst und nahmen es in allen Ecken neugierig in Augenschein. Sie schlugen es ab, von den ihnen angebotenen Speisen, wie Apfelmus, Rindfleisch oder gesalzenem Schweinefleisch, zu genießen, probierten aber wenigstens die Jamswurzeln. Am meisten erstaunten sie über die Ziegen, Schweine, Hunde und Katzen, Tiere, welche ihnen gänzlich unbekannt sein mussten, da sie für dieselben nicht einmal Bezeichnungen hatten. Nägel, wie überhaupt alle eisernen Gerätschaften und rot gefärbte Stoffe, schienen bei ihnen in hohem Preise zu stehen. Die großen und starken wohl gebauten Eingeborenen mit gepflegtem Haare und Bart und tiefbrauner Hautfarbe redeten eine Sprache, die mit keiner der von den Engländern bis jetzt vernommenen Ähnlichkeit hatte.

Bei seiner Landung wurde der Kapitän mit dem Ausdrucke der größten Freude und natürlichen Erstaunens seitens eines Volkes aufgenommen, das zum ersten Male Gegenstände sah, von denen es noch niemals eine Ahnung gehabt hatte. Mehrere Häuptlinge geboten der Menge Stillschweigen und begannen eine kurze Ansprache, worauf Cook mit der gewohnten Verteilung von Kleinigkeiten begann. Dann mischten sich die Offiziere unter die Menge, um diese aus der Nähe zu beobachten.

Einzelne Eingeborene schienen mit einer Art Aussatz behaftet zu sein, wenigstens waren ihre Arme und Beine manchmal ganz unförmlich geschwollen. Fast vollständig nackt, benutzten sie als Kleidung nur einen um die Taille geschlungenen Strick, von dem ein Stück Stoff herabhing. Verschiedene trugen ungeheure, zylindrische, an beiden Seiten offene Hüte, welche ungefähr den Mützen der ungarischen Husaren glichen.

An ihren gespaltenen und lang gezogenen Ohren hingen Ringe von Muscheln oder kleine Rollen von Zuckerrohrblättern. Bald traf man auf ein kleines Dorf hinter den Mangobäumen, welche das Ufer umsäumten. Rings um dasselbe befanden sich Pflanzungen von Zuckerrohr, Jamswurzeln und Bananen, die von einem kleinen, aus einem gemeinschaftlichen Wasserlaufe geleiteten Kanal bewässert wurden.

Cook gewann indes bald die Überzeugung, dass er von diesem Volke nichts erhalten könne als höchstens die Erlaubnis, frei in der Gegend umherzuschweifen.

»Die Eingeborenen, sagt er, lehrten uns einige Worte ihrer Sprache, welche mit denen der anderen Inseln in keiner Beziehung stand. Ihr Charakter war sanft und friedlich. Kamen wir bei ihren Hütten vorüber und redeten wir sie an, so gaben sie wohl Antwort; setzten wir aber unseren Weg fort, ohne uns weiter an sie zu wenden, so schenkten sie uns nicht die geringste Aufmerksamkeit. Nur die Frauen schienen etwas neugieriger zu sein und versteckten sich gern in seitab liegende Büsche, um uns zu betrachten; doch wagten sie sich ohne Begleitung der Männer nie in unsere Nähe.

»Sie zürnten weder, noch erschraken sie darüber, dass wir Vögel durch Flintenschüsse erlegten; im Gegenteil liefen, wenn wir in der Nähe der Häuser waren, junge Leute herbei, welche uns solche zeigten, wahrscheinlich um des Vergnügens willen, sie schießen zusehen. Gerade in der jetzigen Jahreszeit mochten sie weniger Beschäftigung haben; das Land hatten sie schon bestellt und Wurzeln und Bananen gesteckt, deren Ernte erst im nächstfolgenden Sommer eintrat; vielleicht waren sie eben deshalb weniger als sonst imstande, uns von ihren Vorräten abzulassen, denn man darf wohl voraussetzen, dass auch sie der Sitte der Gastfreundschaft huldigten, welche die Insulaner der Südsee für alle Reisenden so interessant macht.«

Was Cook über die Indolenz der Neu-Kaledonier sagt, stimmt völlig mit der Wahrheit überein. Was deren Charakter betrifft, so dauerte sein Aufenthalt an der Küste doch etwas zu kurze Zeit, um denselben richtig beurteilen zu können, und jedenfalls ahnte er nicht im Mindesten, dass auch dieses Volk der entsetzlichen Sitte der Anthropophagie huldigte. Er fand, hier nur wenig Vögel vor, darunter Wachteln, Turteltauben, Tauben, Sultanhühner, wilde Enten, auch Schmetterlinge und einige in wildem Zustande lebende Hausvögel Von vierfüßigen Tieren sah er kein einziges, und so blieben auch alle seine Bemühungen, sich Proviant zu verschaffen, gänzlich fruchtlos.

Auf Balada unternahm der Befehlshaber wiederholte Ausflüge in das Land hinein und bestieg z. B. auch einen Gebirgszug, um von da aus einen Gesamtblick über die Umgegend zu gewinnen. Von dem Gipfel eines Felsens aus, sah er zu beiden Seiten das Meer und überzeugte sich, dass Neu-Kaledonien, hier wenigstens, nicht mehr als zehn Meilen Breite hatte. Im Allgemeinen ähnelte das Land einigen, etwa unter derselben Breite gelegenen Bezirken von Neu-Holland.

Auch die Naturerzeugnisse schienen nahezu dieselben zu sein, ebenso wie die Wälder des Unterholzes, ganz wie auf jener größeren Insel, ermangelten. Ferner machte man die Beobachtung, dass die Berge hier Erzlager enthielten, was durch die neuerlichen Auffindungen von Gold, Eisen, Kupfer, Nickel und Steinkohle bestätigt worden ist.

Der nämliche Zufall, der die Besatzung in der Gegend von Mallicolo so empfindlich betroffen hatte, sollte sich auch hier wiederholen.

»Mein Buchführer, sagt Cook, kaufte einen von einem Indianer in der Nähe des Wasserplatzes gefangenen Fisch und sendete mir denselben an

Bord. Das uns noch ganz unbekannte Exemplar, das äußerlich etwa den sogenannten Seesonnen glich, gehörte zu Linnés Familie der »Tetrodon«. Sein hässlicher Kopf war groß und lang. Ohne Ahnung, dass derselbe giftig fein könne, befahl ich, ihn für das Abendbrot zurechtzumachen. Glücklicherweise nahm die genaue Beschreibung und das Abzeichnen desselben so viel Zeit in Anspruch, dass man ihn nicht kosten konnte und deshalb nur die Leber desselben briet. Nur die beiden Herren Förster und ich selbst hatten davon genossen, dafür überfiel uns gegen drei Uhr Morgens eine ungemeine Schwäche und Abgeschlagenheit in allen Gliedern. Ich verlor dabei fast jedes Gefühl und konnte z. B. schwere und leichte Körper, wenn ich sie bewegen wollte, nicht mehr unterscheiden. Ein Gefäß voll Wasser und eine Vogelfeder besaß für mich das nämliche Gewicht. Wir gebrauchten nun ein Brechmittel und versuchten dann tüchtig zu schwitzen, was uns eine merkliche Erleichterung verschaffte. Am Morgen ward eines der Schweine, das die Eingeweide des Fisches verschlungen hatte, tot gefunden. Als die Eingeborenen an Bord kamen, und den noch aufgehängten Fisch bemerkten, machten sie uns sofort darauf aufmerksam, dass das eine ungesunde Nahrung sei; sie gaben ein wahres Entsetzen vor demselben zu erkennen, als man uns denselben aber verkaufte, und selbst, nachdem wir ihn mitgenommen hatten, verriet Niemand einen solchen Abscheu.«

Cook ließ einen großen Teil der Ostküste aufnehmen. Während dieser Arbeit traf man einen Eingeborenen, der ebenso weiß wie ein Europäer aussah, was man von einer gewissen Krankheit herleitete. Wirklich war der Mann ein Albino, ähnlich denjenigen, die wir auf Tahiti und den Gesellschaftsinseln gesehen hatten.

Der Kommandant, der auch in Neu-Kaledonien die Schweinezüchterei einführen wollte, musste sich viele Mühe geben, die Eingeborenen zur Annahme eines Ebers und einer Zuchtsau zu bestimmen. Erst als er die Vortrefflichkeit dieses Tieres und die Leichtigkeit der Fortpflanzung desselben rühmte, auch seinen Wert noch etwas übertrieb, gestatteten jene deren Ausschiffung an den Strand.

Alles in Allem schildert Cook die Neu-Kaledonier als große, kräftige, bewegliche und friedliche Menschen; vorzüglich schreibt er ihnen eine gar seltene Eigenschaft zu: Sie waren keine Diebe! Seine Nachfolger in diesem Lande und vor allem d'Entrecasteaux, mussten zu ihrem Nachteile erfahren, dass die Insulaner diese löbliche Eigenschaft nicht mehr bewahrt hatten.

Einige derselben besaßen dicke Lippen und abgeplattete Nasen und überhaupt ganz das Aussehen eines Negers. Ihre von Natur lockigen Haare trugen dazu noch mehr bei.

»Soll ich über die Abstammung dieses Volkes urteilen, sagt Cook, so würde ich es für eine Mittelrasse zwischen den Einwohnern von Tanna und den Freundschafts-Inseln, oder vielleicht zwischen denen von Tanna und Neuseeland erklären, weil seine Sprache eine Mischung derjenigen der genannten drei Länder zu sein scheint.«

Die vielfachen Angriffswaffen der Eingeborenen, wie Keulen, Lanzen, Wurfspieße, Schleudern und dergleichen, wiesen auf die Häufigkeit der Kriege unter ihnen hin. Die mit den Schleudern geworfenen Steine waren geglättet und von eiförmiger Gestalt. Ihre in runder Form errichteten Häuser glichen etwa Bienenkörben, und das sehr hohe Dach derselben lief oben in eine scharfe Spitze aus. Darin befanden sich ein oder zwei stets in Brand stehende Feuerherde, deren Rauch freilich keinen anderen Ausgang hatte als die Thür, sodass der Aufenthalt in den Hütten für Europäer so gut wie unerträglich war.

Die Bewohner ernähren sich nur von Fischen, Wurzeln, darunter die Jamswurzel und der »Taro«, und von der Rinde eines nur wenig zuckerhaltigen Baumes. Bananen, Zuckerrohr und Brotfruchtbäume gediehen in dem Lande nur vereinzelt, und Kokosbäume entwickelten sich nicht so kräftig wie auf den von der »Resolution« vorher besuchten Inseln. Die Anzahl der Einwohner hätte man anfangs wohl als ziemlich beträchtlich schätzen können; Cook bemerkt dazu aber sehr richtig, dass seine Ankunft ein Zusammenströmen aller Menschen aus der ganzen Nachbarschaft veranlasst habe; und Leutnant Pickersgill gewann auch, während seiner hydrografischen Aufnahme, die Überzeugung, dass das Land nur dünn bevölkert sei.

Die Neu-Kaledonier pflegen ihre Toten zu begraben. Einige Leute von der Besatzung besuchten ihre Kirchhöfe und vorzüglich das Grab eines Häuptlings, einen mit ringsum aufgestellten Lanzen, größeren und kleineren Wurfspießen und anderen Waffen geschmückten Hügel.

Am 13. September verließ Cook den Hafen von Balada und segelte immer längs der Küste Neu-Kaledoniens hin, ohne dass es ihm gelang, sich frische Nahrungsmittel zu verschaffen. Fast überall bot das Land denselben Anblick trostloser Unfruchtbarkeit. Ganz im Süden dieses ausgedehnten Landes fand man endlich eine kleine Insel, welche wegen der großen Anzahl der dieselbe bedeckenden Bäume die »Insel der Pinien« genannt wurde.

Es war das eine Art preußischer Föhren, sehr geeignet zu Schiffbalken, welche die »Resolution« notwendig brauchte. Cook schickte also auch eine Schaluppe mit Arbeitern ans Land, um solche Bäume zu fällen, welche ihnen passend erschienen. Viele derselben maßen im Durchmesser wohl zwanzig Zoll bei einer Höhe von siebzig Fuß, sodass man daraus bequem hätte Masten herstellen können, wenn das Schiff deren bedurft hätte. Die Entdeckung dieser Insel erschien deshalb von um so größerem Werte, weil sie nebst Neuseeland bis jetzt die einzige war, welche im Pazifischen Ozean Masten und Raaen liefern konnte.

Während seiner südwärts nach Neuseeland gerichteten Fahrt begegnete Cook am 10. Oktober auch einer kleinen, unbewohnten Insel, auf der die Botaniker eine große Menge noch unbekannter Pflanzenarten sammelten. Diese Insel Norfolk – so genannt zur Ehre der Familie Hovard – war dieselbe, welche später ein Teil der Empörer von der »Bounty« kolonisieren sollte.

Am 18. ging die »Resolution« noch einmal im Königin Charlotte-Kanal vor Anker. Die von den Engländern so sorgsam angelegten Gärten hatten die Neuseeländer zwar gänzlich vernachlässigt, und doch waren einzelne Pflanzen überraschend gut gediehen.

Zuerst erschienen die Eingeborenen sehr zurückhaltend und wenig geneigt, die alte Verbindung wieder zu erneuern. Als sie aber die früheren Freunde erkannten, bezeigten sie ihre Genugtuung durch das laute Freudengeschrei. Auf die Frage, warum sie zuerst so scheu und fast furchtsam gewesen seien, gaben sie nur ausweichende Antwort, doch verstand man daraus so viel, dass wiederholt Schlachten und Mordtaten vorgekommen seien.

Natürlich nahmen Cooks Befürchtungen wegen der »Aventure,« von der er seit der letzten Rast an dieser Stelle keinerlei Nachricht hatte, dabei nur noch mehr zu; er konnte aber auf keine Weise die volle Wahrheit erfahren. Was hier vorgefallen, darüber sollte er sich erst am Kap der Guten Hoffnung klar werden, wo er Briefe des Kapitän Furneaux vorfand.

Nachdem er nochmals Schweine ausgeschifft, welche er mit aller Gewalt in Neuseeland heimisch machen wollte, ging der Kommandant am 10. November wieder unter Segel und steuerte nun nach Kap Horn.

Das erste Land, welches er nach einem sonst fruchtlosen Kreuzzug erblickte, war die Westküste von Feuerland in der Nähe der Magelhaens-Straße. »Der Teil von Amerika, der uns hier vor Augen kam, schreibt Kapitän Cook, bot einen sehr traurigen Anblick; er schien aus vielen kleinen, zerrissenen Inseln zu bestehen, welche zwar nicht hoch, aber ganz schwarz und offenbar unfruchtbar waren. Weiter rückwärts sahen wir ein hoch aufstrebendes zerklüftetes Land, fast bis zum Fuß mit Schnee bedeckt ... es ist dies die wildeste Küste, die ich jemals gesehen habe, sie scheint gänzlich von Felsen, ohne die geringste Spur von Vegetation, erfüllt. Zwischen den Höhen gähnen tiefe Schluchten, deren überragende steile Gipfel, hoch zum Himmel emporsteigen. Es gibt vielleicht keinen Punkt auf der Erde, der einen so trostlosen Anblick gewährt. Die Gebirge im Innern des Landes waren durchgängig mit Schnee bedeckt, das an der Küste dagegen nicht. Wir glaubten, dass jenes zu Feuerland selbst gehörte, während die übrigen kleine Inseln darstellten, deren Anordnung das Aussehen einer zusammenhängenden Küste gewährte.«

Trotzdem hielt es der Kommandant für angezeigt, in dieser traurigen Einöde eine Zeit lang zu verweilen, um seiner Mannschaft wieder frische Lebensmittel zuzuführen. Am Weihnachts-Kanal, den er mit gewohnter Sorgfalt aufnahm, fand er auch bald einen günstigen Ankerplatz. Die Jagd lieferte hier wenigstens einige Vögel, und Pickersgill brachte auch einmal außer vierzehn Enten dreihundert Seeschwalbeneier mit auf das Schiff.

»Das setzte mich in den Stand, sagt Cook, jedem Mann etwas zuzuteilen; für die Matrosen ein um so größeres Vergnügen, als das Weihnachtsfest herannahte und sie sich sonst dabei hätten mit Rind- und Pökelschweinefleisch begnügen müssen.«

Einige Ureinwohner, von der Rasse, welche Bougainville Pescherähs genannt hatte, kamen ohne großes Zureden an Bord. Cook schilderte diese Wilden mit denselben Farben, deren sich schon der französische Seefahrer bediente. Dem verfaulten Seekalbfleische, mit dem sie sich gewöhnlich nährten, zogen sie die öligen Teile dieser Tiere vor, bemerkt der Kapitän, weil der Genuss dieses Trans sie mehr gegen die Kälte schützt.

»Wenn man jemals, fügt er hinzu, den Vorzug des zivilisierten Lebens vor dem der Wilden anzweifeln wollte, so dürfte wohl der erste Blick auf diese Leute zur Lösung einer solchen Frage hinreichen. Bevor man mir nicht nachweist, dass ein fortwährend von der Unbill des Klimas leidender Mensch glücklich ist, schenke ich den schönen Worten der Philosophen keinen Glauben, da diese Herren doch wohl kaum Gelegenheit gefunden haben, die menschliche Natur unter allen Verhältnissen zu beobachten, oder wohl nicht selbst gefühlt haben, was sie sahen.«

Bald stach die »Resolution« wieder in See und segelte um das Kap Horn, passierte darauf die Lemaire-Straße und kam in Sicht von Staatenland, wo sie einen guten Ankerplatz fand. Diese Gewässer wimmelten von Walfischen, deren Paarungszeit jetzt eben war, wie von Seekälbern und Seelöwen, Pinguins und Kormorans (d. s. kleine Seeraben) in geradezu zahllosen Scharen.

»Doktor Sparrman und ich, sagt Forster, wurden hier auch von einem alten Seebären angefallen, wahrend auf einem Felsen in der Nähe eine große Menge solcher Tiere saßen, welche dem Ausgange des Kampfes zu lauschen schienen. Der Doktor hatte sein Gewehr eben auf einen Vogel abgeschossen und wollte diesen aufheben, als der alte Bär grollend die Zähne zeigte und Anstalt machte, sich auf meinen Begleiter zu stürzen. Von meinem Sitzplatz aus streckte ich die Bestie durch einen Schuss nieder, worauf die anderen, als sie ihren Genossen sich am Boden wälzen sahen, eiligst nach der Seite des Meeres zu entflohen. Mehrere liefen dabei mit solcher Hast davon, dass sie zehn bis fünfzehn Ruten tief auf spitzige Felsen stürzten. Dennoch glaube ich kaum, dass sie sich dabei besonderen Schaden zugefügt haben werden, denn ihr Fell ist sehr fest und das elastische Fett unter demselben gibt leicht jedem Drucke nach.«

Von Staatenland aus schlug Cook am 3. Januar einen südöstlichen Kurs ein, um diesen Teil des Ozeans zu untersuchen, den einzigen, der ihm bisher entgangen war. Bald erreichte er Süd-Georgien, das Laroche 1675 entdeckt und Guyot Duclos, damals als Befehlshaber des spanischen Schiffes »Leone« 1756 wieder besucht hatte. Er bekam dasselbe etwa am 14. Januar 1775 zu Gesicht. An drei verschiedenen Punkten ging der Kommandant ans Land und nahm dasselbe im Namen Georgs III., von England, nach dem er es taufte, in Besitz. Die Ufer der »Possessions-Bay«, wo er lag, umschlossen senkrechte Eisfelsen, ganz ähnlich denjenigen, die er früher in hohen südlichen Breiten sah. »Das Innere des Landes, heißt es in dem Berichte, erscheint nicht minder wild und abschreckend. Die Felsen verbergen ihre Häupter in den Wolken und in den Tälern lagert der ewige Schnee. Man erblickte keinen Baum, nicht einmal einen mageren Strauch.«

Von Georgien aus drang Cook noch weiter nach Südosten, immer zwischen schwimmenden Eismassen, vor. Die fortwährenden Gefahren dieser Fahrt erschöpften die Mannschaft aufs Äußerste. Nach und nach wurden das südliche Thule, die Insel Saunders und Chandeleur und endlich Sandwich-Land entdeckt.

Diese unfruchtbaren und wüsten Inselgruppen werden für den Handel und die Geografie stets ohne praktischen Nutzen bleiben. Nach Feststellung ihrer Existenz hatte man keine Ursache, noch über dieselben hinaus vorzudringen, denn es konnten dabei die wertvollen Dokumente, welche die »Resolution« an Bord hatte, gar zu leicht aufs Spiel gesetzt werden.

Die Entdeckung dieser verlassenen Länder überzeugte Cook, »dass sich wohl auch in der Nähe des Poles noch Länderstrecken befinden mussten, wo sich der größte Teil des auf dem endlosen Ozean treibenden Eises bilden mochte«. Eine geistvolle Bemerkung, welche die Forschungsreisen des 19. Jahrhunderts nach allen Seiten bestätigen sollten.

Nach wiederholter, ebenso fruchtloser Aufsuchung von Bouvets Kap Circoncision beschloss Cook nun, zum Kap der Guten Hoffnung zurückzukehren, wo er am 22. März 1775 eintraf.

Auch die »Aventure« hatte hier geankert und Kapitän Furneaux, einen Brief zurückgelassen, der die Vorkommnisse von Neuseeland schilderte.

Am 13. November 1773 im Königin Charlotte-Kanal angelangt, hatte Furneaux Wasser und Holz einnehmen lassen und nachher unter Führung des Leutnant Rowe ein Boot abgeschickt, um essbare Pflanzen zu sammeln. Da er ihn weder am Abend, noch am nächsten Morgen zurückkehren sah, ließ Furneaux, ohne Ahnung von dem inzwischen Vorgefallenen, ihn aufsuchen und berichtet darüber Folgendes:

Nach mancher fruchtlosen Bemühung bemerkte der die Schaluppe kommandierende Offizier, als er am Strande, nahe der »Kräuter-Bucht« landete, einige verdächtige Anzeichen. Hier lagen nämlich Trümmer des Bootes und mehrere Schuhe, deren einer dem vermissten Offizier gehört hatte. Gleichzeitig fand ein Matrose ein Stück frisches Fleisch, das man für Hundefleisch hielt, da die Gewohnheit der Menschenfresserei von dieser Bevölkerung noch nicht bekannt war.

»Wir öffneten später, sagt Kapitän Furneaux, etwa zwanzig am Ufer stehende und mit Stricken verschnürte Körbe. Die einen enthielten geröstetes Fleisch, die anderen Farrenwurzeln, welche den Eingeborenen als Brot dienen. Bei weiterer Nachsuchung fanden wir auch eine Hand, in der wir die Thomas Hills, an den nach Art der Tahitianer darauf tätowierten Buchstaben T. H., wieder erkannten.«

In einiger Entfernung bemerkte der Offizier vier Pirogen und eine Menge Eingeborene um prasselnde Flammen versammelt. Die Engländer gaben auf dieselben Feuer und jagten damit die Neuseeländer in die Flucht, bis auf zwei, welche nur sehr kaltblütig zurückwichen. Einer derselben wurde noch nachträglich verwundet und die Matrosen gingen nun nach jener Stelle.

»Hier trat uns ein wahrhaft entsetzliches Bild vor die Augen; Köpfe, Herzen und Lungen mehrerer unserer Leute lagen im Sande umher und daneben bissen sich die Hunde um die Eingeweide der Ermordeten.« Der Offizier hatte zu wenig Mannschaft - nur zehn Mann - um für dieses scheußliche Blutbad Rache zu nehmen. Übrigens schlug auch das Wetter um, die Wilden rotteten sich in großer Menge zusammen, und er musste sich beeilen, die »Aventure« wieder zu erreichen.

»Ich glaube immerhin nicht, sagt Kapitän Furneaux, dass diese Schlächterei vonseiten der Wilden vorher geplant war; denn an demselben Morgen, da Rowe das Schiff verließ, begegnete er zwei Pirogen, welche in unserer Nähe ans Land gingen und stets in derselben Bucht liegen blieben. Das Blutbad wurde wahrscheinlich durch eine auf der Stelle ausgefochtene Streitigkeit hervorgerufen; vielleicht hatten unsere Leute auch jede vernünftige Vorsichtsmaßregel außer Acht gelassen, und die Gelegenheit verführte die Indianer. Die Neuseeländer traten überhaupt weniger scheu auf, als sie gesehen hatten, dass auch ein Flintenschuss nicht immer Schaden bringe, und dass man die Waffe erst laden müsse, bevor sie wieder zu gebrauchen sei.«

Bei diesem traurigen Vorfall verlor die »Aventure« zehn ihrer besten Matrosen. Furneaux hatte Neuseeland am 23. Dezember 1773 verlassen, das Kap Horn umschifft, am Kap der Guten Hoffnung gerastet und war am 14. Juli 1774 nach England zurückgekehrt.

Cook verließ nach Einnahme der nötigen Nahrungsmittel und vollendeter Ausbesserung seines Schiffes die False-Bucht am 27. Mai, ging bei St. Helena, Aszension, Fernando de Noroncha und bei Fayal, einer der Azoren, ans Land, und lief am 29. Juli 1775 endlich in Plymouth ein. Er hatte während dieser langen Reise von drei Jahren und achtzehn Tagen nur den Verlust von vier Mann zu beklagen, ohne freilich die zehn Matrosen zu zählen, die auf Neuseeland ermordet wurden.

Niemals bisher lieferte eine Expedition eine so reichliche Ernte an Entdeckungen, an hydrografischen, physikalischen und ethnografischen Beobachtungen. Viele dunkle Punkte in den Berichten früherer Reisender waren durch die gelehrten und scharfsinnigen Untersuchungen Cooks aufgeklärt worden. Dazu kamen die wichtigen Entdeckungen Neu-Kaledoniens und die der Osterinsel. Auch die so lange streitige Frage wegen des Vorhandenseins eines südlichen Festlandes erhielt endlich ihre Lösung. Der große Seeheld empfing nun auch sofort die durch seine Mühen und Arbeiten wohlverdiente Belohnung. Neun Tage nach seiner Ankunft schon wurde er zum Schiffskapitän, und am 29. Februar 1776 zum Mitglied der königlichen Gesellschaft der Wissenschaften zu London ernannt.

Fünftes Kapitel.

Dritte Reise des Kapitän Cook.

I.

Aufsuchung der von den Franzosen entdeckten Länder. - Die Kerguelen. - Aufenthalt in Van-Diemens-Land. - Königin Charlotten-Kanal. - Die Insel Palmerston. - Große Feste auf der Insel Tonga.

Der Gedanke, welcher früher so viele Forscher veranlasst hatte, nach den Grönländischen Meeren zu segeln, beherrschte damals alle Köpfe. Existierte im Norden wirklich eine Wasserstraße, welche den Atlantischen und den Pazifischen Ozean entweder längs der amerikanischen oder der asiatischen Küste verband? Und wenn diese Straße vorhanden war, eignete sich dieselbe wohl für die Schifffahrt? Noch in jüngster Zeit hatte man diesen Seeweg durch die Hudsons- und Baffins-Bay zu erforschen versucht, jetzt sollte dasselbe vom Pazifischen Ozean aus unternommen werden.

Die Aufgabe war schwierig. Die Lords der Admiralität erkannten von vornherein, dass sie deren Ausführung nur einem, mit den Gefahren der Polarmeere bekannten Seemanne anvertrauen konnten, der sich schon unter schwierigen Verhältnissen erprobt hatte und dessen Talente, Erfahrung und Kenntnisse voraussetzen ließen, dass er bei den für eine solche Expedition unvermeidlich großen Vorbereitungen auch einen entsprechenden Erfolg erzielen werde. Kein anderer als Kapitän Cook vereinigte in sich alle die verlangten Eigenschaften. Man wendete sich also an diesen. Obwohl er den Rest seiner Tage recht gut hätte in der ihm übertragenen Stellung am Observatorium in Greenwich hinbringen und von dem durch zwei glückliche Erdumsegelungen erworbenen Ruhme zehren können, zauderte Cook doch keinen Augenblick.

Man übergab ihm zwei Schiffe, die »Resolution« und die »Discovery«, letztere unter Führung des Kapitän Clerke, welche ebenso wie zu der letzten Reise ausgestattet wurden.

Die Instruktionen des Oberbefehlshabers der Expedition lauteten dahin, erst das Kap der Guten Hoffnung anzulaufen, dann im Süden zu kreuzen, um die kurz vorher von den Franzosen entdeckten Inseln aufzusuchen, welche unter 48 Grad der Breite und etwa unter dem Meridiane der Insel Maurice liegen sollten. Dann sollte er, wenn er es für angezeigt hielte, nach Neuseeland gehen, bei den Gesellschaftsinseln rasten und daselbst den Tahitianer Mai ausschiffen, ferner Neu-England besuchen, aber alle spanischen Besitzungen in Amerika vermeiden und durch das arktische Eismeer nach der Hudsons- und Baffins-Bay vordringen, mit anderen Worten, die Nordwest-Passage von Osten her aufsuchen. Nachdem sich die Mannschaften dann bei Kamtschatka erholt, sollte er wieder in See gehen und nach England auf dem Wege zurückkehren, den er selbst für die Bereicherung der Erd- und Schifffahrtskunde für den ersprießlichsten erachtete.

Die beiden Schiffe fuhren nicht gleichzeitig ab. Die »Resolution« ging von Plymouth schon am 12. Juli 1776 unter Segel und traf am Kap mit der »Discovery« zusammen, welche England erst Anfangs August verlassen konnte. Die letztere hatte durch einen Sturm schwer gelitten und musste frisch kalfatert werden, durch welche Arbeit die beiden Schiffe einen Aufenthalt bis zum 30. November erfuhren. Der Kommandant benutzte diese Zeit, um lebende Tiere einzukaufen, welche er in Tahiti und Neuseeland auszuschiffen gedachte, und um die für eine zweijährige Reise notwendigen Proviant-Vorräte zu sammeln.

Nach zweitägiger Fahrt gegen Südosten entdeckte man unter 46° 53' südlicher Breite und 37° 46' östlicher Länge zwei Inseln. Der sie trennende Kanal ward durchsegelt, wobei man erkannte, dass dessen Ufer steil, unfruchtbar und unbewohnt waren. Aufgefunden wurden dieselben nebst vier anderen, zehn bis zwölf Grade weiter östlich gelegenen, zuerst von den französischen Kapitänen Marion Dufresne und Crozet im Jahre 1772.

Am 24. Dezember bekam Cook die von Herrn von Kerguelen auf seinen beiden Reisen in den Jahren 1772 und 1773 aufgenommenen Inseln zu Gesicht.

Wir verweilen hier nicht bei den Beobachtungen des englischen Seemannes in diesem Archipel. Da sie mit denen von Kerguelen vollständig übereinstimmen, bewahren wir diese auf bis zur Erzählung der Fahrt jenes Reisenden. Wir begnügen uns vorläufig mitzuteilen, dass Cook dessen Küste sorgfältig aufnahm und am 31. Dezember von hier absegelte. Eine Strecke von mehr als dreihundert Meilen legten die Fahrzeuge in dichtem Nebel zurück.

Am 26. Januar fiel der Anker in der Bay Aventure in Van-Diemens-Land, an der nämlichen Stelle, wo Furneaux vier Jahre vorher gelegen hatte. Einige Eingeborene besuchten die Engländer und nahmen die ihnen dargebotenen Geschenke ohne jedes Zeichen besonderer Befriedigung in Empfang.

»Sie waren, so meldet der Bericht, von gewöhnlicher Gestalt, doch etwas klein, hatten schwarze Haut und Haare, letztere ebenso wollig wie die Neger von Neuguinea; sie besaßen aber nicht die wulstigen Lippen und die platt gedrückte Nase wie die Negerstämme Afrikas. Ihre Züge erschienen nicht unangenehm, die Augen klar und glänzend, die Zähne sehr regelmäßig, aber ziemlich schmutzig. Kopfhaar und Bart pflegten sie mit einer rötlichen Masse einzusalben; einzelne hatten auch das Gesicht mit demselben Stoffe bemalt.«

Diese Beschreibung ist ebenso treffend als wertvoll. Jetzt ist nämlich auch der letzte Tasmanier gestorben und mit ihm, übrigens schon vor einigen Jahren, die ganze Rasse vom Erdboden verschwunden.

Am 30. Januar lichtete Cook die Anker und steuerte nach seinem gewöhnlichen Landungsplatze im Königin Charlotte-Kanal. Bald umschwärmten die Pirogen wieder die Schiffe; kein Eingeborener wagte jedoch an Bord zu kommen, weil die Leute fest glaubten, die Engländer seien nur zurückgekehrt, um die Niedermetzelung ihrer Landsleute zu rächen. Als sie sich aber von der Irrigkeit dieser Annahme überzeugten, setzten sie alles Misstrauen und jede Zurückhaltung beiseite. Der Kommandant erfuhr auch bald durch Mai, der die Sprache der Seeländer verstand, die Ursache jenes entsetzlichen Vorfalles.

Im Grase gelagert, nahmen die Engländer nämlich ihre Abendmahlzeit ein, als die Eingeborenen mehrere Kleinigkeiten stahlen. Einer derselben wurde eingeholt und von einem Matrosen durchgeprügelt. Auf das Wehgeschrei des Wilden kamen dessen Landsleute herbeigelaufen, stürzten auf die Seeleute von der »Aventure« und töteten zwei derselben, unterlagen aber bald im Kampfe gegen die Übermacht. Mehrere Seeländer bezeichneten dem Oberbefehlshaber den Anführer bei dem Blutbade und drangen selbst in ihn, jenen mit dem Tode zu bestrafen. Cook verweigerte es zur großen Verwunderung der Eingeborenen und zum Erstaunen Mais, der zu ihm sagte: »In England tötet man den Menschen, der einen andern ermordet hat; dieser hier hat zehn umgebracht und Ihr wollt Euch nicht rächen?«

Vor seiner Abreise setzte Cook nochmals Schweine und Ziegen in der Hoffnung ans Land, dass sie sich doch noch in Neuseeland akklimatisieren würden.

Mai hatte den Gedanken ausgesprochen, einen Neuseeländer nach Tahiti mitzunehmen. Zwei erboten sich, ihn zu begleiten. Cook widersetzte sich zwar deren Aufnahme nicht, sagte ihnen aber im Voraus, dass sie ihre Heimat wahrscheinlich niemals wiedersehen würden. Als die Schiffe dann Neuseelands Küsten aus den Augen verloren, konnten die beiden jungen Leute ihre Tränen nicht zurückhalten. Zu ihrem Schmerze gesellte sich auch noch die Seekrankheit. Als sie diese verloren, war auch ihr Kummer vorüber, und bald schlossen sie sich enger an ihre neuen Freunde an.

Am 29. März wurde eine Insel entdeckt, welche die Eingeborenen Mangea nannten. Auf Mais Zureden hin entschlossen sie sich, auf die Schiffe zu kommen.

Klein von Gestalt, aber kräftig und wohl gebaut, trugen sie das Haar in einem Knoten auf dem Kopfe, den Bart unbeschnitten, und erschienen an manchen Stellen des Körpers tätowiert. Cook wäre hier gern einmal ans Land gegangen, doch verzichtete er darauf wegen des feindseligen Auftretens der Urbewohner.

Vier Meilen weiter wurde eine andere, der ersten ganz ähnliche Insel entdeckt. Die Einwohner hier erwiesen sich zugänglicher und Cook versäumte deshalb nicht, unter Führung des Leutnant Gore und mit Mai als Dolmetscher eine Abteilung an das Ufer zu schicken. Der Naturforscher Anderson, Gore, noch ein anderer Offizier, Namens Burney und Mai, betraten allein und ohne Waffen den Strand, auf die Gefahr hin, misshandelt zu werden.

Man empfing sie mit großer Feierlichkeit und führte sie durch eine Kette von Kriegern mit der Keule auf der Schulter vor drei Häuptlinge, deren Ohren mit roten Federn geschmückt waren, wo sie zwanzig Frauen nach einer sehr langsamen schwermütigen Melodie tanzen sahen, die ihrer Ankunft keinerlei Aufmerksamkeit schenkten. Hier trennte man die Offiziere voneinander, und diese bemerkten, dass die Eingeborenen sich alle Mühe gaben, ihre Taschen zu entleeren, sodass sie schon für ihre Sicherheit zu fürchten begannen, als Mai ihre Wiedervereinigung durchsetzte. Den ganzen Tag über wurden sie zurückgehalten und genötigt, ihre Kleidung abzulegen, damit die Eingeborenen sich durch den Augenschein von der Farbe ihrer Haut überzeugen könnten; doch kam die Nacht ohne schlimmeren Zwischenfall heran und die Besucher kehrten nach ihrer Schaluppe zurück, wohin man Kokosnüsse, Bananen und andere Früchte in Menge nachbrachte. Vielleicht verdankten die Engländer ihr Heil nur Mais Beschreibung der furchtbaren Wirkung ihrer Feuerwaffen und einem vor den Augen der Eingeborenen angestellten Experimente, bei dem jener eine Kartusche abbrannte.

Unter der Menschenmenge am Strande hatte Mai auch drei Landsleute angetroffen. In der Anzahl von zwanzig Mann auf einer Piroge abgefahren, um sich nach Ulitea zu begeben, waren diese Tahitianer durch stürmische Winde aus ihrer Richtung verschlagen worden. Da eine solche Überfahrt gewöhnlich nicht lange dauert, hatten jene auch keine Lebensmittel mitgenommen. Anstrengung und Hunger hatten schon sechzehn getötet, als die Piroge mit den vier letzten, ebenfalls halbtoten Insassen kenterte. Die Schiffbrüchigen vermochten jedoch noch den Rand des Bootes zu erfassen und sich über dem Wasser zu halten, bis sie durch herbeieilende Bewohner von Wateroo aufgenommen wurden. Vor zwölf Jahren schon hatte jener Unfall sie an diese Küste geworfen, die eine Entfernung von 200 Meilen von ihrer heimatlichen Insel trennte. Jetzt waren sie schon durch Familienbande und die freundschaftlichsten Beziehungen mit dem fremden Volke verknüpft, dessen Sitten und Sprachen mit den ihrigen vollkommen übereinstimmten. Sie lehnten es auch ab, wieder nach Tahiti zurückzukehren.

»Diese Erfahrung, sagt Cook, erklärte es, besser als alle aufgestellten Theorien, wie sich alle voneinander abgesonderten Teile der Erde und speziell die Inseln des Pazifischen Ozeans haben bevölkern können, mindestens diejenigen, welche entfernt von einem Festlande und auch weit voneinander liegen.«

Genannte Insel Wateroo ist übrigens unter 20° 1' der Breite und 201° 45' östlicher Länge von Greenwich zu suchen.

Bald erreichten die beiden Schiffe eine Nachbarinsel, Namens Wenooa, an welcher Gore ans Ufer ging, um Futter zu holen. Sie war unbewohnt, obwohl sich Überreste von Hütten und Grabmälern vorfanden.

Am 5. April kam Cook in Sicht der Insel Harvey, die er während seiner zweiten Reise im Jahre 1773 entdeckt hatte. Damals erschien ihm dieselbe gänzlich verlassen. Desto mehr nahm es ihn Wunder, mehrere Pirogen vom Ufer abstoßen und auf das Schiff zukommen zu sehen. Die Eingeborenen konnten sich jedoch nicht entschließen, an Bord zu kommen. Ihr wildes Aussehen und drohendes Auftreten verriet indes eher alles Andere als freundschaftliche Gesinnungen. Das Idiom derselben näherte sich der Sprache in Tahiti noch mehr als auf irgendeiner anderen vorher besuchten Insel.

Leutnant King, der zur Aufsuchung eines Wasser-Platzes ausgesendet worden war, konnte keinen solchen finden. Übrigens machten die mit Spießen und Keulen bewaffneten Urbewohner Miene, jeden weiteren Landungsversuch mit Gewalt zurückzuwerfen.

Da Cook nun Wasser und Futter notwendig brauchte, beschloss er, nach den Inseln der Freunde zu segeln, wo er Erfrischungen für die Mannschaft und Futter für die Tiere bestimmt zu finden hoffte.

Übrigens war die Jahreszeit schon zu weit vorgeschritten und die Entfernung von hier nach dem Pole noch zu beträchtlich, um in der nördlichen Halbkugel noch etwas Nennenswertes ausrichten zu können.

Durch widrige Winde gehindert, Middelbourg oder Eoa anzulaufen, wie er anfangs beabsichtigte, wandte sich der Kommandant nun nach der Insel Palmerston, bei der er am 14. April anlangte, und wo er neben Löffelkraut und Kokosbäumen auch Vögel in Überfluss antraf. Genannte Insel besteht eigentlich nur aus der Vereinigung neun niedriger Eilande, welche als die Riffspitzen einer und derselben Korallenbank zu betrachten sein dürften.

Am 28. April erreichten die Engländer die Insel Komango, deren Bewohner Kokosnüsse, Bananen und andere Nahrungsmittel in großer Menge herbeischafften. Dann segelten sie nach Annamooka, das gleichfalls dem Archipel der Freunde angehört.

Cook erhielt am 6. Mai den Besuch eines Häuptlings von Tongatabu, Finaou mit Namen, der sich für den König aller Inseln der Freunde ausgab.

»Ich empfing von dieser hohen Persönlichkeit, sagt er, zwei Fische als Geschenk, welche mir seine Diener brachten, und beschloss, des Nachmittags meinen Gegenbesuch bei ihm abzustatten. Er kam mir entgegen, sobald er mich am Lande sah. Sein Alter schätze ich auf etwa dreißig Jahre, er war groß aber schwächlich; auch habe ich nirgends auf diesen Inseln eine Physiognomie gesehen, die einem europäischen Gesicht mehr geglichen hätte, als die seine.«

Als alle Hilfsmittel, welche die Insel zu bieten vermochte, erschöpft waren, besuchte Cook eine Gruppe Eilande, Hapaee genannt, wo er, auf die Anordnung Finaous hin, einen recht freundlichen Empfang fand und sich mit Schweinen, Wasser, Früchten und Wurzeln reichlich versorgen konnte. Eingeborene Krieger veranstalteten zur Belustigung der Engländer wiederholt, durch den Gebrauch der Keule und durch Faustkämpfe auffallende Spiele.

»Am meisten verwunderte es uns, heißt es in dem Berichte, zwei hochgewachsene Frauen auftreten zu sehen, welche sich ohne weiteres und mit gleicher Gewandtheit wie die Männer mit den Fäusten zu Leibe gingen. Doch währte der Wettkampf nur eine halbe Minute, als die eine Amazone sich schon für besiegt erklärte. Die Siegerin ward von der Versammlung mit denselben Beifallsbezeugungen geehrt, wie die Männer, welche ihre Rivalen durch Geschick oder Kraft überwunden hatten.« Festlichkeiten und Spiele waren aber hiermit noch nicht zu Ende. Gegen hundertfünfzig Teilnehmer führten beim Klange zweier Trommeln, oder vielmehr ausgehöhlter Baumstämme, den noch ein Sängerchor begleitete, einen Massentanz auf. Als Erwiderung ließ, Cook seine Marinesoldaten im Feuer exerzieren und zum Schluss einen Kanonenschuss abgeben, der die Eingeborenen ganz unglaublich in Verwunderung setzte. Um in diesem Wechselspiel von Belustigungen nicht nachzustehen, gaben die Insulaner zunächst noch ein Konzert und dann einen Tanz zum Besten, bei dem zwanzig mit Girlanden aus Chinarosen geschmückte Weiber mitwirkten. Diesem großen Ballet folgte noch ein anderes von fünfzehn Männern. Wir würden indes gar kein Ende finden, wollten wir das ganze Programm dieses enthusiastischen Empfanges im Einzelnen schildern, das den Tonga-Archipel seines Namens der Inseln der Freunde würdig zeigte.

Am 23. Mai meldete Finaou, der vorgebliche König des gesamten Archipels, Cook seine Abreise nach der Nachbarinsel Varaoo. Er mochte dazu wohl, gute Gründe haben, denn es war ihm Nachricht von der bevorstehenden Ankunft des wirklichen Souveräns, der sich Futtahaie oder Pulaho nannte, zu Ohren gekommen.

Pulaho war ungewöhnlich dick und glich bei seiner geringen Körpergröße fast einer Tonne. Wenn bei diesen Insulanern die Rangstellung in gleichem Verhältnisse zum Körperumfange stand, so mochte das wohl der mächtigste Häuptling unter allen sein, welche die Engländer bisher getroffen hatten. Intelligent, ernst und gesetzt besichtigte er das Schiff mit Allem, was ihm Neues vor Augen trat, höchst eingehend, stellte sehr verständige Fragen und erkundigte sich auch nach der Ursache des Erscheinens der Fahrzeuge. Seine Höflinge wollten ihn durchaus nicht in das Zwischendeck hinabsteigen lassen, da er »Tabu« (Gefeit) und es nicht gestattet sei, über seinem geheiligten Haupte zu wandeln. Cook ließ darauf durch seinen Dolmetscher Mai antworten, er werde verbieten, dass Jemand den Platz über seinem Zimmer betrete, worauf Pulaho mit dem Kapitän speiste. Er aß nur wenig, trank fast gar nicht und lud Cook ein, mit ans Land zu kommen. Die vonseiten aller Insulaner gegenüber Pulaho erwiesene Ehrerbietung überzeugte den Kommandanten, dass er es nun wirklich mit dem König zu tun habe.

Am 29. Mai ging Cook indessen wieder unter Segel und kehrte nach Annamooka, später nach Tongatabu zurück, wo ihm zu Ehren ein Fest oder »Heiva« veranstaltet wurde, das alles früher Gesehene weit hinter sich zurückließ.

»Gegen Abend, sagt er, genossen wir den Anblick eines »Bomai«, d. h. man führte nächtliche Tänze vor der Wohnung Finaous auf. Diese dauerten etwa drei Stunden lang, während welcher Zeit wir zwölf Tänze sahen. Darunter waren einige mit Tänzerinnen, in deren Mitte dann eine Anzahl Männer trat, die einen Kreis innerhalb jener schlossen. Vierundzwanzig andere Männer führten einen dritten Tanz unter den wunderbarsten, mit rauschendem Beifall aufgenommenen Armbewegungen auf, wie wir sie noch niemals gesehen hatten. Einmal ward auch das Orchester abgelöst. Finaou erschien an der Spitze von fünfzig Tänzern auf dem Schauplatze in prächtigem Schmucke; seine Kleidung bestand dabei aus Leinwand und einem langen Stück Gaze, während er um den Hals eine Menge kleiner Figuren trug.«

Als es Cook nach dreimonatlicher Rast an diesem reizenden Platz an der Zeit schien, weiter zu segeln, verteilte er einige vom Kap aus mitgenommene Tiere und ließ durch Mai, neben einer Anweisung für die Zucht derselben, erklären, welchen Nutzen dieselben gewähren könnten. Vor der Abreise besuchte er noch einen »Fiatooka« oder Friedhof, der dem König gehörte und aus drei geräumigen Gebäuden bestand, die am Rande eines oben eingeebneten Hügels aufgeführt waren. Die Wände dieser Bauwerke, sowie die sie tragenden künstlichen Hügel selbst hatte man mit hübschen Kieseln bedeckt, das Ganze aber durch flache, auf der hohen Kante stehende Steine abgeschlossen.

»Eines dieser Häuser stand an einer Seite offen und darin befanden sich - ein bisher nicht gehabter Anblick - zwei roh bearbeitete hölzerne Büsten, die eine nahe dem Eingänge, die andere etwas weiter im Inneren. Bis an die Pforte begleiteten uns zwar die Eingeborenen, keiner wagte aber die Schwelle zu überschreiten. Auf unsere Frage nach der Bedeutung dieser Büsten, erhielten wir die Aufklärung, dass dieselben nicht etwa Gottheiten darstellten, sondern nur zur Erinnerung der in dem Fiatooka begrabenen Häuptlinge errichtet seien.«

Von Tongatabu am 10. Juli abgesegelt, begab sich Cook nach der kleinen Insel Eoa, wo ihn sein alter Freund Tai-One mit gewohnter Herzlichkeit empfing. Der Kommandant vernahm von ihm, dass alle die verschiedenen, den Archipel bildenden Inseln dem Beherrscher von Tongatabu gehörten, welche sie als das »Land der Häuptlinge« bezeichneten. Unter Pulahos Herrschaft stehen folglich nicht weniger als hundertdreiundfünfzig Inseln. Die bedeutendsten derselben sind Vavao und Hamao. Die Viti-Insel oder Fidschi-Inseln, welche ebenfalls hierzu gerechnet werden, waren von einem sehr kriegerischen und an Intelligenz den der Inseln der Freunde weit überragenden Stamme bewohnt.

Von den zahlreichen und interessanten Beobachtungen sowohl des Kapitäns als des Naturforschers Anderson übergehen wir nur diejenigen, welche sich auf die Sanftmut und Friedfertigkeit der Urbewohner beziehen. Wenn Cook bei seinen wiederholten Besuchen dieses Archipels den Empfang seitens der Eingeborenen nur zu rühmen hatte, so kommt das daher, dass er von der heimlichen Absicht Finaous und anderer Häuptlinge, die ihn bei dem nächtlichen Feste in Hapaee umbringen und sich der Schiffe bemächtigen wollten, niemals eine Ahnung hatte. Seine Nachfolger konnten eben nicht dasselbe Loblied anstimmen, und wenn man nicht von der Wahrheitsliebe des berühmten Seehelden allzu fest überzeugt wäre, würde man eher zu der Annahme neigen, dass er diesem Archipel den Namen der Inseln der Freunde nur per Antiphrasin gegeben habe.

Bei dem Tode eines nahen Angehörigen pflegen die Bewohner von Tonga sich mit den Fäusten gegen die Wangen zu schlagen und mit Haifischzähnen zu verwunden, was die häufigen Geschwulste und Narben, die man bei ihnen im Gesichte findet, hinlänglich erklärt. Schweben sie selbst in Todesgefahr, so opfern sie ein oder zwei Glieder des kleinen Fingers, um die Gottheit zu versöhnen, und Cook sah unter je zehn Eingeborenen nicht Einen, der ohne eine solche Verstümmelung gewesen wäre.

»Das Wort »Tabu«, sagt er, das im Leben dieser Volksstämme eine so bedeutsame Rolle spielt, hat einen sehr umfassenden Sinn... Wenn das Berühren irgendeines Gegenstandes verboten ist, so sagen sie, er sei »Tabu«. Sie teilten uns auch mit, dass das Haus jedes seiner Untertanen, welches der König einmal betrete, dadurch »Tabu« werde und von dem Inhaber fernerhin nicht bewohnt werden dürfe.«

Was ihre Religion betrifft, so glaubte Cook dieselbe ziemlich gut kennen gelernt zu haben. Ihr Hauptgott, Kallafutonga, zerstört in seinem Zorne die Frucht des Landes und säet die Krankheiten und den Tod aus. Auf den verschiedenen Inseln herrschen zwar nicht die nämlichen religiösen Vorstellungen, doch nimmt man überall eine Unsterblichkeit der Seele an. Wenn sie ihren Gottheiten endlich kein Opfer an Früchten oder anderen Bodenerzeugnissen darbringen, so opfern sie ihnen dafür leider sogar Menschen.

Am 17. Juli verlor Cook die Tonga-Inseln aus dem Gesichte und am 8. August gelangte die Expedition, nach anhaltend stürmischem Wetter, durch das die »Discovery« nicht unerhebliche Havarien erlitt, nach einer von den Urbewohnern »Tabuai« genannten Insel.

Alle Überredungskünste der Engländer, die Eingeborenen zum Besteigen der Schiffe zu bestimmen, blieben erfolglos. Letztere verließen niemals ihre Kanus und luden vielmehr die Fremden ein, zu ihnen heranzukommen. Da die Zeit aber drängte und Cook weiteren Proviants jetzt nicht mehr bedurfte, hielt er sich nicht länger bei dieser Insel auf, welche ihm fruchtbar erschien und nach Aussage der Bewohner an Schweinen und Geflügeln Überfluss besaß. Die großen, starken und lebhaften, von Angesicht aber roh und wild aussehenden Eingeborenen sprachen das Idiom der Tahitianer, sodass man sich leicht mit ihnen verständigen konnte.

Wenige Tage später erhoben sich die grünenden Berggipfel Tahitis über den Horizont und die Fahrzeuge hielten bald darauf vor der Halbinsel Tairabu an, wo Mai seitens seiner Landsleute nur ein sehr kühler Empfang zu Teil wurde. Selbst sein Schwager, der Häuptling Outi, wollte ihn kaum wiedererkennen; als Mai ihm jedoch die mit heimgebrachten Schätze zeigte und vor allem jene roten Federn, die bei der vorigen Reise Cooks in so hohem Ansehen standen, änderte Outi schnell sein Benehmen, behandelte Mai mit großer Zärtlichkeit und bot ihm den Austausch ihrer Namen an. Mai ließ sich von dieser plötzlichen Freundlichkeit nur zu schnell fesseln und sich, bevor Cook noch dazwischen treten konnte, fast aller seiner Schätze berauben.

Die Schiffe führten selbst rote Federn in reichlicher Menge, wofür denn auch viele Früchte, Schweine und Geflügel zu erhalten waren. Dennoch segelte Cook bald nach der Bay von Matavai weiter, wo König O-Too sofort aus seiner Residenz herbeieilte, um seinen alten Freund zu besuchen. Auch hier wurde Mai von seinen Landsleuten sehr verächtlich behandelt, und obwohl er sich dem Könige zu Füßen warf und ihm ein Büschel roter Federn und drei Stück Goldstoff anbot, würdigte dieser ihn kaum eines Blickes. So wie in Tairabu zog man indes bald andere Saiten auf, als Mais Reichtum bekannt wurde; letzterer aber bewegte sich mit Vorliebe in der Gesellschaft von nichtswürdigen Schlauköpfen, die sich seinen Missmut zunutze machten und ihn dabei auszuplündern wussten, weshalb es ihn auch nicht gelang, auf O-Too und die anderen Häuptlinge einen für die Beförderung der Zivilisation erwünschten Einfluss zu gewinnen.

Schon lange hatte Cook zwar davon gehört, dass auf Tahiti auch noch Menschenopfer gebräuchlich seien, dem Gerüchte aber immer keinen Glauben geschenkt. Jetzt sollte ihn eine Zeremonie, der er in Atahuru beiwohnte, eines Anderen belehren. Um den Atoua, oder die Gottheit, einem gegen die Insel Eimeo geplanten Kriegszuge günstig zu stimmen, wurde ein Mann von niedriger Herkunft in Gegenwart des Königs mit der Keule erschlagen. Die Haare und ein Auge des Schlachtopfers legte man darauf diesem vor, als letzte Symbole der Anthropophagie, welche ehemals auf der Inselgruppe herrschte. Gegen Ende der barbarischen Zeremonie, welche auf ein Volk mit so sanften Sitten einen um so hässlicheren Flecken wirft, flog eine Taucherente durch das Laubwerk in der Nähe. »Das ist der Atoua!« rief O-Tov ganz entzückt über das glückliche Vorzeichen.

Am nächsten Tage nahm die Zeremonie mit einem Sühnopfer von Schweinen ihren Fortgang. Ganz nach Art der römischen Haruspizes, bemühten sich die Priester aus den letzten Zuckungen der Opfertiere den Ausgang der Expedition zu enträtseln.

Cook, der der ganzen Zeremonie schweigend beiwohnte, konnte nach deren Beendigung doch das Entsetzen nicht verhehlen, das sie ihm eingeflößt hatte. Mai war dabei sein beredter und unerschrockener Dolmetscher. Auch Towha konnte seinen Zorn kaum bemeistern. »Hätte der König in England einen Menschen hingemordet, sagte der junge Tahitianer, wie er es eben hier mit dem unglücklichen, schuldlosen Schlachtopfer getan, das er seinem Gotte darbrachte, so hätte er dem Galgen, der einzigen für Mörder und Totschläger bestimmten Strafe, unmöglich entgehen können.«

Diese etwas erregte Auslassung Mais war hier nun freilich nicht am rechten Platze, und Evok musste ihn daran erinnern, dass in verschiedenen Ländern eben verschiedene Sitten herrschten. Es wäre sinnlos gewesen. für diese in Tahiti zur Gewohnheit gewordenen Vorgänge hier dieselbe Strafe in Anwendung zu bringen, weil jene in London als Verbrechen aufgefasst würden. Jeder ist Herr in seinem Hause, sagt schon ein althergebrachtes Sprichwort. Das haben die europäischen Mächte gar zu sehr vergessen. Unter dem Deckmantel der zu verbreitenden Zivilisation vergossen sie nicht selten mehr Menschenblut, als ohne ihre rücksichtslose Intervention geflossen wäre.

Bevor er Tahiti verließ, übergab Cook an O-Too noch die mit so großer Mühe aus Europa mitgenommenen Tiere. Es waren das Gänse, Enten, indische Hühner, Ziegen, Schafe, Pferde und Rinder. O-Too wusste seiner Dankbarkeit gegen den »Areeke no Pretone« (den König von Britannien) gar keinen Ausdruck zu leihen, vorzüglich als er sah, dass die Engländer eine Doppelpiroge, die er durch die geschicktesten Künstler als Geschenk für seinen Freund, den König von England hatte anfertigen lassen, ihrer Größe wegen nicht mit an Bord nehmen konnten.

Am 30. September verließen die »Resolution« und die »Discovery« Tahiti und gingen bei Eimeo vor Anker. Der Aufenthalt hierselbst sollte durch einen sehr peinlichen Vorfall gestört werden. Schon seit einigen Tagen waren nämlich kleinere Diebstähle vorgekommen, als nun auch eine Ziege gestohlen wurde. Cook ließ, um ein Exempel zu statuieren, fünf bis sechs Hütten einäschern und eine noch größere Zahl Pirogen anzünden, während er den König mit seinem ganzen Zorn bedrohte, wenn das Tier nicht sofort wieder zur Stelle geschafft würde.

Sobald er Genugtuung erhalten, segelte der Kommandant nach Huaheine, wo Mai sich niederlassen sollte.

Durch reichliche Geschenke ließen sich die Häuptlinge des Bezirks von Ouare bestimmen, ein umfängliches Stück Land abzutreten. Cook errichtete darauf ein Haus und legte ringsum einen Garten an, der mit europäischen Gemüsen besäet wurde. Ferner schenkte er Mai zwei Pferde, Ziegen und Geflügel. Gleichzeitig überlieferte man ihm ein Panzerhemd nebst vollständiger Ausrüstung mit Pulvervorrat, Kugeln und Gewehren. Eine tragbare Orgel, eine Elektrisiermaschine, Feuerwerkskörper, Acker- und Küchengeräte vervollständigten die Sammlung nützlicher und wunderlicher Geschenke, welche den Tahitianern eine hohe Vorstellung von der europäischen Zivilisation beibringen sollten. Es wohnte zwar eine verheiratete Schwester Mais hier auf Huaheine, deren Mann nahm jedoch eine zu niedrige Stellung ein, als dass er jenen vor Beraubung hätte schützen können. Cook erklärte also feierlichst, dass der Eingeborene sein Freund sei, dass er bald wiederkomme, um sich zu überzeugen, wie man denselben behandelt habe, und dass er Diejenigen hart bestrafen werde, welche sich hierin etwas zu Schulden kommen ließen.

Diese Drohung verfehlte ihre Wirkung schon deshalb nicht, weil man einigen, kurz vorher von den Engländern auf frischer Tat ertappten Dieben wirklich die Haare rasiert und die Ohren abgeschnitten hatte. Etwas später ließ Cook in Raiatea die ganze Familie des Häuptlings Oreo gefangen nehmen, um die Wiederauslieferung einiger davongegangener Matrosen zu erzwingen. Überhaupt verminderte sich die Mäßigung, welche den Kapitän bei seiner ersten Reise so vorteilhaft auszeichnete, jetzt mehr und mehr. Er wurde jeden Tag herausfordernder und strenger, eine Sinnesänderung, welche für ihn die verderblichsten Folgen haben sollte. Die beiden Neuseeländer, die freiwilligen Begleiter Mais, wurden mit diesem ausgeschifft. Der ältere derselben bequemte sich leicht, auf Huaheine zu bleiben; der jüngere aber hatte eine so innige Zuneigung zu den Engländern gefasst, dass man ihn fast nur mit Gewalt entfernen konnte, während er seine Anhänglichkeit auf die rührendste Weise kundgab. Als Cook die Anker lichtete, rief ihm Mai noch ein letztes Lebewohl zu; seine ganze Haltung und seine Tränen bewiesen dabei, dass er den ihn treffenden Verlust völlig zu würdigen wisse.

Hatte Cook den jungen Tahitianer, der sich ihm so vertrauensvoll angeschlossen, auch von Herzen gern mit Wohltaten und Schätzen überhäuft, so war er wegen dessen Zukunft doch umsomehr besorgt. Er kannte ja seinen schwankenden, leicht erregbaren Charakter und hatte ihm Waffen nur ungern in die Hände gegeben, da er einen Missbrauch derselben fürchtete. Diese Befürchtungen sollten sich leider bewahrheiten. Von Seiten des Königs von Huaheine – der ihm seine Tochter zur Frau gab und ihn, seinen Namen vertauschend, Poars nannte, unter dem er fernerhin bekannt ist, - mit Aufmerksamkeiten überhäuft, benutzte er seine hohe Stellung nur dazu, sich grausam und unmenschlich zu bezeigen. Stets mit Waffen versehen, versuchte er seine Geschicklichkeit im Gewehr- und Pistolenschießen nun an seinen armen Landsleuten. Er hinterließ ein Andenken des Schreckens und die Erinnerung an seine Mordtaten verknüpfte sich lange Zeit hindurch mit der an die Reise der Engländer.

Nach dieser Insel besuchte Cook Raiatea, wo er seinen, jetzt der Oberherrschaft beraubten Freund Oree wiederfand; dann landete er am 8. Dezember bei Bolabola und kaufte daselbst dem König Pouni einen Anker ab, den Bougainville seiner Zeit verloren hatte.

Während des langen Aufenthaltes an den Gesellschaftsinseln vervollständigte Cook seine Sammlung geografischer, hydrografischer, ethnografischer und naturhistorischer Notizen, wobei ihn vorzüglich Anderson, aber auch sein ganzer Stab unterstützte, da Jedermann einen löblichen Eifer an den Tag legte, die Fortschritte der Wissenschaft zu befördern.

Am 24. Dezember entdeckte Cook eine neue, unbewohnte niedrige Insel, wo seine Leute zahlreiche Schildkröten einfingen, und welche zu Ehren des bevorstehenden hohen Festes den Namen »Christmas« erhielt.

Obwohl schon siebzehn Monate seit seiner Abfahrt aus England verflossen waren, betrachtete Cook seine Reise doch erst als angefangen. In der Tat hatte er ja von den Hauptaufgaben seiner Instruktion, den Norden des Atlantischen Ozeans zu erforschen und daselbst eine Durchfahrt über den Kontinenten zu suchen, noch so gut wie nichts zur Ausführung gebracht.

II.

Entdeckung des Sandwich-Archipels. - Untersuchung der Westküste Amerikas. - Jenseits der Behrings-Straße, - Rückkehr nach dem Hawaii-Archipel, - Cooks Tod, - Rückkehr der Expedition nach England.

Unter 160° der Länge und 20° nördlicher Breite bekamen die beiden Schiffe am 18. Januar 1778 die ersten Teile des Sandwich- oder Hawaii-Archipels in Sicht. Die Seefahrer überzeugten sich bald, dass die Gruppe bewohnt sei, denn es stießen von der Insel Atooi oder Tavaii eine große Anzahl Pirogen ab, welche sich um die Schiffe versammelten.

Die Engländer erstaunten nicht wenig darüber, diese Eingeborenen die Sprache Tahitis reden zu hören. Man trat mit denselben auch bald in freundschaftliche Verbindung, und schon am nächsten Tage ließen sich viele Insulaner zum Besteigen der Schiffe bestimmen. Ihr Erstaunen und ihre Bewunderung beim Anblick so vieler unbekannter Gegenstände gaben sie ebenso durch Blicke wie durch Bewegungen und wiederholte Ausrufe zu erkennen. Doch kannten sie schon das Eisen, das sie »Hamaita« nannten.

So viele Merkwürdigkeiten und kostbare Sachen erregten freilich auch ihre Habgier, und sie verschmähten kein erlaubtes oder unerlaubtes Mittel, sich in Besitz derselben zu setzen.

Geschicklichkeit und Neigung zum Stehlen waren bei ihnen nicht weniger entwickelt als bei den anderen Stämmen der Südsee; man musste jede Vorsicht aufbieten - und auch das erwies sich oft noch nutzlos - um sich ihrer Diebereien zu wehren. Als die Engländer sich unter Führung des Leutnant Williamson dem Ufer näherten, um zu sondieren und einen Ankerplatz auszuwählen, mussten sie den Widerstand der Eingeborenen mit Gewalt brechen. Der Tod eines der Wilden schüchterte sie freilich schnell ein und flößte ihnen eine hohe Meinung von der Macht der Fremdlinge ein.

Cook ließ sich, sobald als die »Resolution« und die »Discovery« verankert lagen, in der Bay von Quai-Mea ans Land rudern. Kaum hatte er dasselbe betreten, als sich ihm die, auf dem Strande zahlreich versammelten Eingeborenen zu Füßen warfen und ihre tiefste Ehrerbietung zu erkennen gaben. Dieser ungewohnte Empfang versprach einen angenehmen Aufenthalt, denn an Proviant schien es hier nicht zu mangeln, und Früchte, Schweine und Geflügel strömten von allen Seiten zusammen. Gleichzeitig halfen die Eingeborenen den Matrosen, die Wassertonnen zu füllen und nach den Schaluppen zu befördern.

Diese beruhigenden Aussichten veranlassten Anderson und den Maler Webber, sich tiefer in das Innere des Landes zu begeben. Bald standen sie vor einem Moral, der den Morais auf Tahiti in allen Stücken glich. Diese Entdeckung bekräftigte die Engländer in den Vermutungen, welche die Ähnlichkeit der Sprache von Hawaii mit der von Tahiti in ihnen erzeugt hatte. Eine Abbildung in Cooks Reiseberichte stellt das Innere jenes Moral dar. Man sieht darauf zwei stehende Gestalten, deren Oberkopf zum Teil unter hohen zylindrischen Mützen, ähnlich den Kopfbedeckungen der Statuen auf der Osterinsel, verschwindet. Hier begegnet man zum Mindesten also einer auffälligen Übereinstimmung, welche mancherlei zu denken gibt.

Zwei Tage über verweilte Cook an diesem Ankerplatze und hatte alle Ursache, mit dem Auftreten der Urbewohner zufrieden zu sein; dann nahm er die Nachbarinsel Onerheow in Augenschein. Trotz seines Wunsches, diesen so interessanten Archipel recht eingehend zu untersuchen, ging der Kommandant doch so bald wieder unter Segel und sah nun von ferne die Insel Ouhaou nebst dem Riffe von Taheora, was er Alles zusammen mit dem Namen des Sandwich-Archipels bezeichnet, an dessen Stelle später der ursprüngliche Name Hawaii getreten ist.

Anderson schildert die Hawaiianer als kräftige, schlanke Menschen von mittlerer Größe, mit offenem verlässlichen Charakter. Weniger verschlossen als die Bewohner der Inseln der Freunde, sind sie doch auch nicht so beweglich wie die Tahitianer. Sie schienen fleißig, geschickt und einsichtig, und ihre Pflanzungen bewiesen eine gewisse Kenntnis im Ackerbau. Sie zeigten nicht allein nicht jene sinnlose, kindische Neugierde beim Erblicken der europäischen Gegenstände, sondern suchten sich über deren Gebrauch zu unterrichten und ließen höchstens eine aus dem Gefühle ihrer Inferiorität entspringende Traurigkeit hindurchblicken.

Die Bevölkerung erschien ziemlich zahlreich und wurde allein für die Insel Tavaii auf 30 000 Seelen geschätzt. In der Art der Bekleidung, der Auswahl der Nahrungsmittel und in der Zubereitung derselben erkannte man leicht die Landessitten Tahitis wieder.

Für die Engländer Anregung genug, darüber nachzudenken, wie die Übereinstimmung der durch eine so weite Meeresfläche getrennten Stämme wohl zu erklären sei.

Während seines ersten Aufenthaltes kam Cook mit keinem Häuptlinge der Gegend in Berührung; nur Kapitän Clerke von der »Discovery« erhielt zuletzt den Besuch eines derselben. Es war ein noch junger, hübschgewachsener, vom Kopfe bis zu den Füßen in prachtvolle Stoffe gehüllter Mann, dem die Eingeborenen ihre Ehrfurcht dadurch bewiesen, dass sie sich vor ihm niederwarfen. Clerke suchte ihn durch einige Geschenke zu gewinnen und er erhielt als Gegengabe eine mit zwei kleinen, ziemlich geschickt geformten Figuren verzierte Vase, welche zum Genießen des »Kava«, eines bei den Bewohnern von Hawaii, wie bei denen von Tonga sehr gewöhnlichen Lieblingsgetränkes diente. Die gebräuchlichen Waffen bestanden in Bogen, Keulen und Lanzen, letztere aus sehr hartem und festem Holze, so wie in einer Art an beiden Enden zugespitztem Dolche, welcher »Paphoa« hieß. Die Sitte des »Tabu« herrschte hier ebenso allgemein wie auf den Inseln der Freunde, und bevor die Eingeborenen irgendetwas anrührten, erkundigten sie sich stets ängstlich, ob es nicht »Tabu« wäre.

Am 27. Februar schlug Cook wieder einen nördlichen Kurs ein und traf bald auf jene Steinalgen, von denen der Verfasser des Reiseberichtes von Lord Ansom spricht. Vom 1. März ab steuerte er dann nach Osten, um sich der amerikanischen Küste zu nähern, und fünf Tage darauf bekam er das von Franz Drake so genannte Neu-England zu Gesicht.

Die Expedition hielt sich nun stets auf dem hohen Meere und passierte das von Martin d'Aguilar schon am 19. Januar 1603 gesehene Kap Blanc, neben welches die Geografen den weiten Eingang zu einer Meerenge versetzten, deren Entdeckung sie dem genannten Seefahrer zuschrieben. Bald gelangte man in die Gegend der Juan de Fura-Enge, sah aber nichts, was derselben glich, obgleich diese wirklich vorhanden ist und die Insel Vancouver vom Festlande trennt.

Unter 49° 15' der Breite entdeckte Cook bald eine Bucht, die er die »Bay Hope« taufte. Er ging hier vor Anker, um etwas Holz einzunehmen und seiner ermüdeten Mannschaft einige Rast zu gönnen. Dass diese Küste bewohnt war, bewiesen drei Kanus, welche sich den Schiffen näherten.

»Einer der darin befindlichen Wilden, erzählt unser Reisender, erhob sich, begann eine lange Rede und machte gewisse Zeichen, die wir für eine Einladung, ans Land zu kommen, ansahen. Inzwischen warf er Federn auf uns zu und mehrere seiner Kameraden verbreiteten eine Art roten Staub oder Pulver in der Luft; der Redner war mit einem Felle bekleidet und hielt dabei einen Gegenstand in der Hand, durch dessen Schütteln er einen Ton wie von unseren Kinderschellen hervorbrachte. Dieser setzte sich nieder, als er von seiner Rede und Begrüßung, von der wir natürlich kein Wort verstanden, ermüdet schien; darnach ergriffen jedoch sofort zwei Andere das Wort; ihre Reden währten indes nicht so lange und wurden auch nicht mit solchem Eifer vorgetragen.«

Mehrere jener Eingeborenen hatten das Gesicht auf ungewöhnliche Weise rot bemalt und trugen dichte Federbüsche auf dem Kopfe. Obwohl sie ziemlich friedfertig auftraten, war doch Keiner zu bewegen, an Bord zu kommen.

Als die Schiffe jedoch Anker geworfen hatten, ließ der Kommandant die Segel und Stengen abnehmen und den Besanmast der »Resolution« niederlegen, um einige Reparaturen auszuführen. Bald entwickelte sich ein lebhafter Handel mit den Indianern, bei dem von beiden Seiten die strengste Ehrlichkeit beobachtet wurde. Die Gegenstände, welche jene anboten, bestanden in Fellen von Bären, Wölfen, Füchsen, Dammwild, Iltissen, Mardern und vorzüglich von schönen Seeottern, die aus den östlich von Kamtschatka gelegenen Inseln herstammen, ferner Kleidungsstücken aus Hanfgewebe, Bogen, Lanzen, Angeln, monströsen Figuren, einem Stoffe aus Tierhaaren oder Wolle, aus Säcken mit Goldocker, einzelnen Stücken Holz mit Bildschnitzereien, Zierraten aus Kupfer und Eisen in Form von Hufeisen, welche sie an der Nase hängend zu tragen pflegen.

»Am meisten fielen uns aber menschliche Schädel und Hände mit noch daran befindlichen Fleischteilen auf; sie gaben uns dabei unzweideutig zu verstehen, dass sie das übrige von den Körpern verzehrt hätten, und wir konnten uns auch wirklich überzeugen, dass jene Köpfe und Hände über Feuer gestanden hatten.«

Die Engländer bemerkten sehr bald, dass diese Wilden ebenso geschickte Diebe waren, wie sie solche nur je vorher getroffen. Ja, diese erschienen sogar noch gefährlicher, da sie, im Besitze von eisernen Werkzeugen, sich nicht scheuten, Stricke zu durchschneiden. Übrigens führten sie ihre Diebereien mit großer Schlauheit aus, indem die Einen die Aufmerksamkeit des Wachthabenden an einem Ende eines Bootes abzulenken wussten, während Andere am entgegengesetzten Ende alle ablösbaren Eisenteile zusammenrafften. Sie verkauften auch eine gewisse Menge recht gutes Öl und viele Fische, vorzüglich wohl schmeckende Sardinen.

Nach Vollendung der so notwendigen umfangreichen Ausbesserungen der Schiffe und nach Einnahme der geringen Futtervorräte, deren man für die wenigen noch an Bord befindlichen Ziegen und Schafe bedurfte, ging Cook am 26. April 1778 wieder unter Segel. Der Stelle, wo er sich hier aufhielt, hatte er den Namen »König Georgs Einfahrt« beigelegt, während dieselbe von den Eingeborenen »Noatka« genannt wurde.

Kaum auf die hohe See gelangt, überfiel die Schiffe ein schwerer Sturm, bei dem die »Resolution« einen Leck am Steuerbord bekam. Von dem Orkane getrieben, kam Cook bis über den Punkt hinaus, nach dem die Geografen Admiral de Fontes Meerenge verlegt hatten, was er umsomehr bedauerte, als er gern alle Unsicherheit bezüglich dieser Angabe beseitigt hätte.

Der Kommandant folgte also der amerikanischen Küste weiter und nahm deren wichtigste Punkte, die er auch namentlich bezeichnete, sorgsam auf. Während dieser Fahrt kam er häufig mit Indianern in Berührung und beobachtete, dass hier Kanus an Stelle der Pirogen traten, welch' erstere nur im Gerippe aus Holz gebaut, sonst aber mit Seekalbfellen bekleidet waren.

Nach kurzer Rast an der Prinz Wilhelmseinfahrt, wo der Leck der »Resolution« ausgebessert wurde, segelte Cook weiter, entdeckte und benannte die Kaps Elisabeth und St. Hermogenes, die Banks-Spitze, die Kaps Douglas, Bede, den Berg St. Augustin, den Cook-Strom, die Inseln Kodiak, der Dreieinigkeit und diejenigen, welche Behring Schoumagin getauft hatte. Ferner die Bay von Bristel, die Insel Ronde, die Calm-Spitze, das Kap Stewenham, wo Leutnant Williamson einmal an das Land ging, und die Insel Anderson, so genannt zu Ehren des eifrigen Naturforschers, der hier einem Lungenleiden erlag; endlich die Insel King und das Kap Prince de Galles, das westliche Vorgebirge Amerikas.

Von hier aus steuerte Cook nach den Gestaden Asiens, trat mit den Tschuktschen in Berührung, drang am 11. August in die Behrings-Straße ein und traf in der folgenden Woche auf das erste Eis. Vergeblich suchte er in verschiedenen Richtungen höher hinaufzudringen, überall trat ihm das Packeis als unüberwindliche Schranke entgegen.

Am 17. August 1778 befand sich die Expedition unter 70° 41' nördlicher Breite. Während eines ganzen Monats segelte man am Rande des Eises in der Hoffnung hin, doch zuletzt noch eine weiter nach Norden führende Durchfahrt aufzufinden. Alles erwies sich vergeblich. Man beobachtete dabei übrigens, dass das Eis mit Ausnahme der obersten, etwas porösen Schichte stets sehr rein und durchsichtig erschien.

»Ich hielt diese Decke, sagt Cook, mehr für gefrorenen Schnee und glaubte, dass auch das übrige Eis seinen Ursprung dem Meere verdankt, denn es ist unwahrscheinlich, oder vielmehr unmöglich, dass sich solch' enorme Massen in Flüssen bilden könnten, welche oft für ein einfaches Boot nicht genug Wassertiefe haben; außerdem bemerkten wir darin auch keine Reste vom Lande, welche gewiss nicht gefehlt hätten, wenn sich das Eis in größeren oder kleineren Flüssen bildete.«

Bisher ist der Weg durch die Behrings-Straße nur wenig benutzt worden, um höhere Breitengrade zu erreichen; jene Beobachtung erscheint also um so wertvoller, da sie den Beweis liefert, dass sich gegenüber der genannten Öffnung ein ausgedehntes Meer ohne jedes Zwischenland befindet. Vielleicht ist dieses Meer - das war wenigstens die Ansicht des tief betrauerten Gustav Lambert - sogar offen. Seit Cooks Zeit drang man auf diesem Wege überhaupt noch nicht viel höher vor, außer an der Küste Sibiriens, wo die Inseln Long und Plover entdeckt wurden, und in dem Augenblicke, da wir dies schreiben, der kühne schwedische Reisende, Prof. Nordenskjöld, die nordwestliche Durchfahrt ziemlich glücklich erzwungen hat.

Nach diesen gefahrvollen Untersuchungen und so häufig wiederholten Versuchen, in höhere Breiten zu gelangen, blieb Cook bei der schon vorgeschrittenen Jahreszeit, wo ihm jeden Tag nur mächtigere Eismassen entgegentraten, nichts Anderes übrig, als ein Winterquartier unter milderem Himmel zu beziehen und seine Forschungen im nächsten Sommer fortzusetzen. Er segelte also eine Strecke des früher eingehaltenen Weges bis zur Insel Unalaska zurück und steuerte vom 26. Oktober ab auf die Sandwichs-Inseln zu, deren Erforschung er während des Winterlagers zu vollenden gedachte.

Am 26. November wurde eine Insel entdeckt, deren Bewohner an die Mannschaft eine beträchtliche Menge Früchte und Wurzeln, wie Brotfrüchte, Pataten, »Taro« und »Eddywurzeln« im Austausch gegen Nägel und eiserne Geräte verkauften. Es war das die Insel Mowee, ein Teil des Sandwichs-Archipels. Bald erblickte man auch Owhyhee oder Hawaii, dessen Bergspitzen unter einer Schneedecke lagen.

»Nie habe ich unter den wilden Volksstämmen, sagt der Kapitän, Leute von so sicherem Auftreten gefunden, wie diese hier. Gewöhnlich schickten sie die zu verkaufenden Gegenstände zusammen nach dem Schiffe, dann kamen sie selbst an Bord und betrieben auf dem Hinterdeck ihren Handel, Trotz der wiederholten Besuche erwiesen uns die Tahitianer niemals so viel Vertrauen, Ich schließe daraus, dass die Bewohner von Owhyhee in ihren gegenseitigen Geschäften verlässlicher und ehrlicher sind als die von Tahiti; denn wenn sie sich selbst nicht viel Gutes zutrauen, würden sie gewiss Fremden gegenüber weit misstrauischer sein.«

Am 17. Januar ankerten Cook und Clerke in einer von den Eingeborenen Karakakooa genannten Bay, Nun wurden die Segel von den Raaen abgenommen und Raaen und Stengen geborgen. Die Schiffe waren bald von Besuchern überfüllt, von Pirogen umringt und die Plätze am Strande von einer zahllosen Menge Neugieriger bedeckt. Bisher hatte Cook noch niemals einen solchen Eifer gesehen.

Unter den Häuptlingen, die an Bord der »Resolution« kamen, bemerkte man bald vor allem einen jungen Mann, Namens Pareea. Er war seiner Aussage nach »Jakaner«, wir wussten uns aber nicht zu erklären, ob damit nur ein gewisses Amt oder vielleicht ein gewisser Grad der Verwandtschaft mit dem Könige bezeichnet wurde. Jedenfalls genoss er bei dem gewöhnlichen Volke ein besonderes Ansehen. Einige gelegentliche Geschenke verpflichteten ihn den Engländern, denen er unter den obwaltenden Verhältnissen manchen dankenswerten Dienst leistete.

Hatte Cook während seines ersten Aufenthaltes in Hawaï auch die Bemerkung gemacht, dass die Bewohner nicht so freche Diebe waren, so lag die Sache diesmal doch sehr anders. Ihre große Anzahl erleichterte es ihnen natürlich, kleinere Gegenstände zu entwenden, und verleitete sie zu der Annahme, man werde sich fürchten, diese Diebstähle zu bestrafen. Endlich gewann man gar die Überzeugung, dass sie von ihren Häuptlingen geradezu verleitet wurden, denn man sah mehrere von Anderen gestohlene Gegenstände in deren Händen.

Pareea und ein anderer Häuptling, mit Namen Kaneena, brachten an Bord der »Resolution« einen gewissen Koah, einen abgezehrten Greis, dessen ganzer Körper durch unmäßigen Genuss der »Ava« mit weißlichem Ausschlage bedeckt war. Dieser vertrat die Stelle eines Priesters. Als er Cook gegenüberstand, legte er diesem eine Art roten Mantel um die Schultern und begann unter Überreichung eines kleinen Schweines höchst ernsthaft eine lange Rede. Da man später alle Götzenbilder mit einem ähnlichen Mäntelchen bekleidet sah, nahm man daraus ab, dass er eine Formel der Anbetung hergesagt habe. Die Engländer erstaunten ungemein über die wunderlichen Zeremonien des Kultus, mit dem die Eingeborenen Cooks Person verehrten. Erst später begriffen sie, Dank den Untersuchungen des gelehrten Missionärs Ellis, die Bedeutung derselben. Wir wollen seine interessante Erklärung hier kurz einschalten; dadurch wird auch die Schilderung der späteren Ereignisse von vorneherein verständlicher. Eine alte Sage erzählt, dass ein gewisser Rono, der unter einem der ersten Könige Hawaiis lebte, seine zärtlich geliebte Frau aus Eifersucht ermordet habe. Vor Schmerz und Kummer über diese Tat fast wahnsinnig, streifte er durch die ganze Insel, suchte Streit mit Jedermann und schlug nieder, wer ihm in den Weg kam. Endlich soll er sich, ermüdet, aber nicht gesättigt von diesen Bluttaten, mit dem Versprechen eingeschifft haben, er werde dereinst auf einer schwimmenden Insel, mit Kokosbäumen, Schweinen und Hunden darauf, wiederkommen. Diese Legende war durch einen Nationalgesang gewissermaßen geheiligt und zum Glaubensartikel für die Priester geworden, welche Rono unter die Götter versetzt hatten. Seiner Prophezeiung vertrauend, hoffen sie nun Jahr für Jahr, mit nie ermüdender Geduld auf deren Erfüllung.

Fällt hier nicht die wunderbare Übereinstimmung in die Augen zwischen dieser Legende und einer früher erwähnten, der zufolge der mexikanische Gott Quetzacoatl, vor dem Zorne einer mächtigen Gottheit entfliehend, sich in einem Nachen aus Schlangenhaut einschiffte, und Denen, die ihm das Geleit gaben, versprach, dass er mit seinen Nachkommen das Land einst wieder besuchen werde?

Beim Erscheinen der englischen Schiffe erklärten der Oberpriester Koah und dessen Sohn One-La, dass hier Rono komme, sein Versprechen einzulösen. Für die gesamte Bevölkerung erhielt Cook eben damit den Heiligenschein eines Gottes. Auf dem Wege warfen sich die Eingeborenen in den Staub, die Priester richteten ihre Ansprachen und Gebete an ihn, man hätte ihn mit Weihrauchduft umgeben, wenn das auf Hawaii Sitte gewesen wäre. Der Befehlshaber ahnte, dass diese Erscheinung eine außergewöhnliche Ursache haben möge, da er sie aber nicht zu erklären vermochte, begnügte er sich damit, diese geheimnisvollen Umstände für die Bequemlichkeit seiner Mannschaft und die Fortschritte der Wissenschaften bestmöglich auszunützen.

Er kam dadurch freilich in die Lage, sich vielerlei Zeremonien zu unterwerfen, die ihm mindestens lächerlich erschienen. So wurde er z. B. nach einem, aus Steinen solid aufgeführten, vierzig Ruten langen und vierzehn breiten Moral geführt, dessen Oberfläche eingeebnet und mit einer hölzernen Balustrade abgeschlossen war, auf der viele, der Gottheit geweihte Schädel von Gefangenen bleichten.

Nahe dem Eingange der Plattform standen zwei große Holzfiguren mit grinsenden Gesichtern, der Körper von roten Stoffen umhüllt, und der Kopf von einem langen geschnitzten, umgekehrt kegelförmigen Holzstücke überragt. Hier bestieg Koah mit Cook eine Art Tisch, unter dem neben einem Haufen Früchte ein schon verfaultes Schwein lag. Dann brachten ein Dutzend Männer dem Kapitän in feierlichem Aufzuge ein lebendes Schwein dar und ein Stück roten Stoff, mit dem er bekleidet wurde. Hierauf fangen die Priester einige religiöse Hymnen, während die übrige Versammlung vor dem Eingange des Moral andachtsvoll auf den Knien lag.

Nach verschiedenen anderen Zeremonien, deren Aufzählung hier zu weit führen würde, brachte man dem Kapitän noch ein vollständig geröstetes Schwein, sowie die Früchte und Wurzeln, welche zur Bereitung der Ava dienen.

»Die Ava, sagt Cook, wurde, als sie fertig war, in der Runde umhergereicht, und als wir Alle davon gekostet hatten, teilten Koah und Pareea das Fleisch des Schweines in kleine Stücke und steckten sie mir und meinen Leuten in den Mund.« – »Ich ließ es ohne Widerwillen zu, äußerte sich darüber der Leutnant King, dass mir Pareea, der sehr reinlich erschien, die Speise darreichte, Cook selbst aber, dem Koah dieselben Dienste leistete, konnte im Gedanken an das verfaulte Schwein kein Stückchen hinunter würgen; der Greis wollte seine Höflichkeit verdoppeln und bot ihm nun das Fleisch ganz zerkaut an, wobei sich, wie man leicht erraten wird, bei dem Kapitän die Empfindung des Ekels nur steigerte.«

Nach der Zeremonie wurde Cook von Leuten mit dünnen Stäben in den Händen nach seinem Boote zurückgeführt. Jene murmelten dabei dieselben Worte und Phrasen wie beim Betreten des Landes, während das Volk am Saume des Weges kniete.

Diese Zeremonien wiederholten sich, so oft Cook an das Ufer kam. Immer ging vor ihm ein Priester mit dem Ausrufe her, dass Rono ans Land gestiegen sei, und befahl den Umstehenden, niederzuknien.

Konnten die Engländer nun auch mit den Priestern, die sie mit Zuvorkommenheit und Geschenken halb erstickten, sehr zufrieden sein, so war das mit den »Carers« oder Kriegern doch keineswegs der Fall.

Diese unterstützten nämlich die täglich vorkommenden Diebstähle und trugen wohl auch an den häufigen Übervorteilungen die meiste Schuld.

Bis zum 24. Januar 1779 fiel indessen nichts Besonderes vor. Am genannten Tage wunderten sich die Engländer, keine Piroge zur Eröffnung des gewohnten Handels vom Ufer abstoßen zu sehen. Die Ankunft Terreeoboos hatte die Bay mit dem »Tabu« belegt und dadurch jede Verbindung mit den Fremden abgeschnitten. Am nämlichen Tage besuchte nur dieser Häuptling oder König ohne alle Umstände die Schiffe. Er kam in einer einfachen Piroge mit seiner Gattin und seinen Kindern: Am 26. stattete Terreeoboo dann seine offizielle Visite ab.

»Da Cook bemerkt hatte, heißt es in dem Berichte, dass der Fürst wieder an das Land gehen wollte, fuhr er ebenfalls nach dem Strande und kam fast gleichzeitig mit ihm an. Wir führten Alle dort in das Zelt; kaum hatten sie sich niedergelassen, als der König sich wieder erhob und mit graziöser Bewegung seinen eigenen Mantel über Cooks Schultern warf; dann setzte er ihm einen Kopfschmuck aus Federn auf und legte noch einen merkwürdig gestalteten Fächer in die Hände Cooks, zu dessen Füßen er noch fünf bis sechs sehr schöne und wertvolle Mäntel ausbreiten ließ.«

Terreeoboo und die Häuptlinge seines Gefolges fragten die Engländer inzwischen häufig nach dem Zeitpunkt ihrer Abreise. Der Befehlshaber wünschte sehr, die Ansicht der Hawaianer über die Engländer kennen zu lernen. Er hörte dabei nur, dass sie der Meinung wären, jene kämen aus einem Lande, wo es an Nahrungsmitteln fehlte, und wollten sich hier »nur die Bäuche füllen«. Die Magerkeit einiger Matrosen und der Eifer, mit dem man Lebensmittel verlud, hatten in ihnen diese Anschauung erweckt. Doch fürchteten sie, trotz der seit Ankunft der Engländer verbrauchten großen Masse, keineswegs eine Erschöpfung ihrer eigenen Vorräte. Wahrscheinlich wünschte der König sich nur einige Zeit, um ein würdiges Geschenk vorzubereiten, das er den Fremden bei ihrer Abreise überreichen wollte.

Am Vorabend des hierzu bestimmten Tages ersuchte der König die Kapitäne Cook und Clerke wirklich, nach seiner Residenz zu kommen. Hier lagen ganze Berge von Vegetabilien aller Art, Pakete mit Stoffen, gelbe und rote Federn aufgespeichert, und tummelte sich eine ganze Herde Schweine. Es war das eine freiwillige Gabe der Untertanen an ihren König, wovon Terreoboo etwa den dritten Teil aller Gegenstände auswählte und das übrige den beiden Kapitänen überließ, ein so beträchtliches Geschenk, wie sie weder in Tonga noch in Tahiti ein ähnliches erhalten hatten.

Am 4. Februar verließen beide Schiffe die Bay, einige Havarien, welche die »Resolution« sich zuzog, nötigten sie aber, nach wenig Tagen noch einmal dahin zurückzukehren.

Kaum hatten die Fahrzeuge Anker geworfen, als die Engländer eine auffallende Veränderung im Auftreten der Eingeborenen bemerkten. Bis zum 13. des Nachmittags verlief indes Alles ganz friedlich. Da verboten einige Häuptlinge dem Volke, den Matrosen beim Füllen ihrer Tonnen am Wasserplatze zu helfen. Es entstand ein kleiner Tumult. Die Eingeborenen bewaffneten sich mit Steinen und nahmen eine drohende Haltung an. Der die Abteilung kommandierende Offizier erhielt von Cook Befehl, Feuer zu geben, wenn die Insulaner noch mit Steinen werfen oder zu unverschämt werden sollten. Inzwischen wurde auch eine Piroge mit Flintenschüssen verfolgt, da man voraussetzte, dass die Insassen derselben einen Diebstahl begangen hätten.

Zu gleicher Zeit erhob sich noch ein ernsthafterer Zwist. Eine Schaluppe Pareeas wurde von einem Offizier weggenommen, der sie bis in die Nähe der »Discovery« brachte. Der Häuptling kam selbst, um sein Eigentum unter Beteuerung seiner Unschuld zurückzufordern. Der Wortwechsel wurde lebhafter und Pareea von einem Ruderschlage getroffen. Jetzt bewaffneten sich die früher ruhig zuschauenden Eingeborenen mit Steinen, zwangen die Matrosen, sich eiligst zurückzuziehen, und bemächtigten sich der Pinasse, die sie hergebracht hatte. Da mischte sich Pareea, uneingedenk der erlittenen Misshandlung, dazwischen, lieferte den Engländern die Pinasse wieder aus und stellte ihnen auch einige kleinere gestohlene Gegenstände wieder zu.

»Ich fürchte, die Eingeborenen werden mich noch zu Gewaltmaßregeln zwingen, sagte Cook, als er von dem Vorgefallenen hörte; wir dürfen sie nicht glauben lassen, sie hätten über uns irgendeinen Vorteil errungen.«

In der Nacht vom 13. zum 14. Februar wurde die Schaluppe der »Discovery« gestohlen. Der Kommandant beschloss nun, sich Terreoboos oder einiger angesehener Persönlichkeiten zu bemächtigen und diese als Geißeln zurückzuhalten, bis die gestohlenen Gegenstände zurückerstattet seien.

Er ging also mit einer Abteilung Marinesoldaten ans Land und sofort auf die Wohnung des Königs zu. Auf dem Wege mit gewohnter Ehrerbietung begrüßt, fand er auch Terreoboo nebst dessen beiden Söhnen, teilte ihnen kurz den vorgekommenen Diebstahl mit und veranlasste sie, den Tag über an Bord der »Resolution« zu verweilen.

Seine Absichten schienen in Erfüllung zu gehen und die beiden jungen Prinzen hatten schon in der Pinasse Platz genommen, als eine der Gemahlinnen Terreoboos diesen unter Tränen bat, sich nicht an Bord zu begeben. Einige andere Häuptlinge vereinigten ihre Bitten mit denen des Weibes, und die Insulaner, erschreckt über den nichts Gutes bedeutenden Auftritt, sammelten sich nun in dichter Menge um ihren König und den Kommandanten. Letzterer drängte zur Einschiffung, doch als der Fürst dazu entschlossen schien, mischten sich die Häuptlinge noch einmal ein und hielten diesen mit Gewalt zurück.

Cook gab sein Vorhaben auf, da er einsah, dass es vereitelt oder doch nur mit großem Blutvergießen durchzusetzen sei, und wanderte friedlich am Strande hin, um sein Boot wieder zu erreichen, als sich die Nachricht verbreitete, dass man einen der vornehmsten Häuptlinge getötet habe. Die Frauen und Kinder wurden nun sofort zurückgeschickt und die Männer drängten auf die Engländer ein.

Ein mit einem »Pahooa« bewaffneter Eingeborener belästigte den Kapitän, und da er auf dessen Drohungen nicht weichen wollte, feuerte Cook einen Pistolenschuss mit grobem Schrot auf ihn ab. Letzteren schützte jedoch eine dicke Matte vor einer Verwundung und er wurde nun um so kühner; als jedoch noch andere Eingeborene auf ihn eindrangen, schoss er sein Gewehr auf den nächsten derselben ab und streckte ihn tot zu Boden.

Das war das Zeichen zum allgemeinen Angriff. Als man Cook zum letzten Male sah, gab er den Booten ein Signal, das Feuer einzustellen und näher heranzukommen, um seine kleine Truppe aufzunehmen. Vergeblich! Cook lag tödlich getroffen auf dem Platze.

»Mit Freudengeschrei begrüßten die Insulaner seinen Fall, sagt der Bericht; sie zogen seinen Leichnam den Strand empor, wobei sie einander an den Händen fassten, und konnten ihm in der Hitze nicht genug Schläge versetzen, obwohl er längst nicht mehr atmete.«

So endete der berühmte Seeheld, vielleicht der größte, den England hervorgebracht hat. Die Kühnheit seiner Pläne wie die Ausdauer in deren Durchführung und der Reichtum seiner Kenntnisse haben ihn zum Typus des wahren See-Entdeckungsreisenden gestempelt.

Welche Dienste hat er allein der Geografie geleistet! Bei seiner ersten Reise bestimmte er die Lage der Gesellschaftsinseln, zeigte, dass Neuseeland aus zwei Landmassen besteht, durchschiffte die sie trennende Meerenge und nahm ihre Küste hydrografisch auf; endlich besuchte er die ganze Ostküste Neu-Hollands.

Bei der zweiten Reise verwies er den viel bestrittenen südlichen Kontinent, den Traum der Geografen vom grünen Tische, in das Reich der Fabeln; er entdeckte Neu-Kaledonien, Süd-Georgia, das Sandwichs-Land und drang auf der südlichen Halbkugel weiter vor als irgendein anderer.

Bei Gelegenheit seiner dritten Expedition hatte er den Hawaii-Archipel entdeckt und die Westküste Amerikas vom 48. Grade an, d. h. eine Strecke von mehr als 3500 Meilen aufgenommen. Er war durch die Behrings-Straße eingedrungen und hatte sich in das Polarmeer, den Schrecken der Seefahrer, hineingewagt, bis ihm das Eis eine unüberwindliche Schranke entgegentürmte.

Seine Talente als Seemann bedürfen des Lobes an dieser Stelle nicht; seine hydrografischen Leistungen leben ja fort; was aber am meisten hervorgehoben zu werden verdient, das ist die stete Sorgfalt für das Wohl seiner Leute, welche es ihm ermöglichte, seine langen, aufreibenden Fahrten mit so verschwindend kleinen Verlusten durchzuführen.

In Folge dieses unseligen Tages brachen die erschreckten Engländer ihre Zelte ab und zogen sich an Bord zurück. Vergebens suchten sie durch Bitten und Angebote wenigstens den Leichnam ihres unglücklichen Befehlshabers ausgeliefert zu bekommen. Schon wollten sie erzürnt Gewalt anwenden, als zwei mit Leutnant King befreundete Priester ohne Wissen der Häuptlinge ein Stück Menschenfleisch im Gewichte von neun bis zehn Pfund herbeibrachten – das letzte, was ihrer Aussage nach von Ronos Körper, den man der herrschenden Sitte gemäß verbrannte, noch übrig geblieben sei.

Dieser Anblick musste die Engländer natürlich reizen, Wiedervergeltung zu üben. Ihrerseits hatten die Insulaner den Tod von fünf Häuptlingen und etwa zwanzig anderen Männern zu rächen. Deshalb begegneten die Engländer stets auf dem Wege zum Wasserplatze einer wütenden, mit Steinen und Stöcken bewaffneten Volksmenge. Um ein Exempel zu statuieren, ließ Kapitän Clerke, der nun die Führung der Expedition übernommen hatte, das Dorf der Priester einäschern und Jeden über die Klinge springen, der Widerstand zu leisten wagte.

Zuletzt kam es doch noch zu Unterhandlungen, und am 19. Februar wurden den Engländern die Überreste von Cook, z. B. seine an einer breiten Narbe erkennbaren Hände, der Kopf, freilich ohne Haare, und einige andere Überbleibsel zurückgegeben. Drei Tage später erwiesen sie diesen teuren Resten ihres Kapitäns feierlich die letzten Ehren.

Nun begann der Tauschhandel wieder, als ob gar nichts geschehen sei, und kein weiterer Zwischenfall störte das Ende des Aufenthalts an den Sandwichs-Inseln.

Kapitän Clerke hatte die Führung der »Discovery« dem Leutnant Gore überlassen und seine Flagge nun an Bord der »Resolution« gehisst. Nach vollendeter Untersuchung der Hawaiigruppe segelte er dann nach Norden, besuchte Kamtschatka, wo ihn die Russen sehr freundlich empfingen, passierte die Behrings-Straße und drang bis 69° 50' nördlicher Breite vor, wo ihm das Packeis den Weg versperrte.

Am 22. August 1779 verstarb auch Kapitän Clerke im Alter von achtunddreißig Jahren an Lungenschwindsucht, Nun übernahm Leutnant Gore das Oberkommando; derselbe ging nochmals bei Kamtschatka vor Anker, lief nachher Canton, später das Kap der Guten Hoffnung an und traf, nach mehr als vierjähriger Abwesenheit, am 1. Oktober 1780 in der Themse ein.

Kapitän Cooks Tod betrauerte ganz England. Die Königliche Gesellschaft der Wissenschaften zu London, die mit ihm eines ihrer hervorragendsten Mitglieder verlor, ließ ihm zu Ehren eine Medaille schlagen, wozu die Kosten unter Beteiligung der ersten Persönlichkeiten des Landes durch öffentliche Subskription aufgebracht wurden.

Bei dem Könige reichte die Admiralität ein Gesuch um Versorgung der Familie Cooks ein. Der König bewilligte eine jährliche Pension von 5000 Frcs., nebst je 600 Frcs. für jede der drei hinterlassenen Töchter. Die auf die letzte Reise bezüglichen Karten und Zeichnungen wurden auf Kosten der Regierung gestochen, der Erlös aus dem Verkaufe derselben aber zwischen der Familie Cooks, den Erben des Kapitän Clerke und dem Kapitän King verteilt. Am 3. September 1785 erhob man Cooks Kinder in den erblichen Adelstand.

Zur Feier des hundertjährigen Todestages Cooks war eine große Versammlung zusammengetreten, darunter auch zahlreiche Vertreter der jetzt so blühenden australischen Kolonien, sowie des Hawaii-Archipels, wo er seinen Tod gefunden hatte. Eine beträchtliche Menge von dem großen Seefahrer herrührender Reliquien, seine Karten, die prächtigen Aquarellbilder Webbers, nebst Geräten und Waffen der Inselbewohner Ozeaniens schmückten dabei den Saal. Die anerkennende Huldigung eines Volkes, dessen König schon vor hundert Jahren befohlen hatte, die wissenschaftliche und zivilisatorische Aufgabe Cooks in keiner Weise zu beeinträchtigen, war ganz geeignet, im Vereinigten Königreiche einen dankenden Widerhall zu finden und die Freundschaftsbande zu befestigen, welche England und Frankreich in der späteren Zeit verknüpften.

www.ingramcontent.com/pod-product-compliance
Lightning Source LLC
Chambersburg PA
CBHW060804310726
48980CB00002B/224

* 9 7 8 3 8 4 6 0 8 0 6 7 2 *